O Aroma
da Sedução

Jéssica Anitelli

O Aroma
da Sedução

Madras
HOT

© 2015, Madras Editora Ltda.

Editor:
Wagner Veneziani Costa

Produção e Capa:
Equipe Técnica Madras

Revisão:
Silvia Massimini

Dados Internacionais de Catalogação na Publicação (CIP)
(Câmara Brasileira do Livro, SP, Brasil)

Anitelli, Jéssica
O aroma da sedução / Jéssica Anitelli. -- São Paulo :
Madras, 2015.

ISBN 978-85-370-0953-6

1. Ficção erótica I. Título.
15-01900   CDD-869.9303538

Índices para catálogo sistemático:
1. Ficção erótica : Literatura
brasileira 869.9303538

Todos os direitos desta edição reservados pela

 **MADRAS EDITORA LTDA.**
Rua Paulo Gonçalves, 88 – Santana
CEP: 02403-020 – São Paulo/SP
Caixa Postal: 12183 – CEP: 02013-970 – SP
Tel.: (11) 2281-5555 – Fax: (11) 2959-3090
www.madras.com.br

Todas as cartas de amor são
Ridículas.
Não seriam cartas de amor se não fossem
Ridículas.

Também escrevi em meu tempo cartas de amor,
Como as outras,
Ridículas.

As cartas de amor, se há amor,
Têm de ser
Ridículas.

Mas, afinal,
Só as criaturas que nunca escreveram
Cartas de amor
É que são
Ridículas.

Quem me dera no tempo em que escrevia
Sem dar por isso
Cartas de amor
Ridículas.

A verdade é que hoje
As minhas memórias
Dessas cartas de amor
É que são
Ridícula.

(Todas as palavras esdrúxulas,
Como os sentimentos esdrúxulos,
São naturalmente
Ridículas.)

Todas as cartas de amor... –
Fernando Pessoa
(poesias de Álvaro de Campos)

1

Sou Realmente Maravilhosa

Eu juro que tentei me segurar, juro mesmo, mas minhas vontades falaram mais alto. Não consigo ficar muito tempo sem sexo, sinto muito. Se bem que não me sinto nem um pouco culpada por algo que é tão gostoso e me proporciona tanto prazer.

Fazer o quê, essa sou eu.

Depois de mais um delicioso orgasmo, ajeitei-me melhor sobre ele, apoiando as mãos no encosto do sofá para me mover melhor. Gilberto apertou fortemente minha bunda e um som rouco saiu de sua garganta. Ele revirou os olhos e eu sorri ao ver que o estava levando à loucura. Adoro deixá-los aos meus pés.

Mordi sua boca entreaberta e lhe segurei as mãos, tirando-as da minha bunda e colocando-as nos seios. Ele os pressionou gostosamente e eu me movimentei lateralmente, encontrando o ponto certo dentro de mim e fazendo com que seu pênis alcançasse perfeitamente o local. Dessa forma, mais um orgasmo arrebatador se fez presente e meu corpo tremeu por inteiro, começando com o famoso formigamento nos dedos dos pés. Também gemi alto e recebi uma chupada no bico do seio esquerdo.

Eu ainda gemia quando o agarrei pelos cabelos e voltei a subir e descer em seu colo. Ele mordia a boca e me apertava com vontade.

– Você é realmente maravilhosa – falou para mim com a voz embargada de prazer. – Extremamente gostosa – mordeu meu seio direito.

– Eu sei – apenas sussurrei em seu ouvido e mordisquei a pontinha da orelha.

Percebi pela sua feição que ele não aguentaria por muito mais tempo, por isso decidi que extrairia o máximo que eu conseguisse dele. No entanto, logo que me preparei para o *round* final, ouvi o barulho de chave e vi a maçaneta da porta da sala girar.

No segundo seguinte, Raquel entrou e, ao presenciar a cena na qual eu estava, virou o rosto.

– Não acredito nisso! – disse ela, já ficando vermelha. – No sofá, Mari?!

– Ops! – foi a única coisa que consegui dizer antes de começar a rir.

Vergonha é uma coisa que não tenho, Raquel geralmente sente por nós duas.

– Você sabia que eu ia chegar hoje – Raquel continuou falando, puxando a mala para dentro do apartamento e evitando olhar para nós.

– Quer que eu te ajude? – perguntei, ameaçando sair de cima do meu acompanhante, mas ele me segurou pelos quadris e Raquel falou em voz alta:

– Nem pensar! – finalmente me olhou. – Não quero que você coloque essa mão em mim ou nas minhas coisas. Depois a gente conversa – encarou-me atentamente e suspirou desanimada. – Termine o que você começou.

Ela levou a mala pelo corredor e nos deixou sozinhos. Fitei meu gostoso da vez, sorri, beijei-o e dei tudo de mim.

Sua voz se propagou pelo ambiente quando o gozo veio. Eu ainda continuei freneticamente e também fui presenteada mais uma vez pelo maravilhoso orgasmo.

– Nossa! – exclamou, afagando meus cabelos compridos, castanhos e cacheados. – Você é demais.

– Você ainda não viu nada – pisquei para ele e caí para o lado, deitando-me no sofá.

Respirei fundo e fechei os olhos para curtir o meu pulsar interno, uma sensação deliciosa.

– Então – começou ele, beijando minha barriga –, quando vamos repetir a dose?

Alarmei-me e não gostei da pergunta. Levantei-me e com isso ele saiu de cima de mim. Não respondi de imediato e apanhei as roupas do chão para me vestir. Pus a calcinha, que tirei do bolso da calça dele, o short jeans e uma blusinha verde, da cor dos meus olhos.

Só me dei conta de sua aproximação quando me abraçou por trás e me beijou no ombro.

– Você não quer repetir a dose, não é? – virou-me de frente para ele e acariciou meu rosto. – Você é a garota mais difícil de se amarrar.

Ri com o comentário.

– Sim, sou – beijei-o suavemente nos lábios. – Não gosto de compromisso, só disso aqui – apalpei seu pênis, já sem a camisinha, e ele sorriu. – Mas agora você precisa ir – soltei-me dele e parei ao lado da porta.

– Tudo bem – deu de ombros e começou a se vestir. Ao terminar, veio até mim e falou: – Quem sabe na próxima vez te convenço a dormir comigo...

– Não terá uma próxima vez – pisquei para ele e mordi seu lábio inferior. – Tchau, gostoso.

– Tchau, delícia.

Gilberto passou pela porta e logo a fechei. Fui ao banheiro para ver meu estado. Mirei-me no espelho e notei as bochechas avermelhadas, mesmo a pele sendo morena. Sorri para mim mesma. Lavei as mãos e o rosto e corri para o quarto de Raquel.

– Raquelzita – chamei, cantando, e abrindo a porta.

Ela se espantou com minha presença e a vi secando as lágrimas.

– Seu amiguinho já foi embora? – indagou, tentando disfarçar a voz triste.

Não gostei daquilo e andei até ela. Sentei-me ao seu lado na cama e a toquei na bochecha.

– O que aconteceu com você? Por que está triste?

Seus lábios rosados se contraíram e os olhos cor de âmbar foram inundados pelas lágrimas. Raquel soluçou e me abraçou, chorando compulsivamente. Senti um aperto no peito e lhe afaguei os cabelos loiros.

– O que aconteceu, Raquel? Você está me deixando preocupada.

– Eu terminei com o Pedro – o choro se intensificou.

– Por quê? O que aconteceu?

– Ele estava me traindo, Mari – afastou-se para me encarar. – Eu o peguei na cama com outra.

Eu não sabia o que fazer. Ela esperava por uma resposta minha e eu disse a única coisa que me veio à mente:

– Filho da puta!

Raquel esfregou o rosto e respirou fundo.

– Ele jogou fora três anos de namoro, Mari. Eu já me via casada com ele e com filhos, você acredita?

– Acredito, mas não fica assim. Se ele fez isso é porque não te merece. Você vai achar um cara melhor, tenho certeza disso.

– Não quero ninguém – levantou-se e andou pelo cômodo. – Estou magoada demais para pensar em outro homem.

– Raquel – fui até ela –, não sou boa em conselhos e não entendo esse seu jeito de pensar. Se fosse eu no seu lugar, sairia por aí pegando um monte de caras gostosinhos para esquecer esse babaca.

– É, Mari, eu sei que você faria isso mesmo – suspirou. – Só que eu não consigo, preciso de um tempo para absorver tudo isso. Estou muito triste...

– Tudo bem, minha amiga – abracei-a e a beijei na bochecha. – Mas você estará melhor na sexta, não é? Não podemos perder a festa dos calouros. Temos que participar da escolha dos bixos.

– Não estou no clima e não quero transar com um garoto de 17 anos só porque é tradição e sou veterana.

– Qual é, Raquel? É divertido – ri. – Faço isso desde o segundo ano de faculdade.

– E eu não sei? – consegui arrancar um sorriso sincero dela. – Você é a maior tarada!

Rimos e eu voltei a abraçá-la. Eu a convenceria a ir à festa comigo nem que precisasse arrastá-la pelos cabelos. Para mim, o melhor jeito de se curar uma decepção amorosa é com um sexo dos deuses. Raquel precisava de distração e prazer, por isso faria de tudo para proporcionar tais experiências à minha amiga e fazê-la esquecer o idiota do ex-namorado.

Passei toda aquela semana tentando animar Raquel, mas foi difícil. Ela estava muito desanimada e sempre a pegava chorando pelos cantos. Como as aulas ainda não haviam começado efetivamente, eu ficava o dia todo com ela, mas à noite eu tinha que sair, pois dava aula de inglês. E sempre que chegava, eu a encontrava com o rosto vermelho.

Não dava mais!

Na quinta de manhã, chamei Cauã para vir em casa. Ele chegou logo cedo, antes de Raquel acordar. Abri a porta para ele e fiz sinal de silêncio, colocando o dedo indicador nos lábios. Cauã já ficou vermelho por ter de segurar o riso e eu lhe dei um tapa no braço. Rimos e tapamos a boca para não fazer barulho. Ele respirou fundo, esfregou o rosto e o abanou.

Comecei a andar em direção ao quarto de Raquel e ele me acompanhou. Abri a porta vagarosamente e a vi dormindo. Sorri para Cauã e contei até três. Com o fim da contagem, nós dois corremos e pulamos em cima da cama de Raquel, acordando-a com vários beijos no rosto.

– O que é isso? – falou ela, sentando-se e esfregando as bochechas. – Seus dois malucos – sorriu e nós também.

– Um passarinho cor de brigadeiro e de olhos verdes me contou o que aconteceu com você – disse Cauã, alisando os cabelos bagunçados de Raquel e em seguida lhe beijando o rosto.

– Esse passarinho não fecha o bico, não é? – ela fitou-me com os olhos semicerrados e eu dei de ombros. Virou-se para Cauã. – Eu ia contar para você, só estava esperando um tempo para ver se a dor diminuía.

– Não fica assim, lindinha – ele a abraçou. – O bofe não te merecia. Onde já se viu trocar uma mulher tão linda como você por outra? Um idiota – Raquel sorriu sem graça. – Agora, melhora essa cara, tá? – apertou-lhe as bochechas. – Amanhã vamos para a festa dos calouros – ela tomou ar para responder, porém Cauã não permitiu e continuou: – e não adianta dizer que não vai. Ou serei obrigado a te arrastar até lá? – colocou as mãos na cintura em sua pose característica e estreitou os olhos castanhos.

Raquel riu e eu também.

– Tudo bem – rendeu-se. – Eu vou nessa festa, mas não quero escolher bixo algum, entenderam? – Raquel apontou o dedo para nós.

– Eu divido o meu com você – falei, e nós três caímos na gargalhada.

Agora era só esperar pela festa.

2

Adoro Bixo Carente

Cheguei em casa no começo da noite na sexta-feira. Felizmente aquele era o único dia em que eu não trabalhava à noite. Demorei mais do que o normal por causa do maldito trânsito caótico de São Paulo, mas enfim cheguei e estava animada para a festa dos calouros.

Logo que entrei no apartamento, encontrei a Raquel sentada no sofá de frente para a televisão com uma caixa de bombons ao lado, praticamente vazia. Notei seu nariz levemente avermelhado. Havia chorado. Suspirei pesadamente, deixei o material da escola com os trabalhos dos alunos em cima do outro sofá e fui até a minha amiga.

Não sei ao certo, só tenho a leve impressão de que uma amiga não deveria ter atitudes iguais à minha perante a outra que ainda está sofrendo pelo término do namoro. No entanto, não sei agir de outra forma. Por isso, assim que sentei, tirei um bombom de sua mão, que ela levava à boca, joguei-o dentro da caixa quase vazia e a arremessei no meio da sala. Raquel reclamou e me xingou de louca, porém não lhe dei ouvidos e a fiz levantar do sofá, puxando-a pela mão e a empurrando para dentro do banheiro.

– Quero a senhorita linda hoje – disse eu, ligando o chuveiro.

– Mari... – choramingou. – Não estou a fim de ir nessa festa...

– Eu não perguntei se você está a fim ou não – postei-me diante dela com as mãos na cintura. – Você prometeu para o Cauã e para mim que iria à festa, por isso tome seu banho que irei escolher sua roupa – passei por ela, ignorando suas reclamações, e fechei a porta.

Caminhei até o quarto de Raquel e, assim que entrei, encontrei inúmeras fotos dela e do ex-namorado jogadas no chão, todas rasgadas. Respirei desanimada e comecei a recolhê-las. Levei-as para o lixo da cozinha e depois voltei para o quarto. Abri o guarda-roupa de cor branca, com um enorme espelho na porta, e passei os olhos pelos vestidos. Após poucos segundos, balancei negativamente a cabeça. Não havia nada ali digno de uma festa daquela. Todos aqueles anos de namoro não fizeram bem para o visual da minha amiga.

Arrisquei-me mais fundo em seu guarda-roupa e encontrei uma caixa na parte de cima, junto das cobertas. Achei estranho aquilo e apanhei-a. Retirei a tampa e quase gritei de alegria. Havia ali um deslumbrante vestido azul-marinho. Tirei-o da caixa e o analisei mais detalhadamente: as alças eram finas e por cima do tecido azul havia um transparente todo decorado com pontinhos brilhantes. Um traje perfeito para balada. E, pelo que parecia, ficaria justo e um pouco curto em Raquel. Perfeito!

Coloquei-o em cima da cama e fui em busca das sandálias. Essas pelo menos foram mais fáceis de encontrar, até porque Raquel era um tanto viciada em sapatos. Acabei escolhendo um salto alto fino de cor preta. Deixei-a ao lado da cama e direcionei-me ao meu quarto para separar a minha roupa. Eu já sabia o que usaria, por isso só precisei pegar o vestido tomara que caia vermelho de dentro do guarda-roupa. Ele ficaria bem colado ao corpo, acentuando minhas curvas. Eu adorava isso.

Deixei-o sobre a cadeira quando ouvi a porta do banheiro se abrir e corri para o quarto de Raquel, encontrando-a parada diante da cama fitando o vestido.

– Eu não vou usar isso – falou se virando para mim.

– Por que não? É lindo e perfeito – andei até a peça e a peguei, colocando-a diante do corpo de Raquel.

– Eu nunca o usei – ela saiu de perto de mim. Parecia nervosa. – Eu também o acho lindo, mas o Pedro nunca gostou dele e por isso não o usava – contou sem que eu tivesse perguntado. Foi tipo um desabafo.

– Mais um motivo para você usá-lo – disse eu, voltando a colocar o vestido na frente dela. – Agora se vista que irei tomar banho. Quando eu sair, venho te maquiar.

Raquel torceu os lábios, porém dessa vez não protestou. Antes de eu ir para o banho, liguei para Cauã e pedi que viesse até em casa, pois eu estava pressentindo que não seria fácil tirar a Raquel de lá. Ele concordou e avisou que chegaria dentro de poucos minutos. Aproveitei para informar ao porteiro que poderia deixar Cauã subir.

Tomei meu banho tranquilamente, sentindo-me cada vez mais animada com a festa. Ao sair do banheiro, ouvi a campainha e, de toalha mesmo, fui atender a porta. Cauã trajava uma calça jeans escura bem justa e uma camiseta verde-escuro. Ele se vestia muito bem e seu porte esbelto fazia com que tudo ficasse perfeito nele. Ainda o analisava quando ele começou a gargalhar.

– Isso é jeito de vir abrir a porta, amiga? Está tentando me seduzir?

– Será que consegui? – falei, sorrindo e apoiando uma das mãos na porta em uma pose *sexy*. Com a outra ameacei tirar a toalha. – Você realmente não se sente nem um pouquinho atraído por uma linda mulher como eu? Posso fazer você ser hétero.

– Deus me livre! – fez o sinal da cruz e passou por mim para dentro do apartamento. – Tenho aversão disso! Olha só, até arrepiei de nojo – esfregou os braços.

– Que exagero, Cauã! – tentei ficar séria, mas não consegui, ri sem parar. – Você não sabe o que está perdendo – ainda acrescentei, tirando a toalha de mim e jogando em cima dele.

– Sei sim, ainda bem. Se você tivesse uma pecinha a mais aí entre as pernas, eu poderia até pensar no seu caso, mas, como não tem, eu passo.

– Mas aí eu seria uma travesti! – gargalhei. – Os homens gostam de mim assim, sabia? – indiquei meu corpo nu.

– Claro que sei, mas eu sou gay, esqueceu? Da fruta que você gosta eu chupo até o caroço, e como chupo... – nós dois caímos na gargalhada. – Agora vá se trocar, não aguento mais olhar para essa visão do inferno – enrolou a toalha e ameaçou bater em mim. Eu dei risada e saí correndo.

Coloquei o vestido rapidamente junto de uma calcinha da mesma cor. Enquanto calçava a sandália, escutei as vozes de Raquel e Cauã. Ela parecia se negar a algo. Eu sabia que não seria fácil tirá-la de casa.

Não precisei perguntar o que estava acontecendo quando entrei no cômodo, pois Raquel não vestira a roupa da festa e continuava com a toalha no corpo, e, para melhorar, estava sentada em uma cadeira com os braços cruzados e emburrada.

– Ela não quer ir de jeito nenhum – contou Cauã.

– Raquel, minha amiga... – andei até ela e me agachei à sua frente. – Você não pode ficar assim para sempre. Sei que você ficou extremamente chateada com tudo o que aconteceu, mas essa sua atitude não vai te levar a nada. Por que não dar continuidade à sua vida? Aquele cara não te merecia e quando ele perceber que perdeu uma mulher incrível já será tarde demais, pois você terá superado tudo isso, tenho certeza – os olhos dela marejaram e eu a abracei.

– A Mari está certa, Raquel – Cauã se aproximou de nós. – Você precisa se distrair e nada melhor que uma festa onde você se divertirá e encontrará seus amigos depois de longos meses de férias. Vamos lá, amiga, é o seu último ano nesse inferno de faculdade, aproveite!

Raquel esfregou os olhos, sorriu discretamente e concordou. Fiquei feliz. Ela colocou o vestido e, como eu previra, ficou lindo nela, ressaltando os seios fartos e deixando à mostra a pele branca. Pedi que ela se sentasse na cama e assim comecei a maquiá-la. A sombra na mesma tonalidade do vestido caiu perfeitamente, dando mais destaque aos olhos âmbar. Nos lábios, optei por uma cor clara. Depois disso, ela arrumou o cabelo e foi minha vez de me produzir. Lógico que escolhi um batom vermelho, porque além de combinar com a minha roupa, tinha tudo a ver comigo.

Para mim a maquiagem é sempre o mais fácil, o difícil mesmo é o cabelo. Não é nada fácil cuidar de um cabelo cacheado. Dessa forma, parei diante do espelho do banheiro, enchi a mão de ativador de cachos e apliquei nas longas madeixas. Após a aplicação, dividi-o em dois e comecei o meu ritual para desembaraçá-lo. Sempre que penteio o cabelo fico feliz de ver como ele cresceu, até porque está molhado, mas depois essa alegria passa quando ele seca e encolhe. Fazer o que, né? Vida de quem tem o cabelo cacheado não é moleza.

Como a festa era na região central de São Paulo, um pouco longe de onde morávamos, fomos no carro do Cauã. Demoramos cerca de uns vinte minutos para chegar, e eu mal havia passado pela porta de entrada e as pessoas começaram a me cumprimentar calorosamente. Não era para menos, eu sempre participava da festa dos calouros e fazia questão de ser a primeira a escolher um bixo. Alguns brincam que sou patrimônio da festa.

A república onde sempre realizamos a festa dos calouros é uma das mais tradicionais, tanto que é uma casa grande com diversos quartos no andar superior. A porta de entrada é de madeira naquele estilo antigo e contrasta com a decoração moderna de dentro.

Atravessei a multidão de gente e me postei ao lado de uma grande caixa de isopor na qual havia bebidas. Apanhei uma garrafa de cerveja enquanto Cauã procurava por copos. Ele voltou com três e nos servimos. A música do ambiente não estava tão alta, possibilitando que pudéssemos conversar sem precisarmos elevar o tom vocal.

Percebi que Raquel ria com a nossa conversa e me senti muito bem com aquilo, na verdade aliviada por vê-la se divertir.

Minutos depois, notei um alvoroço de vozes e alguns gritos animados. Tive certeza de que os calouros haviam chegado. Eu ainda daria um tempo, pois gostava de esperá-los se acalmarem para assim eu escolher tranquilamente. Senti um cutucão na cintura e vi Cauã rindo. Ele aproximou a boca da minha orelha e sussurrou:

– O que é um pontinho alaranjado no meio da multidão? E ainda por cima de óculos de sol? – apontou para um grupo de homens que acabara de chegar.

Logo que bati o olho, vi meu primo Bernardo vestido com a camiseta laranja de gola V bem colada ao seu corpo musculoso, óculos de sol e se sentindo o gostosão. Assim que ele me viu, acenou e veio em minha direção. Primeiro cumprimentou Cauã com um aceno de cabeça, beijou o rosto de Raquel e me abraçou fortemente. Bernardo pode não se vestir tão bem, mas é um homem lindo. É sarado, de pele num tom queimado de sol beirando a cor morena, cabelo castanho, que sempre usa arrepiado, e cheira muito bem. O tipo de homem que quando passa causa um arrepio na espinha de qualquer mulher. Contudo, nunca provei daquele corpo. Sabe como é, ele faz parte da minha família e eu não faço esse tipo de coisa, por mais que o parentesco seja distante.

– Como você está, prima? Trabalhou bastante nessas férias? – ele tirou os óculos de sol e me mirou com tais olhos castanhos penetrantes.

– Muito! Peguei várias turmas de intensivo – suspirei. – Mas valeu a pena, ganhei uma boa grana.

– E como está a tia Graça? Seu pai estava reclamando que você não foi vê-lo.

– Minha mãe está bem. Meu pai vive reclamando, mas ele mesmo não me liga – olhei-o de cima a baixo. – Preciso comentar uma coisa, Bernardo. Você precisa se esforçar para parecer mais hétero às vezes. Essa sua roupa está horrível.

Ele me beliscou na cintura e eu ri, dando-lhe um tapa no braço. Foi aí que me lembrei de algo muito importante. Segurei Bernardo pela mão e o levei comigo por alguns metros.

– O que você quer, hein? Está aprontando algo – falou, desconfiado.

– Tenho uma ótima notícia pra você – olhei para trás e constatei uma boa distância de Raquel e Cauã. Sussurrei no ouvido de Bernardo: – A Raquel está solteira.

Bernardo arregalou os olhos em sinal de surpresa.

– Sério? – indagou, não acreditando em mim. Eu confirmei com a cabeça. – Mas ela me parecia gostar tanto daquele cara.

– E gostava mesmo, só que o babaca traiu a coitadinha, ela está muito magoada.

– Filho da puta! – espantei-me com a mudança repentina de humor do Bernardo. – Se eu encontrar esse cara, vou deixá-lo irreconhecível.

– Olha só o lado machão dele aflorando – tirei sarro, porém me contive para não falar mais nada daquilo. – Mas enfim, ela está livre agora e eu sei que você sempre foi caidinho por ela. Só que não force as coisas agora, tudo bem? Vá se aproximando aos poucos, fique mais presente na vida dela. Quem sabe ela não passa a te olhar de outra forma e você sai dessa *friendzone* – dessa vez não me segurei e ri alto.

– Você está muito engraçadinha hoje, não é? Andou tendo boas transas?

– Sempre – pisquei para ele.

– E quando vai arrumar um namorado?

– Ixi! Está parecendo minha mãe. Não vou arranjar um namorado – mostrei-lhe a língua. – Gosto de viver assim, sem repetir meu acompanhante. Homem é que nem vestido de festa, não se pode usar mais de uma vez senão as pessoas reparam e começam a falar.

– E essa é a boa e velha Mariana – sorriu, balançando negativamente a cabeça.

Raquel e Cauã se aproximaram e com isso meu copo foi preenchido com cerveja. Bernardo passou a conversar mais com Raquel, aposto que começara a investir nela. No entanto, eu fiquei de olho, pois não queria que ele fosse rápido demais, ela ainda não estava pronta para se envolver com alguém.

Mais uns dois ou três copos de cerveja foram ingeridos por mim trazendo junto um pouco de euforia. Estava chegando a hora de escolher um bixo. Pensei em levar Bernardo comigo para que ele preparasse o rapaz para mim, porém, ao ameaçar comentar sobre isso, Bernardo esticou o braço para cima e acenou para alguém. Eu me virei e vi Leonardo. Sobressaltei-me na hora.

– O Léo voltou! – falei alto e dei gritinhos de alegria. – Quando é que ele chegou? – perguntei, fitando meu primo.

– Foi essa semana.

– E você nem para me avisar – fiz cara feia, que logo se dissipou ao notar Léo caminhando até nós. Reparei mais atentamente nele e fiquei admirada em como ele tinha mudado fisicamente. – Nossa! Como ele está bonito. Nem parece aquele *nerd* de sempre. Um ano nos Estados Unidos fez muito bem para ele.

Léo é mestiço e tem traços orientais muito fortes por causa da origem japonesa, e quando eu o conheci, tinha muita pinta de *nerd*. Nada mais clichê do que um mestiço estudante de Física, não é? Ele entrou na faculdade um ano antes de mim e eu só fui conhecê-lo quando o Bernardo foi dividir apartamento com ele. Ano passado não o vi porque estava em intercâmbio, mas pelo jeito terminou e voltou para cursar o último ano de faculdade.

Ah é, falei que ele estava bonito, só que, olhando mais de perto, ele ficou lindo mesmo! O cabelo agora estava mais comprido, a parte de trás cobrindo o pescoço e a parte da frente as orelhas. Um corte bem diferente, até parecia aqueles atores de *doramas* coreanos (é, eu assisto novela coreana, tá!). Notei também a barba contornando todo o rosto, pequenos brincos prateados de argola em cada orelha e que ele ganhara massa muscular. O que ele andou aprontando, hein? Mudou muito em pouco tempo.

Finalmente ele se aproximou e eu o abracei, enlaçando-me no seu pescoço e o beijando no rosto.

– Nossa, Léo, como você está gato – comentei, sorrindo.

Ele agradeceu um pouco sem graça e foi cumprimentar os outros. Ele sempre foi muito tímido, o que só aguçava a minha vontade de tê-lo para mim. Nunca consegui, já que Léo fugia dos meus olhares, mas percebi naquele momento que eu o queria, ainda mais lindão daquele jeito. Agora era questão de honra. Ri do meu próprio pensamento. Acho que o álcool está agindo muito sobre mim.

Leonardo não ficou muito, só o suficiente para conversar alguma coisa com o Bernardo. Eu bem que o queria mais ali perto de mim, quem sabe eu poderia fazê-lo perder a vergonha, não é? Infelizmente ele se foi e eu não tive a minha oportunidade. Contudo, lembrei-me do motivo da festa e levei todo mundo para outro cômodo da casa. O pessoal geralmente mantinha os bixos lá na sala, e, quando eu entrei, todos os veteranos me olharam com sorrisos carregados de segundas intenções. Bando de sem-vergonha! Pisquei para alguns deles e olhei para os calouros, a maioria deles sentados nos sofás e poltronas e poucos em pé. Muitos tinham cara de *nerd* e isso não me animou muito. A maioria eram rapazes de 17 e 18 anos completamente admirados com a festa e cheios de espinhas.

Analisei-os atentamente e minha atenção foi direcionada para um deles sentado em uma cadeira ao canto e de cabeça baixa, com os cotovelos apoiados nas pernas. Aproximei-me mais e com isso ele me fitou. Aquele sim valia a pena! Um lindo exemplar de pele morena e alto, aposto que ficará ainda mais gato com a idade. Sorri para ele e fui até Bernardo, que se juntara a mais alguns veteranos.

– Quero aquele ali – indiquei o rapaz.

Bernardo e os demais assentiram e foram buscar o rapaz. O pobre garoto os olhou com certo espanto e se levantou quando eles se aproximaram. Enquanto conversavam, segurei Raquel pela mão e pedi que ficasse comigo durante a minha conversa com o bixo. Ela não quis de início, mas eu acabei convencendo-a. Minutos depois, meu bixo foi levado até um dos sofás. Os veteranos que o acompanhavam mandaram os outros calouros saírem de lá, e assim foi feito. O meu escolhido sentou-se ali sozinho. Chegara a hora!

Levei Raquel comigo e nos acomodamos ao lado do rapaz. Ele nos olhou atentamente e sorriu de canto de boca, ajeitando melhor as costas no encosto do sofá.

– Olá! – cumprimentei. – Qual o seu nome?

Ele pregou seus olhos castanhos firmemente nos meus antes de responder:

– André.

– E você é calouro de qual curso, André? – continuei com as perguntas.

– Direito.

– Um curso bem concorrido... – olhei para o lado e, vendo Bernardo, fiz um leve movimento de cabeça e ele entendeu meu recado. Voltei-me para André. – Você me parece um rapaz bem quieto e reservado.

– Devo ser mesmo. Será que isso é ruim?

– Depende do momento, mas acho que na faculdade você aprenderá a se soltar mais.

Bernardo chegou em seguida e entregou um copo de bebida para André, que olhou receoso antes de pegar. Bernardo se retirou e André mirou a bebida.

– Pelo jeito você não é de beber, não é?

– Não... Na verdade nunca bebi... – suspirou e me encarou. – Mas para tudo tem uma primeira vez, não é? – virou o copo de uma única vez e fez careta ao terminar de ingerir.

– Vai com calma, menino – Raquel se pronunciou e retirou o copo vazio das mãos dele. – Você não me parece bem, aconteceu alguma coisa? – essa era a Raquel que eu conhecia, sempre muito preocupada com as pessoas.

– Aconteceram muitas coisas...

– Conte pra gente – falei, erguendo a mão em sinal para me trazerem mais bebida. Logo o copo de André estava cheio novamente.

Ele começou a falar que no ano anterior muitas coisas aconteceram em sua vida e que a primeira delas foi fazer parte de uma banda. Contudo, acabou se apaixonando pela vocalista e seu irmão também. Esse não foi o grande problema e sim o fato de ter descoberto que a garota sofrera abuso sexual. Nessa hora, André já tinha bebido vários copos e continuava a contar tudo como se nós fôssemos suas melhores amigas.

– Foi horrível vê-la daquele jeito – prosseguiu ele. – Ela estava destruída tanto por fora quanto por dentro, sabe? Eu não soube o que fazer e até agora não sei. Não consigo sequer olhá-la nos olhos sem me sentir mal por não ter feito algo.

– Calma, lindinho, o que aconteceu não foi culpa sua – acariciei seu rosto. – Sabe o que você deve fazer agora? Relaxar. Espere essa menina se recuperar e, quando ela estiver bem, você vai atrás dela.

Ele assentiu e virou o copo, bebendo todo o conteúdo. Pedi que Bernardo trouxesse mais, porém Raquel não deixou.

– Ele já está bem alcoolizado, não precisa de mais.

– Acho que preciso sim... Eu quero esquecer de muitas coisas – foi a vez de André esticar o braço e, em segundos, outro copo estava em sua mão.

– Então vem comigo – levantei-me e lhe estendi a mão. – Vou te mostrar uma coisa que tenho certeza de que você nunca viu.

Ele hesitou, mas acabou cedendo, do jeitinho que eu queria. Chamei Raquel para vir junto e ela nos seguiu. Caminhei com André para o andar de cima e, assim que começamos a subir a escada, alguns dos veteranos começaram a bater palmas.

– Aberta a temporada de caça aos bixos! – gritou alguém lá embaixo e eu ri.

Adentrei um dos primeiros dormitórios. Ali só havia uma cama de solteiro, o guarda-roupa, uma mesa e cadeira. Pedi que André se acomodasse na cadeira e Raquel na cama. Tranquei a porta e parei diante de André.

– Quero que me prometa uma coisa – disse a ele.

– O quê?

– Quero que, quando aquela menina de quem você gosta se recuperar e passar a procurar por um relacionamento, que você seja um verdadeiro homem.

– Como assim? – ele enrugou a testa. – Eu sou um homem. Morro por ela se for preciso.

– Quero que você a trate tão bem na cama a ponto de fazê-la esquecer tudo de ruim que aconteceu com ela, entendeu? – ele engoliu em seco e abriu a boca para dizer algo, o que não permiti. Continuei: – Eu sei que você é virgem, isso está estampado na sua cara. E é exatamente por isso que temos essa cerimônia na festa dos calouros. Podemos dizer que é um rito de passagem. A partir de hoje você não será mais um adolescente e sim um homem, e eu vou te ajudar nisso.

Inclinei o corpo para a frente e o beijei primeiro devagar e em seguida aumentando a intensidade. Segurei suas mãos e as coloquei em mim, na cintura, dizendo como ele deveria pegar em uma mulher. Suas mãos foram descendo por vontade própria e sorri com aquilo. Olhei para Raquel e pisquei para ela, que revirou os olhos e deixou-se cair deitada na cama.

Indiquei para André a barra do meu vestido e ele a segurou, puxando para cima. Ajudei-o com a retirada da peça e em segundos eu estava só de calcinha na frente dele.

– Aposto que nunca viu uma mulher nua tão de perto, não é? – ele negou.

Retirei a calcinha lentamente e entreguei a ele. Depois puxei sua camiseta dele e desabotoei a calça, livrando-o das peças. Seu pênis já estava totalmente rígido. Segurei-o firmemente entre as mãos e subi em seu colo, colocando-o dentro de mim de uma única vez. Arfei na hora. Iniciei os movimentos para cima e para baixo. André mantinha as mãos na minha bunda e a boca nos seios. Ele até podia ser virgem, mas fazia as coisas direitinho.

Raquel sentou-se na cama e nos mirou boquiaberta. Pisquei para ela e indiquei o guarda-roupa. Ela franziu o cenho e foi até o objeto. Pedi que abrisse uma das gavetas e pegasse uma venda. Como eu sabia que tinha uma venda lá? Esqueceu que sou patrimônio dessa festa? Sei de tudo por aqui.

Raquel me entregou o tecido preto e eu o coloquei sobre os olhos de André.

– Quero que você apenas sinta tudo – sussurrei em seu ouvido. – Sinta cada pedacinho da minha pele com o toque; sinta o meu gosto com a boca; e se sinta dentro de mim.

Ele me apertou ainda mais, e, quando voltei aos movimentos, agora mais intensos, um gemido grave saiu de André. Sorri com a cena e prossegui. Ele perdeu todo o pudor de outrora e passou a me tocar de forma mais lasciva, indo dos seios à região íntima, e me fazendo gemer gostosamente. Inclinei a cabeça para trás, facilitando assim o acesso da boca dele em meus seios, e vi Raquel com o rosto completamente vermelho de excitação. Mexi a boca em uma pergunta sem som, na qual eu questionava se ela queria também. Ela mordeu a boca e confirmou com a cabeça. Nessa hora, apoiei-me nos ombros de André, ajeitando-o melhor dentro de mim e o fazendo atingir aquele pontinho da extrema felicidade.

Movi-me tão rapidamente e gemi tão alto que provavelmente as pessoas que passassem pelo corredor escutariam. Tê-lo ali dentro de mim, preenchendo-me, era a melhor sensação do mundo, não havia coisa melhor. Quer dizer, havia sim e se chamava orgasmo. E quando o meu chegou, contraí-me toda e praticamente gritei. Meu corpo se encolheu e André acariciou minha pele arrepiada.

Lógico que eu gostaria de continuar com o sexo, mas não poderia ser egoísta, e por isso, respirando fundo, saí de cima dele. Chamei Raquel com a mão e ela logo se pôs em pé, vindo correndo até mim. Ajudei-a a retirar o vestido rapidamente, e quando ficou nua, tomou a posição que pertencera a mim. Ela logo gemeu assim que começou com o ato e eu fiquei ali parada admirando o sexo deles.

Por fim me vesti e, antes de sair do quarto, falei no ouvido de Raquel:

– Se despeça dele por mim.

Ainda beijei os lábios quentes de André e saí do dormitório, deixando-os lá para que aproveitassem o momento de prazer. Eles, mais do que ninguém, mereciam isso. André por ser um rapaz tendo a sua primeira experiência sexual que o ajudaria a esquecer de algumas coisas da vida e dar continuidade a ela; e Raquel por tudo o que passou com o término do namoro. Ela precisava de alguns orgasmos para se sentir bem.

Desci a escada e encontrei Cauã não muito longe dali. Assim que me aproximei, pulei em suas costas e contei o que nossa amiga estava fazendo. Ele também ficou feliz pela Raquel.

Permaneci na festa por mais algum tempo, porém chegou uma hora em que muitos dos caras com quem já saí começaram a me cercar pedindo por beijos ou por mais uma noite. Queriam sair comigo de novo. Bando de chatos! Eu sempre deixava bem claro que era uma única vez e pronto!

– Vamos lá, delícia – disse o rapaz que levei para o meu apartamento no último final de semana. – Bem que podemos repetir a dose.

– Já disse que não faço isso. Você pode ser todo gostosinho aí, mas a sua vez já foi – sorri e o beijei na bochecha. – Foi a primeira e última, se quiser de novo terá que imaginar.

Eles ficavam indignados comigo. Mas fazer o quê, sei que sou muito boa no que faço e por causa disso eles imploram por mais um pouquinho de mim.

Saí da festa na companhia de Raquel e Bernardo. Cauã resolveu ficar mais um pouco porque encontrara um calouro gay. Bernardo nos deixou no nosso prédio e com isso eu e Raquel subimos bem felizes para o apartamento. Ela nem parecia aquela moça cabisbaixa de mais cedo.

Raquel me ofereceu um chá e eu aceitei. Sentei-me à mesa da cozinha enquanto ela colocava a água para ferver. Pus minha pequena bolsa diante de mim e a analisei atentamente. De repente lembrei-me de seu espelho interno e decidi ver como estava a minha aparência. Abri-a e na mesma hora caiu de dentro dela uma pétala de rosa.

– Mas que porra é essa? – reclamei e Raquel se virou para mim perguntando o que tinha acontecido. Mostrei-lhe a pétala. – Ela acabou de cair da minha bolsa. Quem a colocou aqui dentro?

– Não sei. Não foi você mesma?

– Não. Nem me lembro da última vez que peguei em uma flor. Deve ser coisa do Cauã, só pode, ele que ficou com a minha bolsa por alguns minutos.

Chegamos à conclusão de que só poderia ter sido aquilo mesmo. Bebemos o chá em silêncio e, ao terminar, avisei que tomaria uma ducha e já me deitaria, pois daria aula sábado o dia todo. O banho foi rápido, o suficiente para tirar os vestígios do sexo do corpo. Vesti-me com um shortinho de pijama e uma blusinha. Ao deitar-me na cama pronta para dormir, coloquei a mão embaixo do travesseiro e senti algo a mais ali. Na mesma hora fiquei em pé e acendi a luz. Puxei o travesseiro e vi mais uma pétala de rosa.

Não, aquilo não estava acontecendo. Agora pétalas de rosas começaram a aparecer nas minhas coisas? Que merda era aquela? Peguei a flor, amassei e joguei no lixo. Palhaçada! Se for alguma gracinha do Cauã, ele vai ver só!

3

Eu Não Preciso de um Namorado

Eu definitivamente odeio trabalhar aos sábados, ainda mais depois de uma festa na sexta. Porém, não há outra alternativa para mim. Sou professora de inglês e no sábado é o dia em que há mais turmas. Sendo assim, permaneço o dia todo na escola. Quando chego em casa à noite, geralmente me jogo na cama e tiro um cochilo; no entanto, naquele dia não. Mal havia entrado no apartamento e já fui ligando para Cauã, pedindo que aparecesse em casa imediatamente. Ele reclamou, mas acabou fazendo a minha vontade.

Cauã chegou pouco tempo depois e eu já fui indagando inquisitivamente:

– Foi você que colocou uma pétala de rosa na minha bolsa e outra na minha cama?

– Pétala de rosa? – franziu o cenho. – Eu não. Por que faria isso?

– É exatamente o que quero saber. Alguém colocou e não sei quem é. E você ficou com a minha bolsa ontem e teve acesso ao meu quarto.

– Sim, Mari – sentou-se pensativo no sofá. – Mas não coloquei nada nas suas coisas. Só que, pensando bem, eu deixei sua bolsa sozinha durante um tempinho enquanto ia pegar bebida.

– Ótimo! – afundei-me ao seu lado. – Agora tem um maníaco colocando flores nas minhas coisas – bufei.

– Como você sabe disso? Por que acha que é um maníaco?

– O que mais tinha ontem na festa eram caras com quem eu já saí, e alguns são tão apaixonados por mim que sempre imploram para que eu lhes dê outra chance... Vai ver algum deles está tentando me seduzir – comecei a rir.

– É o preço que você paga por tratar os homens como objeto. Faz os coitadinhos sofrerem – Cauã também riu.

– Ah, qual é? Todos eles sabem que não me envolvo emocionalmente. Deixo isso bem claro. A culpa não é minha que sou irresistível e eles se apaixonam – mandei um beijo para Cauã e uma piscada.

– Convencida – ele jogou uma almofada em mim e assim começamos uma guerrinha boba.

Só paramos quando Raquel chegou, toda sorridente e cheia de sacolas. Pelo jeito ela estava melhor, até fora às compras. Raquel se acomodou entre nós e mostrou tudo o que comprara, desde blusinhas, vestidos e sapatos. Ela era uma moça bem de vida, tanto que não precisava trabalhar, diferente de mim, pois seus pais lhe mandavam dinheiro todo mês. Mesmo sendo toda patricinha, Raquel era um amor de pessoa, nem um pouco esnobe. Seu jeitinho delicado deixava-a mais meiga, e suas roupas geralmente de cores claras davam-lhe um ar de bonequinha. Ela também é toda romântica, por isso ficou completamente abalada com o fim do namoro. Contudo, parece-me bem melhor agora. Preciso contar isso para o Bernardo! Eu sabia que ter uma transa a ajudaria um pouco. Quer dizer, ajudou-a e muito.

Naquela noite não saímos de casa, ficamos nos entupindo de pipoca e vendo um filme. Aquelas comédias românticas, sabe? Não que eu goste desse tipo de filme, mas meu voto foi vencido por Cauã e Raquel.

Conversamos e rimos muito durante praticamente a noite toda.

Ao ir me deitar para dormir, puxei o travesseiro e respirei aliviada por não haver ali uma pétala. Preciso parar com isso, estou ficando paranoica.

No domingo de manhã, acordei cedo, tomei café e saí. Pelo menos dois domingos por mês eu visitava minha família. Como o caminho era longo, pois moravam em Guarulhos, eu saía cedo de casa. Tinha que pegar ônibus até o metrô, fazer baldeação, e depois tomar outro ônibus intermunicipal para Guarulhos. Eu demorava quase três horas só para ir. Isso sem trânsito.

Desci no ponto de ônibus, na periferia de Guarulhos, quase na hora do almoço. A avenida movimentada, tanto de pessoas quanto de veículos, e o sol extremamente forte, sequer parecendo outono, me fez sorrir. Toda aquela bagunça e barulho me faziam recordar da minha infância e adolescência vividas ali.

Andei ainda uns dez minutos até chegar ao meu destino. Parei diante do pequeno portão enferrujado e apertei a campainha. Enquanto aguardava alguém vir me atender, olhei ao redor, mirando atentamente as demais casas, uma construída muito próxima à outra, e a maioria de tijolos expostos, sem o acabamento. Vi também crianças correndo descalças na rua íngreme atrás de uma pipa colorida. Voltei minha atenção para a casa da minha família quando ouvi a porta da sala se abrir. Acenei para minha irmã e ela sorriu, vindo me receber. Assim como todos os meus familiares, menos eu, Nayara é negra. Seus cabelos alisados se estendiam até os ombros e ela se parecia muito comigo fisicamente. Tinha 19 anos, cinco a menos do que eu.

Não que eu seja muito mais clara do que ela; nem mesmo eu sei qual é o tom da minha pele. Às vezes me acho negra, outras morena. Mas enfim, por sermos filhas de pais diferentes, Nayara e meu irmão são mais escuros do que eu. Talvez o termo mulata se encaixe perfeitamente em mim.

Nayara me abraçou fortemente e me levou para dentro. Na sala, encontrei meu padrasto e o cumprimentei com um abraço. Ele sempre foi como um pai para mim, já que eu raramente via o meu. Caminhei para a cozinha e lá vi minha mãe cozinhando.

– E olha só a dona Graça enfiada nessa cozinha – comentei e ela se virou para mim, percebendo a minha chegada.

Ela sorriu, limpou as mãos no avental e veio me abraçar.

– Estava com saudades de você, minha filha.

– Eu também estava com saudade de você – beijei-a no rosto e acariciei seus cabelos crespos presos em um coque.

Minha mãe voltou para o fogão e eu me sentei à mesa. Ela era mais baixa do que eu e com marcas de todos esses anos de trabalho braçal espalhadas pelo corpo e rosto. Tinha apenas 43 anos, mas parecia ter mais. Suspirei desanimada. Admiro muito minha mãe por tudo o que ela passou na vida. Nasceu em uma família extremamente pobre em uma pequena cidade no interior de Pernambuco e a primeira coisa que fez quando completou 18 anos foi vir para São Paulo com o desejo de melhorar de vida. Instalou-se sozinha na periferia de Guarulhos, que na época era muito pior do que é hoje, e começou a trabalhar de empregada doméstica na casa de uma família rica no centro da cidade.

Minha mãe frequentou pouco tempo a escola, tanto que tem muita dificuldade para ler ou escrever. Não sei se é pela falta de instrução, mas ela é muito inocente e acredita em tudo o que lhe contam ou prometem – claro que com os filhos é diferente, não deixa passar uma mentira. E foi assim, por acreditar nas palavras de seu patrão, que a elogiava e dizia que a amava, que eu fui concebida. Até hoje tento imaginar a cara do meu pai quando ela contou que estava grávida. Sei que ele fez de tudo para que minha mãe abortasse, só que ela não quis. Apegou-se a mim desde quando descobriu da gravidez.

A esposa do meu pai teve uma crise de nervos quando descobriu tudo. Não é para menos, não é? Deve ser difícil ver seu marido se encantar pela empregada negra, pobre e sem estudo. Contudo, ela não se separou do meu pai.

Não gosto da minha madrasta nem ela de mim. Quando eu era criança ainda frequentava a casa deles porque meu pai me levava lá, porém, quando entrei na adolescência, não quis mais ver a cara dela com frequência. Ela não se conforma até hoje de eu ter nascido com os olhos verdes idênticos aos do meu pai, sendo que seus filhos, meus dois irmãos, não os têm.

Dessas visitas à casa do meu pai, conheci mais a família dele, e com isso criei uma grande amizade com Bernardo, que é filho do primo do meu pai. Ele foi a única coisa boa que tirei daquela família. Eu até tinha raiva do meu pai quando era mais nova, entretanto, ele me ajudou quando eu precisei dele, e por isso sou extremamente agradecida mesmo que eu não goste de lembrar desse assunto...

– Você está pensativa, Mariana. Aconteceu alguma coisa? – perguntou minha mãe, tirando-me dos devaneios.

– Não é nada – sorri. – Só estou aqui me deliciando com o cheiro da sua comida. Senti muita falta dela também.

Ela desligou o fogão e veio se sentar à minha frente. Questionou-me sobre o trabalho e se as aulas da faculdade tinham começado, não deixando de perguntar se eu arranjara um namorado.

– Já disse que não quero um namorado, mãe – reclamei. – Estou bem assim, você não vê? Gosto do meu trabalho e estudo em uma das melhores universidades desse país. Por que precisaria de um namorado?

– Eu me preocupo com você, Mariana. Você não namorou mais ninguém depois do Wellington e...

– Não quero lembrar dele! – levantei-me da mesa e andei sem destino pela cozinha. – Por favor, mãe, não toque mais no nome dele.

– Tudo bem, minha filha, mas preciso te contar uma coisa e te pedir ajuda.

Alarmei-me com o tom que ela usou e sentei-me em uma cadeira ao seu lado.

– O que foi?

– Já faz um pouco mais de um mês que o Wellington saiu da prisão, e eu o vi algumas vezes conversando com o seu irmão na saída da escola – fechei os olhos torcendo para aquilo não ser verdade. – E eu encontrei isso no bolso da calça do Roberto – tirou de dentro do sutiã um pequeno embrulho e me entregou.

Analisei atentamente e uma raiva me consumiu. Apertei o embrulho na mão, não acreditando que aquilo estava acontecendo.

– Onde está o Roberto? – perguntei com a voz fraca.

– No quarto, ele passou a ficar horas trancado lá – minha mãe pousou a mão em cima da minha. – Eu não sei o que fazer e ainda não contei para o pai dele. Se você puder me ajudar...

– Pode deixar, vou conversar com ele.

Saí da cozinha caminhando apressadamente até o quarto do meu irmão Roberto. Parei diante da porta e bati duas vezes chamando por ele, que demorou para responder. Mandei que abrisse. Ouvi uma movimentação no aposento e só depois de o barulho cessar ele veio abrir a porta. Mesmo tendo 16 anos, Roberto já era mais alto do que eu, mas continuava com cara de moleque. Forcei passagem e entrei em seu quarto abruptamente.

– Ei! – reclamou. – Como você vai entrando assim? Precisa pedir antes.

Olhei raivosamente para ele e fechei a porta. Ele se espantou. Apontei o dedo para o seu rosto e comecei com as perguntas.

– O que você está fazendo se encontrando com o Wellington? – ele desviou os olhos dos meus. – Não sabe que esse cara é o maior tranqueira?

– Não devo satisfação da minha vida pra você – deu-me as costas e eu fiquei ainda mais nervosa.

– O que ele quer com você, Roberto? O que está te oferecendo? – ele não respondeu. – Estou falando com você, garoto! – gritei.

– Fala baixo – suplicou. – Quer que todo mundo ouça?

– Então agora você está com vergonha? Na hora de se envolver com aquele bandido você não pensa nisso!

– Quem se envolveu com ele primeiro foi você, não é? Ou vai me dizer que se esqueceu de que namorou com ele?

– Olha aqui, moleque – falei entredentes. – Isso já faz muito tempo. E não mude de assunto. Ele está te usando para levar as drogas, não é? Aposto que te mandou vender dentro da escola também.

– Você não sabe do que está falando...

– Sei sim – mostrei-lhe o embrulho de maconha. Seus olhos se arregalaram. – Sabe quem me entregou isso? A nossa mãe. Ela já sabe de tudo. Você realmente acha que ela merece um filho bandido depois de tudo o que ela já passou nessa vida para nos criar? Acha mesmo, Roberto?

Ele contorceu os lábios e se sentou na cama de cabeça baixa. Respirei fundo e me acomodei ao lado dele. Continuei falando:

– Você sabe por que o Wellington quer você? Porque você só tem 16 anos. Traficantes como ele usam garotos como você para fazer o serviço sujo para que eles não precisem correr o risco de serem presos, só por isso – toquei-o no ombro. – Por favor, não deixe ele te usar.

– Não vou deixar – sua voz saiu fraca.

– Você não está consumindo as drogas, não é?

– Não – balançou a cabeça em negativa. – Ele me proibiu de usar qualquer coisa.

– Pelo menos isso – peguei-o pelo queixo e o fiz me encarar. – Quero que você devolva tudo o que ele te deu, entendeu? Diga que não quer mais fazer parte disso. Prometa também que não contará nada do que você sabe dele para outras pessoas. E se ele perguntar por que você está saindo, mande ele vir falar comigo.

Roberto concordou e eu o abracei. Pedi que também fosse se desculpar com a nossa mãe. Deixei seu quarto e fui conversar com Nayara, colocar o papo em dia. Rimos muito, como duas irmãs devem fazer, e depois fomos almoçar quando nossa mãe nos chamou.

Passei praticamente a tarde toda lá, só indo embora quando o sol começou a se pôr. Como o caminho seria longo, eu não poderia me demorar mais. Os olhos de minha mãe sempre marejavam quando eu me despedia. Ela tentava disfarçar a tristeza por me ver indo embora, mas não conseguia. Eu a abraçava com um aperto no coração, sorria e dizia que ligaria para ela todos os dias daquela semana. Ela apenas concordava e esfregava os olhos para segurar o choro.

No caminho de volta resolvi ligar para o meu pai. Fazia tempo que não falava com ele. Não conversamos muito, só o suficiente para nos atualizarmos um da vida do outro.

Quando finalmente cheguei ao apartamento, no momento em que colocava a chave na fechadura, meu celular tocou. Empurrei a porta e atendi meu primo.

– Onde você está? – perguntou ele.

– Vai ficar vigiando a minha vida agora? – rebati.

– Eu só quero saber onde você está, prima, não precisa vir com quatro pedras na mão.

– Acabei de chegar em casa – respondi, indo até Raquel e a cumprimentando com um beijo no rosto e me acomodando ao lado dela no sofá.

– Então, está a fim de um jantar?

– Jantar? Onde?

– Na sua casa. O que acha de cozinhar para o seu primo favorito?

– Rá! – ri alto. – Você está pensando que sou o quê, hein? Alguma empregada sua? Pode desistir disso! Que garoto folgado. E ainda por cima machista por achar que vou para o fogão para te agradar.

– Que escândalo, Mari. Só quero me aproximar da Raquel. Você não disse para eu me fazer mais presente na vida dela? – é, eu tinha dito aquilo. – Então, quero começar logo antes que outro macho a cerque.

Suspirei, já rendida.

– Tudo bem... Mas não vou cozinhar. Trate de comprar alguma coisa e trazer pra gente. Espera! – virei-me para Raquel. – Você está com vontade de comer o quê?

Ela torceu os lábios e olhou para cima, pensativa.

– Comida japonesa – disse por fim.

– Ouviu, bebê, ela quer comida japonesa – falei para Bernardo, chamando-o pelo apelido que tanto odiava.

– Não acredito que você está me chamando assim na frente dela... – bufou. – Estou indo comprar a comida. O japa vai também, beleza?

Concordei e desliguei. Seria bom ter o Léo ali, quem sabe eu não quebrava aquela timidez dele...

– Então o Bernardo vai trazer comida? – perguntou Raquel e eu assenti. – Que bom, estava pensando em pedir algo mesmo.

– O Bernardo é bem atencioso quando ele quer – cruzei as pernas sobre o sofá e fiquei de frente para ela. – O que você acha dele?

– O que eu acho dele? – enrugou a testa. – Acho um cara normal. Por quê?

– Não nesse sentido, Raquel. O Bernardo é solteiro e bem bonitão. Você não acha que poderia rolar algo entre vocês?

– Claro que não! – ficou em pé. – Ele é só meu amigo. E além do mais, não quero ter nada com ninguém durante um bom tempo.

– Será adepta ao meu modo de vida então?

– Nem tanto – riu. – Só quero ficar sozinha, sem ter que me preocupar com um relacionamento.

– Você não precisa se relacionar com o Bernardo, pode muito bem dar uns pegas nele. Já ouvi das garotas que saíram com ele que ele sabe muito bem o que faz – pisquei com segundas intenções.

– Já disse que não, Mari. Você também só pensa em sexo, mas que coisa. Tenho o Bernardo como um amigo, apenas isso. E ele não me atrai tanto assim. Não gosto das roupas que ele usa nem do ar pegador que ele exala. Gosto de homens mais tranquilos e com barba no rosto – acariciou a própria bochecha como se recordando da sensação causada pelo pinicar da barba.

Concordei com ela e não comentei mais nada sobre o assunto; contudo, registrei na minha mente tudo o que ela falara para contar para o Bernardo depois.

Raquel começou a arrumar a sala para receber os meninos. Colocou as almofadas no chão ao redor da mesa de centro. Disse que nos sentaríamos no chão para comer, entrando no clima do cardápio. Não me opus em momento algum e deixei que ela fizesse da forma que mais lhe agradasse. Raquel ficou na sala dando os últimos detalhes na sua arrumação enquanto eu fui para o quarto terminar de separar algumas atividades para os alunos.

Devo ter ficado ali no computador uma meia hora vendo vídeos e *sites* que eu poderia usar na aula. Só cessei meu trabalho quando o estômago se queixou da falta de comida. Ameacei pegar o celular e ligar reclamando para o Bernardo, entretanto, o interfone tocou e eu corri para atender. Pedi que o porteiro deixasse os meninos subirem e assim foi feito. Encostei-me ao batente da porta e olhei para o elevador esperando por eles. Os números digitais em cima da passagem começaram a subir, só podia ser eles. Chegando ao nosso andar, ele parou e a porta se abriu. Bernardo e Leonardo saíram carregando algumas sacolas. Meu primo sorriu para mim e Léo também. No entanto, desanimei-me ao bater os olhos na roupa de Bernardo. Usava uma camiseta justa demais para seu porte físico, de cor verde, e uma bermuda jeans acima dos joelhos. Acima dos joelhos? Assim não dá!

Léo, por sua vez, vestia uma camiseta grafite e bermuda preta, essa abaixo dos joelhos, ainda bem! Bernardo me beijou no rosto, entrando logo em seguida. Léo também veio me beijar em cumprimento, e eu inspirei profundamente para guardar na memória seu cheiro gostoso. Aproveitei também para dar uma de louca. Assim que ele foi encostar os lábios no meu rosto, virei um pouquinho fazendo com que o beijo fosse no canto da boca em vez da bochecha.

– Ops! – disfarcei. – Foi sem querer.

Ele ficou sem graça e se desculpou, distanciando-se rapidamente de mim. Suspirei desanimada. Seria difícil fazer com que ele perdesse aquela timidez, mas eu gosto de desafios e aceito esse.

Raquel ajudava os meninos com a comida quando me aproximei.

– Eu trouxe sobremesa também – comentou Bernardo, tirando da sacola um potinho de sorvete de morango que estendeu para Raquel. Nessa hora, bati a mão na testa. – Você gosta? Comprei esse pra você.

Ela olhou do sorvete para Bernardo e sorriu sem graça, pegando o pote.

– Na verdade eu não gosto de sorvete, mas obrigada por se lembrar de mim. Vou guardar os outros na geladeira – pegou a sacola da mão dele e foi para a cozinha.

Cheguei perto de meu primo e lhe dei um tapa no braço.

– Você deveria ter me perguntando do que ela gosta – sussurrei.

– Mas eu ia adivinhar que ela não gosta de sorvete? Quem nesse mundo não gosta de sorvete?

– A Raquel – revirei os olhos. – Da próxima vez me pergunte antes de fazer algo do tipo.

Ele concordou e se sentou meio tristonho em uma das almofadas do chão. Olhei para Léo e este me encarava atentamente, parado não muito longe de nós e com as mãos nos bolsos. Mirei seus olhos negros e ele sustentou meu olhar. Nossa! Pela forma que ele me olhava nem parecia aquele Léo tímido. Havia alguma coisa ali que eu desconhecia e nessa hora só senti mais vontade de tê-lo para mim. Sorri para ele e pedi que se acomodasse.

Raquel voltou e juntou-se a nós. Abrimos as embalagens das comidas e começamos a nos deliciar com o *yakissoba*, arroz branco, *tempurá* de legumes e camarão e algumas porções de *sushi*. Raquel e Léo mostraram muita habilidade com os palitinhos, o *hashi*. Já eu e Bernardo éramos uma negação e não conseguíamos sequer segurar os dois juntos sem derrubar. Isso gerou muitas gargalhadas.

– Você nunca vai conseguir segurar desse jeito – falou Léo, segurando a minha mão e tentando encaixar o *hashi* corretamente. Não prestei atenção na explicação dele e sim no seu toque em minha pele e sua aproximação. – Entendeu? – a indagação em voz grave me fez voltar à realidade.

– Na verdade não – entreguei-lhe o *hashi*. – Acho que você deveria dar na minha boca.

Ele riu sem graça, mas, ao contrário do que pensei, fez uso do *hashi*, apanhou um *sushi* e levou até à minha boca. Mordi cuidadosamente não desgrudando a vista de seus olhos orientais e nem ele de mim. Todavia, devo ter puxado com muita força o *sushi* e com isso ele caiu no chão entre nós, quebrando qualquer clima que se formava. Todos riram.

– É, acho melhor você usar um garfo – dizendo isso, Léo se levantou e foi até a cozinha.

– Droga – resmunguei em voz baixa. – Pensei que agora ele fosse se render a mim.

– Será uma batalha difícil, prima – comentou Bernardo. – O Léo nunca saiu com nenhuma mulher aqui da faculdade.

Meu queixo caiu e só não gritei para que Bernardo me contasse aquela história direito porque Léo voltou com o garfo. Continuamos a comer e dessa vez eu fiquei quietinha. Pensando bem, eu precisava saber mais sobre o Léo caso quisesse investir nele. Não que eu sempre fizesse isso para sair com algum cara, foram apenas poucos os casos em que precisei me empenhar mais do que o normal, só que o Léo é um tanto misterioso e sua timidez aguça ainda mais minhas vontades. Na verdade, nunca dei tanta atenção assim para ele, até porque ele também vivia enfiado dentro do quarto estudando. Não saía para festa nenhuma. Mas agora, depois que voltou lindão do intercâmbio, seria impossível não tentar nada, sinto muito. Quer dizer, não sinto nada, quero mais é tê-lo para mim.

Bernardo fez várias tentativas de puxar assunto com Raquel, entretanto, ele não era muito bom naquilo, falava umas coisas nada a ver. Foi nessa hora que percebi que ele realmente não fazia esforço algum para sair com as garotas, elas caíam aos seus pés, tanto que ele não consegue manter uma conversa com uma mulher que não esteja interessada nele. Acho que sou a sua única amiga.

Não permiti mais que Bernardo continuasse a dar bola fora e forcei a troca do assunto. Seria melhor falar sobre a faculdade, um assunto comum a todos. Raquel, Cauã e eu estávamos no último ano do curso de Enfermagem, e isso acarretaria em fazer o TCC e o estágio. Eu já me sentia cansada só em pensar nessas coisas. Bernardo cursava Economia e também estava no último ano. Léo estudava Física com habilitação em alguma coisa que eu não me lembrava. Seria astronomia? Sei lá. Já era para ele ter se formado, mas como ficou um ano fora em intercâmbio, agora precisava cursar os dois semestres restantes.

– E como foi lá nos Estados Unidos? – puxei papo. – Você nem me contou.

– Foi normal – deu de ombros. – Estudei bastante e melhorei meu inglês. Conheci muita gente importante também.

– Não foi em nenhuma festa? É verdade que o pessoal tira a roupa nas festas das faculdades?

Todos riram, até mesmo o Léo.

– Na verdade, fui em algumas e... – hesitou e encarou-me atentamente antes de sorrir e responder bem mais descontraído. – Ninguém segura aquele povo quando começa a beber. Nunca vi tantos peitos na minha vida.

Gargalhamos.

– E você nem me contou isso, japa? – reclamou Bernardo. – Se eu soubesse que o negócio era assim teria ido passar uns dias lá com você.

– Você não me perguntou – respondeu com um meio sorriso nos lábios. – E eu também não ia muito nas festas. Eu estava lá para estudar e foi isso que fiz.

– *Nerd* – falei, mostrando a língua para ele. – Mas pelo menos você voltou mais sociável de lá e até mais bonito. O que andou fazendo, hein?

– O pessoal lá só come porcaria. Eu comecei a me sentir mal por estar comendo tanta coisa não saudável e iniciei uma rotina de exercícios. Como não pratiquei o kung-fu lá, passei para outras atividades físicas. Acha mesmo que fiquei bem? – um leve sorriso apareceu em seus lábios e eu estranhei tal atitude. Ele mudara muito!

– Com certeza – não perdi a oportunidade de comentar e acrescentei: – Está totalmente pegável.

Ele sorriu mais largamente e desviou a vista da minha, voltando à sua comida. E ali estava a timidez novamente. Não me importei com ela e decidi que me divertiria muito tentando fazer com que Léo me quisesse. A partir daquele momento, eu o faria me desejar ardentemente, pode ter certeza disso.

Conversamos mais sobre poucas coisas até o primeiro bocejo vir de Raquel.

– Hora da princesa ir para a cama – disse eu só para enchê-la.

Ela sorriu e começou a recolher as embalagens vazias. Bernardo ameaçou ajudá-la, mas eu o puxei de lá, levando-o para o meu quarto.

– O que foi, Mari?

– Tenho algumas coisas para te contar.

Comentei sobre tudo o que a Raquel dissera dele, o que o fez ficar um tanto cabisbaixo.

– O que há de errado com a minha roupa? – apontou para ele mesmo.

– Sério que você não sabe? – balancei a cabeça em negativa. – Se você quiser posso te ajudar nisso. Que tal comprarmos uns trapinhos melhores pra você? Mais masculinos – ri contida com o meu comentário e ele me beliscou na cintura. – Me liga essa semana e a gente marca alguma coisa. Vou ver se arrasto o Cauã junto. Ele entende tudo de moda masculina.

Bernardo suspirou pesadamente, provavelmente não gostando nem um pouco de tudo aquilo. Ainda o aconselhei a conversar com a Raquel de forma mais descontraída, que nem fazia comigo, e deixar a barba crescer um pouco. Ele concordava com tudo o que eu falava e, em agradecimento, falou em voz baixa:

– Então vou te contar um segredinho do japa.

Já fiquei interessada.

– Pode falar.

– Como disse, ele nunca saiu com nenhuma garota da facul e nem fora daqui – meu queixo voltou a cair e precisei interrompê-lo.

– Ele é gay?

– Não – riu. – Ele tinha uma namorada, mas faz algum tempo que eles terminaram.

Senti-me mais aliviada e perguntei:

– Por que terminaram?

– Não sei, mas ele era completamente apaixonado por ela. E na verdade acho que é até hoje, por isso nunca saiu com ninguém depois dela.

– Que deprê – fiz careta. – Apaixonado pela ex.

– É, por isso acho que será difícil você conseguir alguma coisa ali. Mas quem sabe, não é? Nunca vi um cara resistir a você – apertou minha bochecha de forma brincalhona e eu lhe acertei um tapa na mão.

– Você vai ver, priminho. Não demorará muito para o Léo estar aos meus pés.

– Essa eu quero ver.

– Duvida? Quer fazer uma aposta? – desafiei.

– E o que eu ganho se você não conseguir conquistar o Léo?

Fiquei pensativa por alguns segundos.

– Sei lá, você tem de tudo. O que quer?

– Quero que você me conte por que tem sonos tão inquietos às vezes e pesadelos que a fazem gritar e chorar.

Surpreendi-me com sua fala. Fiquei até paralisada. Minha respiração quase se extinguiu e eu ouvia com clareza as batidas aceleradas do coração. Dei um passo para trás e passei as mãos no rosto, limpando-o do suor que surgira do nada. Eu não gostava de me lembrar do motivo dos meus pesadelos, ainda mais hoje depois de ter ido até a casa da minha família. Aquele lugar trazia muita coisa à tona. Respirei fundo diversas vezes e falei, com a voz mais baixa:

– Por que você quer saber isso?

– Sou seu melhor amigo e você nunca me contou sobre isso. Acha que eu ficava feliz por ver minha prima gritar horrores durante a noite e vir se deitar comigo chorando e tremendo de medo de algo que eu não sabia e até hoje não sei? Você nunca quis me contar...

– Não é um assunto que eu goste de contar para as pessoas. Na verdade, nunca contei para ninguém.

– Eu sei, por isso estou propondo que me conte agora.

– Mas não se esqueça de que se eu conseguir conquistar o Léo não vou te contar coisa alguma – mostrei-lhe a língua e ele me abraçou carinhosamente.

– Então estou torcendo para que você não o conquiste.

– Mas e se eu conseguir, o que ganho? – soltei-me de seu abraço para encará-lo.

– O que quiser.

– Quero que você faça a Raquel a mulher mais feliz desse mundo, entendeu? Por isso se esforce para conseguir essa mulher!

Ele riu e voltou a me abraçar, dessa vez fortemente. Parecíamos dois bobos, ainda mais quando começamos a rir. Retornamos à sala e Raquel e Léo já tinham recolhido todas as embalagens vazias. Bernardo me deu um beijo no rosto em despedida e foi dizer tchau para Raquel. Léo também se despediu dela e depois veio até mim. Seria uma boa hora para eu dar mais uma cutucada nele?

– Boa noite, Mari – disse ele me beijando no rosto. Dessa vez fiquei quietinha, apenas sentindo seus lábios na minha bochecha.

– Não sei se terei uma boa noite – falei em voz baixa para que só ele escutasse.

– Por quê? – olhou-me atentamente e com o cenho levemente franzido.

Eu dei pulinhos de alegria interiormente por causa de sua pergunta, encostei a boca em sua orelha e sussurrei sensualmente:

– Porque eu só teria uma boa noite se você fizesse parte dela... – beijei suavemente sua orelha e me afastei sorrindo lindamente.

Não sei qual foi a reação do Léo porque não vi, mas posso jurar que ficou extremamente sem graça. Abri a porta e fui para o corredor puxando Bernardo pelo braço. Ele apertou o botão do elevador e esperamos. Léo parou atrás de nós, porém continuei não o olhando. Quando o elevador chegou, Bernardo entrou e Léo passou por mim e não me encarou. No entanto, assim que se encostou ao espelho, fitou profundamente meus olhos e, antes da porta se fechar completamente, tive a impressão de vê-lo sorrir.

Será que eu estava quebrando o gelo? Talvez sim.

Ainda tomei banho e em seguida me joguei na cama, estava exausta. Logo que fechei os olhos, o sono não demorou a vir. Todavia, em vez de um sono tranquilo e com sonhos dos quais eu nem me lembraria pela manhã, tive um sono agitado como há muito não tinha.

Inicialmente eu me via em um lugar todo branco e começava a andar por lá sem rumo e sem ver mais nada além da branquidão. Minutos depois, ouvi um choro de criança bem baixo, que vinha aumentando gradativamente. Nessa hora, meu coração acelerou e os passos sem pressa tornaram-se exasperados; meus pés tocavam cada vez menos no chão por causa da corrida.

Eu não queria ver! Nunca quis ver!

Percebi que sobre meu corpo estava a mesma camisola que usei naquele dia.

Não! Eu não queria passar por aquilo novamente!

Corri o mais rápido que meu corpo permitiu, porém não foi o suficiente e acabei caindo quando perdi a força e o equilíbrio nas pernas. Na mesma hora em que toquei o chão, o choro se intensificou, precisando que eu cobrisse os ouvidos. Comecei a chorar e a me desculpar.

Eu não tenho culpa! Eu não queria que tivesse sido daquela forma! Eu simplesmente não tinha escolha!

Arrepiei-me completamente quando senti pequenas mãos em mim. Abri os olhos antes fechados por causa do choro e vi ao meu redor inúmeras crianças também chorando e tocando em mim com suas pequenas mãozinhas delicadas, mas ao mesmo tempo aterrorizantes. Algumas tinham olhos da mesma cor dos meus, outras o cabelo mais claro assim como a pele e olhos cor de mel. Notei cabelos cacheados e claros; cabelos apenas cacheados como os meus; cabelos apenas claros como os dele.

Gritei para que se afastassem de mim, só que meus gritos não surtiam efeito e as crianças continuavam vindo até mim, tocando-me e chorando compulsivamente.

Gritei, gritei, gritei...

– Mari!

Acordei sobressaltada e com uma tremenda dor no peito. Raquel estava ao meu lado e me segurava pelos braços.

– Você está bem? – indagou, com ar de preocupação.

Sentei-me na cama sem responder e me vi tremendo e suando frio. Toquei o rosto e constatei as lágrimas. Meu peito doeu ainda mais e eu afundei o rosto nas mãos, voltando a chorar, dessa vez conscientemente. Raquel me abraçou.

– Eu não quero mais sonhar com isso – eu soluçava. – Nunca mais...

Eu não me acalmei e continuei a chorar copiosamente. Eu geralmente demorava muito para me recompor depois daquele tipo de sonho.

Eu ainda sentia as mãozinhas sobre mim...

4

Sombras do Passado

Sono e mau humor resumiam o que eu era naquele dia. Raquel não tentou puxar assunto porque sabia que não adiantava. Eu sempre ficava em tal estado depois dos pesadelos.

Entrei na sala de aula e de repente meu mau humor tornou-se raiva. Primeiro por ali só haver mulheres, os únicos homens eram gays (tá, nem todos); e segundo por todas me fitarem. Bufei, joguei a bolsa sobre uma carteira ao lado de Cauã e sentei sem cumprimentá-lo.

– Dormiu comigo, é? – perguntou ele em seu tom de indignação e um pouco desafiador.

Não respondi e com isso Raquel falou:

– Pesadelo.

Aquilo foi o suficiente para a expressão facial de Cauã suavizar.

– Ei, Mari – chamou ele e continuei em silêncio. – Estou falando com você, menina.

Colocou as mãos nos meus óculos de sol, tirando-os do meu rosto. Esfreguei os olhos, eles ardiam por eu ter chorado tanto e não ter dormido mais após o pesadelo.

– Me deixa em paz – disse eu, ameaçando pegar os óculos de volta, não conseguindo, pois Cauã os entregou para Raquel, que guardou dentro da bolsa.

– Não vou deixar você em paz – seu rosto endureceu. – É sempre assim, você surta com esses pesadelos, não conta pra gente o que é, passa dias de mau humor e depois finge que nada aconteceu – tocou-me no rosto. – O que te assusta tanto assim, Mari? Isso me parece muito com consciência pesada.

– Vocês sabem que não gosto de falar sobre isso – suspirei pesadamente. – Juro que vou tentar não ficar de mau humor, tudo bem? Só não toquem mais nesse assunto.

Cauã e Raquel se entreolharam e acabaram assentindo, por mais que eu visse que não era aquilo que queriam. Respirei fundo novamente e tentei me acalmar. Aquele era o primeiro dia do meu último ano de faculdade e eu precisava me dedicar de corpo e alma. Mais de alma do que de corpo, pois este uso para outras coisas bem mais prazerosas. Sorri com o meu próprio pensamento e na mesma hora recebi um abraço de Raquel.

– Você não tem ideia de como fico preocupada com você. Mas vejo que está melhorando.

Confirmei com a cabeça e sorri. Quando fui dizer algo, minha visão desviou para a entrada de alguém na sala.

– Meu Deus... – comentei, endireitando-me na cadeira. Cauã e Raquel também olharam para o professor que acabara de entrar.

Eu nunca o tinha visto antes, o que só melhorou a surpresa. Alto, forte, ombros largos e um caminhar confiante. A camisa branca de gola polo contrastava lindamente com o tom de sua pele, muito semelhante à minha; as mangas da camisa ficavam justas nos bíceps musculosos. A calça jeans também branca marcava seu corpo, as coxas, a bunda e a parte da frente. E preciso comentar que havia muito volume ali, animei-me na hora.

– Bom dia – cumprimentou ele com um lindo sorriso de dentes extremamente brancos.

Derreti-me toda e me esqueci completamente do pesadelo.

– Muito melhor agora – falei baixo, mas alto o suficiente para algumas alunas olharem para mim e Raquel me beliscar levemente no braço.

– Meu nome é Adriano e vou ministrar a disciplina Enfermagem na Saúde do Adulto e do Idoso para vocês esse semestre. No próximo, serei eu que acompanharei o estágio de vocês.

– Então teremos um ano todinho juntos – recebi outro beliscão de Raquel e Cauã tapou a boca para conter o riso.

– Por que você tem que ser assim? – sussurrou minha amiga.

– Porque sim – sorri para ela. – E olha só, Raquel, ele é o maior gostoso. Quantos anos deve ter? Chuto uns 38, e você?

Ela revirou os olhos e não me respondeu, foi minha vez de beliscá-la. Ela bateu em minha mão e eu ri.

– Alguma pergunta, meninas? – a indagação veio do professor.

Voltei a olhar para a frente e fitei seus olhos castanhos. Até pensei em não fazer aquilo que se passava na minha mente, só que não me aguentei e falei:

– Tenho uma pergunta sim. Você é casado?

O queixo de Raquel só faltou cair em cima da mesa e seus olhos quase saltaram para fora. Um burburinho foi ouvido por toda a sala e leves risadinhas também. Adriano continuou a me encarar e sustentei seu olhar. Sim, sou atirada. Ele fechou os olhos brevemente, sorriu de canto de boca e passou uma das mãos pelos curtos cabelos negros.

– Creio que esse não seja um assunto para se tratar em sala de aula.

– Então depois eu pergunto em particular – foi minha vez de sorrir de canto de boca.

Mais risinhos e barulho de conversa. Houve também olhares de raiva lançados sobre mim das outras alunas, porém nem liguei. Elas não suportam o fato de eu ser diva e todos os homens me amarem.

O professor pediu silêncio e continuou a falar, voltando ao assunto referente à aula. Virei-me para Raquel e Cauã e comemorei minha ousadia. Ele riu, ela repreendeu-me.

A aula seguiu normalmente depois disso e nada de mais aconteceu. Fomos liberados para um breve café por volta das dez horas, e eu arrastei meus amigos comigo para a primeira lanchonete que encontrei. Eu não comeria nada dali, até porque trazia comigo uma maçã. Eu queria mesmo era um docinho um tanto sem-vergonha usado nas condições em que o usaria. Pedi um pirulito.

– Você não presta! – Raquel já ficou vermelha quando peguei o doce.

– Não mesmo – mostrei a língua para ela.

– Deixa ela, Raquel – Cauã lhe acariciou o braço. – O professor é lindo e a Mari é uma ótima candidata para sair com ele.

– Ouviu a voz da experiência? – brinquei e Raquel balançou a cabeça em negativa.

Enquanto Cauã tomava um pouco de café, ficamos ali perto da lanchonete e eu aproveitei para comer minha maçã. Retornamos à classe minutos depois e o professor já estava lá. Sentei-me em meu lugar de antes, no meio da sala e no canto direito, e a primeira coisa que fiz foi desembrulhar o pirulito. Raquel afundou o rosto nas mãos e Cauã moveu as sobrancelhas algumas vezes e piscou por fim, em sinal de "vai fundo". Esperei o professor olhar na minha direção para colocar, lentamente, o pirulito na boca. Ele passou a vista rapidamente por mim e depois voltou, fixando-a. Chamei a atenção. Contive a vontade de sorrir e puxei vagarosamente o doce, rodando a parte redonda entre os lábios, fazendo biquinho, e voltando a colocá-lo completamente na boca, sugando.

Percebi Adriano desviando o olhar de mim várias vezes, contudo, ele não conseguia mantê-lo longe, sempre voltando a cair na minha provocação.

Infelizmente o pirulito não dura para sempre e quando ele acabou, levantei-me e caminhei para jogar o palito no lixo bem na hora em que o professor estava próximo. Cheguei perto, joguei o que queria no lixo, encarei o professor toda sorridente e andei para o meu lugar. Raquel sequer olhava para mim e Cauã só faltava gargalhar.

Ao fim da aula, o professor entregou a lista de presença para assinarmos. Eu, claro, fiz de tudo para ser a última e a segurei comigo. Quando a aula acabou, ainda esperei alguns segundos até que a classe esvaziasse. Raquel enrubesceu ao perceber o que eu faria e saiu pisando duro. Cauã foi atrás dela e piscou para mim antes de sair. Finalmente me levantei e fui tranquilamente até a mesa do professor, este se encontrava em pé atrás dela. Parei diante dele, coloquei a lista sobre a mesa e esperei que ele me encarasse, já que estava com a cabeça baixa mexendo em outros papéis. Seus olhos pregaram-se nos meus e eu sorri.

– A lista, professor – falei meigamente.

– Obrigado – ao pôr a mão sobre a folha para puxá-la para si, segurei-a.

Apoiei a outra mão na mesa e inclinei o corpo para a frente, aproximando meu rosto do dele, que não recuou um centímetro sequer.

– Então, professor... – alonguei sensualmente a última palavra. – Gostaria de saber a resposta para a minha pergunta de antes.

– Sou noivo. Me caso no fim do ano – sua resposta saiu de uma vez e posso jurar que com um pouco de nervosismo.

– Hummm... Sua noiva tem muita sorte – tentei fazer com que minha voz soasse um tanto entristecida, mas não consegui justamente porque não me sentia assim. Na verdade eu continuaria dando em cima dele mesmo que fosse casado.

Sorri largamente e ousei ainda mais, aproximei a boca de sua orelha e sussurrei:

– Obrigada pela resposta, professor – lógico que falei de forma extremamente sensual. – Até semana que vem.

Afastei-me, voltei a sorrir e comecei a andar para a saída. Quando chegava à porta, arrisquei uma olhadinha para trás e vi Adriano passando as duas mãos no rosto. Eu mexera com ele e sabia disso. Saí toda contente da sala e encontrei Cauã e Raquel lá no térreo sentados em um banco.

– E aí? – foi a pergunta de Cauã.

– Ele está noivo e se casa no fim do ano – acomodei-me entre eles.

– Então agora você vai parar de dar em cima dele? – indagou Raquel.

– É aí que você se engana, minha amiga – ela arregalou os olhos e me segurou pelo rosto com as duas mãos.

– Mari, ele vai se casar!

– Eu sei – tirei suas mãos de mim.

– Você não pode fazer isso.

– Quem disse? – desafiei-a e ela não me respondeu. – Olha, Raquel, ele pode ter um compromisso com a noiva e tal, mas eu não tenho compromisso com ninguém, posso muito bem continuar dando em cima dele.

– Só que você sabe que ele não pode te corresponder.

– Exatamente! Se ele for um cara decente, irá me dar um chega pra lá, mas caso não for, irei me divertir muito com isso – ri e Raquel não gostou daquilo. – Qual é, Raquel? Não me olhe assim.

– Não concordo com isso.

Puxei ar para continuar com nossa discussão quando meu celular tocou. Vasculhei a bolsa em busca dele e, assim que o apanhei, avistei um número desconhecido. Atendi.

– Oi, Mariana, quanto tempo – aquela voz fez um arrepio horripilante percorrer minha espinha. Coloquei-me em pé na mesma hora e me afastei de Cauã e Raquel.

– O que você quer comigo? – falei irritada.

– Não foi você mesmo que disse para o seu irmão que era para eu falar com você? Então, estou fazendo isso.

– Eu não quero você cercando o Roberto, entendeu? – praticamente gritei.

– Calma lá, gatinha, por que está nervosa? – riu e aquilo só me irritou ainda mais.

– Não me chame assim, não te dei essa liberdade. E quero que você deixe o meu irmão em paz. Ele não é bandido que nem você.

– Então agora eu sou o bandido, Mariana? Você não pensava isso de mim antes. Falando nisso, estava lembrando de você, de como era tão inocente e bobinha... – gargalhou e eu cerrei os dentes. – De como te usei da forma que eu quis.

– Seu filho da puta! Você se acha o bonzão, não é? Não vejo nenhum mérito em conseguir seduzir uma garota de 14 anos. Só com essa idade para cair na sua lábia, não é? É por isso que você ficava, ou fica, atrás de meninas novinhas? Aposto que não consegue conquistar uma mulher de verdade. E sabe de uma coisa? A minha pior transa foi com você. Nem isso direito você sabe fazer.

Ele não me respondeu de imediato e aposto que se zangou com os meus dizeres.

– Agora você diz isso, mas quem era que estava apaixonada por mim? – voltou a rir sarcasticamente. – Fui o primeiro e isso que é importante. Te marquei para sempre – falou mais baixo, como em um sussurro, apenas para me provocar.

– Seu escroto, tenho nojo de você – eu praticamente cuspi as palavras. – E fique longe do meu irmão senão tomarei uma providência!

– Se eu não ficar o que você vai fazer, Mariana? – perguntou em tom de deboche. – Você sabe quem eu sou? Sabe qual a minha influência nesse lugar? Sei que você sabe e mesmo assim tem coragem de me ameaçar?

Tomei ar para responder e as palavras não saíram, até porque eu não sabia o que faria. Na verdade eu não tinha com o que ameaçar o Wellington. Não se pode bater de frente com um traficante como ele, um cara barra pesada, um homem que comanda tantos outros. O que ele poderia fazer contra meu irmão depois do que eu disser? Ou até com a minha família? Ele tem o poder de mandar pessoas fazerem coisas com eles.

Mordi o lábio inferior e engoli meu orgulho. Uma lágrima escorreu por causa disso.

– Não vou fazer nada... – as palavras quase não saíam. Fechei os olhos para conseguir falar. – Eu só peço que você não o envolva nisso... Por favor... Ele é só uma criança...

– Como você ficou calma de uma hora para a outra – gargalhou. – Percebeu que não pode fazer nada contra mim, não é? Mas tudo bem, Mariana, vou deixar seu querido irmãozinho em paz, mas tenho uma condição.

– Qual? – minha garganta estava praticamente fechada.

– Quero te ver, apenas isso. Faz quase dez anos que não te vejo. Quero saber como você está, no que se tornou.

– Não vou te ver! Seu... – o xingamento não saiu.

– Não vai? Tudo bem. Acho que vou fazer seu irmãozinho ir em um trabalho para mim e, se ele for pego, sabe pra onde ele vai, não é? Mas não se preocupe, a Fundação é uma ótima escola, saímos de lá com uma boa bagagem para a vida. Lembra que você achava o máximo eu já ter passado por lá?

Suspirei.

– Tudo bem, Wellington, eu vou te ver. Mas não vou sozinha, não confio em você.

– Pode trazer a torcida do Timão junto se você quiser. Depois te ligo pra gente marcar. Até mais, gatinha... – desligou sem que eu respondesse.

Percebi meu coração acelerado e as pernas bambas. Ao dar um passo, fiquei tonta e precisei me encostar em uma árvore próxima. Ainda não acreditava que ele tinha me ligado e falado tais coisas para mim. *"Te marquei para sempre."* Realmente Wellington me marcara para sempre, mas, ao contrário do que ele pensa, não foi por causa da minha primeira experiência sexual, e sim por outra coisa muito horrível que continua a me assombrar durante as noites.

Cauã e Raquel vieram até mim e meu amigo me pegou pelas mãos.

– Nossa, você está gelada. O que aconteceu?

Eu não queria contar sobre nada daquilo e por isso balancei a cabeça em negativa e forcei um sorriso. Cauã franziu o cenho e apertou minha bochecha.

– Não minta para mim, Mariana, eu sei que aconteceu alguma coisa. Quem te ligou?

Cauã sempre pegava minhas mentiras no ar e por isso resolvi contar o que ocorrera. Relatei tudo, ou pelo menos quase tudo. A única coisa que não revelara era o motivo de Wellington ter me marcado tanto, mas isso ninguém sabe além de mim mesma e do meu pai. Como disse, não gosto nem de me lembrar...

Os meus amigos tentaram me consolar e Cauã prometeu que iria comigo quando o maldito do meu ex quisesse me ver. Eu agradeci, mas já não me sentia bem como anteriormente. A presença de Adriano naquela manhã me fez esquecer de algumas coisas, porém agora todas elas retornaram, principalmente os mal-estares causados pelo pesadelo. De repente uma fraqueza me acometeu e a fome que vinha se aproximando por causa do horário do almoço desapareceu. Ainda bem que eu não teria aula nas tardes de segunda, e dessa forma avisei que iria embora. Como Raquel ficaria por ali por causa de uma aula optativa, Cauã me levou para casa, prometendo que ficaria a tarde toda grudado em mim. Não contestei e assim fomos para o meu apartamento.

Joguei-me na cama e Cauã foi para a cozinha preparar nosso almoço. Eu não queria pensar mais em nada, nem no Wellington e muito menos no pesadelo, por isso permiti que o sono viesse, torcendo para que não ouvisse choros de crianças.

Só acordei com Cauã acariciando meu rosto e me chamando para comer. Levantei-me sonolenta e me arrastei para a cozinha. Praticamente me afundei na cadeira em frente à mesa e meu amigo me serviu, sentando-se diante de mim. Olhei para o prato com arroz, feijão, bife, salada de folhas verdes e beterraba. Tudo parecia maravilhoso, só que meu estômago reclamou de algo e eu fiz careta.

– Que cara é essa, Mariana? – Cauã já foi pegando meu garfo. – Vou ter que dar na sua boca?

– Não precisa – resmunguei e tomei o garfo de sua mão. Levei uma boa quantidade de comida para a boca.

Cauã sorriu e também começou a se alimentar. Contudo, o interfone tocou e ele se levantou para atender. Confirmou alguma coisa para o porteiro e desligou.

– Chegou uma encomenda pra você.

– Encomenda? – achei estranho. – Não estou esperando nada.

– Bem, vou lá pegar e já volto.

Cauã saiu e eu fiquei ali com os meus pensamentos. Encomenda? O que seria? Tomara que não seja nada do meu pai, odeio quando ele tenta me comprar com alguma coisa. Mais de uma vez deixei claro que não preciso do dinheiro dele, posso muito bem me virar sozinha e é isso que sempre fiz.

Quando ouvi o barulho da porta, corri para a sala e vi Cauã entrando com um pequeno buquê de flores amarelas. Ele sorriu e me estendeu.

– São pra você.

Franzi o cenho e as apanhei analisando cuidadosamente as flores amarelas de quatro pétalas. Tá, não entendi nada! Olhei para Cauã e ele sorria como se as flores fossem para ele.

– Tem um cartão – falou, apontando para a lateral do buquê. – E claro que eu já li – riu e deu de ombros.

– Enxerido – mostrei-lhe a língua e comecei a ler o cartão escrito em caneta preta com uma letra de forma.

Primeiramente quero me desculpar, a celidônia não é uma flor muito usada para se presentear, principalmente uma linda mulher como você, mas ela simboliza a alegria, mostrando que por mais que as coisas não estejam da forma como queremos, ainda sim a alegria sempre virá.

Desejo que as coisas melhorem para você, Mari.

Beijos
A.S.

Reli algumas vezes tal cartão antes de jogá-lo longe.

– Que porra é essa? – balancei as flores violentamente até algumas pétalas e folhas caírem no chão. Cauã as tirou da minha mão.

– Que menina mais insensível – reclamou ele, indo para a cozinha, e eu o segui.

– Insensível? Um maluco me manda flores com um bilhete relatando coisas que estou sentindo, querendo dizer que está me observando, e eu que sou insensível? Você realmente leu o cartão?

– Li sim, Mariana – encheu um copo com água e colocou as flores ali. Virou-se para me encarar. – E você é sim uma insensível. Você não vê que esse "maluco" está preocupado com você? Não vê que ele realmente sente algo por você e não quer apenas o seu corpo?

– Eu não quero que ninguém sinta nada por mim! – bufei. – Não quero um cara me cercando e dizendo esse tipo de coisa. Quero só viver a minha vida sem ninguém, pode ser? – sentei-me na cadeira com os braços cruzados, agora definitivamente sem fome e irritada.

– Por que esse medo de se envolver com alguém? Por que não amar?

– Amor... Que palavra ridícula. E se você não sumir com essas flores daqui vou jogar tudo pela janela.

– Não vou fazer isso – desafiou-me e arqueou uma das sobrancelhas. – Se quer dar um fim a essas flores tão bonitas e que foram dadas a você com ótimas intenções, vá em frente. Não irei te impedir. Mas fique sabendo que você pode estar jogando no lixo sentimentos de um cara que gosta de verdade de você.

– Como você pode afirmar algo assim? Só pelas flores?

– Você não consegue ver? – segurou meu rosto com as duas mãos. – Quantos homens já te mandaram flores? Quantos já se preocuparam em saber como você estava? Quantos te desejaram melhoras?

– Nenhum, mas...

– Esse cara está atirando no escuro, tentando fazer com que você se interesse por ele, talvez olhe para ele não só como um pedaço de carne que tenha um pinto.

– Olhe aqui – fiquei em pé de um pulo. – Eu não quero me envolver com ninguém! – gritei. – Não quero receber flores, mensagens, chocolates e o caralho a quatro! Quero ficar sozinha!

Saí do cômodo pisando duro e, ao entrar no meu quarto, bati a porta. Se não bastasse tudo o que estava acontecendo com o meu irmão, o fato de eu ser perseguida há anos por pesadelos horríveis, e o aparecimento do meu ex querendo me ver, agora tinha de lidar com um cara me mandando flores e recadinhos. Droga! Joguei o travesseiro em cima da mesa do computador e derrubei o que ali havia.

Andei de um lado para o outro com as mãos nos cabelos, tentando colocar os pensamentos em ordem. Respira fundo, Mariana, dizia eu para mim mesma. Depois de alguns minutos, cheguei à conclusão de que eu só agia de tal forma porque estava muito abalada emocionalmente. Precisava me acalmar. Nessa hora o motivo da minha irritação me veio à mente e apanhei minha bolsa sobre a cadeira. Mexi dentro dela e encontrei a cartela do meu anticoncepcional. Ri de mim mesma. Ri tanto que caí sentada na cama. Não havia mais comprimidos ativos, o que significava que minha menstruação viria no dia seguinte.

– Estou de TPM! – bati a mão na testa.

Agora tudo explicava a minha irritação fora do normal. Lembrei-me de Cauã e fui em sua procura. Não o encontrei no apartamento e imaginei que tivesse ido embora. Resolvi ligar e, assim que ele atendeu, desculpei-me. Ele voltou a me chamar de insensível, mas acabou me perdoando por ter falado de tal forma com ele.

Voltei à cozinha encontrando nossas refeições frias nos pratos e as flores sobre a pia. Como eu tinha apanhado o cartão lá na sala, li-o mais uma vez. Foi aí que notei duas letras ao final. "*A.S.*". Seriam as iniciais do nome da pessoa que me enviou as flores? Deixei o cartão de lado e me aproximei da planta, tocando levemente as pétalas de um amarelo bem vivo. Pensando bem, elas eram lindas.

Levei-as para o meu quarto e coloquei o vaso improvisado em cima de uma prateleira, ao lado de alguns livros de anatomia. Parei ali e observei. Percebi crescer dentro de mim uma vontade de saber quem fora o sujeito que me enviara flores.

Será que ele gosta mesmo de mim? Se gostar, não passa de um babaca.

5

Sou Uma Ótima Professora

A primeira semana de aula se foi e com ela a minha TPM e a menstruação. Agora eu voltara a ser a Mari de sempre. No entanto, não recebi mais flores. Na verdade fiquei todos os dias esperando por mais, porém elas não vieram e eu acabei não dando mais importância. Se eu fosse ficar pensando nisso enlouqueceria.

No sábado, acordei cedo e me arrastei da cama para ir trabalhar. Sábado sempre é o dia mais puxado para mim. Cheguei à escola de idiomas e esperei poucos minutos até as 8 horas para iniciar a primeira aula do dia. Os alunos se acomodaram nas carteiras dispostas em semicírculo e prestaram atenção à minha explicação, como sempre.

Naquela turma havia um total de 13 alunos com idades que variavam entre 17 e 30. Dentre eles, Gabriel, um lindo rapaz loiro de olhos azuis que sempre me olhava com desejo. Desde o começo das aulas venho percebendo suas intenções, mas nunca dei liberdade para que ele tentasse algo. Contudo, não sei mais se aguento me fazer de professora santinha que não sai com alunos por ética. E além do mais, estou a fim de sair com um cara.

O tema da aula era sobre sonhos e desejos. Mostrei para eles exemplos da construção das frases para expressar tais sonhos e desejos e depois pedi que eles formassem duplas e perguntassem um para o outro, sempre trocando os pares. Como a turma tinha um número ímpar de alunos, juntei-me a eles para participar da atividade. Ficamos em pé um de frente para o outro e fazíamos e respondíamos as perguntas. Após a resposta trocávamos de pares.

Parei diante de Gabriel e percebi seus olhinhos claros brilharem. Comecei perguntando sobre seu sonho e ele gaguejou. Tive vontade de rir por saber que minha presença o tirava do eixo, mas me contive, pedi calma e perguntei novamente. Gabriel respirou fundo e respondeu que sonhava em ter uma namorada. Surpreendi-me com a resposta e fiz um comentário de que não acreditava que ele ainda não tivesse uma. Ele sorriu sem graça e voltei a indagar, dessa vez sobre o desejo.

Gabriel olhou para os lados e depois voltou a fitar meus olhos. Pensei que não fosse responder, porém disse, um pouco sem graça, que seu maior desejo era de que eu um dia olhasse para ele como um homem e não apenas como um aluno, e que aceitasse sair com ele naquela noite.

Pela primeira vez fiquei sem reação e precisei de alguns segundos para raciocinar. Ele esperava pela minha fala. Suspirei, sorri e disse que pensaria sobre a proposta.

Encerrei a atividade logo em seguida e pedi que retornassem aos seus lugares. Confesso que fiquei surpresa com a atitude de Gabriel e gostei muito daquilo. Ele acabara de me ganhar.

A aula terminou às dez horas e me despedi de todos os alunos, notando que Gabriel demorou para arrumar suas coisas. Quando todos já haviam saído, ele veio até mim. Recostei-me à mesa para esperar que ele começasse a falar. Parecia nervoso.

– Bem... – pigarreou e coçou a cabeça. – Será que você pensou sobre o que eu falei?

– Claro que pensei – sorri. – E acho só que você precisa melhorar um pouco a pronúncia de algumas palavras – ele me olhou sem entender e eu ri. – Estou brincando – disse meigamente e me aproximei dele, beijando-o no rosto. Sussurrei em seu ouvido: – Aceito sim sair com você.

Ele sorriu e eu também. Afastei-me e escrevi em um pedaço de folha o meu endereço. Dobrei o papel e coloquei, lentamente, no bolso dianteiro de sua calça jeans, enfiando a mão bem fundo. Claro que ele ficou sem graça com a minha atitude.

– Espero você às nove da noite – falei baixo e encostei levemente os lábios aos dele, pegando-o mais uma vez de surpresa.

Saí da sala sem mais nada dizer e me direcionei para outra, pois a turma das dez horas já havia chegado.

Como sempre, passei o sábado todo enfiada na escola, chegando em casa um pouco depois das 19 horas. Raquel não estava, já que fora visitar seus pais no interior. Dessa forma, a casa ficou todinha para mim. Animei-me com isso e corri para me banhar e me arrumar.

Vesti uma saia preta um pouco justa e uma blusinha azul só para combinar com os olhos de Gabriel. Colocava o salto quando o interfone tocou. Atendi e o porteiro avisou que meu acompanhante da noite chegara. Pedi que dissesse que eu já desceria.

Demorei ainda uns cinco minutos. Não porque estava me arrumando, mas sim para deixar Gabriel mais ansioso. Sim, sou má.

Assim que o porteiro abriu o portão para mim, vi Gabriel na calçada escorado em um carro. Vestia uma calça jeans escura e uma camisa vinho de manga curta com os dois primeiros botões abertos. Ele tirou as mãos dos bolsos e arrumou a postura quando me aproximei.

– Boa noite – cumprimentei, colando meu corpo ao dele para lhe beijar o rosto.

Dessa vez senti as mãos dele na minha cintura, segurando-me firmemente.

– Boa noite – passou delicadamente os dedos pelo meu rosto. – Me belisca? – pediu.

– Por quê?

– Porque você não tem ideia de quantas vezes sonhei com esse momento.

– Então você é o tipo de cara que se apaixona pela professora, é? – estreitei os olhos e apoiei as mãos na cintura.

Ele riu e me puxou para um abraço. Nossos corpos voltaram a se unir e com isso pude sentir o maravilhoso cheiro do seu perfume.

– Minhas professoras foram sempre muito mais velhas do que eu. Você foi a primeira da minha idade – tocou meu lábio inferior delicadamente com o dedão e depois me segurou pelo queixo. Nossos rostos estavam muito próximos. – Babo em você desde a primeira vez que entrou na sala e eu nem sabia que era a professora.

– Não babe, lindinho. Me beije – minha voz saiu baixa e repleta de sensualidade.

Nossas bocas se encontraram em um beijo caloroso, carregado com todos os desejos de Gabriel. Eu podia sentir como ele almejava aquilo; como ele desejara tal momento com todas as forças. Ele me beijava como se fosse a última vez, como se pudesse me perder se me soltasse. Fui apertada com mais força e precisei ficar na ponta dos pés para não desgrudar de seus lábios deliciosos. Meu corpo começou a esquentar de prazer. Nossa! Como ele beijava bem!

Segurei-me também em seus braços, percebendo-os bem fortes. Mordi-o no lábio inferior quando senti sua ereção. Não faz isso comigo! Um arrepio delicioso subiu pela espinha e uma vontade de tirar a roupa surgiu.

Afastei-me dele rapidamente abaixando a saia e abanando o rosto. Que homem gostoso!

– Acho melhor a gente ir senão serei obrigada a te convidar para subir – falei, sorrindo maliciosamente.

– Você sabe que eu adoraria isso, não é? – estendeu a mão para mim. Segurei-a e ele me puxou para junto de si.

– Eu sei, mas você disse que me levaria para sair e estou esperando por isso – beijei-o gostosamente. – E além do mais, me arrumei toda para a ocasião. Se não fôssemos sair, e sim ficar em casa, eu nem teria me vestido... – encostei a boca em sua orelha e concluí a frase – e sim ficado completamente nua.

Gabriel moveu a cabeça para trás e respirou profundamente.

– Não faz isso comigo.

– Por que não? – passei o dedo indicador pela gola de sua camisa.

– Porque agora ficarei pensando nisso e contarei os minutos para te trazer de volta.

– Então contaremos os minutos juntos – beijei-o no pescoço e fui subindo lentamente até alcançar os lábios, mordiscando-os.

– Então vou te levar para um motel – falou, rindo e me abraçando mais forte.

– Nem pense nisso – belisquei-o na barriga e me distanciei. Ele ainda ria.

– Estou brincando, *teacher* – piscou para mim de um jeito tão sem-vergonha que fui obrigada a sorrir. – Então vamos? – indicou o carro e eu assenti.

Eu retocava o vermelho dos lábios enquanto Gabriel dirigia. Percebi, ao olhar para ele, que em seus lábios havia bastante do batom que antes estava em mim. Ri e passei a mão em sua boca, livrando-o do vermelho. Ele também achou graça e beijou meus dedos.

Recostei-me melhor no assento e observei as luzes da cidade movimentada. Passei a morar em São Paulo a partir do momento em que fui aprovada no vestibular, até então nunca saíra de Guarulhos. Meu pai também mora lá, porém em um bairro próximo ao centro.

Abaixei o vidro e deixei que o ar quente da noite entrasse, balançando um pouco meus cabelos. Senti a mão de Gabriel na minha coxa e o olhei. Ele sorriu e acariciou meu rosto antes de voltar a prestar atenção no trânsito. Virei-me totalmente para ele e fiquei a observá-lo. Eu simplesmente adorava o tipo de relação que tinha com os homens. Era sempre tudo muito intenso, aproveitávamos ao máximo os momentos juntos, pois tanto eu quanto eles sabíamos que aquilo não se repetiria. Pensando nisso, lembrei-me de que não avisara Gabriel do meu modo de vida. Acharei uma oportunidade para entrar nesse assunto.

Depois de mais ou menos quinze minutos, Gabriel estacionou o carro próximo a um bar que eu não conhecia. Descemos e nos encaminhamos para o estabelecimento. Ele passou o braço pelos meus ombros e eu enlacei sua cintura. O odor do seu perfume voltou a preencher tudo ao meu redor e um arrepio gostoso me percorreu.

Havia mesas na calçada e muitas pessoas conversando, rindo e bebendo. Não sei se é porque a lista de homens com quem já saí é grande, mas encontrei um entre o grupo de pessoas. Não me lembro de seu nome, só recordo perfeitamente do sexo. Assim que ele me viu, paralisou os movimentos para me ver passar. Sorri em cumprimento e pisquei, arrancando dele um leve movimento de cabeça. Gabriel e eu nos dirigimos para o interior do bar e encontramos uma mesa vazia ao canto. Um ótimo lugar! Ainda mais por ter pouca luminosidade. Eu poderia provocá-lo à vontade.

Gabriel esperou que eu me sentasse para se acomodar na cadeira do outro lado da mesa. Eu fiz bico e me debrucei sobre ela, chegando bem perto dele.

– Por que você vai ficar tão longe de mim? – beijei-o suavemente. – Quero você do meu lado.

Ele se levantou na mesma hora e colocou a cadeira ao meu lado. Não pensei duas vezes em agarrá-lo pelo pescoço e beijá-lo calorosamente. Suas mãos vieram para as minhas coxas e foram subindo até encontrarem a barra da saia. Puxei-o mais para mim e alisei seus braços fortes enquanto ele ousava ainda mais e penetrava alguns dedos para além do limite da saia, subindo sem parar. Era tudo o que eu queria!

– Com licença – disse alguém, hesitante.

Soltamo-nos dos lábios um do outro e fitamos o garçom, que tinha as bochechas levemente avermelhadas. Eu segurei o riso. Gabriel também ganhara a tonalidade avermelhada e apanhou o cardápio quando o garçom perguntou o que nós pediríamos. Escolhi uma caipirinha de saquê com morango e Gabriel, já que estava dirigindo, optou por não beber nada alcoólico e acabou ficando com um refrigerante. Solicitou uma porção de frango e outra de batata frita, esta só porque eu queria.

Quando o garçom se foi, Gabriel voltou a colocar as mãos nas minhas coxas sem o menor pudor.

– Você está me saindo mais assanhadinho do que eu imaginava. Parecia tão tímido.

– Geralmente sou bem quieto quando se trata de estudo, presto muita atenção nas aulas, ainda mais quando a professora é gostosa – beijou meu ombro e foi subindo pelo pescoço.

Lógico que arrepiei e já senti um calor gostoso vindo de baixo. Respirei fundo para conter a excitação, pois ela vinha com muita facilidade e eu não queria ficar toda molhada ali. Pelo menos não naquele momento.

A bebida chegou e por conta disso nos afastamos. Abanei o rosto antes de tomar um gole da deliciosa caipirinha. Coloquei a boca no canudo e suguei lentamente para apreciar o gosto. Percebi o olhar de Gabriel sobre mim e ri ao notar que seus olhos estavam pregados no que eu estava fazendo.

– No que você está pensando, hein?

– Nada – deu de ombros e sorriu de canto de boca.

– Preciso contar uma coisa pra você – sua testa se enrugou levemente e eu segurei sua mão. – Hoje na aula você disse que seu sonho era ter uma namorada. É verdade?

– Na verdade não. Disse aquilo só para ver se te balançava. Mas por que a pergunta?

– Fico até aliviada ao ouvir isso. Não quero que você pense que poderá acontecer algo assim entre nós – sussurrei em seu ouvido. – Não sou uma mulher que se prende a alguém, e também não costumo sair mais de uma vez com o mesmo cara.

– Então só teremos esta noite? – confirmei com a cabeça. – Humm... Então acho melhor aproveitarmos ao máximo, não é?

Era tudo o que eu queria ouvir!

Durante todo o tempo que permanecemos ali no bar, trocamos carícias um tanto ousadas e conversamos (olha só) sobre nossas vidas. Gostei de conhecer um pouco mais sobre o meu aluno, sempre é bom ter um pouco mais de intimidade, né?

Já sou uma pessoa bem soltinha por natureza, mas o álcool ajuda ainda mais. Ao terminar minha terceira caipirinha, segurei Gabriel pelo cós da calça e ameacei abrir o botão e o zíper. E só não o fiz porque ele me impediu.

– Pelo jeito não sou só eu que está morrendo de vontades aqui – alisou-me na lateral do corpo bem próximo ao seio esquerdo.

– Vamos embora – falei, mordendo o meu lábio inferior. – Não aguento mais ficar aqui.

Ele concordou e chamou o garçom. Lógico que Gabriel, assim que viu a conta, pegou a carteira para pagar. Por que todos os homens fazem isso? Tirei a conta de sua mão, avisei que iríamos dividir e que não queria ouvir nenhuma reclamação. Vi ele contendo o riso, porém não se contrapôs.

No caminho até meu apartamento, trocando olhares lascivos, eu fiz questão de subir um pouquinho a saia só para provocá-lo ainda mais. Quando chegamos, levei-o praticamente correndo lá para cima e, assim que entrou, tranquei a porta e ali parei para fitá-lo atentamente, analisando cada pedacinho daquele corpo que seria meu naquela noite. Eu esfregava as coxas uma na outra por causa da excitação que não me abandonava. Mordia também a boca e passava a língua por ela tentando umedecê-la, pois estava seca, tamanho o desejo pelo sexo.

– Você me trouxe aqui só para me olhar? – perguntou, aproximando-se de mim e apoiando a mão na porta, ao lado do meu rosto.

– Com certeza não – fui abrindo os botões de sua camisa vagarosamente. – Tenho muitas ideias em mente – após abrir todos, percorri seu abdômen com a língua, subindo e descendo.

Ajoelhei-me e dessa vez desabotoei a calça e desci o zíper, acariciando seu membro ereto sob a cueca preta. Já disse que adoro cueca preta? São minhas favoritas. Contornei o elástico com os dedos e, ao ver a cabeça para fora, coloquei a boca ali. Gabriel gemeu baixo. No entanto, em vez de continuar com a brincadeira gostosa, pus-me em pé e saí de sua frente, andando pela sala. Tirei as sandálias jogando-las no chão e chamei Gabriel com o dedo.

– Vem, gostoso.

Ele me seguiu, não desgrudando os olhos de mim, e também retirou os sapatos junto das meias. Entrei no quarto e ele veio atrás. Continuei chamando-o com o indicador. Gabriel fechou a porta atrás de si e correu até mim, pegando-me pela cintura e me levantando. Gritei e ele me colocou na cama, vindo para cima de mim e me beijando febrilmente. Dessa vez suas mãos alcançaram minha calcinha por debaixo da saia.

Rolei ficando por cima e mordi seu peito descoberto.

– Não tenha pressa – falei, sentando-me sobre seu pênis ereto e movendo lentamente os quadris. Ele fechou os olhos e suspirou.

– Você é mais gostosa do que eu imaginava – pela primeira vez na noite tocou meus seios.

– Costumo surpreender mesmo – intensifiquei o balançar. Contudo, parei bruscamente. – Tive uma ideia – saí de cima dele avisando que já voltava.

Fui até a sala, peguei dentro da minha bolsa o celular e voltei ao quarto. Gabriel continuava deitado, porém se sentou quando entrei.

– Aula rápida de inglês. A cada frase que você traduzir para mim, eu tiro uma peça de roupa. O que acha?

– Excitante – ajeitou o pênis ereto dentro da cueca.

– Então vamos começar.

Coloquei para tocar a música *The Jack* do *AC/DC*. A batida sensual começou e eu movimentei o corpo conforme o ritmo, percorrendo-o com as mãos. O primeiro verso foi proferido e Gabriel traduziu:

– *Ela me deu a rainha* – comecei a tirar a blusa e ele emendou: – *Ela me deu o rei*.

Sorri e joguei em cima dele a peça e em seguida abaixei a saia, dançando junto com a música. Gabriel ficou tão vidrado no meu corpo que se esqueceu de traduzir algumas partes. Precisei lembrá-lo.

– Vai me deixar aqui de lingerie? – provoquei.

– De jeito nenhum, quero te ver nua – passava a língua pela boca como se quisesse me devorar. Olhou para o lado voltando a prestar atenção na letra até dizer: – *Ela teria a carta para me derrubar...*

Contudo, ele riu alto quando chegou ao refrão, pois ali havia uma frase que se repetia inúmeras vezes.

– *Ela tem o valete* – falou, vitorioso. – Acho que não tem mais peças aí correspondentes às frases do refrão.

– Então serei obrigada a tirar as que tenho, não é?

Um largo sorriso surgiu em seu rosto e ele anuiu. Continuei dançando e me livrei do sutiã vermelho, jogando-o em cima de Gabriel junto com a calcinha. Ele cheirou as peças sem tirar os olhos de mim. Aproximei-me e parei diante dele, que me encarou com seu mar azul praticamente em chamas. Segurei-o pelos ombros e o empurrei para trás e, assim que se deitou, puxei sua calça jeans, despindo-o. Queria vê-lo só com a cueca preta. Livrei-me também de sua camisa.

A pele clara de Gabriel contrastava lindamente com o tecido da cueca. Subi nele, encaixando-me perfeitamente sobre seu pênis rígido e balancei lateralmente meus quadris ainda ao ritmo da música que não acabara. Ele me estendeu as mãos e dessa forma me apoiei nelas não parando o que estava fazendo, apenas provocando-o.

Gabriel fechava os olhinhos e respirava profundamente, isso porque ainda nem tínhamos começado o sexo. Quando me soltei do apoio, ele aproveitou para me apalpar nos seios. Deixei-o brincar ali por algum tempo enquanto eu curtia o contato gostoso de seu toque sobre meus seios macios e extremamente sensíveis por causa do momento. Levei a cabeça para trás e gemi para extravasar todo aquele prazer que me fazia queimar interiormente.

No entanto, minha atenção desviou de todo aquele prazer ao ouvir o celular tocar. Alguém estava me ligando. Olhei do celular para Gabriel e disse:

– Deixa tocar.

Ele se sentou, pegou-me firmemente pela cintura e me deitou, ficando por cima. Beijou-me ardentemente e foi descendo pelo pescoço até encontrar os seios. Lambeu-os, apertou e mordiscou. Uma mão continuou ali enquanto ele descia arrastando a língua por todo o meu corpo quente, distribuindo beijos, lambidas e mordidas. Gabriel cessou o que fazia quando chegou em minha parte íntima. Ergui a cabeça para mirá-lo e ele sorriu tão maliciosamente que vibrei por dentro. Tocou-me ali suavemente com o dedão e gemi baixinho. Ele gostou do som que produzi, pois dessa vez não usou mais o dedão e sim a língua, pressionando-a no clitóris. Meu gemido se propagou pelo cômodo.

Agarrei-me no lençol e continuei a gemer, gemer e gemer. Eu não era capaz de descrever como me sentia toda vez que recebia um oral, apenas ficava fora de mim por causa do intenso estímulo; meu corpo todo tremia e o orgasmo se aproximava a cada nova lambida.

Os dedos dos pés se contorceram e um formigamento começou neles e veio subindo. Estava chegando! No momento do orgasmo, gemi bem alto e me contraí toda. Fiquei sem ar e sem voz por alguns segundos, apenas permanecendo de olhos fechados com aquela sensação maravilhosa me presenteando. Gabriel não desgrudou a boca de mim e, por conta disso, espasmos fortes do orgasmo faziam meu corpo ter algumas contrações, e eu passei a gritar, ou gemer, tanto faz, não era mais capaz de diferenciar.

– Olha só pra você, *teacher*. Está tão entregue – subiu em mim para me beijar nos lábios.

– Sim, estou – as palavras saíram com dificuldade. Eu arfava, ainda tremia e desejava enlouquecidamente por mais.

Prestei atenção ao ambiente e ouvi o celular ainda tocando. Mais uma vez não dei importância e apontei para a gaveta da mesa do computador.

– Tem camisinha ali.

Gabriel foi buscar e retornou para me entregar. Ajoelhei-me na cama, abaixei-lhe a cueca, abri o preservativo com os dentes e, antes de desenrolá-lo no pênis diante de mim, enfiei-o na boca, sugando com vontade. Aproveitei para massagear suas bolas. Um gemido rouco escapou de Gabriel. Fui tirando-o da boca e ao final lambi toda a sua extensão e coloquei a camisinha. Deitei-me e esperei pelo meu acompanhante, que não perdeu tempo. Ele segurou o pênis e o encaixou em mim, entrando aos pouquinhos, em uma velocidade torturante. Cravei as unhas em seus braços. Quando finalmente me preencheu por completo, estocou fortemente e tanto ele quanto eu gememos.

O formigamento se fez presente e eu tive certeza de que gozaria. Gabriel investiu rapidamente e eu praticamente desmanchei debaixo dele.

– Goza de novo para mim, *teacher*. É lindo ver você chegando lá – disse pausadamente sem cessar o sexo, aumentando o ritmo gradativamente.

Não consegui responder, pois os gemidos não deixavam. Meu gostoso da vez não deu tempo para eu me recuperar do orgasmo, prosseguiu com a penetração vigorosamente. Eu enlacei sua cintura com as pernas, trazendo-o mais para perto de mim e permitindo que a penetração ficasse mais profunda. Beijei seus lábios quentes e ele retribuiu luxuriosamente, enfiando a língua. Eu a chupei e mordi o lábio inferior. O beijo não durou muito, pois mais um orgasmo arrebatador me acometeu.

– Caralho! Que gostosa! – apertou minhas coxas e bunda.

– *Please, fuck me* – minha voz saiu baixa e carregada de sensualidade.

– Tenha certeza disso.

Apoiei-me nos cotovelos e Gabriel me puxou para si. Ele deitou-se e eu fiquei por cima. Fui apertada em cada pedacinho de pele com ele me chamando de gostosa o tempo todo. Iniciei a cavalgada com a maior velocidade que consegui e foi a vez de Gabriel gemer alto seguido de outro palavrão. Mudei os movimentos de para a frente e para trás, passando a subir e descer. Usei novamente as mãos dele como apoio e pulei sobre seu pênis loucamente. Os seios balançavam e Gabriel não desviava a vista deles.

Parei abruptamente quando senti o formigamento. Inspirei muito ar e girei sobre Gabriel, dando-lhe as costas. Debrucei-me e firmei-me em suas pernas. Olhei para trás e o vi fitando atentamente minha bunda. Mexi-me deliciosamente e Gabriel apertava sem dó minhas nádegas. Não demorou muito para o formigamento voltar e dessa vez não quis parar. Eu precisava daquilo. Movimentei-me ali dando tudo de mim, extraindo do meu acompanhante todo o prazer possível não só para agradá-lo, mas principalmente para satisfazer as minhas vontades.

Seu membro rígido pulsou deliciosamente dentro de mim e um gemido rouco saiu de sua boca. Gabriel gozou antes de mim, só que eu não parei, não podia. Continuei até finalmente ser presentada pela volúpia e me deixar cair sobre as pernas dele.

– Puta que o pariu! Você é do caralho! Maravilhosa!

Ri do comentário de Gabriel e saí de cima dele para me deitar ao seu lado.

– Você que é gostoso – beijei-o lentamente e assim ficamos por alguns minutos.

Enrolei-me no lençol quando ele foi para o banheiro retornando logo depois e se sentando na beirada da cama. Ficou me olhando e eu sustentei seu olhar.

– O que foi? Algum problema? – não aguentei e indaguei.

– Sim, você – passou as mãos pelos cabelos claros. – Como vou te ver toda a semana sem lembrar de hoje?

– Quem disse que é pra você esquecer?

– Pensei que eu fosse desencanar um pouco de você depois de hoje, mas me enganei. Te desejo ainda mais. Você é perfeita – veio me beijar, mas dessa vez não deixei e me afastei. O negócio estava ficando sério. Também me sentei.

– Não se esqueça do que conversamos. Por mais que tenha sido maravilhoso, não vamos sair de novo, entendeu?

– Sim, entendi – percebi um pesar em sua voz. – O que você me disse no bar é o que muitos homens querem ouvir. Uma mulher que também só quer uma noite de sexo sem compromisso. Mas depois do que fizemos não sei se quero só essa noite. Você não quer sair comigo de vez em quando? Prometo que não irei propor nenhum relacionamento.

– Não – beijei-o carinhosamente na boca. – É melhor não. Essa noite foi perfeita, não precisamos repetir, isso só estragaria.

– Mulher difícil você, não é? – acariciou meus cabelos cacheados. – Tudo bem, vou tentar me conformar.

Beijei-o novamente antes de sair da cama e começar a me vestir. Ele fez o mesmo. Não coloquei a roupa de antes e sim uma mais leve. Short e blusinha. Acompanhei Gabriel até a saída e, assim que ele passou pela porta, ficou me olhando sem nada dizer. Não me atrevi a perguntar o que era, pois podia imaginar o que ele pensava. Estava perdendo uma mulher maravilhosa como eu.

– Bem, já que não tem jeito mesmo, eu vou indo – nosso último beijo foi delicioso.

Acenei para ele quando entrou no elevador. A porta se fechou e ele se foi.

Entrei no apartamento saltitando de felicidade pela ótima transa que tive. Caminhei tranquilamente até o banheiro e tomei uma rápida ducha só para me livrar dos resíduos do sexo. Vesti a mesma roupa, encaminhei-me para o quarto e, ao ver o celular ao lado do computador, lembrei-me de que tocara algumas vezes anteriormente. Apanhei-o e reconheci o número de Raquel. O que ela queria comigo? Pensei em retornar a ligação, mas ao selecionar o número dela, ouvi a porta de entrada do apartamento se abrir junto de passos e vozes. Só podia ser Raquel.

Andei até e sala e encontrei Bernardo, Léo e Raquel. Meu coração parou de bater quando encarei minha amiga.

– O que aconteceu com você? – gaguejei e minha voz falhou.

6

Eu Não Tenho Medo de um Relacionamento

Raquel chorava e pressionava uma garrafa de água contra o rosto inchado. Havia uma marca roxa abaixo do seu olho esquerdo. Ajoelhei-me na frente dela e tirei a garrafa para analisar melhor o machucado.

– O que aconteceu com você, Raquel? – voltei a perguntar.

Ela soluçava e não parava de chorar, seu nariz e olhos estavam vermelhos.

– Ele me bateu... – choramingou como se estivesse com vergonha do que acontecera. Não disse mais nada e o choro se intensificou.

– Quem te bateu? – um nervosismo me percorria e eu queria saber quem tinha feito aquilo com ela.

– Foi o ex dela – contou Bernardo, sentando-se ao lado de Raquel e a abraçando. Ela encaixou o rosto na curva do pescoço dele e desatou a chorar.

Eu não conseguia acreditar naquilo.

– Me conta isso direito, Raquel – praticamente implorei.

Ela respirou fundo, secou as lágrimas e começou:

– Ele foi até a casa dos meus pais para conversar comigo. Eu não queria vê-lo, mas acabei cedendo. Ele queria que eu voltasse para ele de qualquer jeito, só que eu disse que não voltaria, ele me traiu! – secou mais algumas lágrimas e sua voz ficou mais fraca. – Ele veio com um papinho de que era homem e precisava de sexo com frequência, e como só me via a cada quinze dias, precisava se aliviar com outras. Você acredita que ele me disse isso? Quis justificar a traição.

– Filho da puta – xinguei. – Como ousa dizer isso pra você?

– É – engoliu o choro. – Eu disse que não voltaria e o mandei embora. Daí ele me ameaçou, falou que se eu não fosse dele não seria de mais ninguém. Fiquei com medo do que ele disse e resolvi vir embora logo que ele deixou a casa dos meus pais. Fui para a rodoviária e... – tocou o roxeado do rosto. – Ele deve ter me seguido, pois na hora em que eu ia embarcar ele me abordou. Não queria me deixar subir no ônibus, e quando outros passageiros interferiram, ele se zangou e acabou fazendo isso comigo.

– Você não foi para a delegacia? Ele não pode te bater, Raquel – falei, indignada.

– Depois que alguns seguranças afastaram ele de mim, perguntaram se eu queria ir para a delegacia da mulher prestar queixa, mas eu não quis. Só queria vir embora e não preocupar mais meus pais. Não queria mais ficar naquela cidade, pelo menos aqui estou longe dele.

Eu não sabia o que fazer, ainda mais por ela voltar a chorar copiosamente. Simplesmente a abracei. Durante o abraço, fitei Bernardo e perguntei:

– Onde você entra nessa história?

– A Raquel tentou ligar para você e para o Cauã, mas como ninguém atendeu, ligou para mim e eu fui buscá-la na rodoviária, já que não queria vir sozinha e não tinha dinheiro para o táxi.

– Me desculpa, Bernardo – Raquel se soltou do meu abraço para falar com ele. – Não queria te incomodar.

– Não é incômodo algum – tocou-a levemente no machucado e ela fez careta. – Precisamos cuidar disso aí.

– Acho que o gelo é melhor do que a garrafa.

Nós três nos viramos para Léo que estendia para Raquel um saco plástico com gelo junto de uma toalha de rosto.

– Obrigada – ela aceitou. – Nem vi você saindo da sala para ir buscar essas coisas.

– Tenho sangue de ninja – sorriu e beijou a testa da minha amiga. – Amanhã venho aqui te trazer uma pomada muito boa para esse tipo de ferimento, tudo bem? Por hora pressione o gelo aí para diminuir o inchaço.

– Sou estudante de Enfermagem, eu sei disso – Raquel forçou um sorriso e Léo acariciou seus cabelos loiros.

– Bem, então acho melhor deixar você descansar agora – Léo olhou para Bernardo, que assentiu com a cabeça.

Meu primo beijou o rosto de Raquel em despedida e eu os acompanhei até a saída. Paramos os três no corredor e, assim que fechei a porta, Bernardo deu um soco na parede.

– Maldito! – rangia os dentes. – Eu vou acabar com ele por ter feito isso com ela. Covarde filho de uma puta!

– Nem me fale – comentei, cabisbaixa. – A Raquel é tão delicada e meiga, definitivamente ela não merecia isso. Quer dizer, ninguém merece. Era só que o faltava, um ex-namorado possessivo.

– Pelo menos agora ela está longe dele – disse Léo me tocando no ombro. Ergui a cabeça e fitei seus olhos negros.

– Isso é verdade. E obrigada por tratá-la tão carinhosamente.

– Não precisa agradecer. Ela precisa de atenção e isso é tudo o que posso oferecer – acariciou meu rosto delicadamente e eu me surpreendi com a atitude. – Se fosse você no lugar dela, eu teria feito a mesma coisa, ou até mais, já que poderia oferecer mais coisas...

– O que você quer dizer com isso?

– Exatamente o que eu disse – beijou-me suavemente na testa e se afastou para entrar no elevador quando este chegou.

Bernardo também se despediu de mim e eu fiquei ali parada olhando para Léo. Ele tinha um discreto sorriso nos lábios e tenho certeza de que piscou para mim antes de a porta se fechar. Mais uma vez fiquei indignada, agora era pela atitude de Leonardo. Que cara bipolar! Quando dou o maior mole ele nem dá bola para mim; quando estou bem quietinha e não pensando nisso, ele se mostra interessado. Será que está me testando? Deixa só ele pra mim...

Encontrei Raquel conversando com alguém pelo celular assim que entrei. Ela logo desligou e avisou que Cauã estava vindo. Seu rosto inchado e marcado pelas lágrimas fez meu peito doer. Peguei -a pela mão e a levei para a sua cama. Pedi que trocasse de roupa e se deitasse que eu prepararia um chá. Ela me obedeceu e fui para a cozinha. Eu terminava de colocar o chá na caneca quando o interfone tocou e o porteiro avisou que Cauã estava lá embaixo. Informei que ele poderia subir e em poucos minutos ele me ajudava a levar o chá para Raquel, com algumas bolachinhas.

Cauã abraçou fortemente Raquel ao vê-la e pediu que ela lhe contasse o que ocorrera. Dessa vez ela não hesitou e relatou tudo, porém continuou a chorar. Após se alimentar, ela deitou no meio da cama com o gelo em cima do rosto e Cauã e eu ficamos um de cada lado.

– Agora eu quero saber por que nenhum dos dois me atendeu – disse Raquel, com a voz melhor do que antes. – O que estavam fazendo, hein?

Eu me apoiei no cotovelo para encarar Cauã. Nós trocamos olhares carregados de sentidos e gargalhamos.

– Mariana, sua tarada, com quem você estava? – questionou ele.

– Eu, tarada? Com quem o senhor estava?

– Então os dois estavam trepando por aí enquanto euzinha aqui passava por coisas horríveis? Belos amigos que eu tenho – pela primeira vez naquela noite ela riu de verdade. – Ainda bem que tenho o Bernardo e o Léo, porque se dependesse só de vocês eu estaria ferrada.

Rimos e abraçamos Raquel ao mesmo tempo.

– Prometo que a partir de agora paro tudo que eu esteja fazendo para te atender – falei.

– Essa eu quero ver – comentou Cauã. – Mas pensando bem, não duvido que você faça isso. É capaz de abandonar o carinha no auge do clímax, do jeito que você é egoísta.

– Ei! – joguei o travesseiro nele. – Olha o jeito que você fala de mim, seu enxerido.

– Sua insensível – mostrou-me a língua e arremessou de volta o travesseiro. – E por falar nisso, aposto que deve ter jogado na privada aquelas lindas flores, não é?

– Ela não jogou, estão lá no quarto dela, mesmo que murchando – Raquel sorriu e apertou minha bochecha. – Acho que ela gostou das flores.

– Sério?! – Cauã ficou boquiaberto.

– Qual o problema? – empinei o nariz. – Eu gostei sim, o que tem de mais nisso? Não posso gostar de flores?

– Só estou impressionado. Pensei que a insensível aí iria tacar fogo nas flores. Mas pelo jeito seu admirador secreto está conseguindo amolecer esse coração de pedra.

As palavras dele permaneceram em minha mente por alguns segundos e de repente tive um *flash*.

– Isso! – disse eu, pulando da cama. Corri loucamente para o meu quarto e revirei uma gaveta repleta de papéis em busca do cartão que viera junto das flores. Quando o encontrei, voltei para o quarto de Raquel. Apontei as iniciais do cartão para ambos. – É o que você falou. Aqui tem A e S, só pode ser admirador secreto – deixei-me cair sentada na cama. Levei as mãos à boca para conter a risada. – Que coisa mais brega!

– Eu achei lindo – Raquel tomou o cartão para si, leu e depois praticamente o abraçou. – É tão romântico.

– É mesmo – concordou Cauã. – Mas vai dizer isso pra cabeça-dura aí.

– Você tirou a noite para me insultar, é?

Ele deu de ombros.

– Bem que você podia dar uma chance para esse cara, não é? – continuou Raquel.

– De jeito nenhum! E se for um cara horroroso?

– A beleza está nos olhos de quem vê, Mari. Nunca ouviu falar disso?

– Pode até ser, mas não vou me envolver com um cara que manda flores. Que coisa mais antiquada.

– Ele está tentando ser romântico, sua chata. Eu me derreteria toda se recebesse flores – os olhinhos dela brilharam. – Sou a favor de você dar uma chance para esse carinha. Vai que ele é o amor da sua vida.

– Eu também concordo – pronunciou-se Cauã.

– Vamos parar com isso, os dois? – fechei a cara. – Não vou sair com esse sujeito que nem conheço.

– Ele pode estar por perto e você que não percebeu. Ele soube quando você estava mal e sabe seu endereço. E aposto que deve ser um carinha lindo, um *boy* magia.

– Não estou gostando desse seu papinho, Cauã. Você está sabendo de alguma coisa?

– Por que eu saberia? – tocou o próprio peito.

– Só acho estranho você defender esse cara sendo que nem o conhece – estreitei os olhos para ele.

– Estou defendendo você, minha amiga. Por mais que eu superapoie esse seu modo desapegado, que não tem medo de falar "eu sou mulher e gosto de sexo sim!", acho que você merece um amor de verdade. Você teve um péssimo começo de relacionamento com aquele seu ex e tenho certeza de que é por isso que você tem medo de se envolver novamente...

– Não tenho medo – interrompi-o.

– Shhh! Estou falando ainda – pigarreou. – E você tem medo *sim*! Caso contrário, sairia mais de uma vez com o mesmo homem. E sabe por que não faz isso? Porque tem *medo* de se envolver, de se apaixonar, de se entregar. Mas graças a Deus – pegou o cartão das mãos de Raquel e o balançou diante do meu rosto – temos homens corajosos a ponto de fazerem coisas como essa para tentar conquistar uma mulher como você. Só espero que você perca esse medo, amoleça esse coração rochoso e dê uma chance para esse sujeito – respirou profundamente ao final como se estivesse cansado.

Raquel sorriu e bateu palmas enquanto eu nada disse. Fiquei tão emburrada com todo aquele blá-blá-blá que saí de lá. Sentei-me no sofá da sala e liguei a TV, porém não prestei atenção no que passava, pois não conseguia esquecer do que o Cauã me dissera. Será que eu tenho medo mesmo? Não sei, nunca pensei seriamente sobre isso. Wellington me magoou demais quando era adolescente e por isso não quis mais saber de namoro. Claro que também me culpo por tudo o que aconteceu, eu que fui atrás dele naquela época.

Eu tinha apenas 14 anos e cursava a oitava série. Na escola onde estudei, além do Ensino Fundamental, havia o Ensino Médio, e lógico que eu e as minhas colegas de classe babávamos pelos meninos do terceiro ano. Wellington estava com 18 anos e, além de estar no último ano do Ensino Médio, ainda era repetente, sendo um ano mais velho do que a maioria dos estudantes de sua sala.

Os intervalos eram separados, o que me impossibilitava de olhar para ele. Contudo, eu sempre dava uma fugida durante a aula para ir espiá-lo. Não demorou muito para ele descobrir que eu estava a fim e lógico que veio até mim. Um garoto mais velho, uma menina nova e bobinha, junção perfeita para que tudo desse errado.

Eu já estava apaixonada antes, mas depois ele fez com que eu me sentisse a garota mais desejada desse mundo quando me beijou. Depois do nosso primeiro beijo, ele continuou comigo, o que me fez ir aos céus. Um rapaz do terceiro ano me desejava! Eu me sentia o máximo, ainda mais durante a saída da escola, pois ele vinha até mim, beijava-me apaixonadamente, passava o braço pelos meus ombros e assim desfilávamos diante dos outros alunos. Muitas meninas da minha série me veneravam por tê-lo conseguido, por estar namorando com um dos garotos mais bonitos e populares. E descobri depois que um dos mais barra-pesada também. Só que não me importei com aquilo, na verdade eu não tinha noção do que Wellington fazia e da gravidade de seus atos. Eu estava apaixonada, oras...

No entanto, nem tudo são flores... Com cerca de mais ou menos um mês de namoro, Wellington disse que queria transar comigo, pois me amava, e que isso seria uma grande prova de amor vinda da minha parte. Eu era virgem e extremamente inocente, lógico que caí na conversa dele, ainda mais depois de dizer que me amava.

E eu cedi.

Foi horrível, preciso dizer isso. Senti dor e sangrei, não gosto nem de me lembrar. Eu não queria mais ter relações, pois não gostei, só que Wellington mais uma vez me convenceu alegando que era assim mesmo, que no começo ia doer, só que depois eu me acostumaria e a coisa melhoraria, trazendo prazer. Confiei nele.

Continuei a sentir dor e percebi Wellington se irritando comigo. Fiquei triste e me esforcei ao máximo para agradá-lo, até que finalmente o mínimo de prazer possível alcançado em uma relação sexual foi sentido por mim. Claro que nada perto de um orgasmo, mas uma sensação pelo menos nada desagradável. Ele gostou daquilo e toda vez que me via queria fazer sexo. Fui na onda dele, porém chegou um momento em que me senti usada, acho que finalmente um pouco de consciência das coisas ao meu redor se fez presente em mim. Recusei o sexo uma, duas, três vezes, o suficiente para Wellington me largar.

Nesse dia percebi o que ele realmente queria comigo: apenas sexo. Chorei muito, varios dias, para ser mais exata. Eu me entregara a ele acreditando ser uma prova de amor e que ele me amava, que amaria para sempre. Grande engano. Faltei da escola toda aquela semana e quando voltei, na semana seguinte, Wellington estava com outra garota, esta mais velha do que eu.

Ele nunca me amou, nunca.

Apesar da pouca idade, prometi a mim mesma que nunca mais namoraria ninguém, pois era só aquilo que o amor trazia: tristeza. Eu confiei nele com todas as minhas forças, acreditei em cada palavra. Para quê? Ser usada e jogada fora.

Amadureci muito depois de tudo isso, grande parte da minha infância, da minha inocência, foi arrancada de mim por ele. Wellington me marcou de uma forma negativa. Contudo, nada que fugisse de uma decepção amorosa, isso é, até a minha menstruação atrasar...

Apoiei o rosto nas mãos e uma leve ânsia surgiu. Eu não queria me lembrar daquilo. Não queria!

Não vi Cauã se aproximar de mim, só senti sua presença quando me tocou no ombro.

– Você está bem?

Balancei a cabeça afirmativamente. Ele se sentou ao meu lado e segurou minha mão.

– Desculpa pelas coisas que falei, não queria te irritar.

– Tudo bem.

– Por mais que eu esteja me desculpando, ainda acho que você deveria se envolver com alguém. O que me diz sobre isso?

– Não acho que eu tenha medo de um relacionamento e sim um bloqueio. Compreendo que não comecei bem meus relacionamentos e que eu era muito criança, mas estou bem assim, você não acredita em mim? Prometo que quando eu sentir vontade de me envolver com alguém farei isso, só que não sinto isso agora. Gosto da sensação de ter um cara durante uma única noite, de aproveitar ao máximo esse momento, não sei se iria me acostumar a uma rotina, entende?

– Entendo, minha amiga – apertou minha bochecha como se eu fosse uma criança. – Eu que devo ter amolecido demais – sorriu largamente e seus olhos castanhos praticamente reluziram. – Acho que estou apaixonado.

Meu queixo caiu e dei um gritinho entusiasmado.

– Quem é ele? – de repente todo aquele clima chato desapareceu.

– O bixo – mordeu o lábio ao dizer isso. – Venho saindo com ele às escondidas desde a festa dos calouros.

– Eu não acredito que você não me contou.

– Só estávamos nos conhecendo melhor e vendo o que rolava, mas ontem o clima ficou tão gostoso que acho que não quero outro.

– Ownn... Estou tão feliz por você – abracei-o. – Você já contou isso para a Raquel?

– Acabei de contar e os olhos dela se encheram de lágrimas – riu e eu também.

Decidi que não pensaria mais em coisas ruins e me dedicaria a outras que realmente importavam: as minhas amizades. Cauã e eu voltamos para o quarto de Raquel, esta em pé olhando sua imagem no espelho, tocando com cuidado o inchaço do rosto.

– Está melhorando – disse ela ao notar nossa entrada. Suspirou pesadamente e virou-se para nós. – Nunca pensei que o Pedro reagiria daquela forma. Eu o amava tanto e agora o que sinto é apenas ódio e medo.

– Vamos prometer uma coisa? – falei. – Ninguém aqui falará ou pensará em coisas tristes, tudo bem? Vamos esquecer esse passado e viver o presente – encarei Cauã. – E esse presente está radiante para alguém aqui.

Rimos e nada mais foi dito sobre coisas ruins. Conversamos muito até a madrugada chegar e quando o sono bateu, dormimos os três na cama de Raquel.

O domingo começou preguiçoso com nós três enrolando para sair da cama. Ficamos ali postergando o máximo que conseguimos até que não foi mais possível, pois o corpo gritava por movimentos, necessidades fisiológicas e fome. Após dar uma passadinha no banheiro, prendi o cabelo em um coque e avisei aos meus amigos que iria à padaria. Vesti uma calça legging preta e uma blusinha branca e assim caminhei em direção ao meu destino. Cumprimentei o porteiro, que sempre sorria largamente quando me via, e ganhei a rua, respirando profundamente e sentindo o calor gostoso do sol.

Andei uns três quarteirões até a padaria e comprei tudo e mais um pouco para o nosso café da manhã. Retornei ao apartamento e encontrei Cauã passando o café na hora em que entrei na cozinha.

– Que cheiro ruim – falei, colocando as sacolas sobre a mesa.

– Você é a única pessoa desse mundo que não gosta de café – comentou, terminando de colocar a água quente no pó.

– Não gosto mesmo e nunca vou gostar, – retirei das sacolas plásticas uma caixa de suco de maracujá (o meu favorito), bolo de fubá, pão fresquinho, presunto e queijo. Peguei também uma caixa de bombom para agradar minha amiga viciada em chocolate.

Raquel adentrou a cozinha e perguntou:

– Ficou bom? – indicou o hematoma do rosto coberto de maquiagem, que não ajudou muito a cobri-lo.

– Você é branca demais, Raquel. Nem se colocasse gesso ia disfarçar – ela me mostrou a língua e eu me aproximei. – Coloca mais gelo depois porque ainda está inchado, quem sabe não melhora. E o Léo prometeu trazer aquela pomada milagrosa.

Ela assentiu e se sentou à mesa para comer. Acomodei-me ao lado deles e assim nos alimentamos.

– Qual o nome do seu namorado, Cauã? – indagou Raquel.

– Ele não é meu namorado, só estamos nos conhecendo – bebeu um gole de café. – O nome dele é Tadeu.

– O que acha de convidá-lo para almoçar com a gente hoje? – sugeriu ela. – Quero muito conhecer seu namorado.

– Já disse que não é meu namorado – apertou-lhe a bochecha e sorriu. – Mas vou chamar, quem sabe ele aceite.

Tomamos nosso café da manhã sem muitas conversas. Quando comecei a guardar as coisas, ouvi meu celular tocando. Vi o nome de Bernardo no visor.

– Como a Raquel está? – foi a primeira coisa que ele falou.

– Bom dia para você também, primo. E ela está bem melhor.

– Vou passar aí mais tarde. Quero vê-la e o japa vai levar aquela pomada.

– Vem almoçar com a gente então – ele aceitou logo de cara. Acrescentei com a voz mais baixa: – O Léo comentou alguma coisa de mim ontem?

– Na verdade eu que perguntei de você para ele. Queria saber por que ele falou aquilo para você.

– E?

– Ah, você sabe como o japa é reservado. Ele só deu de ombros e não comentou nada. Ainda insisti, mas ele não facilitou a coisa e não contou. Sabe, Mari... Espero que você consiga alguma coisa com ele, o japa é muito quieto para o meu gosto e nunca o vi com uma mulher, só com a ex.

– Como era a ex dele?

– Eu a vi uma única vez. Se não me engano, ela estava estudando na Europa e mesmo assim eles continuaram namorando. Logo que entramos de férias no meu primeiro ano de faculdade, ela veio visitá-lo. Não sei o que aconteceu entre eles, mas quando voltei para as aulas, o japa contou que eles haviam terminado. Depois disso nunca mais o vi com ninguém.

– O Léo é um mistério, mas vou conseguir desvendar esse homem – ri e Bernardo também.

– Boa sorte. Nos vemos na hora do almoço – despediu-se.

Avisei para meus amigos da vinda de Bernardo e Léo, e Cauã aproveitou para ligar para o Tadeu, que também aceitou vir almoçar conosco. Cauã foi embora logo em seguida, pois precisava passar em seu apartamento, no mercado para comprar as coisas do almoço e aproveitar e buscar Tadeu.

O nosso apartamento precisava de uma arrumação e Raquel se prontificou imediatamente, mas eu não permiti e a mandei ir deitar com uma bolsa de gelo no rosto. Ela não gostou muito daquilo, porém eu insisti, alegando que dava um jeito em tudo.

Limpei e arrumei as coisas até que rápido e tomei um banho para tirar a poeira do corpo. Um pouco depois das onze horas, Cauã chegou acompanhado de Tadeu, um moço alto, esbelto, negro e de cabeça raspada. Usava óculos de grau de armação preta e se vestia tão bem quanto Cauã, com uma camisa xadrez de tonalidade azul-escuro, uma calça branca mais justa e tênis. Quando meu amigo disse que estava saindo com um bixo, pensei em um rapaz mais jovem, por volta de 18 anos. No entanto, Tadeu aparentava ter nossa idade ou até mais. Ele cumprimentou a mim e a Raquel de forma atenciosa e ajudou Cauã a levar as compras para a cozinha. Resolvi puxar assunto.

– O Cauã disse que você é calouro. Faz qual curso?

– Letras – respondeu, desviando a vista para Cauã, que sorriu, e voltou a me encarar. – Mas essa é minha segunda faculdade. Sou formado em Jornalismo.

– Que legal.

– O Tadeu também é bailarino – comentou Cauã todo orgulhoso.

Aquilo sim foi uma surpresa, fiquei admirada com a notícia. E prestando atenção em Tadeu, ele realmente tinha porte de bailarino. Mantinha a postura reta com ombros alinhados e queixo empinado. O corpo parecia ser bem definido e forte. Pena que ele era gay, se não fosse eu adoraria sair com um bailarino.

Nós quatro começamos a preparar o almoço e cada um ficou com uma função. Na verdade eu não gosto de cozinhar, mas o faço muito bem quando estou com vontade. Minha mãe é uma ótima cozinheira e aprendi tudo com ela. Dessa forma, ficou na minha responsabilidade preparar a lasanha. Cauã e Tadeu ficaram com o arroz e o frango e Raquel com a salada, a única coisa que ela poderia fazer, já que é péssima na cozinha.

A lasanha já estava no forno e eu andava de um lado para o outro sem saber o porquê. Parecia que algo me cutucava interiormente, como se me preparando para alguma coisa que aconteceria. Nessa hora me lembrei de que não avisara o porteiro de que Bernardo e Léo chegariam, e assim peguei o interfone para falar com ele.

– Eu ia interfonar agora – contou ele. – Acabou de chegar uma encomenda pra você.

– Encomenda? – meu coração disparou. – O que é?

– São umas flores. Só um minuto – avisou e o ouvi falar com alguém e o barulho do portão. – Seu primo chegou, quer que eu peça que ele leve as flores pra você?

– Faça isso, por favor.

Agora sim fiquei ainda mais inquieta. Flores de novo. Um sinal de que eu estava ansiosa era quando começava a enrolar algum cacho do meu cabelo no indicador da mão direita, e eu o fazia no momento.

Ao perceber, parei imediatamente e me sentei no sofá. Meus pés balançavam involuntariamente e o coração não acalmava. Viria um cartão, tenho certeza. Coloquei-me em pé e voltei a andar. Mas que demora para eles subirem!

Gelei por completo ao escutar as batidas na porta. Saí correndo e a abri. Dei de cara com Bernardo e o analisei, procurando pelas flores. Nada. Em suas mãos só havia sacolas. Empurrei-o para o lado e vi Léo segurando as minhas flores. As minhas flores!

7

Ele Ainda Será Meu

Várias cores preencheram meu campo de visão. Bernardo se afastou e assim Léo veio até mim e me entregou o buquê de flores de cores diversas. O envelope estava preso ao lado e, após cheirá-las, sentindo uma sensação muito gostosa com tudo aquilo, apanhei-o e fui para o meu quarto. Sentei-me na cama, abri o envelope e constatei que havia ali mais escritos do que a última vez, uma pequena carta.

Olá, Mari.

Não mandei mais flores para você porque queria que se acostumasse com a ideia e sei que você demorou um pouco para isso. Posso parecer antiquado aos seus olhos, mas esse foi o único modo de tentar me aproximar de você de uma forma mais sentimental. Uma mulher como você não prestaria atenção nos meus sentimentos mesmo que passasse a noite comigo, ou já tenha passado, isso ainda será um segredo.

O nome dessas flores é junquilho e representam todo o desejo que sinto por você, porém não é um desejo que passará em uma única noite e sim um que espero cultivar por um longo tempo, e desejo que você também sinta o mesmo.

Beijos daquele que tentará te conquistar até o fim
A. S.

Reli mais uma vez tais palavras e não soube como agir, o que pensar. Mirei as flores em meu colo e alisei várias delas. Suas cores eram lindas. Havia flores rosas, amarelas e azuis, e algumas folhas verdes.

Raquel entrou no meu quarto e veio até mim sem nada dizer, mas eu sabia o que ela queria e por isso entreguei-lhe a carta. Ela leu e seus olhos encheram-se de lágrimas. Menina emotiva.

– Que lindo, Mari – não comentei nada e ela me tocou no ombro. – O que você está achando de tudo isso?

– Eu não sei o que pensar. Estou confusa – indiquei uma frase na carta. – Aqui diz que posso já ter passado a noite com ele. Quem será?

– Mari, a sua lista é quilométrica, como posso saber? Mas tenho certeza de que deve ser alguém da faculdade. Se quiser podemos pesquisar.

Concordei com ela e saímos do cômodo. Peguei um jarro na cozinha, enchi de água e coloquei ali as flores.

– Eu não sabia que você estava recebendo flores, prima – Bernardo sorria. – Finalmente você está apaixonada por alguém?

– Não seja bobo – mostrei-lhe a língua. – É só um presente de alguém que não conheço. E não estou apaixonada.

– Ainda – comentou Cauã, rindo.

Revirei os olhos e todos riram de mim. Léo tirou do bolso uma pomada e a entregou para Raquel.

– Tenho certeza de que amanhã o hematoma estará melhor se passar a pomada – disse ele.

– Obrigada, Léo – abraçou-o em agradecimento. – Nem sei como agradecer.

– Só fique bem – sorriu carinhosamente.

– O japa manja desse negócio de hematoma. Sempre aparece roxo, mas logo em seguida a marca desaparece.

Foi nessa hora que me lembrei de que Léo praticava uma luta marcial, só que nem de longe recordei-me de qual e por isso perguntei.

– Kung-fu – respondeu.

– Um descendente de japonês praticando uma luta chinesa – pronunciou-se Cauã. – Interessante.

Todos riram e nos sentamos à mesa que ficava em um canto da sala como se fosse uma sala de jantar, porém bem mais simples. Bernardo e Léo trouxeram bebidas, como refrigerante e dois fardinhos de cerveja. Conversamos e bebemos enquanto a comida não ficava pronta. Passei a pomada no rosto de Raquel, torcendo para que aquela marca roxa sumisse logo. Bernardo não saiu do lado dela e tentava ser o mais atencioso possível, e senti que Raquel estava gostando daquilo.

Finalmente o almoço ficou pronto e almoçamos como uma grande família. Percebi troca de olhares entre Cauã e Tadeu e fiquei feliz com aquilo. Eles eram um casal perfeito. Tadeu se enturmou facilmente conosco e gostei muito de sua companhia. Espero que o relacionamento dele com meu amigo vá para frente. Viu? Não sou tão insensível assim.

O bombom que comprei para Raquel virou a nossa sobremesa e achei lindo Cauã colocando o chocolate na boca de Tadeu. Ao perceber meus sentimentos, levantei-me e fui para a cozinha. O que eu estava pensando? Estou ficando muito boba. Balancei a cabeça negativamente e, para distrair, comecei a lavar a louça. Todo aquele clima de romance não fazia bem para mim, deixava-me com pensamentos ridículos. Por falar nisso, preciso parar de me preocupar com as flores, não posso me permitir gostar e ansiar por elas. Gosto da minha vida do modo que ela está e não preciso de um relacionamento.

– Quer ajuda?

Meu coração veio parar na garganta tamanho o susto que tal frase causou.

– Que susto! – reclamei, balançando as mãos na direção de Léo e jogando água nele.

Léo bloqueou com os braços e riu, desculpando-se.

– Você precisa fazer mais barulho, não chegue assim do nada.

– Desculpe, não foi minha intenção. Mas posso te ajudar?

Sequer respondi, pois ele já foi pegando a louça ensaboada e enxaguando. Não me opus e prosseguimos em silêncio. Contudo, o silêncio me deixava nervosa e por isso resolvi colocar as minhas garrinhas para fora.

– Você é estranho – comecei e ele me encarou com o cenho franzido. – Às vezes acho que você é tímido demais e por isso não me dá bola. Porém, às vezes você faz coisas como as de ontem e me deixa com uma pulga atrás da orelha. Eu não sei o que pensar e não tenho certeza do que você quer. O que me diz sobre isso?

– Que eu sou um cara confuso e também não sei o que quero – desviou a vista da minha.

– Tem a ver com a sua ex-namorada?

Ele paralisou e me encarou.

– Como você sabe dela? – dei de ombros e ele enxaguou as mãos, secando-as em um pano de prato. – Não gosto de falar sobre isso.

Afastou-se da pia em direção à saída.

– Ei, Léo! – fui atrás dele. – Me desculpa, não queria te chatear.

– Como disse, sou um cara confuso e ainda tenho coisas internas para resolver – virou-se bruscamente para mim e me segurou pela nuca, quase encostando nossos rostos. Eu gelei de cima a baixo e as pernas até amoleceram por causa da surpresa. – E por isso eu não sei o que quero com você.

– Eu posso te ajudar... – falei baixo, aproximando-me mais dele. Pude sentir o hálito quente dele muito perto da minha boca. Nossos narizes se encostaram e eu desejei aquele beijo. Porém, quando pensei que algo fosse acontecer, Léo se afastou repentinamente de mim.

– Preciso ir embora – deu-me as costas e saiu, não esperando sequer um comentário meu.

Eu o segui e o vi se despedir do pessoal, alegando que precisava fazer umas coisas da faculdade. Saiu tão rápido que ninguém entendeu o que tinha acontecido. Todos se viraram para mim esperando uma resposta. Dei de ombros e voltei à louça.

Bernardo e Raquel foram me ajudar, já que não queriam ficar de vela diante de Cauã e Tadeu. Desse modo, nós três arrumamos toda a bagunça que ficara do almoço.

O celular de Raquel tocou e ela se retirou para ir atendê-lo, assim Bernardo me puxou para o outro lado da cozinha e sussurrou:

– Me ajuda. Eu não sei o que fazer para conquistar essa mulher. Ela parece não perceber as minhas intenções.

– A Raquel é meio devagar para essas coisas mesmo. E além do mais, ela te considera um amigo. Você vai precisar de muito esforço.

– Bem que você poderia me ajudar, né? Não estou vendo a senhora fazer nada.

– Então agora a culpa é minha que você não sabe conquistar uma mulher? – elevei o tom de voz e ele pediu silêncio. Suspirei. – Tudo bem, amanhã mesmo vamos ao *shopping* comprar roupas novas para você – passei a mão em seu cabelo arrepiado com gel. – E por favor, pare de usar essa porcaria no cabelo. Amanhã iremos ajeitar você para ela, não se preocupe.

Ele sorriu de canto de boca e tomou ar para comentar algo; contudo, ouvimos Raquel gritar e não pensamos duas vezes em correr até ela. Encontramos Raquel em pé no meio do seu quarto com o celular no ouvido e com lágrimas pelo rosto.

– Não ligue nunca mais para mim! Me deixe em paz!

Ela chorava e eu não sabia o que fazer. Só podia ser o ex ligando. Antes mesmo de eu tomar alguma atitude, Bernardo saiu do meu lado e retirou o celular de Raquel de sua mão. Foi sua vez de conversar com Pedro.

– Olhe aqui, seu maldito. Não quero você ligando para ela, entendeu? Você a perdeu quando fez burrada e agora ela é minha mulher! E não pense que eu fiquei feliz quando vi o que você fez com ela. Se chegar perto dela de novo, serei obrigado a tomar providências. Você terá que bater em um homem agora, seu covarde.

Não sei se Pedro chegou a responder alguma coisa para Bernardo, mas acho que não, pois ele encerrou a ligação, tirou a bateria do celular e o *chip*. Entregou o aparelho para Raquel e quebrou o pequeno objeto, partindo-o em dois. Tanto eu quanto ela ficamos boquiabertas.

– Vou ali na banca comprar outro *chip* para você – e saiu sem dizer mais nada.

Nós duas nos encaramos com cara de espanto. Ela secou as lágrimas e sentou-se na cama, mirando o aparelho desligado em suas mãos.

– Nossa! – foi a única coisa que ela disse depois de longos segundos.

– Até eu fiquei impressionada – ajeitei-me ao lado dela.

– Você ouviu o que ele disse? Me chamou de sua mulher. Deve ter dito aquilo para Pedro achar que estou com outro, não é?

– Pelo amor de Deus, Raquel! – segurei-a pelos ombros e a balancei. Hora de dizer umas verdades. – Você não vê que o Bernardo é completamente a fim de você? – ela arregalou os olhos. – Pelo jeito você nem desconfiava, não é?

– Não... – negou com a cabeça. – Desde quando?

– Desde sempre. Ele só não tentou algo antes porque você já chegou na faculdade namorando, mas agora ele está se esforçando para conseguir te conquistar. Quer dizer, ele não fez isso muito bem até agora e o fato de você ser muito tapada também não ajudou.

– Não sou tapada!

– Não é? Então me diga por que você ainda não percebeu as intenções do Bernardo? Sequer notou que ele está mais preocupado com você, que está mais próximo e sempre puxando assunto. Ele não tira os olhos de você e só falta babar. E você? Não percebeu nada disso.

Ela abaixou os olhos e mordeu o lábio inferior. De repente se levantou e andou sem destino pelo cômodo. Finalmente disse:

– Mas eu não sinto nada além de amizade por ele e também não quero me envolver com alguém.

– Eu sei, mas eu só queria te deixar ciente. Quem sabe isso não te balança e agora passe a prestar mais atenção nele. O Bernardo é um cara legal, por mais que não se vista bem – rimos na mesma hora. – Mas prometo que darei um jeito naquele visual dele, você vai ver. Ele será o príncipe ideal para a linda princesa aí.

Raquel sorriu e confirmou com a cabeça. Encaminhamo-nos para a sala e Cauã e Tadeu estavam no maior beijo. Minha amiga ficou vermelha e eu precisei comentar algo.

– Vocês querem usar o meu quarto? Sintam-se à vontade.

– Não, mas muito obrigado – disse Cauã. – Já estávamos pensando em ir para outro lugar mesmo – sorriu maliciosamente.

Eles se despediram de nós e foram embora na mesma hora em que Bernardo voltou com o novo *chip* para Raquel, que agradeceu de um modo diferente do normal. Em vez de usar a palavra "obrigada", ela passou os braços pela cintura dele e o abraçou. Percebi a surpresa no rosto dele, porém sua expressão se suavizou e ele também a abraçou e lhe beijou o topo da cabeça.

– Obrigada por tudo e principalmente por se preocupar tanto comigo – afastou a cabeça do peito para encará-lo.

– Não precisa agradecer – beijou-lhe a testa. – Estarei aqui sempre que você precisar.

– Eu sei – encostou novamente a cabeça no peito de Bernardo e ali ficou.

Eu saí de fininho da sala, não queria atrapalhar o momento. Só espero que aconteça algo a mais. No entanto, logo em seguida Bernardo veio me chamar para avisar que estava indo embora. Suspirei desanimada por aqueles dois e me despedi dele, avisando que almoçaria com ele lá no campus na segunda-feira. Ele perguntou por que eu iria até lá, eu simplesmente disse que seria surpresa.

Bernardo se foi e assim ficamos Raquel e eu o restante do domingo conversando e estudando. E claro que eu estava ansiosa para a aula de segunda-feira na qual veria meu lindo professor.

– Sossega o facho, Mariana! – repreendeu-me Cauã tentando ficar sério, lógico que não conseguiu e caiu na gargalhada.

– Não consigo – falei, olhando novamente para a porta da sala de aula. – Ele vai chegar a qualquer momento.

– Não acredito que você me fará passar vergonha novamente – Raquel balançava a cabeça em negativa.

Mostrei a língua para ela e pisquei. Ela ainda não aprovou minha atitude, porém nem liguei. O hematoma de Raquel diminuíra bastante no dia anterior graças à pomada que o Léo levara para ela. Agora a maquiagem conseguia cobrir muito bem a marca, só sendo possível percebê-la se chegasse bem perto.

Prendia a respiração instintivamente ao notar alguém passar pela porta.

E finalmente ele chegou...

– Bom dia – cumprimentou com um lindo sorriso que revelou uma covinha na bochecha.

– Bom dia, gostoso – respondi não muito alto, mas o suficiente para fazê-lo olhar na minha direção. Será que tinha ouvido? Não ligo e espero que tenha ouvido sim.

Adriano sentou-se à mesa e ajeitou suas coisas ali em cima. Não desgrudei a vista dele e percebi uma rala barba cobrindo seu rosto.

Seria tão bom senti-la roçando na minha pele! Arrepiei só de pensar naquilo. Os olhos dele voltaram a se pregar nos meus e eu sustentei seu olhar da forma mais provocadora possível. Aproveitei para morder a tampa da caneta. Adriano passou as mãos pelo rosto e cabelos e fitou alguns papéis sobre sua mesa. Achei graça da reação dele e virei-me para Cauã.

– Ele já está na minha – sussurrei com ar vitorioso.

– Você é a única mulher cafajeste que eu conheço – riu meu amigo e me contagiou também. A única que não viu graça naquilo foi a Raquel.

Não a provoquei e prestei atenção no professor gostoso quando ele começou a falar. A aula seguiu normal até o intervalo e, quando voltamos, ele pediu que nos juntássemos em grupos para discutir um texto sobre procedimentos de tratos de idosos. Ficamos Raquel, Cauã e eu e dessa forma começamos a realizar a atividade. Porém, eu não conseguia me concentrar tão bem assim com o professor andando pela sala vendo as discussões dos demais alunos e respondendo a algumas perguntas. Foi nessa hora que levantei a mão chamando por ele.

– O que você está fazendo? – indagou Raquel, abaixando minha mão.

– Só quero perguntar uma coisinha para ele – pisquei para ela, que suspirou profundamente.

Ergui novamente a mão e ele veio, receoso, até mim. Fiz a primeira pergunta que me veio à mente sobre os cuidados com idosos em estado físico um tanto debilitado e quais seriam os melhores procedimentos a serem tomados. Até eu fiquei surpresa com a complexidade do meu questionamento. Adriano pensou um pouco e, para a minha surpresa e alegria, ele puxou uma cadeira próxima e se sentou muito perto de mim. Iniciou sua explicação sobre o tema citando trechos do texto e exemplos presentes no mesmo. Eu apenas concordava com tudo o que ele falava. Na hora que senti o maravilhoso cheiro amadeirado do seu perfume, precisei me segurar na cadeira para não cair.

– Entendeu? – perguntou ele por fim.

– Sim, muito obrigada, professor – mordi o lábio inferior propositalmente e vi seu olhar cair sobre a minha boca. Inclinei-me na direção dele e falei bem baixo só para que ele escutasse: – Você é um ótimo professor e tenho certeza de que tudo o que faz é com maestria e dedicação. Gostaria muito de tirar a prova um dia... – deixei a frase morrer e mirei tais olhos castanhos.

Adriano engoliu em seco e se levantou sem dizer mais nada. Precisei segurar o riso. Adorava provocar os homens de tal forma. Com o fim da aula, saí sem segurar a lista dessa vez, mas fiz questão de piscar para ele, que sorriu sem mostrar os dentes.

– Já disse que você não presta? – Raquel ainda não se acostumara com as minhas atitudes.

– Já sim – abracei-a de surpresa. – E mesmo assim você me ama.

– E eu amo as duas – Cauã também nos abraçou.

Rimos e nos encaminhamos para a saída da faculdade. Naquele dia iríamos até o campus para almoçar, já que eu precisava fazer um levantamento dos homens com quem já saí e tentar descobrir quem era o cara das flores. Caminhamos tranquilamente, conversando principalmente sobre o meu comportamento em sala de aula. Cauã pediu que esperássemos enquanto ia buscar o carro e nos escoramos do lado de fora do prédio sob a sombra de uma grande árvore. Contudo, lembrei-me de que precisava pegar um livro na biblioteca antes de ir e assim deixei meu material com a Raquel, correndo até a biblioteca.

Entrei um pouco esbaforida e tentando não fazer barulho. Diminuí o passo, respirei fundo e andei vagarosamente entre as prateleiras olhando para os números e temas. Eu estava concentrada naquilo que fazia quando passei por um dos corredores formados pelas prateleiras e precisei voltar alguns passos ao notar ali parado, olhando os livros, meu lindo professor. Eu deveria ir até ele? Não, não posso, preciso ir ao campus. Distanciei-me, porém, algo dentro de mim se inquietara. Parei de andar e voltei. Foda-se, irei até ele fazer uma graça.

Adriano tinha um livro aberto na mão e o lia atentamente. Vestia uma calça jeans em um azul mais claro e a típica camiseta branca que os funcionários da saúde geralmente usam. Aproximei-me vagarosamente e, ao chegar ao seu lado, coloquei as mãos para trás e fiz a pose mais inocente que consegui, inclinado a cabeça para o lado e até ficando na ponta dos pés.

– Olá, professor – falei baixo por estarmos na biblioteca.

Ele levantou a vista do livro e se espantou com a minha presença, arqueando as sobrancelhas.

– Oi – respondeu sem jeito. – Veio procurar algum livro? – indicou as estantes.

– Na verdade sim – dei um passo em sua direção. – Mas agora não sei mais se quero o livro, pois algo me chamou mais atenção.

Ele se afastou um pouco.

– Mariana, não é? – assenti. – Acho que você não vai me deixar em paz até me tirar do eixo, estou certo?

– Pode ter certeza disso – sussurrei sensualmente, mordendo levemente o lábio inferior.

– Contei a você que sou comprometido, não é? – confirmei com a cabeça. – E mesmo assim vai continuar dando em cima de mim?

– Você que é comprometido – ousei e passei o indicador na gola de sua camiseta, puxando suavemente o tecido –, eu não – encostei a boca em sua orelha. – Posso dar em cima de quem eu quiser.

Adriano me pegou com força pelo pulso tirando minha mão dele e me encostou à prateleira. Chegou bem perto de mim, quase colando nossos corpos.

– Você está conseguindo o que quer, menina. Pensei em você a semana toda.

– Isso é bom – ergui a perna e passei o joelho por entre as penas dele. Adriano fechou os olhos, suspirou e voltou a me encarar.

– Eu nunca saí com uma aluna – escorregou a mão do meu pulso para a cintura, tocando-me deliciosamente e acariciando com o dedão a pele descoberta entre a calça e a blusa.

– Para tudo tem uma primeira vez – toquei-o no peito forte, sentindo as batidas aceleradas do coração.

– Sim, tudo tem uma primeira vez – roçou os lábios no meu pescoço, o que me fez arrepiar, e foi subindo até alcançar a orelha. Falou extremamente baixo: – Mas não será hoje e nem com você.

Soltou-me, deu-me as costas e se afastou. Fiquei sem reação momentaneamente até sorrir e gritar, mesmo estando em uma biblioteca:

– É assim, é? Você não vai escapar de mim!

Ele continuou andando, mas virou a cabeça para mim e sorriu de canto de boca. Maldito cafajeste gostoso! Ele ainda será meu. Percebi algumas pessoas olhando curiosamente para mim e dessa forma resolvi realmente ir buscar o livro. Quando encontrei, passei-o pela recepção e corri para fora do prédio. Raquel tinha os braços cruzados diante do corpo e me olhou com o cenho franzido quando cheguei.

– Que demora, Mariana! Não sei se esqueceu, mas eu tenho aula a tarde também.

– Eu sei, eu sei – beijei-a no rosto. – Nem te conto quem encontrei na biblioteca.

Entramos no carro de Cauã e durante o caminho contei o que acontecera entre Adriano e eu. Cauã adorou ouvir sobre a minha ousadia e riu alto ao final quando relatei como Adriano me deixara.

– Você mereceu isso.

– Sim – concordei. – Mas isso não vai ficar assim, ainda pego aquele gostoso de jeito.

Raquel desaprovava minhas falas e repetia incansavelmente para eu parar de dar em cima dele. Até parece! Agora sim eu fiquei ainda mais empenhada em ter aquele homem.

Liguei para Bernardo logo após entrarmos no campus e ele avisou que nos esperaria no bandejão. Ao chegarmos, avistei meu primo lá na frente acompanhado de um colega seu. Ângelo, um rapaz do mesmo curso que o dele e com quem eu já saíra. Cumprimentei Bernardo com um beijo no rosto e um abraço e o mesmo em Ângelo.

– Faz tempo que não te vejo, linda – disse ele, sorrindo maliciosamente e acariciando minha bochecha.

– Algum tempinho mesmo.

– E você está namorando? – questionou, mirando-me de cima a baixo.

– Você acha mesmo que eu estaria namorando? – coloquei as mãos na cintura.

– Claro que não – riu e se aproximou mais de mim. – Então podemos sair, o que acha?

– Você pode ser todo gostosinho aí, mas não vai me convencer – pisquei para ele e passei o braço pelo de Raquel, levando-a comigo para dentro do refeitório universitário.

Parei na porta, estarrecida, olhando boquiaberta pelo recinto.

– Aqui parece mais uma reunião de caras com quem eu já saí – comentei e Raquel riu.

– Não é para menos, né? Você fez a limpa na Economia, Administração, Contabilidade e nas Engenharias. Ainda bem que estou com papel e caneta aqui, pois essa lista será enorme.

Servimo-nos e nos sentamos em uma mesa ao fundo. Raquel ficou ao meu lado direito, Cauã ao esquerdo e Ângelo e Bernardo de frente para nós.

– Vamos começar – Raquel tirou da bolsa um pequeno caderno e uma caneta. Apontou para a mesa à frente e sussurrou: – Com quem dali você já saiu?

– Com aquele da ponta, João o nome dele – olhei na direção do rapaz de cabelos ruivos e barba da mesma cor. Ele me encarou e piscou. Sorri e mandei um beijo.

– Certo – Raquel escreveu o nome dele. – Quem mais?

Fui apontando as mesas e falando os nomes.

– Ricardo, Alexandre, Cristiano, Bruno, Eduardo, Fernando, Daniel, Kevin, Caio, José, Jonathan, Manuel, Antonio, César, Mateus...

– Calma, calma – pediu Raquel. – Não estou conseguindo acompanhar. Que lista enorme. E pensar que na minha só tem três nomes...

Todos da mesa riram e continuei contando os rapazes. Sinceramente até eu me surpreendi com a quantidade deles.

– Faltou o meu nome aí – comentou Ângelo, apontando a folha e achando graça de tudo o que estava acontecendo.

– Você acha que isso dará certo? – indagou Cauã.

– E por que não daria?

– Sei lá – deu de ombros. – Só acho que isso não te levará a nada. Do que adianta listá-los?

– Para eu poder ficar de olho neles depois.

Cauã não comentou mais nada e voltou a comer. Continuei fitando-o, sentindo algo estranho. Não sei dizer, mas ainda acho que o Cauã sabe de alguma coisa e não quer me contar.

Fui tirada dos meus devaneios ao sentir alguém me tocar no ombro. Virei-me e a primeira coisa que preencheu meu campo de visão foram as pétalas brancas.

Meu coração disparou.

8

Flores, Flores e mais Flores

Perplexa.

Era exatamente como eu estava.

– Oi, delícia. Uma flor pra você – disse Gilberto, entregando-me uma única margarida.

Peguei-a pelo caule e fiquei sem reação.

– Não mereço nem um "obrigada, Gil"? – perguntou ele todo sorridente.

Eu saíra com o Gilberto antes de as aulas começarem e foi com ele que Raquel me viu naquele dia no sofá.

Pus-me em pé e olhei dele para a margarida.

– Por que você está me dando uma flor? – eu perdera o chão e mais nada fazia sentido.

– Porque sim. Uma flor para outra flor. Por que você está tão impressionada?

– Você está me mandando flores?

– Eu? Não – negou, franzindo o cenho. – Essa é a primeira que dou para você. Por quê?

– Por nada – balancei a cabeça e resolvi voltar ao meu normal. Sorri em agradecimento e beijei Gilberto suavemente nos lábios. – Obrigada.

Ele sorriu e me chamou para sair. Sempre isso... Recusei e me despedi, praticamente mandando que ele fosse embora. Quando se retirou, sentei-me na cadeira ainda confusa.

– Ele te deu uma flor... – falou Raquel calmamente.

– É, eu sei. E agora não sei o que fazer.

– Não fique pensando nisso, Mari – disse Cauã. – Na hora certa você vai descobrir quem é o cara que está te mandando flores.

Foi minha vez de dar de ombros. Concentrei-me na comida e fiquei calada o restante do almoço. Ao sairmos do campus no carro de Cauã, deixamos Raquel no prédio da Enfermagem e nos encaminhamos – Cauã, Bernardo e eu – para o *shopping* mais próximo. Hora de dar um jeito no visual do meu primo.

Na primeira loja em que entramos, Cauã e eu já fomos escolhendo as roupas e as jogando nos braços de Bernardo. Ele olhava tudo aquilo sem dizer nada. Por fim o enfiamos no provador e esperamos para ver como ficava. Bernardo sempre teve um belo corpo, o único problema mesmo eram as roupas que usava.

Ele saiu do provador vestido com uma calça jeans preta e mais larga do que costumava usar; a camiseta cinza ficou muito bem porque também pegamos um número maior.

– Lindo! – empolguei-me. – E nada de usar roupa justa, entendeu? – ele confirmou com a cabeça. Levantei sua camiseta e vi o elástico da cueca. – A Raquel fica toda animada quando vê a borda das cuecas – pisquei para ele, que sorriu.

Continuamos e praticamente todas as roupas caíram bem em Bernardo. E nada de bermuda acima do joelho! Peguei o cartão dele e fui pagar.

– Vocês vão me levar à falência.

– Pelo menos você vai conseguir conquistar a Raquelzita.

– Isso não é certeza.

– Mas só pelo fato de trocar suas roupas já ajuda em muito.

Passamos em mais algumas lojas e depois consegui convencer uma cabeleireira a atender Bernardo sem hora marcada. O cabelo dele, antes com gel e no estilo *playboy*, foi cortado mais curto, dando a ele um ar mais másculo e atraente. Agora sim! Até Bernardo gostara do resultado.

– E deixe a barba crescer um pouco, a Raquel gosta.

Ele só concordava com o que eu dizia e achei engraçado o esforço dele para conquistar minha amiga. E para fechar bem à tarde, assim que chegamos ao apartamento de Bernardo, recolhi todas as suas roupas estranhas e coloquei em sacos para levá-las embora. Eu sei que ele não gostou muito daquilo, mas não tentou me impedir em momento algum.

Eu saía do quarto dele quando dei de cara com Leonardo no corredor. Só não trombamos porque Léo me segurou pelos ombros com uma certa distância.

– Desculpa, sou atrapalhada às vezes.

– Tudo bem – sorriu de canto de boca e começou a se afastar de mim.

– Espera, Léo – chamei-o e ele parou para se virar. – Queria pedir desculpa por ontem. Eu não devo me meter na sua vida, na sua intimidade.

– Não se preocupe com isso. Eu que preciso superar algumas coisas.

– Se um dia você quiser conversar sobre isso, pode contar comigo.

Ele assentiu e veio até mim para me beijar no rosto.

– Quem sabe um dia te conto tudo – afagou minha bochecha e se distanciou.

Despedi-me de Bernardo, e Cauã me deixou em casa. Arrumei umas coisas e depois fui trabalhar.

Mal havia começado as aulas na faculdade e o negócio já apertou. Relatórios de observação do hospital, resenhas, planejamento de trabalhos e tantas outras coisas. Isso sem contar o fato de que comecei a escrever meu TCC. No entanto, aquelas duas semanas teriam transcorrido normalmente se eu não tivesse recebido pelo menos uma flor de cada rapaz que já saiu comigo. Você acredita? Eles me deram flores! Eu estava surtando de tão confusa que fiquei. Parecia que eles queriam realmente me confundir. Eles vinham até mim, diziam "uma flor para outra flor" e me entregavam a planta. Aquilo só podia ser brincadeira. Tanto Raquel quanto Cauã riam muito de tudo e eu me irritava.

Meu professor gostoso não foi dar aula na segunda porque iria a um congresso e assim não o vi. Desejava tanto provocá-lo...

Mas aconteceu uma coisa boa, Raquel simplesmente amou o novo visual de Bernardo e sempre comentava de como ele estava bonito.

No sábado, acordei cedo para ir trabalhar e, logo que entrei na sala de aula, encontrei Gabriel sentado ali de cabeça baixa. Ele faltara na aula passada e acho que tenho certa culpa nisso. Gabriel ergueu seus olhos azuis e me fitou.

– Bom dia – cumprimentou.

– Bom dia – falei, colocando as coisas sobre a mesa. – Chegou cedo hoje.

– É – levantou-se e veio em minha direção. – Queria falar com você – prendi a respiração e esperei que começasse. – Eu não vim para a aula semana passada porque não tive coragem, não sabia se conseguiria te ver. Mas agora estou melhor.

– Que bom, mas, Gabriel, eu sei o que dirá e minha resposta é não. Não vou sair com você de novo por mais que tenha sido maravilhoso.

– Eu sei – tocou-me no rosto. – Eu me convenci disso. Só queria te dizer que você é fantástica. Você se entrega tanto ao sexo que é incrível transar com você, te ver tendo um orgasmo. Você tem atitude – sorriu e eu também. Segurou minha mão e beijou o dorso. – Só queria te falar isso. E claro, se quiser repetir é só dizer.

Ele me sensibilizou com tais palavras e fiquei feliz. Não pensei muito em me aproximar ainda mais e beijá-lo na boca. Gabriel me segurou firmemente pela cintura e colou nossos corpos. Como ele beija bem! O calor começou a subir e me forcei a parar de beijá-lo. Acho que sentirei falta daqueles lábios. Gabriel beijou mais uma vez minha mão e se sentou para aguardar a aula. Minutos depois os demais alunos chegaram e iniciei a explicação.

Empurrei a porta do meu apartamento e avistei Raquel em pé no meio da sala andando de um lado para o outro. Usava um lindo vestido branco com algumas flores. Estou começando a me irritar com flores...

– Você demorou – reclamou ela, cruzando os braços diante do peito.

– Tive uma reunião de emergência, mas não se preocupe, já irei me arrumar.

Teria festa naquela noite, dessa vez seria em outra república estudantil. Banhei-me e arrumei-me rapidamente, vestindo um shortinho jeans e uma blusinha verde. Coloquei também o salto alto. Bernardo passou para nos buscar e juro que senti o coração de Raquel saltar do peito quando ele desceu do carro. Estava lindo! Calça jeans mais folgada, camiseta azul e, o melhor de tudo, barba no rosto, naquele tamanho que pinica gostosamente. Bernardo nos cumprimentou e notei manter a mão esquerda atrás das costas. Inquietei-me na hora.

– O que você está escondendo aí, hein? – perguntei, indo atrás dele, que não me deixou olhar o que trazia.

– Como você é curiosa, Mari – olhou feio para mim e trouxe para a frente o que escondia.

Tanto eu quanto Raquel arregalamos os olhos. Bernardo rodou na mão a rosa branca e pigarreou antes de dizer.

– Pra você – estendeu-a para Raquel.

Muito bem, Bernardo, pensei comigo. Raquel hesitou, porém apanhou a rosa toda sem graça. Um silêncio constrangedor se formou entre eles e eu saí de fininho. Entrei no carro e me sentei no banco traseiro. Leonardo estava na frente e fechou o vidro quando percebeu o clima do lado de fora.

– Até que enfim ele fez algo direito – comentei, mirando os dois que continuavam em silêncio e envergonhados.

– Acho que ele se inspirou nas flores que você anda recebendo – disse Léo, virando-se para mim.

– Nem me fale disso – suspirei desanimada e recostei-me ao banco.

– Por quê? Não está gostando?

– Na verdade eu não sei. Acho que gosto mais dos recados que vêm junto das flores do que delas, mas desde que começaram a me dar flores todos os dias, meu verdadeiro admirador parou de mandar.

– Então você quer as flores que ele manda e não as dos outros?

– Também não sei – ri. – Estou confusa. Se o que ele queria era me confundir, conseguiu muito bem, pois aposto que tem dedo dele nessa história dos caras com quem já saí me darem flores. Ele quis me despistar porque resolvi procurá-lo.

– É, pode ser. Pena que você não quer mais flores – levantou uma rosa branca para me mostrar. – O que farei com essa?

– Léo, você... – as palavras não saíam tamanha a surpresa.

– Entrei na onda também – sorriu e me entregou. – É também um pedido de desculpa por eu ter sido um grosso com você naquele dia.

– Não precisa se desculpar, eu que fui enxerida – cheirei a rosa. – Obrigada.

Ele sorriu e me fitou nos olhos. Encaramo-nos até a hora em que as portas do carro se abriram. Raquel se sentou ao meu lado e Bernardo tomou seu lugar de motorista. Minha amiga tinha as bochechas coradas e não desgrudava os olhos da flor.

– E aí? – indaguei, sussurrando em seu ouvido.

– Depois te conto – sussurrou de volta.

Lógico que fiquei ansiosa, mas me contive e esperei. Não demoramos para chegar à festa e, assim que descemos, puxei Raquel pela mão e a levei para um local afastado de Bernardo.

– Vai, me conta.

– Ele disse que gosta de mim – enrubesceu e abaixou os olhos.

– E?

– E o quê?

– O que você disse?

– Que eu não sei o que sinto por ele.

Nessa hora bati a mão na testa e tive vontade de bater nela.

– Não acredito! Só você mesmo para fazer isso. Se fosse eu, teria pulado no pescoço dele e dado o maior beijo.

– É, mas não sou você – mostrou-me a língua. – E o Bernardo disse que me entendia e esperaria o tempo que fosse preciso para eu descobrir o que sinto.

Desaprovei tudo aquilo, porém me conformei. Seja o que Deus quiser! Retornamos para perto dos rapazes e entramos na festa. Havia muita gente em pé conversando e bebendo, o que tornava difícil o caminhar. No entanto, depois de passar pelo interior da casa e sairmos no quintal, melhorou um pouco.

Avistei Cauã e Tadeu em cadeiras e corri até eles para cumprimentá-los. Na última semana eles assumiram o namoro.

– Outra flor? – Cauã apontou para a rosa na minha mão.

– Pra você ver, mas essa foi um pedido de desculpa do Léo.

Os demais se aproximaram e puxamos cadeiras. Bernardo foi o único que não se acomodou, pois foi buscar bebida. Não demorou em voltar, só que trouxe junto, além da bebida, um amigo. Nero. Sua arrogância já começa pelo nome. Revirei os olhos e desviei a vista dele. Não suporto esse sujeito e, sabendo disso, ele faz questão de me provocar.

Nero cumprimentou o pessoal e, ao perceber que não falei nada, escorou-se no encosto da minha cadeira e inclinou o corpo para ficar com o rosto diante do meu.

– Olá, Mariana – disse muito perto do meu rosto.

– Para de ser idiota? – empurrei-o para o lado e fechei a cara.

Ele gargalhou e parou na minha frente.

– Qual o problema com você? Não anda transando o suficiente? – agachou-se. – Posso te ensinar várias coisas novas, caso esteja se sentindo entediada. O que acha de transar comigo?

– Imbecil – xinguei e ele riu novamente.

Pensei até em chutá-lo, quem sabe caísse de costas no chão. Mas não houve tempo para isso porque Léo pegou Nero pelo braço e o fez ficar em pé.

– Deixa ela em paz – falou sério, de um jeito que nunca vi antes.

– E se eu não quiser? Vai fazer o quê, japonês? – estufou o peito e com isso Léo soltou-lhe o braço.

Vi Léo fechar o punho e me alarmei, ficando em pé. Contudo, Bernardo interveio e entrou no meio dos dois.

– Calma lá, pessoal. Estamos em uma festa, nada de brigas, tudo bem?

Léo continuou sério olhando para Nero, este bufou, riu em desdém e se afastou.

– Por que você ainda anda com esse idiota? – questionei Bernardo.

– Ele está morando aqui agora e nem eu sabia disso – tocou-me no braço. – Desculpa, sei que ele não te trata bem.

– Ainda bem que você sabe, né? – tomei a latinha de cerveja de sua mão e bebi um gole. – Aquele filho da puta acha que vou transar com ele. Acha o quê? Que sou algum tipo de garota de programa?

– Não fica assim – Raquel veio até mim. – Não deixa ele te abalar.

– E ainda por cima quase causei uma briga – estendi a mão para Léo e ele a segurou. – Desculpa e obrigada por ter feito aquilo.

Ele assentiu e se sentou. Bebi mais um pouco e comecei a me acalmar. Eu conversava distraidamente com Raquel quando tocaram em meu ombro, e ao me virar, outra flor tomou meu campo de visão, esta de um laranja forte.

– Oi, Mari – cumprimentou Cláudio, um rapaz alto de cabelos cacheados e cavanhaque. – Uma flor para outra flor – estendeu-me a planta.

Eu não teria me surpreendido com aquilo, pois não paro mais de receber flores, só que eu nunca saíra com Cláudio antes. Isso era algo diferente.

– Obrigada – agradeci sem jeito, analisando a flor que eu nunca vira.

– É uma zínia – contou Cláudio, sentando-se ao meu lado. – É uma flor que representa o meu lamento por não estar vendo você.

– E desde quando você sabe tanto sobre flores? Pensei que gostasse mais de animais.

– Há muitas coisas sobre mim que você não sabe – piscou e sorriu.

Tá! Para tudo! Eu nunca saí com o Cláudio e nunca o vi comentar nada sobre flores, ainda mais cursando Veterinária. Será que era ele meu admirador? Minha língua coçou de vontade de perguntar na lata mesmo. Até porque nenhum dos outros rapazes que me entregou flores explicou qual era e o que representava.

– Parece que não gostou muito – disse ele, tocando meu rosto delicadamente.

Puxei ar para responder, mas nada saiu porque Léo se levantou um tanto rapidamente da cadeira e se afastou. Será que se incomodara com a aproximação de Cláudio? Tentei não ligar para aquilo e sorri para ele.

– Gostei sim, só estou aqui pensando em umas coisas.

– E posso saber o quê?

– Pode – fiz cara de inocente e apoiei uma mão no queixo. – Estou tentando me lembrar por que nunca saí com você.

Ele riu alto e bebeu um gole de sua cerveja.

– Deve ser porque eu namorava até alguns meses atrás.

– É verdade! Tinha me esquecido disso. E por que não está mais namorando?

– Perdeu a graça – deu de ombros. – Ficou sem emoção.

– Relacionamentos tendem a ficar assim mesmo. Por isso não namoro ninguém.

– E se eu te conquistasse, namoraria comigo? – falou tão perto do meu ouvido que me arrepiei inteira. Que voz sedutora!

– Preciso provar antes – retribuí a sensualidade. – Mas tenho quase certeza de que não namorarei – sorri e ele me tocou no queixo, encostando levemente o dedão no meu lábio inferior.

– Então vamos começar.

Puxou-me para o beijo e em momento algum resisti. Nossas bocas se enroscaram deliciosamente e o calor apareceu na hora. Suas mãos vieram para a minha cintura e as minhas acariciaram sua nuca repleta de cachinhos. A intensidade aumentou e diminuí o espaço entre nós. Sou uma mulher que se anima muito rápido e por isso as coisas lá embaixo já estavam esquentando e umedecendo. Como as pessoas continuavam ao nosso redor, forcei-me a diminuir o beijo até se tornar selinhos e me afastei dele.

– Ainda bem que te encontrei aqui – disse, mexendo na ponta do meu cabelo. – Não queria perder a viagem.

– Estava me procurando, é?

– Sim. Queria te entregar a flor e te beijar – mordiscou meu lábio inferior – antes de viajar.

– Viajar? Pra onde?

– Congresso fora do país – olhou para o relógio. – Embarco daqui algumas horas.

– Você só pode estar brincando. Vem aqui, me atiça assim e depois vai embora?

– Foi por uma boa causa – beijou-me deliciosamente e depois sussurrou em meu ouvido: – Nos veremos de novo, tenho certeza disso.

E lá se foi Cláudio, deixando comigo uma flor e a dúvida se seria ele o cara das flores.

– Como você consegue fazer isso? – perguntou Raquel.

– Isso o quê?

– Fazer os homens caírem aos seus pés.

– É que sou maravilhosa, você sabe – pisquei para ela, que me empurrou com o ombro.

Léo retornou com um copo e ingerindo rápido demais a bebida. Ele não me olhou e tive certeza de que se incomodara com a presença de Cláudio. Mas o que ele quer que eu faça? Às vezes diz que me quer e em outras não age e ainda por cima me evita. Quando ele resolver o que quer, poderá me procurar. Até lá sairei sim com outros sem o menor remorso.

Eu já ficava bem alegre por causa da bebida e ria alto com Raquel. Todavia, minha felicidade esvaiu-se quando Nero apareceu novamente. Não acredito! Nero sorriu largamente e abriu os braços.

– Vim me desculpar com você – fitou-me. – Fui muito rude – não respondi e continuei olhando-o com raiva. – Vamos lá, Mariana, me perdoe.

– Não gosto de você, por isso saia da minha frente – falei rispidamente.

– Ah, qual é? Para mostrar como quero me desculpar pedi que meus camaradas preparassem caipirinha para vocês. Ninguém bebeu ainda e fiz questão de que vocês recebessem a primeira jarra.

Ele fez um movimento com a mão e outro rapaz se aproximou com o jarro de bebida, colocando-o sobre uma cadeira vazia. Não me movi e desconfiei de toda aquela atenção. Bernardo agradeceu a Nero e foi o primeiro a pegar um copo e enchê-lo de caipirinha.

Bebeu um gole e comentou de como estava boa. Revirei os olhos e também me servi. Realmente estava gostosa. Meio contrariada, agradeci a bebida e Nero sorriu antes de se retirar. Bem, parece que ele não estava mal-intencionado.

Os únicos ali que não beberam foram Cauã e Tadeu porque não conseguiam se desgrudar para isso, até joguei um copo plástico neles.

– É melhor largar senão jogarei água fria!

Todos riram e até eles. Não demorou muito para alegarem que iriam para outro lugar mas que retornariam mais para o final da festa.

Continuamos bebendo e comecei a sentir algo diferente, como se o ambiente em minha volta fosse mudando gradativamente. As cores pareciam mais brilhantes e achei graça. Tapei a boca para conter o riso, não sendo o suficiente, e caí na gargalhada.

– Por que você está rindo? – perguntou Raquel.

Não consegui responder e pus as mãos nela, que gritou na mesma hora e depois também riu.

– Por que você gritou? – indaguei.

– Estou sensível demais, que estranho – olhou para os próprios braços e me estendeu a mão pedindo que a tocasse. Obedeci e, assim que encostei, ela puxou a mão, rindo. – Não consigo. É quase como uma sensação de prazer.

– Prazer? Deixa eu ver isso direito – toquei-a no pescoço e ela se retraiu toda e até reprimiu um baixo gemido. – Meu Deus, Raquel, você precisa aproveitar isso aí de um jeito melhor.

Rimos histericamente. De repente perdi a noção do ambiente e meus pensamentos ficaram desordenamos. Não falei mais coisa com coisa e não tinha certeza da minha localização. Quando me dei conta, estava dentro da residência procurando por mais bebida, e eu nem sabia como chegara até lá. Pelo menos vi Raquel ao meu lado. Quer dizer, não por muito tempo.

Eu me sentia bem, muito bem. Sorria, conversava com pessoas e bebia tudo que me ofereciam. Sei que me perdi dos meus amigos, mas não dei importância. Eu só queria me movimentar e por isso dancei. Tudo rodava e as luzes ganharam cores fortes que me faziam rir; o rosto de muitas pessoas também tinha aspectos distintos e eu não controlava o riso de jeito nenhum.

Meu corpo aqueceu. Calor, calor, calor! Devo ter jogado água em mim mesma porque agora eu pingava. O chão sumira. Onde ele se encontrava? Ri ainda mais. Achei você, seu chão fujão! Pulei nele para castigá-lo pelo sumiço.

Voltei a esquentar e por isso retirei a blusa. Foi aí que notei estar em cima de uma mesa com todos olhando para mim. Acenei e voltei a dançar. Espera aí! Eu estava dançando antes?

Senti alguém me puxar pela cintura de cima da mesa. Braços fortes me envolveram e me encostaram na parede próxima. Dei tapas naquele que me mantinha presa, pois queria voltar a me mexer. Não me prenda! Sou livre!

Entretanto, gostei de tocar em tal corpo. Minha respiração descompassada fazia o peito subir e descer ligeiramente, e tê-lo encostado no sujeito que me segurava deixou-me excitada. Beijei-o e ele retribuiu.

Não sei como fui parar naquele quarto, só sei que a roupa já não me cobria mais. A vista embaralhada não distinguia nada, nem mesmo meu acompanhante. Bom, pelo menos eu sabia que havia alguém ali comigo. Trocamos carícias e beijos antes de cairmos na cama. Rolamos e minha boca foi parar em seu pênis rígido. Suguei ferozmente e arranquei gemidos roucos do meu gostoso da vez; enfiava seu membro bem no fundo na garganta. Massageei as bolas enquanto fui subindo, passando a língua por todo o seu corpo forte e maravilhoso.

Cheguei aos lábios e senti a barba roçar em minha pele. Ele ficou por cima e me apalpou tanto nos seios quanto em partes íntimas. Gemi alto. Fui penetrada vigorosamente e voltei e gemer. Na verdade, pareceu um grito. Não sei direito.

Ele me preencheu gostosamente e me levou ao delírio. Estocou com força e rapidez, do jeito que gosto. Fiquei por cima e também o fiz se expressar vocalmente. O formigamento em meus pés surgiu e junto com ele um orgasmo arrebatador.

Não sei mais, não me lembro de nada. Tudo ficou confuso. Sequer me recordo do final do sexo e do rosto dele. Onde eu estava? E essa luz na minha cara?

Abri os olhos vagarosamente e vi a luz do dia entrando pela janela e fazendo meus olhos arderem. Espera! Luz do dia? Já amanhecera? Apoiei o corpo nos cotovelos e senti dor em todos os lugares. Fiz careta e caí deitada. Olhei para cima fitando o teto e tentando compreender onde eu estava. Numa tentativa de mexer o braço, toquei em alguém ao meu lado. Um homem. Suas costas largas tomaram meu campo de visão. Voltei a me apoiar nos braços e vi também que um lençol nos cobria. Quem era? Toquei-o no ombro e balancei, acordando-o. Ele resmungou algo e se virou para mim.

Gelei de cima a baixo e arregalei os olhos. Os dele também só faltaram saltar para fora. Fiz a única coisa que poderia no momento: gritei o mais alto que consegui.

9

Casais Trocados

– Ahhhhhhhhhhhhhhhhhh!

– Para de gritar! – Bernardo tapou a minha boca. – Estou tão surpreso quanto você.

Tirei sua mão de mim, enrolei-me no lençol e saí da cama. O corpo nu de Bernardo ficou à mostra e ele colocou o travesseiro em cima da região íntima.

– Não acredito! – berrei. – Não acredito!

– Calma, Mariana – pediu ele.

– Calma? Como você tem a coragem de me pedir calma? – continuei esbravejando. – Acordei em um lugar que não conheço e do lado do meu primo – andei de um lado para o outro passando a mão no rosto. *Flashes* do que acontecera entre a gente vinham à minha mente e eu me forçava a esquecer. – Não acredito! O que aconteceu com a gente? Não me lembro bem das coisas.

– Eu não sei, também não me lembro – coçou a cabeça e olhou para os lados. Encontrou suas roupas e as vestiu.

Virei-me de costas para não vê-lo nu, já era vergonha demais ter transado com ele. Droga! Pela primeira vez na vida fiquei constrangida depois de uma transa.

– Foi você que me tirou de cima da mesa? – perguntei, ainda de costas.

– Acho que sim. Você estava dançando sem a blusa e de um jeito muito provocante. Estava vendo a hora que seria agarrada por algum cara. Lembro de ir correndo até você, mas não de tirá-la lá de cima, e tenho apenas *flashes* do que aconteceu depois.

Bati a mão na testa. Não quero nem pensar no que eu tinha feito. Mas a pergunta é: por que saí tanto assim do controle? De repente a imagem de Nero nos entregando a bebida surgiu. Um ódio me consumiu.

– Filho da puta! – xinguei alto e fiquei de frente para Bernardo, que já vestia a calça. – Foi o Nero, ele nos drogou!

– Não duvido disso – Bernardo parecia desanimado. Será que ele tinha cenas nítidas em mente do sexo? Senti meu rosto esquentar de vergonha.

– Ele me paga!

Felizmente meu short jeans estava lá junto do sutiã. A calcinha e a blusa? Não sei onde foram parar. Vesti tudo e Bernardo me entregou sua camiseta para usar, já que a minha havia desaparecido. Após me vestir, saí correndo do quarto e Bernardo veio atrás de mim, pegando-me pelo braço.

– O que você vai fazer?

– Vou dar uma surra naquele filho da puta! Quem ele pensa que é para brincar assim com a gente? – eu não queria, mas lágrimas se formaram. – Que droga, Bernardo! Você é meu primo. Isso não podia ter acontecido. E tudo culpa daquele playboyzinho maldito! – voltei a andar.

No entanto, estarreci ao ouvir um grito de mulher. Raquel! Meu coração veio parar na garganta. Eu me esquecera dela. Corri o mais depressa que consegui acompanhando o grito. Outras portas do corredor se abriram e pessoas apareceram, todas se espantaram com a movimentação. Tropecei ainda em pessoas deitadas no corredor, mas sequer interrompi a corrida para me desculpar. Parei diante de uma das últimas portas e a abri sem pensar. Vi Raquel em pé ao lado da cama terminando de ajeitar o vestido no corpo e olhando para seu acompanhante, este também em pé e já com a calça e a camiseta. Leonardo e Raquel viraram na minha direção quando entrei.

– Vocês também? – questionei, não acreditando em tudo aquilo.

– O que aconteceu? – a pergunta veio de Léo, que parecia nervoso. – Não me lembro das coisas.

– Fomos drogados – informou Bernardo enquanto eu ia até Raquel.

– Você está bem? – perguntei em voz baixa, e ela confirmou com a cabeça.

Raquel olhou para Léo e ficou vermelha na mesma hora. Pelo visto algo íntimo tinha rolado. Ouvimos uma risada vindo da entrada e todos olharam naquela direção, vendo Nero parado ali.

– Se divertiram muito essa noite? – emanava um ar de deboche.

Parti para cima dele e só não lhe acertei uns tapas porque Bernardo me segurou.

– Seu filho da puta! – praticamente cuspi as palavras nele. – Maldito! Vou acabar com a sua raça!

– Que é isso, Mariana, você não se divertiu? Parecia estar gostando muito quando estava dançando tão sensualmente em cima da mesa. Eu gravei, quer ver?

Meu sangue ferveu e tentei me soltar de Bernardo, não conseguindo. Contudo, Léo tomou a frente e acertou um soco no meio do rosto de Nero, que deu passos para trás. Ele mirou Léo com raiva e contra-atacou. Porém, Léo desviou da investida e golpeou Nero na lateral da cintura. Nero não se deixou abalar e continuou tentando acertá-lo, mas ele não permitiu e, desviando de outro golpe, parou atrás de Nero, pegando-o pelo braço e torcendo até que este caísse de joelho, urrando de dor. Adorei ver aquilo e, quando Bernardo me soltou, fiz questão de ir até ele e lhe chutar o saco. Nero caiu para o lado e ainda vasculhei seus bolsos, encontrando o celular.

– Seu merda – sussurrei em seu ouvido. – Da próxima vez eu mando acabarem com você.

Saímos do quarto. Inúmeras pessoas no corredor nos analisavam e, quando alguém resolveu bater palmas, outros o seguiram. Fomos ovacionados. Todavia, ninguém comentou nada durante o caminho de volta. Ficamos os quatro dentro do carro como se fôssemos estranhos. Não havia clima para conversa. Bernardo estacionou em frente ao nosso prédio e o silêncio prosseguiu. Resolvi tomar a dianteira e me despedi, puxando Raquel para fora também. Antes de nos distanciarmos do carro, Léo desceu e chamou por Raquel.

– Vou em casa e depois volto para conversar com você, tudo bem? – falou ele.

Ela concordou e assim subimos. Jogamo-nos no sofá e uma olhou para a cara da outra. Perguntei:

– Você e o Léo... transaram?

– Sim – afundou o rosto nas mãos. – Ainda não acredito que fiz o que fiz. Minha memória está fragmentada, mas lembro de cada coisa... Aquela não era eu.

– No meu caso era uma versão pior do que a minha.

– O que você fez? E o Bernardo?

Titubeei para falar, mas ela descobriria de qualquer jeito.

– O Bernardo e eu transamos – ela se espantou. – É, eu sei. Ainda não acredito. Ele é meu primo.

O silêncio novamente. Pedi licença para Raquel, pois precisava tomar um banho. Enfiei-me embaixo da água e tentei colocar as lembranças em ordem. Quanto mais me forçava para recordar de algo, mais me lembrava do sexo com o meu primo. Como as coisas ficariam agora? O clima estava estranho.

Depois do banho, sentei-me no sofá e ali fiquei distraindo minha mente com a televisão. Aproveitei e liguei também para minha mãe avisando que não conseguiria ir para a casa dela. Inventei uma desculpa qualquer sobre a faculdade.

Raquel também fora tomar banho e, quando terminou, veio se sentar ao meu lado. Ficou quieta e pensativa.

– Eu não queria que isso tivesse acontecido – quebrei o silêncio. – Justo agora que você e o Bernardo estavam se entendendo.

– Tudo bem, nós não estávamos sob controle – deu de ombros. – E a gente pode se entender depois. O fato que me preocupa mesmo é que eu nunca tive tanta intimidade assim com o Léo. Somos amigos, mas não como você e o Bernardo, sabe? Ainda não acredito no que fiz com ele – enrubesceu.

– Vocês transaram, oras...

– Foi muito diferente, Mari. Não era eu. Fiz coisas que no fundo sempre tive vontade, mas a vergonha não deixava. Eu me entreguei ao Léo como nunca fiz com nenhum cara. Você entende a minha preocupação?

– Entendo. O que tanto você fez assim, hein? – minha fala soou engraçada e Raquel não quis dizer. – Vai, Raquel, me conta. Estou curiosa agora. Você sempre foi toda recatada e certinha. Deve ter subido pelas paredes para ficar com essa culpa toda.

– Para! – jogou uma almofada em mim, porém riu. – Estou com vergonha!

– Tudo bem, quando você se sentir mais à vontade pode me contar. Mas só quero fazer uma pergunta – aproximei-me mais dela. – É verdade o que dizem dos japoneses?

Ela ficou extremamente vermelha e se levantou do sofá. Fui atrás dela insistindo na resposta.

– Não vou falar sobre isso! – disse ela, entrando na cozinha e pegando um copo de água.

– Por favor, Raquelzita, me conta. Nunca saí com um oriental.

– Você só pensa em sexo! – reclamou.

– E o que que tem? Estou interessada no Léo e quero saber se vale a pena. Vamos lá, me diz. É grande ou pequeno? Ele sabe fazer direitinho?

Ela ficou de costas para mim e bebeu o copo todo de água. Persisti e ela se virou bruscamente.

– Tá legal, Mari – rendeu-se, ainda vermelha. – Não é verdade o que dizem, tá? Agora para com essas perguntas, não vou responder mais nada.

– Mas ainda quero saber o que você aprontou com o menino, hein?

Ela não falou nada e desviou a vista. Pelo jeito o negócio foi feio. Segurei o riso e me lembrei de que pegara o celular de Nero, precisava ver. Acomodei-me no sofá com Raquel ao meu lado, achei o vídeo e cliquei. A música da festa foi ouvida e não demorou muito para eu aparecer em cima da mesa já sem a blusa e dançando loucamente. Percorria meu corpo com as mãos, colocando o dedo indicador na boca e depois entre os seios. Virei-me de costas para a câmara e empinei a bunda, acariciando-a. Homens cercavam a mesa, gritando meu nome e distribuindo elogios. Vi Bernardo abrindo passagem e me tirando à força dali de cima. Agradeci por aquilo. A filmagem parou e recostei-me melhor no sofá.

– Uau, que cena – Raquel tinha as sobrancelhas arqueadas e os lábios retorcidos.

– Nem me fale – suspirei desanimada. – Ainda bem que o Bernardo me tirou de lá. Ou não... Não sei mais – pus a cabeça entre os joelhos.

Raquel me tocou no ombro e perguntou se eu queria chocolate. Confirmei e ela trouxe uma caixa de bombom. Comemos praticamente todos eles antes de o interfone tocar, Raquel ir atender e voltar com a notícia de que Bernardo e Léo estavam subindo. Assim que chegaram, Léo perguntou se poderia conversar com Raquel e dessa forma eu levei Bernardo para o meu quarto. Acomodamo-nos na cama e ele já foi perguntando:

– Mari, você toma anticoncepcional? – assenti e ele respirou aliviado. – Que bom, fiquei preocupado com isso.

– Mas se você tiver alguma doença eu te mato – bati nele com o travesseiro.

– Não tenho – tirou o travesseiro de mim e o usou para devolver o golpe.

Rimos como sempre, mas não durou muito e um clima estranho se formou. Eu não queria que aquilo continuasse assim e por isso me levantei e fiquei de frente para ele.

– Bê, você é meu primo e melhor amigo. Não quero que o que aconteceu estrague o nosso relacionamento. Vamos esquecer isso?

– Sinto muito, Mari – beijou-me na testa. – Mas não vou conseguir esquecer. Agora eu sei por que os caras não saem do seu pé. Você é muito boa na cama – praticamente gargalhou e eu lhe dei um tapa no braço. – Ei! Não precisa me bater.

– Seu idiota! Estou aqui falando sério e você fica brincando – cruzei os braços.

– Não fica assim, prima – abraçou-me e beijou o topo da minha cabeça. – O que aconteceu não vai estragar a nossa amizade, tudo bem?

– Tudo bem – envolvi sua cintura com os braços e apoiei a cabeça no peito. – Só que estou constrangida e um pouco envergonhada.

– Não precisa ficar constrangida, você fez tudo muito bem.

– Bernardo! – gritei.

– Brincadeirinha – riu e me abraçou mais forte. – O que me preocupa é o japa. Ele não falou comigo e ficou muito pensativo. Você sabe se ele e a Raquel... – não concluiu a frase.

– Sim, ela me confirmou.

Bernardo respirou profundamente e acariciou meus cabelos.

– Não é fácil ver a mulher que você gosta com outro.

– Ela não está com outro, eles só ficaram juntos por causa da droga. Não fique pensando nisso e conquiste essa mulher porque ela já está balançada por você.

– Sim, mas mesmo assim não é uma coisa fácil – afastou-se para me fitar nos olhos. – Eu também estava pensando: você não se sente mal em sair com outros caras na frente daqueles que gostam de você? Pois senti hoje que é uma sensação nada agradável.

– Na verdade nunca parei para pensar sobre isso – andei pelo quarto e me recordei de como foi horrível ver Wellington com outra garota depois de ele ter me largado. Realmente não foi uma coisa boa e uma pontada de culpa apareceu ao pensar naqueles que gostavam de mim. – Mas não posso fazer nada, eu não gosto deles e nunca dei abertura para que pensassem isso.

– Admiro sua frieza, não sei como consegue.

– Não sou fria – reclamei, fazendo bico. – Só não gosto deles, oras...

– Meu maior desejo é que você encontre um cara por quem se apaixone.

– Eu não quero isso – mostrei-lhe a língua.

– Então meu maior desejo é que você queira isso e se apaixone de uma forma intensa. Quero te ver feliz, prima.

– Por que todo mundo acha que não sou feliz assim? Eu gosto da minha vida, tá?

Bernardo deu de ombros e passou os olhos pelo quarto, prestando atenção nas inúmeras flores por ali espalhadas. Realmente a quantidade delas aumentara, e muito. Foi nessa hora que me dei conta de que perdera as duas que ganhara na noite anterior. Uma de Léo e outra de Cláudio. Fiquei momentaneamente triste, porém desviei a atenção para o abrir da porta. Raquel apareceu e disse:

– O porteiro ligou e falou que chegaram flores para você. O Léo foi lá buscar.

Meu coração disparou. Só podiam ser as flores do meu admirador verdadeiro. Não comentei nada e fui para a sala esperar. Não sentei e fiquei andando de um lado para o outro. Bernardo pedia que eu me sentasse e Raquel segurava o riso.

– Acho que esse cara está conseguindo te abalar – comentava minha amiga e eu lhe mostrava a língua.

Finalmente Léo chegou e com isso estarreci. Ele passou lentamente pela porta e logo as cores vivas das flores tomaram o ambiente. Léo veio até mim e me entregou o buquê. Que flores lindas! Elas não me eram estranhas, mas, como não sei o nome de flores, já fui pegando o envelope, pois sabia que ali diria algo sobre elas. As mãos tremiam de ansiedade. Abri o envelope rosa e me surpreendi por dessa vez não haver um cartão ou uma pequena carta, e sim uma folha toda escrita. Uma carta!

Olá, Mari.

Desculpe-me pelas semanas sem flores. Sei que você andou fazendo levantamentos para descobrir quem sou, por isso decidi te confundir. Sim, sou o responsável por você ter ganhado tantas flores nos últimos dias. Confesso que não foi nada fácil para mim chegar em cada cara com quem você já saiu e pedir que te desse uma flor, e aliás, todas elas foram escolhidas por mim. Mas pelo menos tudo valeu a pena. Você não sabe quem eu sou... ainda.

Desejo todos os dias poder estar com você, mas sei que você ainda não está pronta para mim. Dessa forma, continuarei te observando de longe, esperando o dia em que poderei receber mais beijos seus, e que você sinta exatamente o que sinto.

As flores de hoje são tulipas. Lindas, não? São muito usadas como buquês em casamentos e dizem que representam uma declaração de amor. Eu particularmente gosto muito da vermelha, mas preferi te mandar a amarela e a rosa. Por quê? Porque você só receberá uma flor vermelha quando estiver diante de mim. Se reparar, ainda não ganhou nenhuma dessa cor, não é? As pétalas de rosa que apareceram em suas coisas foram apenas para te dar um susto, pois a flor inteira, que representa o amor, sairá da minha mão para a sua. Até lá, não me procure, aparecerei quando for o momento certo, quando você realmente estiver pronta para mim.

E mais uma coisa: estou sempre por perto admirando sua beleza.

Beijos

A. S.

Give me love

Mordi o lábio inferior ao término da leitura. Quem poderia ser ele? E o que quis dizer com o momento em que estarei pronta para ele? Estava esperando pelo quê? Fechei os olhos, respirei fundo e foquei minha atenção à última frase da carta. "*Give me love.*" Uma frase em inglês que significa *me dê amor*. Por que ele escreveria aquilo?

Joguei-me sentada no sofá e fiquei analisando a carta e as lindas tulipas. Um laço branco as envolvia em forma de buquê e eu não conseguia parar de pensar no que estava na carta: "*Dizem que representam uma declaração de amor*". Era isso que ele queria? Se declarar para mim através das flores? Minha cabeça estava fervilhando.

– Posso? – perguntou Raquel, indicando as flores. Entreguei-as a ela, que acomodou-se ao meu lado. – São lindas. O que está escrito na folha? – não comentei nada e também lhe estendi a carta.

Raquel leu atentamente e seus olhos brilharam.

– Que lindo, Mari! – abraçou-me e eu tive que rir. – Você não fica emocionada com tudo isso? Esse cara gosta mesmo de você.

– Eu ainda não sei o que pensar – suspirei. – Mas acho que passei a gostar de receber flores – sorri e Raquel voltou a me abraçar.

Léo continuava parado perto da porta e me fitava com um fino sorriso nos lábios. Nossos olhos se encontraram e permanecemos nos encarando até o momento em que o celular de Bernardo tocou. Ele o atendeu chamando por sua mãe e na hora falei alto e com a voz manhosa:

– Volta pra cama, Bernardo... – em seguida tapei a boca para não rir.

Ele colocou a mão no celular e me olhou de cara feia, eu apenas pisquei achando graça. Ele balançou negativamente a cabeça e foi para a cozinha. Raquel comentou que Cauã adoraria saber de como as flores estavam me afetando.

– É claro – falei. – Ele vive me chamando de insensível. Mas ainda não sei por que essa sua animação, são só flores e estou gostando delas. Isso não quer dizer que estou apaixonada pelo cara que as manda. E aliás, nem sei quem é.

– Pense comigo, Mari – Raquel não escondia sua empolgação. – Só tem cara gato ao seu redor. E pelo que sei, todos são pelo menos legais. Já é uma boa qualidade. Aí você junta com o romantismo e terá o homem perfeito.

– E lá vamos aos contos de fadas da Raquel – ironizei, ela nem ligou.

– Devo estar mais ansiosa que você para conhecer esse seu admirador.

– Está mesmo – rimos.

Bernardo retornou à sala com uma expressão nada alegre. Alarmei-me na hora e perguntei o que acontecera. Quando ele respondeu que não era nada, tive certeza de que algo muito sério ocorrera.

– Não minta para mim, Bernardo. O que aconteceu? – fiquei em pé e cruzei os braços esperando pela resposta.

Bernardo passou a vista pelo cômodo, coçou a cabeça e falou:

– Semana que vem é aniversário do seu pai e terá uma festa lá na propriedade da família.

– Nossa! – bati a mão na testa. – Nem me lembrei! Preciso comprar um presente e ir pelo menos vê-lo. Darei uma passadinha lá só para falar com ele, sabe como é, não gosto daquele povo – ameacei me afastar, mas Bernardo me segurou pelo braço.

– Ele está doente, Mari.

10

Não Quero esse Negócio de Sentimento

– Doente? – meu tom de voz se elevou e tremeu levemente. – O que ele tem?

– Não sei ao certo. Minha mãe não me explicou, só disse que todos estão preocupados e que seu pai não é mais tão jovem.

Não pensei duas vezes em ir apanhar meu celular e ligar para o meu pai. Assim que ele atendeu, já fui perguntando como estava.

– Estou bem, minha princesa – disse ele calmamente.

– Pai, eu sei que você está doente, não minta para mim. O que você tem?

Fez-se um minuto de silêncio até ele falar:

– Não é nada de mais. Coisa boba.

– Pai...

– Conversaremos melhor sobre isso no fim de semana – interrompeu-me. – Você vem à festa, não é?

– Vou sim.

– Ótimo. Não é todo dia que um rapaz jovem como eu faz 65 anos – riu e eu sorri. – Estou com saudade de você, minha filha. Só eu ficando doente para você querer me ver, não é?

– Não é assim, pai. Você sabe que vivo na correria com a faculdade e o trabalho.

– Se você deixasse que eu te ajudasse, não precisaria viver assim.

– Já conversamos sobre isso. Bem, pelo visto você está bem. Fiquei muito preocupada, mas agora estou mais tranquila. Então nos vemos no fim de semana. E avise à sua mulher que sua filha bastarda fará questão de ir – ri e ele também.

Despedi-me dele e me senti muito mais tranquila por ter ouvido sua voz. Só espero que não seja nada grave a doença. Saí do meu quarto e dei de cara com Léo escorado à parede do corredor com o buquê de tulipas na mão. Não sei por que gelei dos pés à cabeça.

– O que está fazendo aqui? – indaguei, um pouco sem jeito.

– O Bernardo e a Raquel começaram a conversar e achei melhor deixá-los sozinhos – estendeu-me as flores. – E você precisa colocá-las na água.

Assenti, pegando o buquê e voltei ao quarto. Troquei algumas flores de recipiente e coloquei as tulipas em um que ficara vazio. Pousei o vaso na mesa que usava para estudar e as observei. Realmente são as flores mais lindas que já recebi. Léo parou ao meu lado e comentou:

– Esse cara das flores tem um bom gosto mesmo.

– Também acho.

– E você está a fim dele? – virou-se para me olhar.

– Como posso estar a fim de alguém que não conheço? – foi aí que resolvi provocá-lo. – Por quê? Está com ciúmes, é? – coloquei as mãos na cintura.

– Não – pôs as mãos nos bolsos e direcionou a vista para as flores. Pensei em dizer algo, mas ele falou antes: – Mas gosto de disputas.

– O que quer dizer com isso? – peguei-o pelo braço e o fiz me olhar.

– Que irei te disputar com esse cara – tocou levemente meu queixo.

Fiquei sem saber o que dizer. O silêncio predominou e nossos olhos não se desgrudaram. Afastei-me de Léo e balancei a cabeça para voltar a mim.

– Você está aqui, Léo – disse, parando diante dele. – Tem total acesso a mim. Só não tivemos nada porque você não quis.

– Sim – acariciou meu rosto. – Mas você ainda não está pronta, exatamente como o cara das flores disse na carta. Desculpe, eu li.

– O que quer dizer com estar pronta?

– Que você ainda não é capaz de se entregar a alguém sentimentalmente. E pelo visto é isso que ele e eu queremos.

Irritei-me e tirei sua mão de mim.

– Pois fique sabendo que isso não vai acontecer! – elevei o tom vocal. – Não quero me envolver com ninguém, tá legal? Me deixem em paz!

Passei por ele com destino à saída, porém Léo me segurou pelo braço e me puxou para si. Sem que eu tivesse feito algo para impedir, ele me beijou. Nossos corpos se colaram e ele firmou uma mão na minha nuca, não me deixando escapar do beijo. É lógico que não fiz força para sair. O beijo começou mais lento e a velocidade aumentou gradativamente. Agarrei-me em seus ombros e ele me pegou mais firme pela cintura, apertando-me gostosamente. O calor do momento já me consumia e cada pedacinho da minha pele desejava o toque dele.

Estremeci completamente quando suas mãos desceram para a minha bunda e depois subiram por debaixo da blusa, descobrindo-me. Mordisquei sua boca e gemi baixinho. Aproveitei para também avançar e fui direto para o zíper da calça jeans. Assim que toquei o local, senti a ereção e me lembrei do que Raquel dissera.

Léo arfou e me encostou no guarda-roupa, causando um baque. Beijou meu pescoço e eu arrepiei. Puxei sua camiseta tirando-a de si. Alisei seu abdômen pela primeira vez, notando-o bem definido. Não era para menos, ele luta. Havia também uma tatuagem que nunca vira. Contudo, não houve tempo para nada, pois Léo se afastou bruscamente de mim apanhando a camiseta do chão. Fiquei ali parada, respirando fundo, sem saber o que fazer.

– Desculpa – disse, vestindo a camiseta. – Fui longe demais.

– Você só pode estar brincando, não é? – falei indignada. – Não acredito que vai parar tudo assim.

– Na verdade vou – aproximou-se de mim e me beijou suavemente nos lábios. – Não deveria nem ter te beijado. Como disse, você ainda não está pronta.

Rangi os dentes e o empurrei para longe de mim. Fiz a única coisa que uma mulher na minha situação faria: peguei o chinelo e arremessei nele enquanto gritava.

– Saia daqui agora!

Léo desviou do chinelo e o vi segurando o riso.

– Calma, Mari.

– Calma o cacete! – joguei o outro pé, mas ele desviou outra vez. – Você vem até aqui, me beija, me deixa assim e depois para tudo do nada? Está achando que é quem?

Arremessei um ursinho de pelúcia que peguei de cima da cama, dessa vez acertou, porém Léo riu. Isso só me deixou mais nervosa. Voltei a esbravejar com ele, que correu para fora. Fui atrás, ainda mandando-o ir embora. Ele falou alguma coisa para Bernardo que não ouvi, pois apanhei uma almofada e joguei nele, que defendeu com o braço.

– Suma daqui, Leonardo! – gritei novamente e joguei outra almofada, esta bateu na porta no momento em que Léo a fechou e se foi.

– O que aconteceu? – perguntou Raquel, espantada com tudo aquilo.

– Nada! – eu ainda estava irritada e saí da sala pisando duro.

Fechei a porta com força quando entrei no quarto e me joguei na cama. Meu coração batia rapidamente e a respiração não tinha o ritmo normal. Isso sem contar que ainda me sentia excitada. Ainda não acredito que ele me deixou assim e parou tudo! Virei para o lado e abracei o outro travesseiro. Eu ainda sentia o gosto do beijo do Léo e era como se suas mãos continuassem em mim. Odiei-me por estar recordando detalhadamente o que ocorrera. Ele vai me pagar!

Rolei na cama e suspirei profundamente. Muita cosia havia acontecido nas últimas horas e eu precisava descansar e esquecer de tudo aquilo. Fechei os olhos e permiti que o sono viesse.

Acordei com o som do celular e atendi sem nem olhar quem era.

– Onde você está? – perguntou Cauã.

– Em casa, por quê? – bocejei.

– Estou aqui embaixo há horas esperando alguém atender esse maldito interfone! – reclamou, e até o imaginei batendo o pé no chão.

– Avise o porteiro que você pode subir, sua bicha – ri e me sentei na cama. – Isso que dá vir na casa dos outros sem avisar.

– Estou registrando isso, Mariana. Deixe estar. Até daqui a pouco – desligou.

Espreguicei-me e levantei. Será que Raquel saíra? Caso contrário ela teria atendido o interfone. Saí do quarto e fui bater lá no de Raquel. Assim que me aproximei, ouvi sons. Estranhei franzindo o cenho. Encostei a orelha na porta e constatei serem gemidos. Mas é claro! O Bernardo ficara em casa!

Tapei a boca para não rir alto e saí dali não fazendo barulho. Chegando à cozinha, soltei o riso e precisei beber um pouco de água. A campainha tocou e corri para atender. Cauã entrou e eu fiz sinal de silêncio para ele, que não entendeu e perguntou o que estava acontecendo.

– A Raquel está no quarto com o Bernardo – sussurrei.

Cauã deu pulinhos de alegria e eu também. Todavia, sua expressão mudou e ele indagou da noite anterior, disse que ouvira comentários nada legais. Acomodamo-nos no sofá e eu relatei tudo. Lógico que ele ficou boquiaberto. Falei para que não se preocupasse mais com aquilo, pois logo mais as pessoas esqueceriam o ocorrido.

Para melhorar o clima, sugeri que assistíssemos a um filme qualquer na televisão e assim o fizemos. Como já passara do horário do almoço, estourei uma pipoca e comemos, prestando atenção na história de suspense do filme.

Cauã estava com uma almofada no colo e eu deitada ali. Ele mexia no meu cabelo, o que só me provocava arrepios.

– Você pode não gostar de mulher, mas ainda é homem, por isso pare já com isso – falei, tirando suas mãos do meu cabelo.

– Está ficando excitada, Mari? – riu. – Pelo jeito você anda muito necessitada. Ou é isso ou você é uma ninfomaníaca.

Rimos, porém logo nos calamos quando Raquel se fez presente. Seus cabelos loiros estavam um pouco desarrumados e as bochechas coradas. Vestia um pijama branco e com bichinhos tanto no short quanto na blusinha. Ao nos ver, sorriu sem graça e encolheu os ombros.

– Oi, Cauã. Não sabia que você estava aqui – cumprimentou meio sem jeito.

– Já faz algum tempinho...

Cauã e eu mordíamos a boca para não rir, o que foi impossível e caímos na gargalhada. Raquel ficou vermelha. Contudo, nos calamos no momento em que Bernardo apareceu. Ele sorriu de canto de boca e acariciou Raquel nos cabelos, beijando-a na cabeça logo em seguida. Bernardo avisou que iria embora e Cauã e eu nos despedimos dele em uníssono, cantando as palavras. Raquel o acompanhou até a saída e quando retornou, minutos depois, continuava com a face vermelha.

– Pode contar tudo! – falei, abrindo espaço para que ela se sentasse entre nós.

Ela veio hesitante e se ajeitou ali. Suspirou longamente.

– Ele é perfeito – disse sem que eu precisasse insistir.

Dei gritinhos de alegria e a abracei.

– Até que enfim aconteceu algo entre vocês. Eu já estava me estressando com essa lenga-lenga – comentou Cauã e eu concordei com ele.

– Mas e aí, ele é bom de cama? – lógico que eu não poderia deixar de perguntar aquilo.

– Por que você só pensa nisso, Mari? E além do mais, quem transou com ele primeiro foi você.

– Mas eu não me lembro direito... Não mude de assunto. Vai, pode falar.

– Ele é ótimo, tá? Não vou dar mais detalhes – mostrou-me a língua. – Até parece que irei fazer propaganda do meu homem.

– Seu homem? Uia! – Cauã admirou-se com as palavras dela.

– Então o negócio está sério. Vocês estão namorando?

– Não, mas quem sabe – piscou e sorriu. Mas de repente sua expressão mudou para a de surpresa e ela apontou o dedo na minha cara. – O que aconteceu entre você e o Léo mais cedo? Por que saiu jogando coisas nele e o mandando embora?

– Você fez isso, Mariana? Estou passado. O que o menino te fez?

– O que ele fez? Vocês não vão acreditar!

O que posso dizer daquela tarde? Apenas que rimos como nunca. Contar o que aconteceu entre o Léo e eu foi engraçado, por mais que não tenha sido na hora. E eu estava feliz pela Raquel, finalmente encontrara um cara legal. Falando em cara legal, eu veria meu professor no dia seguinte e me animei com tal ideia. Dessa vez faria marcação cerrada.

Não me perdoei por perder o horário. Acordei atrasada e as coisas resolveram sumir. Não achava as chaves, o celular, o bilhete do ônibus, nada! Raquel e eu chegamos mais de meia hora depois do início da aula e, ao entrarmos, todos nos olharam, até o professor. Pedimos licença e fomos até Cauã. Respirei aliviada ao me sentar e abanei o rosto para me livrar do calor da correria. Percebi os olhares de Adriano para cima de mim e simplesmente adorei aquilo. Eu mexia com ele mesmo sem querer.

A aula prosseguiu e fiquei sabendo que passaríamos mais tempo observando o hospital no final daquele semestre. Não gostei muito, isso queria dizer que teríamos menos aulas teóricas e, consecutivamente, menos horas com o professor. Fiz bico de desapontamento bem na hora que nossos olhos se cruzaram. Adriano sorriu de canto de boca e eu mordi a minha. Como eu queria aquele homem!

Fomos liberados para o intervalo e eu não pensei duas vezes em ir atrás do professor. Raquel ainda tentou me impedir, não lhe dei atenção e saí da sala buscando por ele. Encontrei-o na lanchonete sentado sozinho em uma mesa tomando café. Cheguei na cara de pau mesmo e me acomodei de frente para ele.

– Olá – cumprimentei toda sorridente.

– Oi – ele bebia calmamente.

– Desculpa por chegar atrasada à sua aula – não que eu me sentisse culpada, mas pelo menos estava puxando assunto.

– Não tem problema.

– E como foi o tal congresso? – eu não poderia permitir que o assunto morresse.

– Muito interessante.

Adriano recostou-se melhor na cadeira e olhou para os lados, depois debruçou-se sobre a mesa aproximando o rosto do meu. Falou baixo:

– Você não vai me deixar em paz, não é? Acha que não sei suas reais intenções? E não adianta vir puxar esse tipo de assunto, sei que você não se importa com isso.

Nossa, que direto! Gosto disso. Sorri maliciosamente e diminuí ainda mais o espaço entre nós.

– Se você sabe o que quero, por que não me dá logo?

– Já te falei que sou comprometido.

– Eu não ligo – passei o indicador pela gola branca de sua camisa e ele se afastou na mesma hora. – Quanto mais você dificultar as coisas mais eu vou querer, e farei da sua vida um inferno tentador – apoiei as mãos na mesa e me levantei um pouco para chegar mais perto dele. Sussurrei: – Eu sei que você me quer, está estampado no seu rosto.

Retirei-me dali sem mais nada dizer. Meu objetivo era provocá-lo e tenho certeza de que conseguira com louvor. Voltava à sala quando meu celular tocou. Gelei ao ver um número desconhecido. A lembrança de Wellington logo me veio e tudo de bom que havia em mim se esvaiu. Até pensei em não atender, só o fiz depois de muito pensar.

– Oi Mari, sou eu, Cláudio.

Ainda bem que era ele.

– Oi. Desde quando tem o meu número?

– Há um tempo... Então, pode falar agora? – confirmei. – É que queria saber se você não gostaria de sair comigo. O que acha?

– Só se você me prometer que não irá embora do nada. Quero que fique comigo do começo ao fim.

– Pode deixar, dessa vez não sairei correndo. Que tal na sexta? Sei que você não trabalha à noite nesse dia.

– Está sabendo demais sobre mim, hein? Anda me espionando?

– Digamos que dediquei muito do meu tempo em aprender coisas sobre você. E então, sexta?

Aceitei sem mais enrolação. Até porque, se eu estava desconfiada de que era Cláudio o cara das flores, sair com ele seria uma boa forma para descobrir isso. Entrei na sala de aula e voltei a me sentar perto de Cauã e Raquel. Lógico que ela tinha o rosto corado e achei que era pelo fato de eu ter ido atrás de Adriano, mas me enganara, pois quando fui perguntar por que aquela cara, ouvi alguém comentando sobre a festa de sábado alto demais para o meu gosto.

– Tem mulher que não se dá ao respeito mesmo – dizia Helena, uma moça da minha turma sentada ao fundo da sala. Virei-me na cadeira para fitá-la e mesmo com o meu olhar ela não parou de falar. – Vai em festas, bebe todas e depois fica dando showzinho – suas duas amigas riam. – Vocês acreditam que ela até estava tirando a roupa? Pensei que fosse dar para o primeiro que aparecesse. Ops! Pensei não, ela deu – gargalhou.

Meu sangue ferveu. Só podia ser de mim que ela falava. Pus-me em pé na mesma hora e Cauã me segurou pelo pulso.

– Não vale a pena, Mari – disse ele.

– Farei valer – soltei-me dele e me aproximei de Helena. Ela me olhou com desdém. – É de mim que você está falando?

– De quem mais seria? Você foi a única que deu *show* na festa. Pensando melhor, não foi a única não. Sua amiguinha ali estava se pegando com aquele moço da Física. Chegaram a tirar a roupa no meio de todo mundo, sabia?

Olhei para Raquel e ela abaixou a vista, envergonhada.

– Olha aqui, sua idiota. O que fazemos da nossa vida não te diz respeito, tá? Mas só para te deixar ciente, o escroto do seu ex-namorado, que te *chutou* – precisei enfatizar a última palavra –, nos drogou. Não estávamos conscientes dos nossos atos.

– Isso não muda o fato de que você parecia uma puta em cima da mesa, Mariana – ficou em pé. – E não toque no nome do Nero, você não sabe o que aconteceu.

– Sei sim – ri sarcasticamente. – Ele te chutou, comentou que você parece uma geladeira na cama e que mesmo assim você ainda ficava no pé dele. Que humilhante. E mais uma coisa – o barulho do tapa que acertei em seu rosto ecoou pelo ambiente quase vazio. – Puta é você!

Helena colocou a mão no rosto e teria partido para cima de mim se Cauã não tivesse me tirado de lá. Ele me pegou pela cintura e me arrastou para fora da sala enquanto um colega de turma, que acabara de entrar, impedia Helena de vir atrás de mim.

– Sua louca! – gritou comigo ao me encostar à parede do corredor. – Você pode ser expulsa, sabia?

– Aquela maldita vadia. Quem ela está pensando que é? Vou acabar com ela – ameacei sair dali, mas Cauã me segurou não me deixando escapar.

– Você vai ficar bem quietinha agora, Mariana. Onde já se viu isso? – puxou-me pela mão, forçando-me a segui-lo pelo corredor.

Não lutei mais e me permiti levar. Cauã ficou muito tempo me dando a maior bronca. Eu fingia que ouvia tudo o que ele falava, só que na verdade nada daquilo foi apreendido. Eu apenas sentia raiva daquela maldita! Minha vontade era de ir lá e dar mais uns bons tapas nela até tirar toda aquela maquiagem. Respirei fundo e decidi me acalmar. Eu estava perdendo a aula do professor gostoso por culpa dela.

Prometi a Cauã que me comportaria dali para a frente e assim retornamos à aula. Felizmente Helena não se encontrava ali e eu sorri vitoriosa. Aposto que eu conseguiria ver meus dedos em seu rosto.

Raquel não falou comigo, entretanto, na hora que a aula terminou, perguntei o porquê daquele silêncio todo.

– Estou com vergonha – respondeu desanimada. – Só de pensar que as pessoas me viram com o Léo faz com que eu não tenha vontade de sair de casa.

– Não fica assim, Raquel. Manda todo mundo se foder. Ninguém tem nada a ver com a sua vida.

– Eu sei... Mas...

– Mas nada – interrompi-a. – Para com isso – ela suspirou e concordou com a cabeça. – Mas me fala uma coisa, Raquel. O negócio foi realmente quente entre você e o Léo?

E ela voltou a ficar vermelha.

– Você não vai me deixar esquecer disso, não é? – neguei. – Então vou te contar.

Raquel, Cauã e eu nos sentamos em uma mesa da lanchonete para conversar; escolhemos a mais afastada, já que o assunto seria sexo.

– Bem – começou Raquel –, eu não me lembro muito bem das coisas...

– Pule essa parte – falou Cauã. – Já sabemos que vocês estão com a memória fragmentada. Queremos saber das partes que se lembra.

Raquel pigarreou e olhou para baixo.

– Só me lembro de começar a beijá-lo lá no meio de todo mundo. Eu que o ataquei – precisei segurar o riso. – Meu único desejo era transar ali sem me preocupar com o resto, tanto que comecei a tirar a roupa.

– Nossa! – exclamou Cauã. – Nem parece você.

– E não era eu! – esfregou o rosto. – Algumas pessoas nos empurraram para o quarto e assim aconteceu o resto.

– Nem pense em parar por aí – foi minha vez de falar. – Quero saber detalhes.

– A gente transou, oras... – respirou fundo e contou de uma vez: – Fizemos sexo oral e diversas posições, algumas que eu nem sabia ser capaz de fazer. E bem... – hesitou. – Eu fui a que menos bebi e por isso o efeito não durou por toda a noite. Transamos mais de uma vez e nas últimas eu estava consciente dos meus atos.

Meu queixo caiu. Tanto Cauã quanto eu ficamos boquiabertos.

– Uau! – falamos em uníssono.

– Não façam essas caras – reclamou Raquel. – Fico constrangida.

– Pelo visto o japa é bom de cama – comentou Cauã.

– Deve ser mesmo – admirei-me. – Mas, Raquel. O que vocês conversaram ontem?

– Ele veio me pedir desculpa pelo o que tinha acontecido. Falou que estava fora de si e aquelas coisas. Eu disse que tudo bem e ficamos por isso mesmo. O Léo é um cara legal e atencioso, ficou todo preocupado comigo e com o fato de o Bernardo e eu estarmos começando a nos entender.

– Pelo menos alguém aqui consegue ver como aquele menino é um cara legal. Daria um ótimo namorado – Cauã me encarou com os olhos semicerrados.

– Ahhhh! Nem vem! – empurrei-o com a mão. – Que mania vocês têm de querer me arranjar um namorado. Credo!

– Pare para pensar, Mariana – segurou-me pelo queixo. – Por que você acha que o Léo não ficou com você ontem?

– Porque ele é um imbecil. Não sabe o que está perdendo.

– Menina de cabeça dura – bateu levemente na minha cabeça. – Não é por isso – revirou os olhos. – Qualquer um consegue ver as intenções dele, não é, Raquel?

– Com certeza – confirmou ela. – Você fica falando que eu sou lerda, tapada, mas não percebe que o Léo quer algo a mais com você.

– Mas eu não quero algo a mais com ele. Fico feliz só com uma noite de sexo – mostrei a língua para os dois. – Agora me deem licença porque preciso fisgar um garanhão.

Adriano caminhava para fora do prédio e eu resolvi ir atrás. Raquel ainda gritou comigo, porém acenei para ela e corri para não perdê-lo de vista. Mantive uma boa distância e o segui até o estacionamento. Quando o vi entrar no carro, apressei-me, dei uma de louca, e entrei no automóvel pela porta do passageiro. Ele me olhou com espanto e com a boca entreaberta. Aproveitei o choque inicial e toquei-o no lábio inferior, aproximando-me muito dele.

– Olá, professor – minha voz saiu baixa e sensual.

Como ele não respondeu, encostei a boca na dele. Nessa hora ele se afastou abruptamente e saiu do carro. Eu achei graça e saí também.

– Você é louca! – andava de um lado para o outro com as mãos na cabeça.

– Acho que sou mesmo.

Ele parou e veio até mim. Parecia nervoso. Encostou-me no carro e sua respiração ofegante fazia o peito subir e descer rapidamente. Colocou o dedo abaixo do meu queixo e com isso empinei-o. Adriano me analisava atentamente com o olhar e eu mordia a boca e umedecia os lábios propositalmente. Ele fechou os olhos e engoliu em seco.

– Eu sei que você me quer – murmurei, tocando-o na cintura. Levantei a camisa e o segurei firmemente pelo cós da calça.

– Sim, eu quero – agarrou-me pelo cabelo e soltei um baixo gemido sem querer. Adriano percorreu meu pescoço com o nariz. – Eu a quero tanto... Mas não posso!

Ameaçou se distanciar, mas o segurei pelos braços, trazendo-o para mais junto de mim. Ele estava cedendo.

– Você pode, nós podemos – acariciei seu rosto de barba rala.

Avancei sobre seus lábios e o beijei. Pensei que ele fosse se afastar novamente, porém, para a minha felicidade, ele retribuiu. Fui pressionada contra o carro enquanto trocávamos beijos calorosos. Suas mãos me apertaram na cintura e desciam para a bunda quando seu celular tocou. Droga! Justo agora? Adriano saiu de perto de mim e o atendeu.

– Oi, amor – disse ele e fiz cara feia. Era a noiva. – Sim, estou saindo daqui agora para ir te encontrar, já estou dentro do carro – olhou para mim e em seguida desviou a vista. – Claro, compro sim. Até daqui a pouco. Te amo – desligou e fitou-me com uma expressão de indignação. – Olha o que você faz comigo. Estou até mentindo para ela.

– Como se eu ligasse – dei de ombros.

– Você pode ser linda e provocante, Mariana, mas eu amo essa mulher e não vou jogar meu relacionamento no lixo por sua causa. Por isso peço que me deixe em paz, tudo bem?

– Não estou pedindo que você termine seu relacionamento, professor – cheguei mais perto. – Eu só quero você durante uma noite, ou nem isso, apenas algumas horas – beijei-o suavemente. – Vou deixar que você pense sobre isso. A gente se fala depois – pisquei e me afastei sem olhar para trás.

Ele seria meu, pode ter certeza disso.

11

Chantilly por Toda Parte

– Como estou? – perguntei para Raquel, rodando diante dela.

– Gostosa – ela riu. – Você vai sair com o Cláudio, não é?

– Vou sim, por quê?

– Você não tem vergonha na cara mesmo. Praticamente agarrou o professor Adriano essa semana, beijou o Léo e agora vai sair com outro. Não sei como você consegue.

– E transei com o Bernardo, não se esqueça – ri, pois a culpa desse ocorrido já havia passado.

– É, eu sei – suspirou desanimada e percebi ter algo errado com ela.

– Não sei se é impressão minha, mas estou te achando meio para baixo, o que foi? – sentei-me ao seu lado na cama.

– O Bernardo. Não o vi mais desde aquele dia que nós ficamos. Estou me sentindo usada.

– Não seja boba, deve ter acontecido alguma coisa. Quer que eu ligue pra ele?

– Não precisa, quero ver quanto tempo vai demorar para ele me procurar. E também tem outra coisa, mas te conto depois, não é tão importante assim.

– Você quem sabe. Vou indo então, até mais tarde – beijei-a no rosto e saí de seu quarto.

Cláudio já me esperava lá embaixo, mas fiz questão de demorar um pouquinho mais só para que ele ficasse mais ansioso. Entrei no elevador e, enquanto ele descia, aproveitei o espelho para retocar o batom vermelho de tom mais claro. Ajeitei também o vestido lilás ao corpo. Cláudio me aguardava na recepção com um pequeno buquê de flores brancas. Digamos que fiquei surpresa mesmo não tentando demonstrar. Cumprimentei-o com um selinho e ele me estendeu as flores.

– São angélicas – comentou, tocando-as delicadamente. – O que representam se encaixa perfeitamente com o momento.

– E o que representam?

Segurou-me pela cintura e diminuiu o espaço entre nós. Encostou a boca na minha orelha e sussurrou:

– Prazeres perigosos.

Estremeci de cima a baixo, ainda mais com aquela voz sedutora ao pé do meu ouvido.

– Uau! Que intenso.

– Isso porque a noite está apenas começando – deu-me o braço e assim passei o meu.

– E aonde vamos?

– Para o meu apartamento. Fiz questão de cozinhar pra você.

– Sério?

– Sim, por que não? Acha que não sou capaz de cozinhar?

– Claro que não, só fiquei surpresa.

Ele sorriu de canto de boca e me encaminhou para o carro estacionado à frente do prédio. Foi todo cavalheiro, abriu a porta e tudo. Não que eu goste daquilo, mas resolvi deixar as coisas rolarem do jeito que ele tinha planejado. Ajeitei-me no banco e assim ele fechou a porta, dando a volta e sentando-se no lugar do motorista. Não demoramos muito para chegar até o destino. Cláudio deixou o carro no estacionamento e correu para vir abrir a porta para mim. Beijou-me suavemente nos lábios e segurou-me firmemente pela mão, guiando meu caminhar para o elevador e depois para o nono andar.

Cláudio abriu a porta e pediu que eu entrasse primeiro. Dei passos incertos pelo cômodo escuro e, assim que ele acendeu a luz, vi ao canto da sala, próximo à porta que a separava da sacada, uma mesa toda montada ao estilo mais romântico que já vira. Havia ali pratos brancos de porcelana, taças, talheres e até velas redondas dentro de pequenos recipientes quadrados e de vidro. Eu precisei rir daquilo.

– Qual a graça, não gostou da decoração? – parou diante de mim e tocou levemente meu queixo.

– Não é isso. Gostar eu gostei, só achei meio antiquado.

– Sou um homem que gosta dessas coisas e faz de tudo para conquistar uma mulher – desceu as mãos até minha cintura e puxou-me para um beijo caloroso.

Nossas línguas se enroscaram deliciosamente e eu não queria que tal beijo acabasse. Joguei a bolsa de lado – no sofá, para ser mais exata – e agarrei-me em sua camiseta verde-escura, erguendo-a e o tocando na barriga. Circundei toda a borda da calça jeans e pude perceber a excitação ao chegar à frente. Vê-lo assim todo duro, prontinho para mim, deixava-me ainda com mais desejo de sexo. Chegava até a me sentir molhada lá embaixo.

No entanto, Cláudio segurou-me pelos ombros e se afastou um passo. Respirava fundo e mordia o lábio inferior. Eu sabia que ele me desejava com todas as forças e estava lutando contra isso naquele momento. Eu simplesmente sorri encantadoramente.

– Acho melhor a gente comer – dizendo isso, pegou o buquê que eu trazia comigo para colocar na água e saiu da sala. Eu me sentei à mesa.

Nessa hora notei um pequeno vaso branco em cima da mesa e nele flores coloridas. Passei os dedos por elas pensando no significado, já que todas tinham um. Lembrei-me também da carta que recebera junto com o último buquê, na qual dizia que eu só receberia uma flor vermelha pessoalmente. Cláudio não me dera flores vermelhas e nem ali no vaso havia uma daquela cor. Seria ele mesmo o meu admirador? Preciso confessar que desejava que fosse, pois assim já acabava com aquela palhaçada de flores e eu parava de me preocupar com aquilo. Tal assunto estava mexendo comigo de um jeito que eu não queria. Ansiava pelas flores e pelo recado que viria junto. Comecei a me questionar se realmente sou tão insensível assim a ponto de não me envolver com ninguém. Mas, como disse antes, tenho um bloqueio para relacionamentos.

Tá, não é bem um bloqueio e sim medo mesmo, algo que só assumi para mim há pouco tempo. Contudo, todas aquelas flores criavam em mim uma pontada de esperança, de quem sabe poder me envolver sem consequências trágicas, já que o cara parecia realmente gostar de mim. Qual homem faria tudo aquilo para uma mulher se não sentisse pelo menos um pouquinho de amor?

Amor... Não gosto dessa palavra. Ela é muito forte e carrega junto de si uma responsabilidade com a outra pessoa que sei não ser capaz de retribuir. Não mais. Já senti uma vez e foi devastador. Prefiro esquecê-la e continuar minha vida dessa forma.

Cláudio voltou trazendo uma travessa e uma garrafa de vinho, colocou ambos sobre a mesa e notei que comeríamos macarrão.

– Especialidade da casa – disse ele, indicando a massa. – Talharim com limão e manjericão. E para acompanhar um delicioso vinho.

– Parece estar bom mesmo – o cheiro da comida se espalhou pelo ambiente.

Cláudio acendeu as quatro velas e em seguida apagou a luz da sala. Nossa, que clima gostoso que ficou. Ainda não satisfeito, abriu a porta da sacada e dessa forma conseguimos ver as luzes de São Paulo. Ele se empenhou naquele jantar.

Sentou-se na outra cadeira ficando de frente para mim e abriu a garrafa de vinho, preenchendo as taças. Após nos servir, ergueu a sua e brindamos.

– Por uma noite maravilhosa – falou e bebeu um gole.

– Tenho certeza de que será – bebi também. – O que representam? – mostrei as flores no vaso.

– São cosmos – desprendeu uma delas das demais, quebrando o caule e a colocando em cima da minha orelha, entre o cabelo. – Representam alegria na vida e no amor – acariciou meu rosto. – E essa de cor violeta combinou perfeitamente com você.

– Obrigada – pela primeira vez em anos sorri sem graça.

O que estava acontecendo comigo?

Antes de nos servir, Cláudio ligou o rádio e uma música instrumental começou a tocar. Ele pensara em todos os detalhes. Fui servida por ele e provei a comida. Realmente deliciosa!

– Você cozinha muito bem, está de parabéns – comentei, toda encantada pelo momento.

– Meus pais são chefes de cozinha e os dois trabalham no mesmo restaurante há anos – contou após mais um gole de vinho. – Imagina só como eram as coisas lá em casa.

– Imagino. E mesmo cozinhando bem desse jeito você resolveu fazer Veterinária. O que seus pais falaram?

– Na verdade não gostaram muito da ideia de início – riu. – Mas depois se acostumaram. E ainda bem que minha irmã mais nova resolveu seguir os passos deles, com isso me deixaram um pouco mais em paz com os meus bichinhos – esticou a mão sobre a mesa para tocar a minha. – Me conta mais sobre você.

– E tem alguma coisa sobre mim que você não saiba? Não andou pesquisando?

– Sim, mas quero confirmar as minhas pesquisas.

– Primeiro me diga o que você sabe – pedi toda manhosa, pois sabia que nenhum homem resistia àquilo.

– Bem, sei que você tem 24 anos, está cursando o sétimo semestre de Enfermagem e que provavelmente se forma esse ano. Divide apartamento com aquela outra menina da sua turma, a Raquel, e seu outro grande amigo é o Cauã. Você três não se desgrudam.

– Isso é verdade.

– Sei também que o Bernardo da Economia é seu primo e que vocês dois vieram de Guarulhos.

– Mais um ponto para você.

– Você faz mais matérias no período da manhã e é professora de inglês em uma escola de idiomas. Trabalha todas as noites, menos de sexta-feira, e sábado o dia todo.

– Está sabendo bem mesmo.

– E o mais importante – piscou para mim. – Você está totalmente na minha.

– Convencido – joguei nele o guardanapo e nós dois rimos.

Continuamos com o maravilhoso jantar e bebemos e conversamos. Após a refeição, Cláudio pegou sua taça de vinho e veio até mim pedindo que segurasse sua mão. Obedeci e também peguei minha taça, com isso ele me levou para a sacada. Escoramo-nos ali e fitamos a cidade iluminada e o céu com poucas estrelas.

– Está gostando da noite? – perguntou, virando-se para me encarar.

– Estou sim – não o olhei e continuei mirando o horizonte.

Ele veio para mais perto e mesmo assim não me mexi. Parou atrás de mim, levou meus cabelos para a frente, descobrindo o pescoço, e o beijou. Arrepiei-me na hora, porém não saí dali, desejando que ele não parasse com os beijos. Seus lábios percorreram todo o meu pescoço e foram descendo até a clavícula e o ombro. Uma de suas mãos já me apertava na cintura, e quando me puxou para mais junto de seu corpo, senti a ereção. Foi a deixa para eu ficar de frente para ele e o beijar lascivamente.

Toques ousados fizeram parte do beijo. As taças estavam vazias e no chão para que não nos atrapalhassem. O cinto de sua calça já estava aberto da mesma forma que o botão, e eu descia o zíper. Meu vestido subira consideravelmente, quase deixando à mostra a bunda. Só não ficou porque o puxei para baixo. As alças não se encontravam nos ombros e sim chegando aos cotovelos. Boa parte dos seios era vista e Cláudio não desgrudava a boca dali, beijando deliciosamente e passando a língua no espaço entre eles.

A excitação já me dominava e eu o queria urgentemente! Quando coloquei a mão dentro de sua cueca, apertando o pênis e o fazendo gemer, ouvimos um grito de entusiasmo vindo de longe. Viramo-nos ao mesmo tempo para o prédio da frente e avistamos três rapazes na sacada nos observando. Tinham garrafas de bebidas nas mãos e ergueram os braços pedindo que não parássemos. Voltei a abaixar o vestido e o ajeitei melhor no corpo. Eles reclamaram e eu acenei, levando em seguida Cláudio para dentro. Não precisávamos de plateia.

Cláudio agarrou-me assim que entramos e me colocou sentada sobre a mesa, precisei empurrar para longe os pratos. Abri as pernas e ele se postou ali, não paramos de nos beijar febrilmente. Estiquei o corpo para trás enquanto Cláudio lambia-me no pescoço e nos seios, e encostei na garrafa de vinho. Peguei-a e bebi no gargalo mesmo. Cláudio riu.

– Que menina mais maloqueira – tirou a garrafa de mim. – Tem mais taças lá na cozinha.

Tomei a garrafa de volta, mostrei-lhe a língua e saí de cima da mesa caminhando para a cozinha. Mexi no armário e, em vez de encontrar taças, achei algo muito mais interessante. Apanhei a lata de chantilly já imaginando coisas muito gostosas. Esqueci-me completamente do vinho e retornei à sala escondendo a lata atrás das costas. Cláudio me olhou desconfiado e perguntou o que eu tinha ali.

– Só vai descobrir quando me levar para o seu quarto – sorri maliciosamente.

Ele também sorriu e indicou o corredor com o dedo. Não permiti que ele visse nada e por isso andei de costas, não tirando os olhos dele. Cláudio me seguia vagarosamente e mordia a boca. Eu umedecia os lábios propositalmente e só desgrudava os olhos dele para ver o caminho que eu tomava. Só havia duas portas no corredor e ele informou que a da direita era seu quarto. Entrei, acendi a luz e parei ao lado da cama. Cláudio veio para junto de mim e esperou que eu mostrasse o que escondia. Porém não o fiz de imediato e ele tentou ver à força, vindo para cima. Consegui desviar dele, deixando-o de costas para a cama e o empurrando para que se deitasse. Ao cair no colchão, mostrei-lhe a lata, puxei a barra do vestido e subi em cima dele.

– Não acredito que você vai fazer isso – comentou, totalmente surpreso.

– Vou fazer isso e muito mais – destampei o chantilly e o levei à boca, apreciando o sabor doce.

Depois passei nos lábios dele e lambi todo o chantilly. Cláudio começou a rir e me chamou de gostosa.

– Você ainda não viu nada – pisquei e lhe retirei a camiseta, deixando à mostra o peitoral admirável.

Percorri seu peito e a barriga com a língua até chegar à calça. Como ele havia subido o zíper, precisei descê-lo novamente, mas dessa vez junto da cueca. Livrei-me de seus sapatos e o deixei completamente nu. Lógico que meus olhos se detiveram por longos segundo em seu pênis rígido, o que só provocou mais vontades em mim.

– Quero tirar a sua roupa também – falou, sentando-se na cama.

– Fique à vontade – ergui os braços, dando livre acesso ao meu corpo.

O vestido foi tirado facilmente e Cláudio não perdeu tempo em abocanhar o bico do meu seio e o chupar gostosamente. Gemi baixinho. Tomou-me em seus braços e me deitou na cama, ficando por cima. Contudo, girei e eu fiquei por cima, sentando-me sobre seu pênis.

– Quem está no comando aqui sou eu – mostrei-lhe a lata de chantilly.

– Você quem manda. Faça o que quiser comigo – esticou os braços na cama.

Passei chantilly por boa parte de seu peito e abdômen, lambendo-os em seguida. Mordia sua pele e Cláudio me apertava. Desci para as pernas, ajeitando-me ali e tendo diante dos meus olhos o pênis. Eu não me aguentava em mim de vontade de fazer aquilo e por isso não perdi mais tempo. Segurei o pênis e o lambuzei de chantilly. Cláudio apoiou-se nos cotovelos para me observar, eu me divertia com tudo aquilo e não parava de sorrir.

Após terminar de preenchê-lo de chantilly, mirei Cláudio e ele arqueou uma das sobrancelhas como se quisesse perguntar "e agora, hein?". Passei o dedo por seu membro e o levei até a boca, sugando todo o doce. Cláudio me olhava praticamente hipnotizado. Tirei o dedo da boca e no lugar coloquei seu pênis. Cláudio arfou e inclinou a cabeça para trás enquanto eu o introduzia mais fundo e o chupava deliciosamente.

Percorri cada pedacinho de seu pênis com a língua e até me lambuzei com o chantilly. Quando não havia mais nada doce ali, ainda fiz um oral bem-feito, com direito a massagem nas bolas e sucção vigorosa. E só me afastei dali porque Cláudio falou meu nome em tom alto, o que entendi como um aviso. Não queria que ele gozasse.

Deitei-me e foi sua vez de vir para cima de mim. Também fez uso do chantilly e colocou um pouquinho em cada bico. Eu ria enquanto ele ainda espalhava pela minha barriga, fazendo um montinho no umbigo. Deixou a lata de lado, retirou vagarosamente minha calcinha passando a língua pela minha região íntima – precisei gemer – e começou a chupar o seio esquerdo. Estremeci inteira e me agarrei ao lençol. Passou para o seio direito mas manteve uma mão no outro. Continuou a me chupar, mordendo levemente o bico eriçado.

Eu estava totalmente sensível e cada toque em minha pele já era o suficiente para me fazer gemer alto. Cláudio desceu para a barriga, não desgrudando a língua de mim e erguendo os olhos para me fitar. Eu fechava os meus e mordia a boca para conter os gemidos. Não que eu ligasse para o barulho, mas quando os segurava dava mais vontade de gemer e o tesão aumentava.

Sua língua circundou meu umbigo até que a enfiou ali. Arrepiei-me. Enquanto mantinha a boca em mim, uma de suas mãos me apertou na bunda e a outra chegou em minha parte íntima, tocando-a com movimentos primeiramente suaves e depois intensificando-os. Não aguentei mais conter os gemidos e permiti que viessem com tudo, ainda mais após senti-lo me penetrando com o dedão e o movendo circularmente.

Eu respirava apressadamente e o desejava dentro de mim com urgência. E na hora que aquele formigamento começou a subir pelos dedos dos meus pés, espalhando-se por eles, Cláudio tirou o dedo de dentro de mim e no lugar pôs a língua. O orgasmo veio fortemente, fazendo-me praticamente gritar. Contorci-me toda e perdi a noção do ambiente por breves segundos, voltando a mim quando Cláudio me beijou nos lábios, com isso senti o gosto do chantilly e o meu.

– Nossa, foi maravilhoso ver você tendo um orgasmo – disse, pressionando meu corpo com o dele.

Sorri em meio à respiração descompassada e falei:

– Então pega logo a camisinha que vou te deixar ainda mais maravilhado.

Ele me obedeceu e saiu de cima de mim para pegar o preservativo dentro de uma gaveta do guarda-roupa. Colocou em si e veio até mim, voltando a me afundar no colchão por causa do seu peso. Enlacei sua cintura com as pernas, permitindo que me penetrasse. E assim foi feito, lentamente, em uma velocidade torturante. Eu arfava e pedia que fosse mais fundo, mas ele não me deu ouvidos e prosseguiu com a introdução. Entrava só um pouco e logo o puxava para trás, repetindo tal movimento e me levando à loucura. Eu queria mais, muito mais!

Novamente o formigamento surgiu. Mas já? Fiquei surpresa com aquilo e sequer houve tempo para pensar, pois o orgasmo veio de forma delirante. Com isso, Cláudio meteu mais rápido e profundamente. Eu gritei a plenos pulmões.

– Caralho! – exclamou. – Você está muito quente por dentro. Que delícia! – investiu com mais intensidade.

Não comentei nada porque os espasmos do orgasmo ainda me dominavam, apenas curti as sensações prazerosas. Quando elas diminuíram, fazendo com que eu quisesse mais, sentei-me e tirei Cláudio de dentro de mim, empurrando-o para fora da cama. Ele riu e obedeceu, parando em pé e esperando para ver o que eu faria. Fiquei em pé também e o beijei nos lábios, dando-lhe as costas logo em seguida e apoiando as mãos no colchão. Cláudio me segurou pelos quadris e me penetrou, movendo-se velozmente para a frente e para trás. Sua voz rouca era ouvida e ele não cessava nem por um segundo.

Pegou-me pelos cabelos e puxou, com isso gritei de prazer, inclinando o corpo para trás.

– Você é muito gostosa – sua voz saía entrecortada.

Levantei-me, podendo assim também pegá-lo pelos cabelos ao levar os braços para trás. Cláudio mordeu minha orelha e sussurrou palavras que me excitaram ainda mais, se isso for possível. Suas mãos apertavam meus seios e me alisavam luxuriosamente. Não parei de gemer e pedia cada vez por mais.

– Não para. Mete com mais força.

Cláudio me empurrou para a cama e assim fiquei de quatro em cima dela sem que ele saísse de dentro de mim. Mantivemos tal posição por mais alguns minutos e percebi pela forma que me apertava que não demoraria muito para o seu gozo. Assim, virei-me de frente para que pudesse vê-lo chegando lá. Fui beijada maravilhosamente e mais um orgasmo se fez presente em mim no mesmo momento em que seu corpo estremeceu. Envolvi-o com o meu e nós dois gememos juntos.

Ufa! Essa foi boa demais.

Ele acariciou meus cabelos e me beijou no pescoço. Permanecemos ali por um tempo indeterminado. Também mexi em seus cabelos cacheados e me permiti inebriar com seu cheiro maravilhoso. Após um longo suspiro, Cláudio saiu de cima de mim e se sentou à beirada da cama. Continuei deitada fitando-o se desfazer da camisinha, sorrir para mim, levantar-se e ir ao banheiro. Mirei o teto e depois o quarto, prestando atenção à decoração. Além da cama havia ali um guarda-roupa, uma mesa na qual deveria estudar e uma estante de livros, a maioria com temas do seu curso na faculdade.

Cobri-me com o lençol e relaxei ainda mais o corpo. Cláudio logo retornou e se deitou ao meu lado. Ficamos um de frente para o outro nos encarando. Seus olhos castanhos transmitiam todo o desejo que sentia por mim e posso dizer que isso me constrangeu um pouco, mas só um pouco. Sorri sem graça e o beijei suavemente.

– Não fica me olhando assim, fico sem graça – pedi manhosamente.

– É que você é linda e fico admirado por ter olhos claros e tão belos.

– Sou raridade mesmo. Quantas mulatas você conhece de olhos verdes? – ri e ele também.

– Só você mesmo.

– Agradeça ao meu pai por isso – desviei a vista dele e ameacei me levantar, mas ele me segurou pelo pulso.

– Onde pensa que vai?

– Embora.

– Fica essa noite aqui comigo, por favor – seus olhinhos suplicavam e confesso que senti uma pontada de pena.

– Eu... não posso. Tenho que trabalhar amanhã cedo.

– Eu te levo para a sua casa bem cedo, só fique hoje aqui comigo. Suspirei. Não gostava daquela situação.

– Cláudio, eu...

Não concluí a frase porque ele me beijou. Tentei lutar contra mim mesma, mas foi impossível, eu não queria abandonar lábios que beijavam tão bem. Segurei-me em seus cabelos negros e cacheados e me deixei deitar por ele, que veio para cima de mim. Na verdade eu não queria sair dali, contudo, no fundo eu tinha medo de ficar, medo de me envolver, medo de me apaixonar.

Mas agora eu não sou mais uma garotinha e sim uma mulher. Já se passaram dez anos, não corro mais esse risco de me machucar por amor, não é? Tá, sei que isso é mentira. Estou tentando arranjar desculpas para continuar onde estou, sendo beijada por um cara maravilhoso que fez tudo perfeito esta noite, não posso reclamar de nada.

Ele se afastou de mim e me beijou no nariz carinhosamente.

– Fica aqui comigo – pediu mais uma vez.

Ele estava conseguindo, estava conseguindo...

– Sabia que nunca dormi com alguém?

– Sério? – arqueou as sobrancelhas.

– Sim, não gosto de me envolver muito com os caras que saio.

– Mas para tudo tem uma primeira vez – beijou-me na testa e depois na boca. – Passa essa noite aqui comigo, Mariana.

Tudo bem, eu me rendo! Estou quebrando uma das minhas regras.

– Fico sim – sorri sem jeito.

Ganhei mais um beijo delicioso, que logo se tornou mais quente e em seguida provocou mais daquele formigamento.

12

A família do Meu Pai

Não foi tão ruim assim. Digamos que até gostei muito de dormir com o Cláudio. Seus braços me envolveram durante toda a noite e a sensação causada por isso era indescritível, nunca provada por mim antes. Seu corpo transmitia um calor aconchegante e o cheiro me deixava mais relaxada. Dormi muito bem, como nunca imaginei ser possível.

Acordei com o som o despertador. Resmunguei e não o procurei para desligar, e sim me agarrei ainda mais em Cláudio. Ele me abraçou, beijou-me na testa e desligou o celular. Voltou ao meu lado, acariciou meu rosto, indo para a nuca, e me puxou para um rápido beijo. Seu bom-dia veio acompanhado de um lindo sorriso que me fez praticamente derreter ali, fiquei tão abobalhada que não consegui responder. Avisou que prepararia o café da manhã e não houve tempo para eu recusar, pois ele saiu da cama de um pulo. Fiquei ali sozinha com os meus pensamentos.

Vesti-me com o vestido da noite anterior e continuei absorta em tudo o que acontecera. Eu dormira com ele, na cama dele! Por que só agora eu me permiti fazer aquilo? Houve tantos pedidos anteriormente e sempre recusei todos eles veementemente, sequer me senti balançada. Só que algo começava a ficar diferente dentro de mim e não gostei, eu precisava mudar tais sentimentos o mais rápido possível.

Respirei fundo e repeti mentalmente que não poderia deixar que aquilo me tirasse do eixo. Foi só uma noite, nada mais. Passei no banheiro para dar um jeito naquela cara de sono e no meu cabelo extremamente rebelde. Arrumei-o da forma que deu e fui em busca de um elástico para prendê-lo. Felizmente sempre andava com um na bolsa e assim o amarrei em um coque. Entrei na cozinha e Cláudio pegava uma caixa de suco de maracujá.

– É seu favorito, não é?

– Como você sabe? – sentei-me à pequena mesa de canto.

– Já disse, fiz pesquisas sobre você – acomodou-se diante de mim e indicou os alimentos ali. – Pode se servir à vontade.

Havia pão, bolo, torta salgada, queijo e o meu suco favorito.

– Por que um cara que mora sozinho tem tanta comida em casa?

– Na verdade comprei tudo ontem porque você viria – sorriu de canto de boca.

– Obrigada por tudo, você está sendo muito atencioso comigo – falei com sinceridade.

– Você merece isso e muito mais – acariciou meu rosto.

Não soube mais o que dizer e por isso resolvi me alimentar, já que ainda trabalharia o dia todo. Ao terminar, Cláudio disse que me levaria embora. Foi só o tempo de ele trocar de roupa e eu pegar as minhas coisas para sairmos. Não conversamos durante o trajeto e me senti incomodada com aquilo. Assim que estacionou à frente do meu prédio, ele me segurou pelo queixo e me beijou.

– Quero sair com você de novo.

Fiquei quieta e ele esperou por uma resposta minha. Bem, hora de jogar a real.

– Acho melhor não.

– Por quê? Não gostou de ficar comigo? – sua voz soava preocupada.

– Não é isso, adorei ficar com você – suspirei desanimada. – Mas, como disse, não me envolvo com ninguém.

– Por que faz isso com você mesma? Está se privando de algo maravilhoso. Por que não se envolver?

– Porque tenho medo – assumi aquilo para ele sem querer.

Cláudio não rebateu e apenas me puxou para mais um beijo que durou vários minutos. Ao fim, sorriu docemente e falou:

– Não precisa ter medo. Se você deixar, não irei te machucar, nunca.

Assenti e saí do carro. Meu coração estava disparado e as pernas bambas. Mas que diabos estava acontecendo comigo? Cumprimentei o porteiro e subi para o meu apartamento praticamente correndo. Assim que entrei, respirei aliviada. Bati a mão na testa, tentando colocar as ideias em ordem. No entanto, não consegui, pois vi Bernardo sentado de cabeça baixa no sofá.

— O que você está fazendo aqui? — aproximei-me dele, que me encarou com o olhar triste e fundas olheiras.

— Tentando conquistar uma mulher. E você? Por que chegou só agora? E essas flores aí? — indicou o buquê em minhas mãos.

— Não importa onde eu estava e sim o que está acontecendo entre você e a Raquel. Ela me disse que você desapareceu.

— Sim — fitou as próprias mãos. — Sabe quando você não se acha bom o suficiente para algo ou alguém? — neguei e ele riu forçadamente. — Claro que não sabe, né, Mariana? Mas é assim que me sinto em relação à Raquel. É como se eu não fosse bom o suficiente para ela.

— Por que está dizendo isso? Ela está completamente na sua, só ficou chateada por você não ter ligado essa semana.

— E sabe por que não liguei? — voltei a negar. — Porque sou um imbecil que não consegue resistir a uma mulher bonita — afundou o rosto nas mãos.

— Bernardo, o que você fez? — o negócio parecia sério e eu até imaginava o que tinha acontecido.

— Eu saí com a Helena essa semana — contou sem me olhar.

— Não acredito! — dei-lhe um tapa no braço. — Seu idiota! Como teve coragem de fazer isso?

— Obrigado pelo apoio, prima. Como se eu já não me sentisse muito culpado.

— Deve mesmo se sentir culpado! — andei pela sala não acreditando naquilo. De repente parei e me virei para ele. — A Raquel sabe disso?

— Sabe. Parece que a Helena fez questão de contar a ela.

— Droga! — tive vontade de bater ainda mais nele. — É por isso que ela estava toda pra baixo ontem à noite. Não quis me contar o que era, mas agora eu sei. Além de saber que o cara de quem está a fim saiu com outra, essa vadia ainda vai contar vantagem em cima da menina – balancei negativamente a cabeça. – Estou muito desapontada com você, Bernardo. Por quê?

– Eu também estou desapontado comigo. E simplesmente aconteceu. Estávamos em um bar com o mesmo grupo de amigos. Muita bebida na cabeça e conversinha. Ela praticamente se atirou em cima de mim.

– Isso não é desculpa! – gritei. – Se você não quisesse não teria acontecido nada!

– Eu sei, Mari, eu sei. Sou um idiota mesmo. E ainda por cima magoei a Raquel, a menina que sempre quis desde o primeiro dia de aula na faculdade – passou as mãos pelo rosto e cabelos.

Respirei fundo para me acalmar e voltei a me sentar do seu lado.

– O que vocês conversaram?

– Ela chorou muito. É tão difícil ver uma mulher chorando, é horrível. Ela praticamente desabafou pra mim e ao final me mandou embora sem querer ouvir minha explicação. Sei que não é uma boa explicação, mas é a única que tenho. Eu me recusei a ir embora e assim ela se trancou no quarto. Fiquei lá na porta chamando por ela e quando percebi que não sairia, me desculpei ali mesmo esperando que estivesse ouvindo. Depois disso vim para o sofá e não preguei os olhos um minuto sequer esperando que ela viesse falar comigo.

Abri a boca para dizer algo, porém fui interrompida pela voz de Raquel.

– Eu também não dormi essa noite – sua voz saiu baixa.

Vi-a de olhos inchados de tanto chorar e com o nariz vermelho. Ela e Bernardo se encararam e essa foi a deixa para eu dizer algo:

– Vocês precisam conversar. Façam isso, tudo bem? – fitei os dois. – Eu preciso ir trabalhar. Volto à noite para irmos ao aniversário do meu pai.

Levei as flores que ganhara na noite passada para um vaso e as coloquei no meu quarto junto com as demais. Ainda joguei fora aquelas que não tinham mais vida e apenas deixei as de bom aspecto. Analisei cada uma delas e inspirei o aroma gostoso que ficara ali no ambiente graças às flores. Eu passei a gostar muito dele e já não via a hora de receber mais um buquê do meu verdadeiro admirador, seja ele quem for.

Sei que estou sendo ridícula por me deixar levar por isso, mas fazer o quê? Preciso assumir que tal gesto atencioso me balançou um pouco. Contudo, isso não muda o fato de eu querer descobrir logo quem é o cara e acabar com tudo isso.

Bipolar, eu? Imagina...

Tomei um rápido banho e não demorei muito para sair de casa.

Cansada. Essa palavra me resumia. Esse negócio de sair às sextas e ir trabalhar no sábado o dia todo estava acabando comigo. Isso sem contar a pressão da faculdade.

Abri a porta do meu apartamento lentamente e me joguei no sofá. Só de pensar que ainda teria de ver a bruaca da esposa do meu pai, o ânimo que ainda me restava se esvaía. Tirei forças do fundo da alma e me levantei. Caminhei desanimada até a cozinha e estarreci quando entrei. Raquel estava só de lingerie preta e apoiada à pia com Bernardo às suas costas lhe beijando desde o ombro até o pescoço. Ele pelo menos usava uma bermuda. Pelo jeito as coisas se resolveram entre eles.

Pigarreei e ambos me olharam com espanto, largando-se um do outro. Raquel apanhou a roupa do chão e se cobriu mais ou menos.

– Desculpa – falou ela, já ganhando a coloração vermelha e se vestindo apressadamente.

– Não se preocupem com isso – peguei um copo no escorredor e o enchi de água do filtro.

Escorei-me à mesa e mirei os dois de cima a baixo. Raquel desviou a vista e Bernardo também colocou a camiseta.

– Acho que vocês já se resolveram, não? – comentei, bebendo a água. Como não me responderam, emendei: – Vocês passaram o dia todo sozinhos aqui, posso até imaginar o que fizeram.

– Dormimos – Raquel veio até mim e me pegou pelo braço, levando-me para fora da cozinha. – Preciso conversar com você – disse durante o caminho até seu quarto.

– Por que você está tão estressada, Raquelzita? Seu dia de sexo não foi tão bom assim?

Ao entrarmos no quarto, ela fechou a porta e me encarou. Depois de um longo suspiro, falou:

– Nós não transamos.

– Não? E o que foi aquela cena que vi lá na cozinha?

– Ainda bem que você chegou, senão eu teria cedido – apertou os olhos. – Não sei se vou conseguir resistir a ele.

– E posso saber por que você está tentando resistir ao Bernardo?

– Porque ele foi um idiota quando caiu nas garras daquela maldita! – irritou-se e até eu me surpreendi com isso. – Ele só me terá novamente quando provar que quer realmente ficar comigo.

– E como fará isso?

– Não saindo com mais ninguém, oras...

– E nem com você... – ela não comentou nada e por isso resolvi falar. – Raquel, você realmente acha que privar você e ele de sexo é a solução?

– Acho – respondeu convicta.

– Eu não concordo. Vocês poderiam muito bem aproveitar o tempo juntos sem essa coisa de ficar sem sexo.

– Eu quero ver se ele resiste, Mari – aproximou-se de mim. – Não será algo fácil pra mim também, pode ter certeza, tanto que eu já estava cedendo quando você chegou. E se ele conseguir, quero presenteá-lo com algo inesquecível – olhou para baixo e mordeu levemente o lábio.

– Com o quê? – interessei-me naquilo.

– Bem, isso também tem a ver com você – mirou-me nos olhos. – Na verdade não te trouxe aqui só para contar isso, mas para te fazer uma proposta.

– Nossa, você acabou de me deixar ansiosa. O que é?

– Quero saber se você aceitaria transar a três.

Pisquei algumas vezes e franzi o cenho. Eu estava ouvindo aquilo da Raquel? Sério? Não me aguentei e gargalhei andando pelo quarto. Quando parei, ela me olhava com as sobrancelhas arqueadas.

– Sério isso, Raquel? – eu ainda não acreditava.

– É sim. Seria você, o Bernardo e eu.

– E por que você iria me querer entre vocês?

– Na verdade é uma fantasia minha – esfregou as bochechas vermelhas. Aposto que não era fácil para ela falar sobre tal assunto. – Nunca te contei, mas sempre quis fazer isso. E você é a melhor pessoa para isso, pois além de ser toda desapegada com sexo, já transou com o Bernardo.

– Mas eu nunca transei com uma mulher, não sei nem como fazer.

– Eu já transei com uma mulher... – sua voz saiu baixa e envergonhada.

– Você? – meu queixo caiu. – Quando isso? Por que nunca me contou?

– Eu era adolescente e só estava experimentando – desviou a vista da minha e deu de ombros. – Mas o que sempre quis era algo a três. E tenho certeza de que o Bernardo vai adorar também, já que é o sonho de todo homem – encarou-me. – E então, aceita?

– Eu... Eu não sei... Mas que proposta, hein? Me pegou desprevenida.

– Você pode pensar, não precisa ser agora.

– Olha só para você – peguei-a pelos ombros. – Está se soltando mais com relação ao sexo.

– Depois do que aconteceu lá na festa percebi que precisava disso. Não posso ficar me reprimindo assim, você não acha?

– Acho. Lembra daquele lema que sempre te falei? – anuiu. – Então fala ele pra mim – ela titubeou e eu lhe balancei. – Vamos lá, Raquel. Você não quer se soltar? Esse é um passo importante.

– Tudo bem – respirou fundo e repetiu as palavras que usei muito tempo como lema, e ainda uso, claro: – Eu não devo dar meu corpo para que o homem goze, e sim fazê-lo gozar.

– Muito bem, menina – abracei-a. – É assim que começa. E sobre o ménage, vou pensar, tudo bem? Preciso me acostumar com a ideia.

– Estava pensando em algo no aniversário dele. Como é daqui a um mês, você ainda tem bastante tempo.

– Isso se ele, e você, conseguirem ficar um mês inteiro sem sexo, né?

– Isso é – falou meio cabisbaixa.

– Mas sabe de uma coisa? Tenho certeza de que dará certo. Ele ficou chateado por ter magoado a "menina que sempre quis desde o primeiro dia de aula na faculdade" – repeti a frase que ele usara para falar de Raquel e ainda engrossei a voz para parecer mais com a dele. Claro que não deu certo e com isso nós rimos.

– É, vamos ver – sorriu timidamente, porém, logo em seguida, arregalou os olhos e apontou o dedo na minha direção. – Onde você passou a noite? – perguntou inquisitivamente e pela primeira vez tive vergonha de dizer.

Acho que ultimamente estou sentindo muitas sensações pela primeira vez.

– Não me diga que você passou a noite com o Cláudio e... – parou de falar e me encarou. Revirei os olhos. – Você dormiu com ele! – praticamente gritou.

– E qual o problema? – tentei disfarçar o embaraço.

– Qual o problema? Você é o problema! Nunca se permitiu dividir a cama com nenhum cara. Mas agora... – olhou para os lados procurando por algo. – Onde está meu celular? Preciso contar isso imediatamente para o Cauã. Ele não vai acreditar.

– Ei! Não é para tanto. Foi só uma noite, nada de mais.

– Mari, isso não é nada de mais – chegou mais perto de mim. – Você dormiu com o Cláudio. O que ele fez para te convencer, hein? – contraí os lábios. – Nem vem, pode contar tudo. Vamos lá, desembucha.

– Tudo bem – rendi-me. – Ele foi muito carinhoso e atencioso comigo a noite toda, tá legal? E quando eu disse que iria embora, ele pediu que ficasse. Na verdade não sei o que está acontecendo comigo, mas eu quis ficar, pela primeira vez. E gostei dessa experiência.

– Que lindo – juntou as mãos e me olhou com luzes nos olhos.

– Não faça essa cara, Raquel. Não estamos em um conto de fadas. Só passei a noite com ele e pronto, nada de mais.

– Você está amolecendo – disse isso com um meio sorriso nos lábios.

– Pare já com isso. Vamos mudar de assunto? Aliás, vá se arrumar para irmos à festa.

– Você quem manda.

Dessa forma, fui tomar um rápido banho. Arrumei-me e fomos os três para a propriedade da família. Eu não gostava de chamar tal lugar desse jeito, pois não me sentia da família, mas como todo mundo falava assim, acabei me acostumando.

O local ficava entre as cidades de Arujá e Santa Isabel, precisando que pegássemos a Rodovia Dutra para chegar. Não havia nada ao redor, apenas mato. O Bernardo gostava de lá, já eu nunca fui muito chegada nesse negócio de viver no meio da natureza, prefiro a cidade.

Passamos pelo grande arco de entrada com o sobrenome da família do meu pai em uma enorme placa de madeira. Lia-se: "Propriedade dos Pannocchia". É, não gosto desse sobrenome, mas eu o carrego, fazer o quê...

Havia um caminho cercado por árvores e luzes presas a elas. Ao término desse trajeto, do lado direito, via-se um imenso jardim com direito a bancos de madeira muito bem trabalhados e pintados e árvores frutíferas. Notei só naquele momento as flores a que nunca dera atenção. Um desejo de saber seus nomes e o que representavam surgiu no meu íntimo. Do lado esquerdo, a imensa casa de dois andares quebrava todo o clima bucólico. Até parece que a esposa do meu pai se permitiria passar dias em uma residência no meio do nada sem o seu conforto diário.

Bernardo estacionou o carro próximo aos outros e assim descemos, caminhando em direção à varanda da casa repleta de parentes. Meu primo sorria para todos e os cumprimentava alegremente. Eu, ao contrário, apenas dava um sorriso amarelo e um balançar de cabeça. Puxei Raquel comigo para que saíssemos logo dali. Ao lado de uma grande mesa abarrotada de comida, avistei meu pai. Seus cabelos extremamente brancos se destacavam dos demais e, assim que me viu, sorriu e acenou. Sorri de volta e fui até ele.

– Olá, pai, tudo bem? – beijei-o no rosto pedindo que não se levantasse, lógico que não me obedeceu.

– Está achando que sou um velho que não consegue nem ficar em pé? – abraçou-me apertado. – E essa moça linda, quem é? – indicou Raquel.

– Prazer, sou Raquel. Divido apartamento com a Mari – cumprimentou meu pai com um beijo.

– E ela é candidata a fazer parte da família se depender do Bernardo – falei baixo ao ouvido do meu pai e Raquel começou a ficar vermelha.

– Muito bom saber disso – ele sorriu e voltou a se sentar, respirando fundo demais para o meu gosto.

Felizmente Bernardo apareceu.

– E aí, tio Rubens? Tudo bem? Ah! Feliz aniversário – mesmo meu pai não sendo tio de Bernardo, ele o chamava assim desde pequeno. – Olha só, já está cercado de moças bonitas, sempre na ativa, né? – riu e meu pai também.

Não conversaram muito até porque Bernardo tirou Raquel de lá dizendo que queria apresentá-la para sua família. Com isso pude fazer a pergunta que há tempos queria. Puxei uma cadeira e me sentei.

– E como vai sua saúde, pai? E não adianta mentir para mim, o que você tem?

Ele suspirou e me fitou com seus olhos verdes. Ficou assim por longos minutos até sorrir largamente a ponto de seus olhos enrugarem em volta.

– Não é nada, minha princesa – pegou-me pela mão e beijou. – Não se preocupe com isso.

– Lógico que eu me preocupo, pai. Por favor, me conta – implorei do jeito meigo que sempre fazia quando criança.

– É coisa boba, daqui a pouco passa.

– Pai!

– Tudo bem – hesitou um pouco antes de contar. – Estou com câncer de próstata.

De repente não senti mais o chão embaixo de mim e nem o barulho ao redor foi ouvido. Meu pai me tocou no rosto.

– Não faça essa cara, Mariana – sorriu ternamente. – Estou bem, você não está vendo? E além do mais, o câncer foi diagnosticado bem no início e o tratamento iniciado. Por isso não se preocupe.

– Pai, você não é um garotinho, tá? E me preocupo por causa da sua idade.

– Já disse, minha filha – beijou o dorso da minha mão. – Não ligue para isso. Tenho os melhores médicos de São Paulo cuidando de mim, não há razão para esse alarde todo – isso era verdade. Nada que o dinheiro não pudesse comprar. – E tenho certeza de que esse povo não vê a hora de me ver morto para colocar as mãos nos meus bens.

– Não fala assim, pai. Mas, pensando bem, se eu fosse você viveria muito e enterraria todo esse povo, e ainda dançaria em cima dos túmulos deles.

Rimos gostosamente como sempre fazíamos.

– Só você mesmo, minha princesa – ele me olhava com carinho e eu adorava a sensação que emanava disso. – E como está a faculdade?

– O de sempre, nada novo, acredite.

– Eu queria te dar um presente de formatura. O que acha de um carro?

– Não precisa, pai. Estou bem.

– Mariana, por que você recusa tanto assim o meu dinheiro? Se você deixasse eu poderia te oferecer muito mais conforto, sabia?

– Eu sei – afaguei sua mão. – Mas não quero. Não preciso que você me banque, posso muito bem conquistar as minhas coisas sozinha, do jeito que a minha mãe fez.

– Mas quando eu morrer, você terá direito a boa parte disso tudo – esticou os braços para indicar a propriedade.

– E eu doarei a minha parte – ele me olhou indignado. – E não fale sobre isso, pai, você ainda vai viver durante muitos anos, tenho certeza disso.

– Que filha mais cabeça-dura eu fui ter – resmungou com um ar divertido na voz.

– Mas você está acostumado, não é? Viveu com ela por anos – a esposa dele vinha em nossa direção e a minha vontade foi de sair dali, só não o fiz por respeito ao meu pai.

Ela parou diante de nós, ajeitou o cabelo tingido de loiro e sorriu. *Cuidado senão a plástica vai romper*, pensei e sorri mais do meu comentário do que em cumprimento.

– Como é bom vê-la aqui, Mariana – disse do seu jeito afetado que já me embrulhava o estômago.

– Faço tudo pelo meu pai, até mesmo vir aqui, Silmara.

Ela estreitou um pouco os olhos e eu adorei a sensação de provocá-la. Nunca fiz questão de demonstrar afeto por ela, pois nunca o tive, mas ela tentava pelo menos mostrar algo na frente do meu pai. Silmara desviou a vista de mim e chegou mais perto do meu pai.

– Como você está se sentindo, querido? Caso não esteja bem, pode ir descansar.

– Já disse que estou bem, mulher – levantou-se. – Não estou morrendo – saiu andando um tanto enraivecido.

Ela contorceu os lábios vermelhos e eu precisei comentar algo.

– Ele não vai morrer tão já, se é isso que você está pensando.

Agora sim Silmara me encarou como sempre fizera: com raiva. Olhou para os lados e em seguida se aproximou mais de mim para dizer em voz baixa:

– Por que você ainda insiste em fazer parte dessa família? Seu lugar é junto dos empregados igual à inútil da sua mãe.

O enervamento me queimou por dentro, porém em vez de agir de forma agressiva, comecei a rir e rebati.

– A inútil da minha mãe, com apenas 18 anos e com toda a sua simplicidade, fez um homem muito mais velho cair de amores por ela e lhe prometer Deus e o mundo, e ainda por cima lhe deu uma filha que carrega seus olhos claros. A inútil da minha mãe nunca precisou que homem nenhum a sustentasse, diferente de alguém aqui que sequer sabe o que é trabalhar. A inútil da minha mãe criou os filhos muito bem, tanto que nenhum deles teve problema com a polícia nem precisou ser internado em clínica de reabilitação. E a inútil da minha mãe é honesta, gentil, amorosa e tem amor-próprio, pois se o marido dela a tivesse traído, nunca aceitaria tal condição. Mas sabe como é, há pessoas boas e decididas como ela e há pessoas como você, apenas lixo que tenta a qualquer preço parecer mais jovem.

– Quem você pensa que é para falar assim comigo? – seu maxilar estava tenso.

– Sou a filha bastarda do seu marido, a personificação da traição dele – sorri e sussurrei em seu ouvido: – E estarei sempre aqui para te lembrar que o que ainda o mantém com você são apenas questões de *status* desse mundinho fútil em que vocês vivem, pois ele não te ama e nunca amou – afastei-me e continuei: – Claro que isso não tem nada a ver comigo, cada um sabe de sua vida, mas assim como a minha mãe, eu nunca aceitaria um marido que me traísse. E você sabe que não foi só com a minha mãe, né? – toquei-a no ombro. – Como pai ele é perfeito, mas já como marido... – balancei a cabeça negativamente demonstrando toda a minha pena dela. – Se você tivesse sido mais esperta, poderia ter largado dele e encontrado um homem que realmente gostasse de você, se isso for possível, mas preferiu viver como uma mulher que fecha os olhos para a traição do marido.

– Você diz isso como se a culpa fosse minha... – a frase saiu baixa e percebi a frustração dela diante de tal assunto.

– Claro que a culpa não é sua. Meu pai que não presta. Mas você permitiu, em momento algum se impôs. Deveria ter pedido o divórcio antes. Um homem que assume compromisso com uma mulher e não o cumpre, não merece tê-la.

Silmara fitou o chão e depois a mim. Acho que ela estava relevando as minhas palavras. Orgulhei-me de mim por ter falado tais coisas. Meu pai é o tipo de homem cafajeste, o cara rico que só precisa estalar o dedo para aparecer uma fila de mulheres querendo dar para ele. Lógico que não aprovo seu modo de vida, mas isso não é problema meu. Ele sempre foi um ótimo pai para mim e isso me basta, o que faz de sua vida privada não me diz respeito.

Pensei que Silmara fosse comentar algo, contudo simplesmente saiu andando e me deixando ali sozinha. Encolhi os ombros e fui procurar por Raquel e Bernardo. Enquanto caminhava pelo local muito bem decorado com o que havia de mais chique, meus sobrinhos vieram correndo até mim e me abraçaram pelas pernas.

– Senti saudade de você, tia – disse Taís, uma menina de 6 anos.

– Mentira dela – Ícaro lhe mostrou a língua. Meu outro sobrinho de 8 anos. – Eu senti mais saudade de você.

Agachei-me para ficar na altura deles.

– Não fale assim com a sua prima, Ícaro. E eu sei que os dois sentiram saudades de mim, tá? Não precisam brigar por causa disso.

– Eu ganhei uma boneca nova, quer ver? – Taís perguntou e ficou esperando por uma resposta minha, porém Ícaro falou antes.

– Não! Brinquedo de menina é chato. A tia vai ver o meu carrinho novo – puxou-me pela mão.

– O que eu falei para você? Sem brigas. E quem disse que existe brinquedo de menina e de menino? Os dois podem brincar com o que quiserem – beijei-os no rosto. – A tia precisa fazer umas coisas antes, mas assim que terminar, prometo que verei a boneca e o carrinho, tudo bem?

Os dois assentiram e voltaram a correr para longe de mim. Permaneci ali vendo-os se afastar e recordei-me de algo que não gostava de pensar, mas dessa vez um sentimento estranho veio até mim.

– Ele seria um pouquinho mais velho que o Ícaro agora... – falei para mim mesma e uma pequena dor no peito surgiu.

Suspirei com pesar e me levantei. Contudo, não cheguei a dar um passo, pois meu celular tocou. O número desconhecido me fez gelar e, assim que atendi, meu mau pressentimento se tornou realidade.

– Olá, gatinha, sentiu minha falta? – perguntou alegre demais para o meu gosto. – Achou que eu tivesse me esquecido de você, não é? Nunca vou me esquecer de você, gatinha – gargalhou e eu fechei os olhos pedindo inutilmente que aquilo não estivesse acontecendo.

13

Sou o Prêmio de Uma Disputa?

– Já disse que não é para você me chamar assim – falei rispidamente.

– Ah, qual é? Você curtia muito quando eu a chamava de gatinha.

– Wellington, dá pra parar de falar do passado? Por que não esquece que a gente já teve algo?

– Como disse, nunca vou me esquecer de você e...

– Então foda-se! – interrompi-o. – O que você quer comigo?

– Tá bravinha, é? Mas tudo bem, vou dizer logo o que quero. Quero te ver amanhã.

– Não me ligue um dia antes, seu imbecil. Tenho uma vida, sabia? Não posso simplesmente mudá-la por sua causa.

– Olha o jeito que você fala comigo, Mariana. Esqueceu quem sou eu?

– Infelizmente não esqueci – rangi os dentes para me conter. – Mas não posso te ver amanhã. Pode ser no próximo domingo?

– Só vou deixar porque quero muito ver como você está. Te ligo no sábado para combinarmos. Tchau, gatinha – desligou sem que eu dissesse algo.

Agora meu encontro com o Wellington já tinha dia marcado. Que droga!

Procurei não pensar naquilo durante a noite, até porque meu estômago dava cambalhotas em cogitar vê-lo novamente. Entretanto, por mais que meu consciente lutasse contra isso, o inconsciente foi direto para tal assunto. Como a casa era grande, toda a família passou a noite lá. Fiquei no mesmo quarto que Raquel e dividimos a cama de casal. Foi só o sono vir que o pesadelo se fez presente.

Raramente Wellington aparecia nos meus pesadelos, mas nesse ele estava. Segurava nos braços um pequeno bebê banhado em sangue e me olhava inquisitivamente. *Você matou meu filho*, dizia. Eu repetia que a culpa não foi minha, que precisava fazer aquilo, era o meu futuro em jogo. O bebê começou a chorar estridentemente e eu tapei os ouvidos. Odiava ouvir o choro. Sentei-me no chão pedindo que tudo parasse, pois a culpa dentro de mim não diminuiu com os anos, eu sabia ter feito a escolha certa.

Mamãe, mamãe, mamãe... Ergui a cabeça e uma única criança andava até mim, uma menina. Ao parar na minha frente, tocou-me no braço e sorriu. Sorri de volta, mas assim que retirou a mão de mim, no local ficou a marca vermelha de sangue. Sobressaltei-me e sangue esvaiu da criança, tanto pelos olhos quanto pela boca e narinas. Ela gritou e caiu agonizando de dor. *Você me privou de uma vida, de uma escolha*, dizia entre os gritos.

Eu pedia desculpa, só que não era o suficiente, ela continuava a gritar e a agonizar. Passei a chorar desesperadamente até finalmente ser acordada por Raquel.

Eu tremia e chorava de verdade, e quando fechava os olhos as imagens do pesadelo vinham à tona. Raquel me abraçou e na mesma hora a porta do quarto se abriu. Bernardo nos encarou e minha amiga contou sobre o pesadelo. Bernardo veio até mim, deitou-se na cama e me puxou para os seus braços, envolvendo-me com eles.

– Quando você vai me contar sobre esses pesadelos, Mari? – indagou, acariciando meus cabelos.

– Não fala disso, tudo bem? – minha voz saiu fraca e não consegui segurar o choro.

Os dois me abraçaram e ficaram ali comigo me consolando.

Meu domingo foi horrível. Não dormi direito e ainda por cima tinha que fazer cara de paisagem para os parentes. Inventei um mal--estar e com isso fomos embora. Pedi que Bernardo me deixasse na casa da minha mãe e assim passei o dia todo lá. Pelo menos me sentia melhor ao seu lado. Lógico que ela percebeu meu estado nada alegre, mas desconversei e acho que acreditou, pois não tocou mais no assunto. Comentou de como Roberto melhorara e não se encontrara mais com Wellington. Fiquei feliz em ouvir aquilo e percebi como o meu encontro com ele poderia mudar o destino do meu irmão. Eu só precisava me convencer disso e não deixá-lo me abalar.

Cheguei em casa no domingo à noite e encontrei um buquê de flores roxas sobre o sofá. Raquel as entregou a mim e seus olhinhos brilhavam. Apanhei o envelope ao lado e li o cartão.

Olá, Mari.

As flores de hoje são violas, ou amor-perfeito se preferir, e representam todo o meu desejo de que você pense em mim. Sei que não sabe quem sou, mas só o fato de você pensar no "cara das flores" já é o suficiente. Se tudo der certo, logo mais poderei me revelar a você.

Beijos
A.S.
Give me love

Juro que a minha vontade foi de chorar e só não o fiz porque Raquel estava de frente para mim e me encarando.

– O que diz no cartão? – questionou, toda curiosa.

Entreguei a ela e saí da sala, trancando-me no quarto. Joguei as flores na cama e andei de um lado para o outro não sabendo o que pensar. Eu não acreditava que apenas algumas flores faziam aquilo comigo. Elas estavam quebrando aos poucos a muralha que ergui ao meu redor para me proteger, penetrando cada vez mais nos meus sentimentos e me deixando extremamente confusa, bem maluca na verdade. De repente uma lágrima escorreu e eu a sequei com raiva. Eu não queria me sentir vulnerável, não queria me deixar levar por sentimentos que antes me machucaram tanto e que me fizeram cometer algo horrível. E mesmo que eu não quisesse, era impossível não pensar no cara das flores e no tempo dedicado a mim. Todas aquelas flores e cartas e cartões, tudo mexia comigo.

Raquel bateu na porta e pediu para entrar. Autorizei e ela me devolveu o cartão.

– Você não me parece bem – comentou.

– Só estou cansada disso tudo. Vou dormir um pouco.

Ela concordou e se retirou. Deitei-me na cama com o buquê de violas ao lado. O aroma que exalava dela me fez relaxar e pensar no cara das flores. No fundo eu desejava descobrir quem era para lhe dar uns tapas, mas também beijá-lo e saber se tudo o que escrevia para mim era verdade.

Meu estado de espírito ainda não havia melhorado na segunda-feira, nem a presença de Adriano me animara. Ele também não olhou para mim durante toda a aula e naquele dia não nos liberou para o intervalo, alegando que não interromperia a aula, podendo cada um sair para beber café quando bem entendesse. Dessa forma, não houve tempo para qualquer investida minha e também eu nem queria.

Na terça-feira, acordei com a pior cólica que já tive na vida, eu rolava na cama e não conseguia nem ficar em pé. Raquel perguntou se eu queria que ela ficasse ali comigo, e eu disse que não. Com isso ela me trouxe remédio para dor e avisou que eu poderia ligar para ela caso não me sentisse bem.

Após alguns minutos, a dor diminuíra e eu me levantei para ir comer algo, contudo, não consegui sequer chegar à cozinha e parei no banheiro. Olhei minha imagem deplorável no espelho, escovei os dentes para tirar o gosto ruim da boca e voltei para a cama. Eu ficaria o dia todo ali se fosse preciso.

Não sei quanto tempo se passou, a única coisa que eu sentia era a dor e nada mais. Só ergui a cabeça do travesseiro ao ouvir o som de chave abrindo a porta de entrada. Será que Raquel voltara? Segundos depois foram dadas duas batidas na porta do meu quarto. Dei permissão para que entrasse e a primeira coisa que vi foi uma rosa branca no pequeno espaço que foi aberto.

– Raquel, é você? – estranhei muito tudo aquilo.

– Não é a Raquel – eu conhecia aquela voz.

A porta abriu-se completamente e Leonardo entrou carregando, além da rosa, uma sacola plástica.

– O que você está fazendo aqui? – questionei, forçando-me a levantar, mas parei e fiz careta de dor.

– Vim ficar com você – ele veio até mim e se sentou na beirada da cama. – Como está a sua cólica?

– Como você sabe que estou com cólica? – afundei-me no colchão e respirei fundo para conter a dor. – E essa flor?

– A flor é um pedido de desculpa – entregou-me.

Eu não vira o Léo desde o ocorrido entre nós e supus que o pedido de desculpa só poderia ter a ver com aquilo.

– Se você for me dar uma rosa branca toda vez que me pedir desculpa, acho que é melhor abrir uma conta em uma floricultura – aceitei a rosa e levei-a até o nariz para cheirá-la.

– É realmente uma boa ideia – sorriu de canto de boca.

– Mas não muda de assunto. Como você sabe que estou com dor? E desde quando você tem a chave do meu apartamento?

– Bem – coçou a cabeça. – Podemos dizer que seus amigos preferem a mim – franzi o cenho e ele prosseguiu. – A Raquel me ligou assim que saiu daqui, disse que você estava com uma cólica muito forte e totalmente indefesa, e que seria uma ótima oportunidade para eu me aproximar.

– Não acredito que ela fez isso – falei indignada.

– Fez. E ainda recebi uma mensagem do Cauã dizendo para te trazer chocolate – abriu a sacola e me entregou uma barra de Talento, aquele de cor roxa, o meu favorito.

– Estou muito bem de amigos, né?

– Está mesmo. O Bernardo ainda me emprestou o carro dele para eu ir até a Faculdade de Enfermagem pegar a chave daqui com a Raquel e disse que essa seria uma boa oportunidade para domar a fera – riu e eu lhe acertei uma tapa sem força no braço. Fiz mais uma careta. – Não faça força, Mari. Você sempre tem cólicas fortes? Sabe que não é normal, não é?

– Não se preocupe, elas só aparecem de vez em quando. Mas me diga uma coisa, Léo, por que você veio até aqui? Não precisava ter perdido aula para vir ficar comigo.

– Eu já disse, Mari. Eu gosto de uma disputa. Só que agora o negócio está ficando mais sério, o Cláudio entrou nessa também.

– Como você sabe do Cláudio?

– Você tem ótimos amigos, lembra? – revirei os olhos e ele riu. – E agora, além do cara das flores, tenho que te disputar com mais um.

– Então agora virei prêmio dessa disputa, é?

– Sim – acariciou meu rosto. – O ganhador levará o melhor prêmio desse mundo.

– Posso falar uma coisa? – ele anuiu. – Você é um idiota.

– Idiota? Por quê? – arqueou as sobrancelhas.

– Porque você diz que irá me disputar mas não faz nada para que eu queira você. E quando quero algo, você simplesmente sai. Eu não te entendo.

– Bem, isso é verdade. Devo ser um idiota mesmo. Mas agora decidi entrar de vez nesse jogo para ganhar e por isso estou aqui.

– Você só pode estar brincando.

– Estou falando sério. Quero te mostrar como posso ser um cara melhor do que o das flores e do que o Cláudio – voltou a mexer na sacola e tirou de dentro uma caixinha, abriu-a e me mostrou um negócio comprido que eu não fazia ideia do que era. – Isso aqui alivia a cólica.

Não sabia como aquilo aliviaria minha cólica. Léo puxou de mim o edredom me descobrindo; contudo, cessou seus movimentos e me analisou atentamente.

– Porra, Mari – levantou-se abruptamente. – Por que você não me disse que estava só com a calcinha?

– Estou com a blusinha também – sorri adorando a reação dele.

Eu vestia apenas uma blusinha branca colada ao corpo que deixava bem em evidência os seios, ainda mais por não estar de sutiã, e embaixo usava só a calcinha de bichinho, uma das minhas poucas peças íntimas mais comportadas. Se ele ficou assim com essa, imagina só quando vir as outras.

Léo passava as mãos pelos cabelos e evitava me olhar.

– Para de frescura, Leonardo. Quem vê pensa que você nunca viu uma mulher de peças íntimas. E eu não tenho culpa, foi você que chegou sem avisar.

Ele suspirou e veio até mim. Tocou-me suavemente na barriga e eu só não arrepiei por causa da dor. Levantou minha blusa até acima do umbigo e colocou em mim o que trouxera.

– Isso aqui esquenta e traz alívio – informou. – Funciona como uma bolsa térmica.

– Nunca tinha visto – ajeitei melhor aquele negócio e encarei Leonardo. – Como você conhece isso?

– Tenho uma mãe e duas irmãs, vi isso praticamente a minha vida toda – voltou a me cobrir com o edredom e me fitou nos olhos. – Como está se sentindo? Quer que eu faça alguma coisa?

– Na verdade estou com fome – joguei o edredom para o lado e sentei, fazendo cara de dor. Léo ajudou me puxando pela mão. – Já tentei ir até a cozinha e desisti no meio do caminho, mas com você aqui acho que consigo.

Ele se levantou e me segurou pelas duas mãos dando apoio para que ficasse em pé. Ao firmar os pés no chão, senti uma forte pontada no útero e com isso perdi a noção das coisas ao meu redor, pendendo para a frente por causa de uma leve tontura. Léo praticamente me abraçou, colando nossos corpos.

– Você está bem? – perguntou, abraçando-me mais fortemente.

Encostei o nariz em seu pescoço e o cheiro do perfume causou um arrepio gostoso na base da minha coluna. Fui me afastando dali lentamente sem deixar de tocar a pele de Léo, arranhando meu rosto com a sua pouca barba. Nossos narizes se tocaram e sua respiração quente bem próxima à minha boca só me deixava com mais vontades. Sequer pensei muito naquilo e percorri seus lábios com os meus, suavemente. O beijo foi inevitável. Caloroso. Ele me beijava como se nunca o tivesse feito antes e eu era capaz de perceber todo o seu desejo por mim. No entanto, não consegui aproveitar ao máximo tal carinho delicioso, pois outra pontada me acometeu. Terminei o beijo e encarei seus olhos negros.

– Humm... Dessa vez você não saiu correndo – comentei e ele riu.

– Estamos progredindo – beijou-me delicadamente. – Acho melhor você ficar aí, eu trago algo para comer.

Não me opus e sentei-me na cama escorada à cabeceira. Léo retornou pouco tempo depois com um copo de suco de maracujá e com pedaços de bolo de fubá. Enquanto eu comia, ele ficava ali me olhando com um meio sorriso nos lábios, eu lhe mostrava a língua e ele ria.

– Não me olha assim – empurrei-o com a mão. – Não estou em um estado apresentável.

– Você está linda.

– Mentiroso.

– Não sou um cara que mente. Acho até que sou honesto demais.

– Então me diga o que sente por mim.

Ele hesitou e desviou a vista da minha.

– Eu disse que não minto, não comentei nada sobre omissão.

– Então não vai me contar?

– Não. O que você precisa saber é que sou um cara legal que nunca vai te magoar.

– Você está me magoando agora.

– Não estou. E pelo jeito a Raquel estava certa, você está mais sensível hoje, nunca te vi assim. Será o milagre da TPM?

– Não sei, mas juro que quando ela passar, te darei um belo de um soco.

– Então acho melhor aproveitar agora para valer a pena o soco depois.

Deu a volta na cama, retirou os tênis e se deitou ao meu lado. Dei de ombros e me ajeitei entre seus braços. Não acredito que estou fazendo isso! Léo afagou meus cabelos e me beijou ternamente. Preciso confessar que gostei daquela sensação.

– Quer fazer o que agora? – indagou, beijando-me na ponta do nariz.

– Sexo – ele ficou sem reação e eu ri. – Mas como estou com muita dor para pensar nisso, me contento com um *dorama*.

– Não acredito que você assiste novela oriental. Minhas irmãs são viciadas.

– Então você está acostumado. Vamos assistir uma. Pega meu computador ali – indiquei o notebook sobre a escrivaninha.

Léo me obedeceu e me entregou o computador. Liguei-o e mostrei para ele a pasta com várias novelas que eu baixara, tanto coreanas quanto japonesas.

– Não assisti todas, então podemos começar alguma.

– Minha irmã estava assistindo essa aqui – apontou para uma pasta.

– *Zettai Kareshi* é uma novela japonesa, ouvi dizer que é boa. Vamos assistir essa então.

Léo recostou-se na cabeceira da cama e me ajeitei ao seu lado, com ele me envolvendo com o braço. O episódio um tinha duração de praticamente uma hora e contava a história de uma jovem bem sem graça e bobinha. Sem querer, ela acaba conhecendo um cara de uma empresa que diz que agora era a chance de ela mudar de vida. Entrega-lhe o cartão da empresa e assim ela vai até lá. A jovem preenche um questionário de como seria o namorado ideal e no dia seguinte recebe em casa um robô com todas as características físicas e psicológicas que ela escolhera anteriormente. Ela sem querer ativa o robô, mas sai para trabalhar antes de ele acordar, e quando retorna, encontra o robô nu em sua casa. O cara era realmente lindo.

– Por que só tem oriental bonito nessas novelas? – comentei mais para mim mesma. – Olha só que cara gato.

– Só tem oriental bonito na novela, é? Bom saber disso.

– Senti uma pontada de ciúme? – Léo não respondeu e eu ri. – Fique tranquilo, também tem um oriental lindo aqui do meu lado e que beija muito bem.

Nada mais foi dito e continuamos a assistir o episódio. Ao fim, fechei o notebook e aninhei a cabeça no peito de Léo.

– Gostei muito dessa novela, acho que assistirei todos os episódios.

– Se não me engano o final é triste, pois minhas irmãs choraram muito e ficaram até com o rosto inchado.

– Obrigada pelo spoiler – olhei para cima para fitá-lo. – Não sabia que você tinha irmãs. Elas são mais velhas ou mais novas do que você?

– Os dois. Sou o filho do meio. A minha diferença para a mais velha é de dois anos e para a mais nova é de cinco.

Não comentei nada e apenas fiquei ali quietinha sentindo o cheiro gostoso que exalava de Léo e o calor que a bolsa proporcionava sobre a minha barriga. Quando bocejei, ele se deitou embaixo do edredom e eu me juntei a ele, apoiando a cabeça em seu peito e sendo presenteada pela sensação maravilhosa de ter alguém ao lado. Ainda ganhei alguns beijos antes de o sono vir.

Acordei por causa das batidas na porta e percebi que Léo também dormira. Não houve tempo para dizer algo, pois a porta foi aberta e Raquel e Cauã entraram, porém estarreceram ao nos verem deitados na cama.

– Pelo jeito ela está bem melhor – comentou Cauã, sorrindo de orelha a orelha.

– Seus enxeridos – xinguei e eles riram, saindo do quarto logo em seguida.

Léo espreguiçou-se, beijou-me na boca e se levantou.

– Acho melhor eu ir embora.

– Eu te acompanho – fiquei em pé rapidamente e vesti um short que apanhei na gaveta.

– Então agora você se veste, né? – semicerrou os olhos e eles praticamente se fecharam.

– Se preferir posso ir sem roupa, você quem sabe.

– Não, pode colocar o short. E como está a dor?

– Bem mais fraca agora. Estarei sem ela amanhã.

Léo se aproximou me segurando pela cintura, mirou profundamente meus olhos antes de me beijar intensamente. Perdi até o fôlego. Quando me soltou, colocou meu cabelo para trás da orelha e alisou minha bochecha. Não sei explicar, mas o modo como ele me olhava deixava-me sem graça. Seus olhos negros eram indecifráveis.

Acompanhei-o até a saída e, assim que passou pela porta, virou-se rapidamente para me dar um selinho. Despediu-se e foi embora. Quando fechei a porta, encostei-me nela e fiquei pensando. Léo perdera uma aula para me fazer companhia, isso só podia significar que gostava de mim, não é? Por qual outro motivo ele faria aquilo?

Abandonei meus devaneios porque Cauã fez questão de entrar na sala praticamente gritando.

– Uhuul! – bateu palmas. – Olha só a cara dela, Raquel. Cara de quem está pensando demais, e sabe quando as pessoas fazem isso? Quando estão começando a se apaixonar.

– Vá se foder! – irritei-me. – E como vocês tiveram a coragem de mandar o Léo para cá?

– Você bem que gostou, não é? – Cauã piscou com o olho direito e isso só me deixou ainda mais nervosa, até porque tinha gostado mesmo.

– Isso não é da sua conta – cruzei os braços e o encarei feio.

– Cara feia pra mim é fome, Mariana – arqueou uma das sobrancelhas e também cruzou os braços.

Bufei.

– Eu não sei o que faço com vocês. Muito me admira você, Raquel, ter feito parte disso.

Ela ficou um pouco sem graça.

– Só quero o melhor para você, Mari – disse docemente. – O Léo é um cara legal.

– É sim, mas vocês devem parar com isso de querer me arranjar um namorado. Eu não quero um, é tão difícil de entender?

– Mas você bem que passou uma manhã como se ele fosse seu namorado, não é? – Cauã voltou a me provocar, ele era muito bom nisso. – Estavam lindos deitados juntinhos.

– Às vezes eu me pergunto como sou sua amiga – balancei negativamente a cabeça. – E eu não quero mais ninguém tocando nesse assunto, entenderam? – apontei para os dois. Cauã ergueu os braços se rendendo e Raquel afirmou segurando o riso.

Como Raquel não tinha aula nas tardes de terça, resolveu que faria o almoço. Cauã e eu trocamos olhares preocupados e ficamos por perto para que nada trágico acontecesse. Quando meu celular tocou, pedi que Cauã não desgrudasse os olhos de Raquel e fui atendê-lo. Vi o nome de Cláudio e ri da situação ao lembrar do que Léo comentara.

– Oi – cumprimentou. – Preciso te ver urgentemente.

– Por quê?

– É urgente. Estou aqui na frente do seu prédio. Pode descer?

Confirmei e assim o fiz mesmo estando um pouco aflita. Prendi o cabelo em um rabo de cavalo alto e desci até a recepção. Cláudio estava na calçada com as mãos para trás, e quando passei pelo portão, ele me puxou pela cintura e me beijou. Envolveu-me tão gostosamente que eu poderia ficar ali trocando carícias com ele eternamente. Sua mão segurava-me fortemente pela parte de trás da cintura, bem onde a blusinha descobriu quando me estiquei para lhe alcançar os lábios. Ao me soltar, sorriu lindamente e retirou de trás de si uma caixinha com a tampa de plástico e transparente, entregou-me e notei ali dentro três *cupcakes* com cobertura de chocolate e pequenos corações coloridos espalhados.

– Fiz para você – tocou meu queixo carinhosamente e voltou a me beijar.

– Você quem fez? – fiquei surpresa.

– Foi sim, fiz pensando em você. Bem, preciso ir agora, só passei para te entregar.

Assenti e foi minha vez de beijá-lo.

– Obrigada.

Ele sorriu, afagou meu rosto e se foi. Permaneci ali o observando se distanciar e ainda mais confusa. Esses rapazes estão me deixando sem saber o que fazer e não gosto disso. Suspirei um tanto desanimada e, na hora que me virei para o portão, dei de cara com um homem com um buquê de flores extremamente rosas. Ele se direcionou para o porteiro e falou em voz alta:

– Entrega para Mariana Silva Pannocchia.

O porteiro apenas me indicou e o sujeito se virou.

– Sou eu – aproximei-me e ele me entregou as flores.

– Então você é a famosa Mariana – comentou, todo sorridente. – Venho sempre aqui trazer flores para você. O pessoal lá da floricultura onde trabalho fica curioso para saber o que você tem de tão especial assim para receber uma flor mais bonita do que a outra.

– É, eu também queria saber – de repente me veio algo em mente e precisei perguntar: – Você por um acaso sabe quem é a pessoa que me envia essas flores? Já o viu lá na floricultura?

– Não sei, sinto muito – olhei-o desapontada. – É que não faço os pedidos, apenas os entrego, mas você pode ir lá e perguntar para uma das vendedoras se quiser – vasculhou os bolsos e encontrou um cartão da floricultura, entregando-me. – Bem, vou indo. Agora poderei falar para o pessoal que conheci a famosa Mariana e que sei o motivo de você receber tantas flores assim.

Sem-vergonha, estava dando em cima de mim. Ele sorriu acenando com a cabeça e me deixou ali sozinha. Mirei as flores e percebi que toda a sua borda era branca, contrastando com o rosa. Uma linda flor. O porteiro abriu o portão para mim e, ao passar pela guarita, ele comentou:

– O seu namorado sabe que você anda recebendo flores e beijando outros caras por aí?

Encarei-o indignada. Quem ele pensa que é para falar assim comigo e ainda por cima da minha vida?

– Se você está falando do Leonardo, não, ele não é meu namorado. E desde quando a minha vida interessa a você?

– Não interessa, mas sempre vejo a quantidade de homens com quem você sai e que frequentam o seu apartamento. Isso não é comum – deu de ombros.

– Mas se fosse um homem no meu lugar isso seria comum, não é? Seu machista. O que não é comum é você se meter na vida de um morador – cheguei mais perto. – O próximo comentário enxerido que vier de você, serei obrigada a ter uma conversa com o síndico, tá?

– Me desculpa, Mariana – vi medo em seus olhos. – Foi um comentário infeliz, perdão.

– Ótimo – sorri com a maior falsidade desse mundo e caminhei para o elevador.

Durante o trajeto, retirei da lateral do buquê o envelope e o abri enquanto esperava o elevador chegar. Dessa vez havia uma carta, li.

Olá, Mari.

Amor. Essa é uma palavra bem forte, você não acha? Podemos amar de tudo, desde objetos até pessoas. É um sentimento capaz de durar por anos ou eternamente. Um sentimento que te faz sonhar e pensar que tudo dará certo, que nada poderá arrancar de você tal felicidade.

Por que estou falando sobre isso? Porque amor é o melhor sentimento que se encaixa em tudo o que estou sentindo. Sei que você tem muita dificuldade para falar sobre esse assunto, por isso peço que não amasse essa carta e tente lê-la até o final, tudo bem?

Sei que deve estar achando estranho eu dizer tais coisas a você, mas esse sentimento não está dentro de mim há pouco tempo, mas só agora decidi tomar atitudes para pelo menos tentar fazer com que você goste um pouquinho de mim.

Pareço louco, eu sei, mas sou louco por você.

Por isso quero que você pense em mim não como apenas o "cara das flores", mas também naquele que fará de tudo para te ver sorrir encantadoramente, que sempre estará ao seu lado e que te deseja mais que tudo nesse mundo. Dessa forma, só peço uma coisa: me dê uma chance.

Não querendo me gabar mas já o fazendo, sei que estou conseguindo te balançar com as flores e que você está amolecendo. Ao contrário do que você pensa, isso não é uma fraqueza.

As flores de hoje são cravinas e representam o amor puro, na verdade um resumo de tudo o que disse sentir por você, tirando a parte do puro, né? Não sejamos hipócritas. Espero que goste.

Beijos
A.S.
Give me love

O elevador já havia subido novamente e eu continuava ali embaixo, mirando as letras escritas em uma folha de sulfite branca. Um ímpeto de amassá-la e jogá-la longe surgiu, e só não o fiz porque respirei fundo. Se acalme, Mariana, repeti para mim mesma. Sei que ele estava certo ao dizer que as flores vinham me amolecendo, mas uma coisa é eu assumir isso para mim, outra é um praticamente desconhecido dizer isso. Não quis mais pensar em tal assunto, dobrando a carta e a enfiando no envelope. Voltei a apertar o botão do elevador e entrei logo que ele chegou.

Escorei-me no espelho e analisei os *cupcakes* com atenção, sorrindo ao admirá-los. O Cláudio é um bobo mesmo. Onde já se viu vir até meu apartamento apenas para me entregar bolinhos? Pareciam deliciosos, e com certeza estariam, já que ele cozinha muito bem.

Eu sequer colocara os pés na sala e Cauã já veio para cima de mim. Encheu o peito para perguntar algo, porém parou assim que viu as flores e os *cupcakes.*

– Esse acabei de ganhar do Cláudio – indiquei a caixa. – E esse chegou agora do mesmo de sempre.

– Posso ler a mensagem? – indagou Raquel com os olhinhos brilhando.

Hesitei de início, mas acabei deixando. Ela leu e seus olhos encheram-se de lágrimas.

– Que coisa mais linda, Mari – secou uma lágrima.

– Nem tanto – joguei-me no sofá e peguei um *cupcake*, mordi e realmente estava delicioso. Dei os outros dois para Raquel e Cauã.

– Você está cedendo, não é? Pode confessar – Raquel sentou-se ao meu lado e chegou tão perto que praticamente encostou seu rosto ao meu.

– Não sei – desviei a vista.

– Está sim! – falou alto e pulou em cima de mim para me abraçar.

– Ei! Vai com calma, e não me aperta, ainda estou com cólica.

– Esqueceu que ela é cabeça-dura, Raquel? Nem diante do papa ela assume que está cedendo.

Ameacei dizer algo e só não o fiz porque senti um cheiro de queimado. Enruguei a testa e Raquel saiu correndo gritando pela comida. Gargalhei.

– Avisei para você ficar de olho nela – disse para Cauã.

– É, esqueci que ela é terrível na cozinha. Vou lá ver o que ela fez.

Levei as flores para o meu quarto e as coloquei ao lado do último buquê que recebera. Parei de frente para elas e as palavras da carta vieram à mente. Balancei a cabeça e liguei o computador para colocar uma música. Eu precisava de algo que me fizesse esquecer de todas aquelas baboseiras e me lembrasse de quem eu realmente era. E fiz a escolha certa, a música "Garganta" da Ana Carolina. A canção começou preenchendo o ambiente e eu me deitei na cama para ouvir atentamente. O começo era legal, mas para mim melhorava a partir de *"Venho madrugada perturbar teu sono"*, pois dizia muito sobre mim. Aquela é o tipo de mulher que sou, uma mulher que consegue

enlouquecer os homens, fazê-los perder o sono por mim, desejarem-
-me com todas as forças, e no final não ficar com nenhum deles. Uma
mulher que não se deixa abalar com palavras de amor e coisas rela-
cionadas. Não preciso de nada disso.

A minha parte predileta chegou e cantei junto:

– *Aprendi a me virar sozinha e se eu tô te dando linha é pra de-*
pois te... han! – ri de mim mesma.

Por mais que eu esteja sim cedendo a todos aqueles mimos e
atenção, não poderia me esquecer de quem era. Sou uma mulher forte e independente que nunca precisou de um homem para ser feliz,
e ainda não precisa. Esse negócio de amor era para mulheres que o
querem e não é o meu caso.

Pus-me em pé decidida a voltar a ser a Mariana provocante e o
primeiro na minha lista não poderia ser ninguém menos do que o
Adriano. Ele que me aguarde.

Bem, isso se eu sobreviver ao encontro com o Wellington.

14

Meu Ex

Naquele fim de semana, Raquel fora visitar os pais no interior e eu avisei para que tomasse cuidado com o ex-namorado maníaco. Ela não estava se sentindo muito confortável com a situação, porém fazia tempo que não via os pais e decidiu ir mesmo assim. Cauã ficou com Tadeu e eu pedi que Bernardo me fizesse companhia para ir me encontrar com Wellington.

No sábado, Wellington me ligou e disse que era para eu ir até a casa dele. Lógico que recusei, nunca que entraria na toca do lobo mau. Convenci-o de que só o encontraria em um lugar público e assim marcamos em um *shopping* não muito distante da casa da minha mãe.

Bernardo e eu chegamos lá no horário marcado, logo após o almoço, e ele me segurou pela mão, que suava frio. Repetia que eu não precisava fazer aquilo, mas ele estava enganado, eu precisava sim fazer aquilo pelo bem do meu irmão.

Andamos pelo *shopping* movimentado e, ao nos aproximarmos da praça de alimentação, vi logo de longe aquele que evitei tantas vezes antes. Wellington debruçava-se sobre uma mesa e mirava tudo ao seu redor daquele jeito mal encarado, que dizia "sou bandido mesmo, algum problema?". O cabelo continuava castanho-claro como bem me lembrava e fora cortado bem curto nas laterais da cabeça e arrepiado em cima. Percebi que ganhara mais massa muscular, seus braços agora eram musculosos e totalmente tatuados.

Quando me aproximei mais, seus olhos cor de mel me fitaram e ele sorriu, levantando-se para me cumprimentar. Eu gelei de cima a baixo.

– Olá, gatinha – fechei a cara e mantive uma distância segura dele. – Que é isso, Mariana, não vai nem me cumprimentar? – olhou para Bernardo. – E esse aí, é seu namorado?

– Oi, Wellington. Esse é meu primo Bernardo – respondi sem querer fazê-lo.

Bernardo estendeu a mão e eles se cumprimentaram.

– Se você não se incomodar, eu queria conversar com a Mariana a sós. E não se preocupe, nada vai acontecer com ela.

Bernardo me encarou e eu assenti. Ele ainda me abraçou antes de se afastar. Sentamo-nos à mesa e a primeira coisa que disse foi:

– Se você tentar algo eu grito.

Ele riu, recostou-se na cadeira e esticou o braço pelo encosto da outra.

– Nada vai acontecer com você, gatinha – piscou para mim e eu revirei os olhos. – E só para te mostrar como sou um cara importante, vou te contar uma coisa – chegou mais perto de mim e sussurrou: – Tem uns caras aqui tomando conta da minha segurança e da sua. Se olhar para a direita, depois de duas mesas, verá um sujeito sentado sozinho. Ele está armado e pronto para agir se for preciso – virei-me e realmente havia um homem ali. – Atrás de mim tem mais quatro espalhados pela praça de alimentação, todos muito bem preparados – ergui a vista e os procurei, não foi difícil achar. Nessa hora senti medo, se quisesse, Wellington poderia cometer atrocidades ali dentro.

– Está com medo do quê para trazer essa gente junto? – indaguei, querendo disfarçar o meu medo.

– Não é medo, é segurança. Acha que minha vida é fácil? Tenho que brigar o tempo todo por território para vender as minhas paradas.

– Eu não quero saber que tipo de crime você comete, só vim aqui porque você falou que deixaria o Roberto em paz.

– E realmente deixei, não ficou sabendo?

– Fiquei sim e agradeço por deixá-lo em paz.

– Sim – sorriu largamente e me percorreu com os olhos. – Você ficou muito linda, Mariana. O que andou fazendo?

– Eu cresci. Não sou mais uma garotinha, se você não percebeu. Já faz quase dez anos, Wellington.

– Eu percebi sim, e como percebi – apoiou o queixo na mão. – Acho que agora você não se deixaria enganar, não é? – neguei. – Viu só? Você aprendeu muito comigo e se tornou agora o que é. Fiz um bom trabalho com você.

Minha garganta apertou de vontade de dizer tudo o que guardara durante anos, tentei me segurar, mas quando ele gargalhou, não consegui mais e soltei tudo o que estava preso.

– Um bom trabalho? Não seja idiota. Você me machucou, me usou e depois me largou, e eu só era uma criança. Você tirou de mim toda a minha inocência – apontei o dedo em sua cara. – Por sua causa não consegui mais amar ninguém e até hoje tenho medo de me envolver, tenho medo de me apaixonar e me machucar novamente. E você ainda tem a coragem de dizer que fez um bom trabalho? Você foi a pior coisa que já me aconteceu!

– Você que veio atrás de mim primeiro – retrucou.

– Eu era uma criança! – elevei o tom de voz e pessoas nos olharam. – Uma criança que te achava o máximo e queria apenas uns beijos, mas você fez questão de acabar com a minha vida.

– Por que diz que acabei com a sua vida? Foi só sexo, Mariana. Garotas perdem a virgindade todos os dias. E se não fosse comigo seria com outro. Não sei por que todo esse drama.

Mordi o lábio inferior e me senti tremer. Engoli em seco e uma lágrima escorreu. Wellington me fitou sem entender o porquê daquela lágrima e, assim que a sequei, resolvi contar tudo, por mais que me doesse relembrar de tal assunto.

– Quer saber mesmo o motivo desse drama? – ele confirmou com a cabeça. – Eu engravidei de você naquela época, seu merda – os olhos dele se arregalaram e a boca entreabriu. Não esperei por mais reações e continuei jogando para fora toda aquela história: – Você ouviu? Eu engravidei. Eu era uma menina de apenas 14 anos que engravidara nas primeiras relações sexuais que foram horríveis. Eu não sabia o que fazer quando descobri. E eu podia te contar? Não, porque você me largara como um produto quebrado só porque não queria mais transar com você – mais lágrimas escorreram. – E é só por isso que você acabou com a minha vida.

172 O Aroma da Sedução

Levantei-me e comecei a andar para longe dele. Contudo, Wellington veio atrás de mim e me pegou pelo braço.

– O que aconteceu com a criança? – seu olhar demonstrava preocupação.

– Eu tirei – puxei meu braço dele.

Ele permaneceu ali me encarando e, após alguns segundos, falou:

– Eu não sabia, me desculpa.

Ri histericamente e chorei entre o riso.

– Desculpa? Você não sabe pelo o que eu passei. Suas desculpas não irão apagar o passado. Por sua causa eu matei uma criança...

Não pude mais falar, pois o choro tomara conta de mim. Não vi Bernardo se aproximar, só o senti me envolver em seus braços e com isso chorei em seu peito.

– Me leva embora – foi a única coisa que consegui pronunciar.

Não olhei mais para Wellington e fui levada pelo meu primo. Bernardo ainda me questionou sobre o que conversamos e eu não quis dizer nada. Na verdade gostaria de esquecer de tudo.

Passei o resto da tarde deitada na cama me recuperando do que ocorrera. Tocar no assunto do aborto nunca me deixou bem, ainda mais por ter contado a Wellington. Eu me forçava para não relembrar dos detalhes daquele fatídico período, mas eles sempre vinham à menor recordação. O cheiro da clínica, a camisola, a luz bem em cima de mim e as lágrimas que não cessaram um minuto sequer. Mesmo depois de tantos anos, eu ainda chorava a morte daquela criança.

Wellington me ligou diversas vezes e eu não o atendi. O que mais ele queria comigo? Raquel chegou à noite e contou que não encontrara com o ex. Fiquei aliviada com a notícia e continuei na cama até que o sono veio.

Na manhã de segunda, acordei renovada e decidida a apagar o ocorrido do dia anterior e a colocar ainda mais minhas garras para fora. A aula não seria teórica e sim prática, por isso em vez da sala ficaríamos no hospital. Todos os meus colegas de turma estavam em uma sala reservada a nós dentro do hospital quando cheguei, esperando pelo professor, que se fez presente poucos segundos depois. Adriano nos orientou a não intervimos nos procedimentos e só realizarmos algo quando ele estivesse por perto para nos orientar adequadamente. Assim nos separamos, e eu fiquei com Cauã e Raquel.

Quase não vi Adriano nas horas que se seguiram e, um pouco antes de sermos dispensados, ele passou por nós para averiguar o que estávamos fazendo. Deu algumas recomendações e supervisionou Raquel aferindo sinais vitais de um senhor. Quando o professor se afastou, pisquei para os meus amigos e o segui. Durante o trajeto, ele já foi retirando o jaleco e, ao entrar em uma sala, apressei o passo. Olhei para os lados conferindo se alguém me veria ali, como não havia ninguém por perto, entrei e fechei a porta silenciosamente.

Adriano virou-se para mim e paralisou seus movimentos, eu apenas sorri.

– O que você está fazendo aqui? – praticamente sussurrou e veio andando até mim, pegando-me fortemente pelo braço. – Não estou com paciência para os seus joguinhos, Mariana.

– Não estou aqui para jogar – acariciei-o no rosto –, pois eu já ganhei.

Puxei-o para mim e o beijei, envolvendo seu pescoço com as mãos. Adriano não me correspondeu de início, mas assim que mordisquei seu lábio e fui de encontro à sua língua com a minha, ele veio ávido em busca de mais. Pressionou-me contra a porta e nos beijamos ardentemente. Agarrei-me em sua camiseta branca e a puxei, tirando-a de dentro da calça e lhe tocando no abdômen deliciosamente definido. Ele me apertou na cintura e foi subindo a mão, levando consigo minha blusa. Sua mão forte me percorreu até alcançar o seio sob o sutiã. Gemi baixinho e não perdi mais tempo em começar a soltar o cinto dele, liberando meu acesso. Abri o botão, desci o zíper e pela primeira vez apalpei seu pênis rígido.

– Você me deixa louco – falou entre o incessante beijo.

– Você ainda não viu nada, professor.

Meu jaleco foi arrancado de mim ferozmente e a blusa também não permaneceu mais tempo em meu corpo. A língua de Adriano percorreu toda a volta dos meus seios, não deixando de apertá-los. Eu finalmente teria aquele homem! Retirei sua camiseta de gola polo e apreciei o peitoral, alisando-o com as mãos e depois beijando, lambendo e mordendo. Esfregamo-nos gostosamente e tanto a minha temperatura corporal quanto a dele já estavam elevadas, e a respiração extremamente descompassada.

Ele me segurou pelos pulsos, levantando os braços, esticando-os e os segurando unidos acima da minha cabeça. Afastou-se poucos centímetros e me analisou atentamente com o olhar. Seu peito subia e descia rapidamente e os olhos castanhos deixavam transparecer todo o desejo que sentia por mim, toda a excitação. Encostou os lábios na minha orelha e falou baixo:

– Gostosa.

Não comentei nada porque fui beijada intensamente, com ele ainda me segurando e impedindo que o tocasse. Contudo, ergui o joelho e passei por suas partes íntimas, provocando-o e o fazendo colar seu corpo ao meu. Com a outra mão, Adriano me tocava lascivamente, explorando cada pedacinho da minha pele, subindo aos seios e descendo para a bunda, isso sem parar de me beijar. Eu já estava pronta para o sexo e ele também. Um pulsar prazeroso me dominava internamente, e quando fiz força para abaixar os braços e terminar de tirar sua calça, bateram à porta.

Paramos na mesma hora o que fazíamos e eu tive que me segurar para não rir. Adriano colocou o dedo indicador nos meus lábios em sinal de silêncio, porém eu introduzi seu dedo na boca e chupei não desgrudando os olhos dele, que me encarava boquiaberto.

– Adriano, você está aí? – perguntou uma voz feminina e voltou a bater.

Quando a maçaneta se mexeu e a porta se moveu, Adriano meteu a mão entre ela e o batente, não permitindo que entrassem.

– Estou trocando de roupa – respondeu ele meio tenso.

– Me desculpa, mas uma aluna sua está te procurando querendo recomendações para um exame.

– Avise a ela que já estou indo, muito obrigado.

A mulher confirmou e foi embora. Eu comecei a rir.

– Você acha isso engraçado, não é? Estou colocando em risco o meu emprego por sua causa. Se nos pegarem aqui serei demitido na hora.

– Você diz que te seduzi – mordi sua boca e iniciei mais um beijo, mas Adriano se distanciou de mim e andou pelo pequeno cômodo.

Quando parou, encarou-me e falou:

– Não faz mais isso comigo, por favor. Você está me deixando louco.

– Sinto muito, mas continuarei sim.

– Por quê? – chegou mais perto. – Por que está fazendo isso?

– Porque eu te quero – toquei-o no peito.

– Eu tenho uma noiva, um ótimo relacionamento e... – beijei-o.

– Já conversamos sobre isso. Eu só quero uma noite, nada mais.

– Eu nunca traí minha noiva.

– Pense nisso como uma despedida de solteiro – sorri e o beijei mais uma vez. – Bem, como não poderemos mais ficar aqui, acho melhor sairmos antes que mais alguém apareça.

Recolhi minha blusa do chão e o jaleco, vestindo-o por último. Ajeitei o cabelo e, antes de sair da sala, olhei para o corredor. Como não havia ninguém, avisei Adriano que poderia sair, despedindo-me com um beijo que ele correspondeu maravilhosamente, e assim que coloquei o pé para fora, dei de cara com Helena. Da onde ela saiu? Helena me fitou de cima a baixo e depois mirou Adriano, que erroneamente desviou a vista, a típica expressão de quem aprontara algo.

– Eu estava procurando por você, professor – anunciou Helena pausadamente, aposto que tentando entender o que acontecera.

Não me manifestei e saí de lá sentindo os olhos de Helena pesarem às minhas costas. Encontrei Cauã e Raquel onde os havia deixado anteriormente e não perdi tempo em contar o que acontecera. Cauã ficou admirado e Raquel vermelha, como sempre. Não me repreenderam e não comentaram nada após o meu relato. Recolhemos nossas coisas para irmos embora e, ao passarmos por um corredor que nos levaria para a saída, avistei Adriano. Ele me encarou e eu sorri. Mais um homem que já estava na minha, só precisaria de uma boa oportunidade para tê-lo efetivamente.

Caminhamos para a saída e ele veio atrás. Eu virava a cabeças às vezes e o via me olhando. Adorei a situação. No entanto, ao sairmos do prédio, não muito distante de nós, Cláudio estava sentado em um dos bancos de concreto. Ele me viu e veio até mim. Paramos um de frente para o outro e, antes mesmo de me cumprimentar, acariciou meu rosto, segurou-me pela nuca e me beijou. Percebi uma movimentação ao lado e soltei-me do beijo, vendo Adriano passar por nós. Abracei Cláudio apenas para poder olhar Adriano, que se virou para trás e me encarou, balançando negativamente a cabeça. Sorri e ele também. Depois eu que sou sem-vergonha.

– Sentiu saudades minhas? – Cláudio perguntou, acariciando meu cabelo.

– Quem sabe – dei de ombros e pisquei.

– Menina difícil – sorriu. – Mas vim aqui para te convidar para sair comigo.

Hesitei em responder e Raquel e Cauã se afastaram. Eles sabiam o que eu diria.

– Olha, Cláudio. Eu não costumo sair mais de uma vez com o mesmo cara justamente para não me envolver.

– Eu sei disso, mas me dê uma chance.

Sua frase ecoou em minha mente e me recordei da carta que recebera junto do último buquê, nela constavam essas mesmas palavras. Fiquei sem saber o que dizer e comecei a perder o controle de mim mesma, pois as flores e as cartas balançavam-me emocionalmente. Eu deveria sair com o Cláudio novamente? Foi perfeita a noite que passamos juntos, mas não quero me envolver sentimentalmente com ninguém, ainda não superei meu medo. Ele esperava por uma resposta minha e eu disse:

– Posso pensar? – pela primeira vez eu estava cogitando a hipótese. – Me liga no fim de semana.

Cláudio aceitou e me beijou antes de ir embora. Raquel e Cauã não acreditaram na minha resposta e só faltou rolarem no chão de tanto rir. Não dei importância para eles, o problema era meu se eu queria sair com algum cara de novo, e não deles.

Como Raquel ficaria na faculdade para sua aula da tarde, Cauã me levou para casa. Ele me deixou lá e ainda me encheu a paciência com o assunto do Cláudio. "Você está cedendo", repetia apenas para me irritar. Mostrei-lhe a língua e desci do carro.

Apesar da proposta de Cláudio, eu não conseguia deixar de pensar em Adriano e na forma como nos pegamos. Uma loucura. Um homem maravilhosamente gostoso. Não via a hora de poder provar dele na cama, deveria ser muito fogoso também. Entrei no meu apartamento com as lembranças do ocorrido ainda bem vivas que até precisei beber um pouco de água para conter os ânimos. Após me acalmar, comecei a preparar o almoço.

Eu desligava o fogo da panela de arroz quando o interfone tocou. Ao atender, o porteiro informou:

– Tem um sujeito aqui querendo falar com você e ele não quer se identificar. Pediu que eu ligasse e falasse para você descer.

Achei estranho, mas acabei indo lá ver quem era. Ao me aproximar do portão, avistei Wellington parado diante dele com os braços cruzados. Meu coração disparou na hora.

– O que você veio fazer aqui? – foi a primeira coisa que perguntei.

– Preciso conversar direito com você.

– Eu não tenho nada para conversar com você.

– Mas eu tenho – suspirou. – Por favor, Mariana.

Não era fácil estar de frente para ele, pois sua imagem só remetia a coisas ruins para mim. Todavia, permiti que conversasse comigo e pedi que o porteiro abrisse o portão. Wellington entrou e notei como ficara mais alto do que quando tinha 18 anos, coisa que não reparei no dia anterior. Como o porteiro não tirava os olhos de nós – cara intrometido –, levei Wellington para cima por mais que tivesse um pouco de receio de ficar em um lugar apenas com ele. Assim que adentramos o apartamento, indaguei:

– Como você descobriu onde moro?

– Mandei uns camaradas meu te rastrearem, não foi difícil te achar.

– É, esqueci que você é o maior criminoso – afastei-me, mantendo uma boa distância entre nós. – O que você quer falar comigo?

– Você sabe sobre o que quero falar – deu um passo em minha direção e eu, um para trás.

– Não chegue perto de mim – avisei. – Diga logo o que quer.

– Fiquei pensando no que você me contou ontem, se eu soubes-se que você tinha engravidado, as coisas teriam sido diferentes. Acho que foi precipitada a sua decisão de tirar a criança.

– Precipitada? – elevei o tom de voz. – Olha pra mim, Wellington, olha onde eu moro. Sou uma mulher de 24 anos que tem um bom emprego e estuda na melhor universidade desse país. Você acha que eu estaria aqui se tivesse tido aquela criança? Não, eu não estaria. Apesar de tudo, de toda a dor que isso me causou e ainda causa, eu sei que fiz a escolha certa.

– Eu era o pai daquela criança, Mariana. Você deveria ter me consultado antes de fazer o que fez.

– Consultado como, se você já estava com outra garota? Você me largou, lembra? Eu era apenas uma criança assustada demais e muito magoada.

– Você fica repetindo que era apenas uma criança e se esquece de que eu também não passava de um moleque. Eu tinha apenas 18 anos, Mariana. Um moleque sem a menor responsabilidade e que não media o que fazia. Eu te usei sim, sinto muito, mas não passava pela minha cabeça que eu poderia te machucar tanto e ainda ter te engravidado, fazendo você passar por coisas horríveis. Mas se você tivesse me contado...

– O que você teria feito, Wellington?

– Eu... Eu teria me casado com você... – gargalhei. – Estou fa-lando sério!

– Não brinque comigo. Você não passava de um bandidinho que nunca teria dado a mínima para a minha situação.

– Isso não é verdade – fitou o chão. – Eu vi a minha mãe criar os meus irmãos e a mim sozinha porque nosso pai sumiu no mundo. Eu nunca cometeria o mesmo erro. Eu teria assumido você e a criança sem pensar duas vezes.

– E quando você fosse preso eu ficaria sozinha com a criança.

– Eu teria mudado de vida por vocês – aproximou-se mais de mim e dessa vez não me afastei. – Eu teria dado um jeito de criar essa criança da melhor forma possível, arranjaria um emprego digno e te amaria.

O silêncio predominou no ambiente e fixamos os olhos um do outro. Eu simplesmente não acreditava em tudo o que ouvia, Wellington nunca fora tão sensível assim, duvido muito que teria feito o que fala agora. Saí de sua frente e me sentei no sofá com a cabeça apoiada nas mãos. Depois de respirar profundamente, falei:

– Não adianta mais tocar nesse assunto. Não podemos voltar no tempo.

– Mas eu posso pedir perdão – acomodou-se ao meu lado. – Me perdoa por todo mal que te causei.

– E faz diferença eu te perdoar?

– Faz sim – tocou-me no rosto e com isso me virei para encará-lo. – Não só pela criança, mas por ter te machucado sentimentalmente. A Mariana de 14 anos era meiga, sensível, doce, romântica... Você agora está endurecida, desconfiada, fria, muito diferente, e tenho certeza de que foi por minha culpa.

– É, foi – uma pausa. – Mas não sei se sou capaz de te perdoar, não sou uma pessoa boa a esse ponto.

– Entendo.

Mais um minuto de silêncio até eu me levantar e dizer:

– Bem, já que você está aqui, quer almoçar comigo? Mas isso não quer dizer que estou te perdoando, entendeu? Você também aparece nos meus pesadelos...

Ele assentiu e fomos até a cozinha. Tudo já estava pronto e nós nos servimos. Conversamos pouco, até porque eu não queria saber o que ele fazia da vida, assim só respondi o que ele me perguntava da minha. Confesso que era estranho estar ali diante dele, o cara que odiei por tantos anos, que só me fez sofrer. Porém ele era o único homem que amei, sei que eu tinha apenas 14 anos na época, e por mais que não tenha sido um verdadeiro amor, cheguei perto, e depois do que aconteceu nunca mais senti aquilo por ninguém. E também ouvi-lo dizer tais coisas sobre como teria sido nossa vida se eu tivesse contado da gravidez, mexeu comigo. O nascimento do nosso filho poderia tê-lo tirado do crime. Um pequeno arrependimento surgiu e eu logo o suprimi, não poderia me culpar daquilo também, já carregava a dor de ter tirado o bebê, uma dor que tenho certeza de que nunca sumiria.

– Que cara é essa, Mariana? Parece pensar sobre algo muito sério.

– E estou, mas deixa pra lá.

Recolhi a louça colocando-a na pia e Wellington se prontificou para lavá-las.

– Muito me admira o chefe do tráfico de Guarulhos lavando louça.

Ele sorriu e jogou em mim algumas gotas de água. Rimos como há anos não fazíamos.

– Olha só a Mariana meiga aí debaixo de todo esse rancor – comentou sorrindo.

– Não sou meiga, e para de me chamar de Mariana. Só minha família me chama assim e soa muito sério. As pessoas me chamam de Mari.

– O.k., Mari. Como você quiser. Estou sentindo que você está me perdoando?

– Já disse que não.

– Posso tentar uma coisa então? – chegou mais perto de mim.

– O quê? – franzi o cenho.

Wellington me segurou pelo queixo e nessa hora eu já sabia o que ele faria, mas mesmo assim não saí dali e não tentei impedir. Nossas bocas se uniram e nos beijamos. De repente a lembrança do nosso primeiro beijo retornou e foi como se eu tivesse 14 anos novamente. Contudo, toda a sensação que sentira na época não se fez presente. Eu não tinha o coração disparado, a respiração descompassada, as pernas bambas e não pensava se o estava beijando direito, pois agora eu tinha certeza de que sim.

Ao término do beijo, Wellington continuou parado diante de mim e só após longos segundos quebrou o silêncio.

– E agora? Será que consigo o seu perdão depois desse beijo?

– Não foi nenhum beijo extraordinário para me fazer te perdoar, foi apenas um beijo como qualquer outro.

– Como você está insensível.

– Meus amigos vivem me dizendo isso. Mas a questão é que sou assim mesmo. Já tive diversos homens e você precisa se empenhar muito mais para me impressionar.

– Diversos homens, é? Lembro de você ter comentado que não conseguia se envolver com ninguém.

– Sim, tenho medo de me envolver sentimentalmente com alguém, mas isso não me impede de transar – sorri. – E eu só saio uma vez com cada cara.

– Você saiu mais de uma vez comigo...

– Você sempre foi a exceção da regra. Até porque só a criei por sua culpa.

– E será que não sou capaz de te curar desse medo? – segurou minha mão e beijou o dorso. – Prometo que não irei te magoar.

– Mas claro que não irá, não permitirei – puxei a mão.

– Pense comigo, Mariana, quer dizer, Mari. Se eu sou o responsável por você ser assim, insensível e não ter coragem de se envolver com alguém, só eu posso te curar disso, não acha?

– Não, não acho.

– Tudo bem – deu de ombros e virou-se para a pia. – Mas só acho que eu conseguiria te impressionar se você permitisse. Sabe como é, sou um homem de 28 anos que viveu diversas experiências nessa vida, sou capaz de deixar qualquer mulher aos meus pés, até uma amargurada como você.

Ri sarcasticamente e rebati:

– Não, você não é capaz de deixar qualquer mulher aos seus pés, eu muito menos. Mas eu sim sou capaz de deixar qualquer homem aos meus pés. Estou até seduzindo um professor lá da faculdade.

– Você não me conhece, Mariana. Quando saí com você eu tinha apenas 18 anos, aprendi muito de lá pra cá.

– E eu realmente aprendi a fazer sexo. Acredite, todos os caras pedem por mais depois que saem comigo.

Sorri vangloriosa e Wellington também. Encaramo-nos longamente e um clima excitante misturado com o de disputa impregnou todo o ambiente. Vi-me mordendo o lábio inferior para me conter e pensando em como seria transar com ele novamente. E claro, mostrar que eu não era mais uma menina completamente inexperiente. Será que deveria arriscar? Fechei os olhos e respirei fundo para colocar os pensamentos no lugar. Eu sou muito tarada, só pode. Estou realmente levando em consideração transar com o homem que mais me magoou nessa vida e me fez sofrer?

Wellington tocou-me no rosto e eu o olhei. Sua vista não saía dos meus lábios e aproveitei a oportunidade para analisar detalhadamente seu porte físico, passando dos braços musculosos e tatuados para o peito que parecia firme sob a camiseta, e descer para o resto do corpo. Notei o volume típico da excitação e também me animei ainda mais, causando aquele gostoso arrepio na coluna e o pulsar de desejo.

Contudo, não me movi, não seria eu a iniciar, justamente para provar que não estava aos seus pés e sim ele aos meus. Abalo qualquer homem com a minha simples presença.

– Sabe – começou ele –, quando te vi lá no *shopping* pensei em como seria te provar de novo. Será que seria diferente? Será que você ganhara mais experiência? Será que você toparia?

– Então foi mais por isso que você quis me ver, é? Só para saber se eu daria novamente pra você?

– Sim – que sorriso mais sem-vergonha. – Mas depois esqueci de tudo quando você me contou sobre as coisas do passado. Só que agora estou aqui bem perto de você e pensando sobre isso de novo. O que acha, Mari?

– Acho que tenho muito mais experiência do que você.

– Convencida.

– Olha só quem fala. Achou mesmo que conseguiria ter a mim só por que ficou todo gostoso, é?

– Não comentei nada sobre isso, mas pelo jeito você perdeu um tempo prestando atenção em mim, não é? – não respondi. – E sim, fiquei bem gostoso. Vai deixar passar? – indicou o próprio corpo.

– Já toquei em um corpo bem gostoso hoje – mostrei-lhe a língua.

– Tá, eu me rendo – chegou mais perto de mim. – Você fica nesse joguinho aí e não assume que também me quer. Mas eu farei isso por você. Eu te quero de novo, Mariana. Quero provar desse seu corpo, quero saber se você se tornou tudo isso mesmo, quero te pedir perdão por tudo que te fiz passar proporcionando a você o melhor sexo da sua vida. Fui o primeiro e serei o melhor.

– Só digo uma coisa: você terá de se esforçar muito para ser o melhor.

Segurei-o pela gola da camiseta e o puxei para o beijo, não soltando sua roupa e o levando comigo para o quarto. O que posso dizer sobre isso? Que eu não presto? Que nós não prestamos? Isso eu já sei. Talvez a minha curiosidade em transar com Wellington seja maior do que a mágoa que sinto, e também seu relato de como teria sido nossa vida se eu tivesse contado da gravidez mexeu comigo. Ele não era um cara de todo mau.

Já dentro do quarto, acariciei seu abdômen e lhe retirei a camiseta, e, ao tocá-lo na parte de trás das costas, perto da calça, senti algo rígido e gelado como metal. Afastei-me na mesma hora.

– O que você tem aí?

– Me desculpa – levou a mão até a parte de trás e pegou o revólver. Juro que meu coração parou de bater. – Eu deveria ter tirado antes.

– Por que você está armado? – tentei não gaguejar.

– Porque eu sempre ando armado – estendeu-me a arma com o cano virado para si. – Quer pegar?

Hesitei, porém segurei o revólver sentindo todo o seu peso e o medo que aquilo ali me causava. Lembrei-me de como o homem diante de mim era extremamente perigoso, um bandido profissional e traficante renomado e respeitado em toda a região onde residia.

– Não precisamos disso – coloquei a arma sobre a escrivaninha.

– É, não precisamos.

Tomou-me em seus braços e continuou me beijando, aproveitando também para apalpar meu corpo. Sem que eu pudesse ter me preparado para aquilo, ele me pegou no colo e eu gritei pela surpresa. Pousou-me na cama e deitou-se sobre mim, voltando ao beijo e ao amasso prazeroso, não me deixando respirar, arrancando todo o meu fôlego. Isso sim era um beijo inesquecível.

Seus lábios percorreram meu pescoço e foram descendo sobre a roupa até ao botão da calça jeans branca. Wellington se ajoelhou, abriu a calça e a retirou de mim junto dos sapatos. Sua língua veio direto para a parte interna das minhas coxas e eu gemi ao mínimo contato. Transitou com ela pela calcinha também branca e foi subindo pela barriga levando a blusa consigo, despindo-me aos poucos. Logo também a tirou de mim e fiquei ali só de lingerie. Seus olhos não saíam de cima de mim.

– Por que você está toda de branco, hein? Virou mãe de santo? – riu.

– Não seja idiota, eu sou quase uma enfermeira, tá? Estava no hospital e por isso a roupa.

– Olha o jeito que você fala comigo, Mariana. Esqueceu quem eu sou?

– Não, você é um cara que está caidinho por mim e não vê a hora de me deixar nua e provar do meu sexo.

– Sua tarada.

– Seu tarado.

Rimos.

Sentei-me e foi minha vez de ir para cima dele, fazendo-o se apoiar nos cotovelos enquanto eu me livrava da calça. As tatuagens de Wellington não apenas se estendiam pelos braços como também pelo peito e pernas. Meus dedos se entrelaçaram nos pelos de suas pernas e fui subindo até chegar à cueca, não perdendo tempo em arrancá-la dali. Confesso que precisei me segurar para não rir, pois o fato de estar olhando para o primeiro pênis que vi, tantos anos depois, era engraçado. Minha língua brincou um pouquinho em sua virilha e nas bolas, lambi a cabeça do pênis e passei pelo caminho da felicidade, peito, até alcançar os lábios.

Wellington soltou meu sutiã e apertou o bico com os dedos antes de abocanhá-lo, fazendo-me gemer mais alto. Rolou e ficou por cima sem desgrudar do meu seio. Puxei-o pelo cabelo e o fiz me olhar e beijar, enfiando a língua bem fundo.

O contato de nossas peles, o atrito delicioso, e o fato de sentir seu pênis em minha entrada, prontinho para o sexo, só me deixava com mais vontade de ir além, mas só não o fazia pois sabia que quanto mais prolongasse, melhor seria. Eu queria que ele me mostrasse tudo o que sabia e eu também mostraria tudo, seria uma transa como nunca tivemos juntos.

Quando Wellington me mordeu na barriga e eu reclamei com um "ai", ele mordeu com mais força, e tive certeza de que aquela tarde prometia e muito. Ele queria causar dor, é? Deixa estar...

Com a boca, Wellington tirou minha calcinha vagarosamente e, ao jogá-la longe, lambeu-me em partes íntimas, arrancando de mim um gemido alto. Contudo, não o permiti ir além, levantei-me para pegar a camisinha e, ao abrir a gaveta, encontrei uma gravata há muito deixada ali por um acompanhante. Sorri maliciosamente, agora sim eu mostraria para o meu ex do que era capaz.

Com o preservativo entre os lábios, enrolei a gravata azul nas duas mãos e mostrei a ele, que não entendeu. Mandei que se deitasse certinho na cama, e quando o fez, subi nele, levei seus braços para cima e os amarrei junto à cabeceira.

– Só espero que você não me deixe amarrado aqui e chame a polícia.

– Até que seria uma boa ideia. Os policiais iriam rir muito de você. O traficante que eles tentam prender se deixou amarrar na cama por uma mulher, e ainda por cima completamente pelado.

Rasguei a camisinha e desenrolei sobre seu pênis, segurando-o firmemente e o introduzindo em mim lentamente. Eu fechei os olhos e aproveitei a sensação de preenchimento, e quando estava todo ali, pulsando gostosamente, soltei o suspiro que mais pareceu um gemido.

– Você está tão quente, gatinha – respirava fundo.

– Já disse que não é pra você me chamar assim – puxei sua cabeça para trás pelo cabelo.

– Chamo do que então? Gostosa? Porque é isso que você é além de linda.

– Adoro o gostosa.

Envolvi com ambas as mãos a parte de cima da cabeceira, ganhando apoio, e iniciei a movimentação, subindo e descendo primeiramente em velocidade reduzida, mas logo a aumentei, e além do barulho da cama, ouviam-se os meus gemidos e os de Wellington. Intensifiquei. Ele soltou um palavrão seguido do tratamento de gostosa. Eu via em seu rosto como o estava levando à loucura. Aposto que nunca pensou que eu, aquela menina meiga de anteriormente, poderia levá-lo a sentir tanto prazer assim a ponto de precisar morder a boca para conter os gemidos.

Eu sorria entre a respiração acelerada e não cessava o sexo, movendo-me cada vez mais rápido e gritando sempre mais alto. Larguei a cabeceira e toquei os seios, apertando-os e os juntando, sem deixar de mirar Wellington e transparecer facialmente todo o meu desejo, excitação e safadeza. Ele me olhava com um meio sorriso nos lábios e os umedecia com a língua.

– Gostosa – era a única coisa que ele falava.

O formigar característico do meu orgasmo começou a subir pelos dedos dos pés e eu me balancei mais rápido sobre Wellington para que, quando ele chegasse, me arrebatasse maravilhosamente.

E ele chegou. E eu gritei alto.

Meu corpo todo se retraiu e encostei a testa no peito de Wellington para curtir a sensação que me tirou do ar por alguns segundos.

– Nunca te vi tendo um orgasmo. Foi irado!

Ri e o fitei, o suor molhava sua face e eu passei a mão para secá-la, beijando-o em seguida, sentindo seus lábios úmidos e extremamente quentes. Desamarrei seus pulsos, pois queria que ele me tocasse, e assim o fez ao se ver livre. E ainda tomou posse da gravata ao se sentar, pôs sobre meus olhos, deixando-me no escuro. Amarrou-a atrás da minha cabeça e puxou-me pelo cabelo enquanto lambia meu pescoço.

Eu não via nada, o que causava surpresa a cada toque dele e a expectativa do que aconteceria. Fui deitada e Wellington se fez presente dentro de mim, penetrando-me vigorosamente. Uma de suas mãos não largava meu seio e a outra percorria minha pele sensível, provocando prazer com o mínimo contato. Ele segurou minha perna direita e a passou por sua frente, fazendo com que eu ficasse de lado. Meteu com tanta força, pegando-me de surpresa, que minha voz se propagou por todo o ambiente e mais um orgasmo veio me satisfazer.

Eu tremia tanto por fora quanto por dentro e Wellington não parava. Como eu não enxergava, todos os demais sentidos aguçaram-se, e eu só queria mais, muito mais! Voltei minha perna para o outro lado do meu ex e elevei o quadril. Quando ele me segurou pela bunda, coloquei as duas pernas em seus ombros e gemi com a penetração mais funda. O peito dele se aproximou mais de mim e fiz questão de cravar minhas unhas em seus braços, justamente para causar dor.

De repente Wellington saiu de perto de mim, interrompendo bruscamente o sexo, deixando-me ali sozinha. Tomei ar para perguntar o que estava acontecendo, mas não pude falar, pois ele me beijou.

Puxou-me para fora da cama e, assim que fiquei em pé, ele me guiou para que sentasse em seu colo. Obedeci e arfei novamente com a penetração. Meu cabelo foi colocado para frente e ganhei muitos beijos no pescoço e ombro, e apertos nos seios.

Consegui apoio nos joelhos dele e, ao firmar os pés no chão, dei continuidade ao ato, pulando freneticamente e arquejando toda vez que ele ia mais fundo em meu interior. Sua respiração quente era sentida em minha nuca e todo o calor do seu corpo passava para o meu e vice-versa. Naquele momento éramos um só e nada mais importava além do sexo, do nosso sexo feito tantas vezes antes e que só agora se tornara maravilhoso, como deveria ser.

– Goza de novo pra mim, gostosa – sussurrou em meu ouvido. – Estou me segurando aqui só para te ver gozando mais uma vez.

Respirei fundo para o último *round* e me entreguei de corpo e alma, aproveitando que cada centímetro da minha pele entrava em ebulição com o toque de suas mãos, boca e língua. Eu queria gozar, queria gozar!

O ar me faltou quando o orgasmo veio e ouvi Wellington gemendo roucamente. Ele também chegou lá.

Wellington caiu de costas na cama e eu debruçava-me sobre os joelhos, completamente exausta e tentando resfriar o corpo com a respiração, porém sem obter sucesso e só transpirando ainda mais. Mas eu estava feliz, o sexo fora divino. Voltei a enxergar ao desamarrar a gravata e olhei para meu acompanhante estirado na cama com os braços abertos e fitando o teto, um fino sorriso estava estampado em seu rosto.

– Nunca... Eu nunca imaginei que...

– Eu sei – interrompi-o. – Mas você tem que levar em conta a minha idade agora, né? Se passaram dez anos.

– E esses anos te fizeram muito bem. Você é outra pessoa, está completamente diferente.

Acomodei-me ao lado com a cabeça em seu peito. Ele me abraçou.

– Eu disse que aprendi muito.

– Você é perfeita, me sinto até orgulhoso por ter sido o primeiro.

– Não fale besteira – levantei a cabeça para encará-lo. – Foram horríveis as minhas primeiras transas e, em vez do meu namorado se preocupar com isso, ele me largou.

– Já pedi desculpa, Mari – acariciou meu cabelo. – Foi mal mesmo. Mas se você quiser podemos recomeçar, o que acha? O título de primeira-dama do tráfico impõe respeito.

Gargalhei e voltei a deitar.

– Nem pensar, não quero ser presa por acobertar um bandido – brinquei com os dedos nos pelos de seu peito. – Você que deveria sair dessa vida.

– Não posso, não dá mais. Uma vez dentro só se sai com a morte.

– E você vai morrer como um bandido?

– Vou.

Silêncio.

– Mas quem sabe eu morra em paz se você pelo menos me perdoar por todo o mal que te fiz passar.

Sentei-me na beirada da cama e Wellington se ajeitou ao meu lado. Mirei seus olhos cor de mel e suspirei.

– Vida de traficante não é longa, você sabe disso, né?

– Sei, por isso peço que me perdoe. Posso estar morto amanhã e só descansarei em paz sabendo que você me perdoou.

– Você não tem medo de morrer?

– Não.

– Apesar de tudo, eu gostaria de te ver em outra vida e não correndo o risco de morrer cada vez que sai de casa.

– Minha vida é efêmera – sorriu e me beijou longamente. – Mas o que você sentiu por mim durante todos esses anos não é. Sei que o perdão é algo muito forte e me contento com a sua palavra de que pelo menos tentará me perdoar. Só ontem percebi todo o mal que te causei.

– Bem, posso prometer que tentarei te perdoar.

– Isso já me deixa feliz.

Mais um beijo de duração incerta.

Vestimo-nos e eu acompanhei Wellington até o portão. No caminho, ele me contou que um de seus capangas ficara lá fora para fazer a segurança do prédio enquanto ele estivesse lá dentro, e, ao sairmos para a calçada, vi o sujeito dentro de um carro a poucos metros dali.

– Essa será a última vez que vou te ver? – perguntou, colocando a mão no muro e me prendendo ali.

– Talvez, mas queria te pedir que não deixe meu irmão ser tentado por essa vida do crime.

– Não se preocupe, cuidarei da sua família como se fosse a minha – encostou nossos narizes e depois me beijou.

No entanto, o carinho foi interrompido por um solavanco que tirou Wellington de mim. Meu coração acelerou ao notar o que acontecia. Os olhos negros de Leonardo fitavam Wellington raivosamente.

– Não quero você perto dela! – falou irritado.

Wellington contraiu a face e aquele seu olhar de bandido apareceu. Levou a mão para trás onde eu sabia se encontrar o revólver e eu me desesperei.

15

Dando um Tempo

Entrei na frente de Leonardo na hora em que Wellington puxou a arma e apontou para ele.

– Wellington, por favor, não faça nada – implorei e vi o capanga dele descer do carro segurando um revólver. Aproximei-me ainda mais de Léo, colando nossos corpos, só assim para evitar algo trágico.

– Quem esse cara pensa que é? – Wellington ainda mantinha a arma apontada.

– Esquece isso, pode ser? Faça isso por mim, por favor – eu tremia de medo por estar na mira de uma arma. – Você só irá me fazer sofrer se atirar nele.

– O que ele é seu?

– É meu... – o que diria? Teria de mentir pelo bem de Leonardo. – Acho que eu estou apaixonada por ele... Lembra que te falei de relacionamentos? Então, estou tentando superar tudo isso. E ele está me ajudando.

Pessoas passavam pela rua e olhavam espantadas para a cena, algumas já tinham os celulares nas orelhas ligando para a polícia.

– Por favor... – choraminguei.

Wellington suavizou a expressão facial e abaixou a arma. Agradeci mentalmente por isso. Fez também um sinal para que seu companheiro voltasse ao carro.

– Só quero que você seja feliz, Mari – disse, guardando o revólver.

Fui até ele e o abracei.

– Eu serei.

Ele me beijou na testa e se afastou andando até o veículo, que saiu logo que o adentrou. Quando o automóvel sumiu do meu campo de visão, virei-me para Leonardo.

– Você ficou louco?! – gritei. – Ele podia ter te matado!

– Por que você estava com ele, Mari? Ele é o seu ex, não é? Quem te fez chorar ontem? O Bernardo me contou.

– É sim, e ele é o maior bandido. Você não deveria ter feito o que fez!

– Então agora você está transando com ele? Um bandido?

– Olha aqui, Leonardo – cheguei mais perto. – Você não tem nada a ver com a minha vida, tá? E ele só estava aqui porque precisávamos deixar coisas do passado entendidas.

– Claro, colocar o sexo em dia – seu maxilar estava tenso e o pulso fechado.

– Você não sabe do que está falando.

– Sei sim – pegou-me pelo braço. – Sei que você dá para o primeiro que aparece.

Meu sangue ferveu com as palavras dele e não pensei duas vezes em lhe acertar um tapa no rosto. Ele me soltou na hora.

– Não fale assim comigo – uma lágrima de raiva escorreu. – Você não me conhece e não sabe nada da minha vida.

– Realmente não sei mesmo e nem quero saber. Pensei que você fosse uma pessoa, mas estou vendo que eu me enganei. Eu... – engoliu em seco. – Eu sequer consigo olhar pra você. Te desejei tanto... Eu... Eu... Não, você não merece mais nada de mim.

Deu-me as costas e se afastou. Ainda gritei por ele, mas Léo não olhou para trás e se foi. O choro que se acumulara em minha garganta escorreu para fora e eu precisei tapar a boca para contê-lo.

Entrei correndo no meu apartamento e chorei pela ameaça da vida de Léo, pelo medo que senti e por ver seu olhar de desprezo em mim. Tudo doía internamente de um jeito quase insuportável.

Não sei o que aconteceu comigo.

Eu fiquei de molho toda aquela semana e quando Cláudio me ligou para sairmos, recusei de imediato, alegando não estar bem para isso, dessa forma ele veio me visitar na sexta à noite. Não aconteceu nada entre nós além de alguns beijos sem muita emoção. Eu não estava com cabeça para sexo pela primeira vez na vida, só pensava na reação de Leonardo e no medo que senti por vê-lo na mira de uma arma.

Resolvi, depois de muito pensar, dar um tempo em homens, eles estavam me deixando louca, até Adriano estranhou meu distanciamento porque não fui atrás dele, perguntando para mim se acontecera algo. Apenas respondi que havia alguns problemas pessoais e que talvez eu desistiria de seduzi-lo. Ele não comentou o assunto e só me desejou melhoras.

Na verdade foi bom ficar um tempo sem homens na minha vida, até porque Cauã já me enchia a paciência o suficiente. Tanto ele quanto Raquel ficaram indignados comigo quando contei que transara com Wellington e defenderam o Léo. Não liguei para o que falaram, mas me preocupei com Leonardo, só que não o procurei para me desculpar, até porque eu não fizera nada errado, não devo satisfação da minha vida para ele.

Devo ter ficado umas duas semanas sem receber flores e até cheguei a pensar que não as receberia mais. No entanto, durante uma das aulas, ao abrir meu caderno, encontrei uma pétala de rosa vermelha e um bilhete com a frase *"Give me love"*. No dia seguinte, havia uma no meu material de trabalho e ainda encontrei mais uma dentro do bolso do meu jaleco, todas com as mesmas palavras em um pequeno pedaço de papel. No fundo fiquei feliz com elas, pois mostravam que alguém gostava de mim. O problema é que eu não sabia quem era o cara das flores e por mais que eu desconfiasse de Cláudio, ainda não tinha certeza de nada.

Até pensei em ir à floricultura perguntar às vendedoras, só que deixei quieto. Que ele apareça para mim quando for a hora certa, e assumo que estou extremamente balançada. Sei que essa era a intenção dele e preciso parabenizá-lo pelo feito, conseguiu me fazer sentir algo, não vejo a hora de conhecer pessoalmente meu admirador secreto, por mais ridículo que isso possa ser.

E por incrível que pareça, permaneci um mês inteiro sem nenhum homem, um recorde.

O aniversário de Bernardo seria no sábado e eu precisava me decidir sobre o que conversara com Raquel. Acabei aceitando – o que não deve ser surpresa para você, né? –, já que nunca fizera isso antes. Acertei tudo com ela e faríamos a surpresa no sábado mesmo. Mas antes disso, na sexta, Tadeu nos convidou para assistir uma apresentação de balé na qual participaria, e assim fomos todos, até mesmo Leonardo, porém ele sequer me dirigiu o olhar.

Acomodamo-nos todos em uma fileira próxima ao palco, eu em uma ponta e Leonardo na outra. Pode me evitar, não ligo.

– Que climão, hein? – sussurrou Cauã ao meu ouvido. – O Léo ainda está magoado com você.

– Que fique – dei de ombros. – Ele pensa que é quem? Não devo satisfação da minha vida para ele e com quem resolvo transar.

– Claro, mas se você não ligasse para o que o Léo pensa, ainda estaria saindo com um monte de caras por aí, só que não é isso que estou vendo. Se passar muito mais tempo, ficará virgem de novo – riu.

– Não me enche – mostrei a língua. – E eu quis dar um tempo, só isso.

– Aham...

Revirei os olhos e prestei atenção no palco, já que a luz ambiente diminuíra. Não demorou para a apresentação começar e achei lindo, maravilhoso, divino... Todos os adjetivos possíveis. Se eu não soubesse que Tadeu era gay, daria o maior mole para ele. Vi no palco um homem lindo, forte e que dança muito bem. Não entendia nada de balé, mas adorei assistir, foi uma experiência que com certeza eu repetiria.

Ao fim, quase não conseguimos chegar em Tadeu, já que muitas pessoas estavam nos bastidores ao redor dele e da outra bailarina, sua parceira. Eles posavam para fotos e cumprimentavam diversas pessoas, e só foi possível tirá-lo de lá mais de meia hora depois. Contudo, assim que se aproximou de Cauã, ambos se beijaram apaixonadamente e admirei o carinho que um tinha com o outro, o amor de um pelo outro. E foi aí que parei para pensar se eu não gostaria daquilo em minha vida também, alguém que me amasse mais do que tudo. Como não sei a resposta desviei a vista, pois me senti constrangida.

Para comemorarmos o sucesso da apresentação de Tadeu, fomos a um barzinho não muito distante da nossa localização. No local, tocava uma banda de pop rock e havia diversas mesas e muita gente bebendo e conversando. Escolhemos uma mesa em um ambiente ao lado da pista permanecendo no mesmo nível da banda. Sentei-me em uma cadeira ficando de frente para os músicos e notei como o vocalista era lindo. Seu cabelo escuro um pouco comprido chegava aos ombros e a barba cerrada cobria o rosto. Um porte alto e esbelto que chamava atenção, isso sem contar a bela voz grave.

– Estou falando com você, Mari – Raquel me cutucou.

– Desculpa, não ouvi.

– Percebi, estava mais interessada no vocalista, né? – ela sorriu. – Só queria perguntar o que vai beber.

Pedi uma caipirinha e, enquanto os outros faziam seus pedidos, fitei Leonardo e o vi me encarando. Sustentei seu olhar até ele desviá-lo de mim. Não conversamos diretamente um com o outro e sim com nossos amigos. Voltei a admirar o vocalista e seu olhar cruzou com o meu, precisei sorrir e ele piscou. Muitas caipirinhas e olhares furtivos depois, o vocalista agradeceu a presença de todos e apontou para mim.

– Quero dedicar essa última música àquela linda moça ali.

Agradeci com um aceno de mão e ele cantou não tirando os olhos de mim. Ao terminar, inclinou-se em minha direção, aplaudi. O palco começou a ser desmontado e uma música mais lenta tomou o ambiente. Bernardo se levantou, estendeu a mão para Raquel e a convidou para dançar. Lógico que ela ficou envergonhada, mas aceitou e assim ficamos eu, Léo, Cauã e Tadeu na mesa. Tenho certeza de que foi de propósito, pois Cauã piscou para mim e beijou calorosamente seu namorado, não me deixando outra alternativa senão a de fitar Léo. Encaramo-nos longamente até eu tomar coragem e falar:

– Queria conversar com você...

– Pode falar.

Tomei mais ar, todavia, nada saiu porque alguém me tocou no ombro. Virei-me e dei de cara com o vocalista.

– Oi – cumprimentou todo sorridente. – Gostou da música?

– Gostei sim – sorri de volta e por um segundo me esqueci de Léo.

Só me lembrei dele quando se levantou bruscamente da mesa e saiu. Desculpei-me com o moço beijando-o no rosto, pedi licença e fui atrás de Leonardo, alcançando-o lá na pista, onde casais dançavam juntos, escorado no bar pedindo um uísque.

– Eu disse que queria falar com você, por que saiu daquele jeito?

– Por quê? Acho que você estava muito ocupada lá – pegou a bebida agradecendo ao barman e ingeriu em um único gole.

– Não seja idiota, Léo. Por que todo esse ciúme de mim?

– Porque, apesar de tudo, eu te desejo como nunca desejei outra mulher – contraiu os lábios ao dizer isso e passou as mãos pelos cabelos. – Só que isso não é recíproco.

– Quem disse isso?

– Suas atitudes.

Neguei com a cabeça e cheguei mais perto dele.

– Eu sempre quis sair com você, Léo. Você que sempre me evitou.

– Não quero mais te evitar – acariciou meu rosto e me beijou em seguida.

Léo me envolveu em seus braços e me levou para junto de si, beijando-me deliciosamente, às vezes tirando-me o fôlego. Percebi o quanto desejoso estava de mim pelos seus beijos, carinhos e atitudes. Nossas línguas buscavam uma à outra com avidez, não querendo nos separar, não cessando em momento algum. O beijo perdurou longamente e só paramos quando meus lábios já formigavam tamanha a intensidade.

Sorrimos um para o outro e enlacei sua mão levando-o para a pista, passei os braços por seu pescoço e ele pela minha cintura para dançarmos a música lenta que tocava. Encostamos nossos rostos e senti seu cheiro maravilhoso.

– Eu quero muito você – ele disse baixo.

– Estou aqui para ser sua.

– Não – parou de dançar e me mirou nos olhos. – Você não é minha.

Engoli em seco e entendi o significado de suas palavras.

– Realmente não sou sua, mas hoje posso ser.

– Só hoje...

A frase morreu e seus olhos desviaram para baixo. Acariciei-o no rosto e o beijei. Eu o estava magoando, sabia disso, e surgiu em mim o arrependimento de fazer aquilo. Não posso passar minha vida toda causando mágoa nos homens.

– Não vamos mais falar disso, tudo bem? – sorriu e me abraçou fortemente. – O importante é que você está aqui comigo.

– Sim.

De frente para mim, vi Bernardo e Raquel se beijando e me lembrei do que faríamos no dia seguinte. Não sei por quê, mas eu precisava avisar o Léo daquilo. Bem, na verdade sei sim, ele mora com o meu primo. Contei meio sem graça do que Raquel pretendia e, antes de efetivamente dizer o que aconteceria, ele colocou o dedo em meus lábios me impedindo de continuar.

– Sem detalhes – pediu. – Eu não estarei em casa amanhã e por isso ele ficará sozinho – suspirou. – Essa é a sua vida e você decide o que é melhor. E me desculpa por aquele dia, perdi o controle.

– Tudo bem, e me desculpa pelo tapa, doeu mais em mim do que em você, acredite. Só faltou a rosa branca agora, né?

Rimos e nos beijamos gostosamente, com Léo me abraçando de um jeito carinhoso. No entanto, um grito feminino nos fez parar e meu coração acelerou ao ver Pedro, o ex-namorado de Raquel, pegando-a pelo braço. Ele estava pronto para lhe acertar um tapa quando Bernardo entrou no meio, empurrando-o. Raquel gritou de novo. Pedro fechou os punhos e partiu para cima do meu primo, socando-o no meio do rosto. Foi minha vez de me expressar vocalmente. Leonardo saiu do meu lado e correu para acudir, já que Bernardo também revidara o golpe. A briga começou e ainda bem que eles foram separados. Léo segurou Bernardo com a ajuda de outro homem e Pedro foi segurado por outros dois sujeitos.

– Ela é minha! – esbravejou Pedro cuspindo sangue.

– Ela não é sua, é minha mulher! – rebateu Bernardo. – Não chegue mais perto da Raquel, pois se eu te vir novamente, acabo com a sua raça, seu filho da puta!

Pedro se debatia e os sujeitos que o seguravam o levaram para fora do estabelecimento, jogando-o na calçada. Bernardo foi atrás, mesmo com Raquel pedindo que não fosse. Precisei ir junto. Do lado de fora, Bernardo xingava Pedro e não demorou muito para este receber outro soco ao voltar a afirmar que Raquel era propriedade dele. Leonardo empurrou meu primo, afastando-o de Pedro e ficando entre eles.

Raquel chorava, e quando Pedro mandou que fosse com ele, ela negou e se aproximou mais de mim com medo dele.

– Eu não fiz nada para você, Raquel – começou Pedro. – Você é minha namorada e só estou tomando posse do que é meu.

– Você me bateu! – gritou e mais lágrimas escorreram. – E eu não sou sua! Quero distância de alguém doente como você. E agora deu para me seguir, é?

– Você sumiu, eu precisava te achar. Você é minha.

– Olha aqui, seu maldito – Bernardo se aproximou e Léo o impediu de ir muito além. – Não quero você perto dela, entendeu? A Raquel agora é minha garota e se eu te encontrar perto dela de novo vou te quebrar! – bufava e com certeza teria partido para cima dele se Léo não estivesse ali.

Pedro olhou de Bernardo para Raquel e perguntou:

– É isso que você quer? Vai jogar fora todos os nossos anos de namoro por causa dele? Eu te amo, Raquel, você sabe disso.

– Você que jogou fora o nosso namoro – enxugou as lágrimas. – E sim, eu quero ficar com ele. E da próxima vez que você aparecer perto de mim, irei à delegacia.

Pedro expressava nojo em sua feição e a chamou de vadia. Bernardo ficou louco e conseguiu sair da segurança de Léo e socou o rosto de Pedro, fazendo-o cair sentado no asfalto. Léo interviu novamente e Pedro se levantou, limpando o sangue do supercílio. Não comentou nada e apenas se afastou. Quem sabe agora ele não deixava a minha amiga em paz.

Mesmo com o desfecho da intriga, ela se abalara e chorou todo o caminho de volta para casa. Os meninos nos acompanharam, porém Raquel não quis conversar mais com Bernardo porque sentia vergonha de tudo o que ocorrera.

– Não foi culpa dela – disse ele depois que a deixei em seu quarto e o acompanhei junto de Léo até o elevador.

– Sabemos disso, mas mesmo assim ela fica desse jeito.

O elevador chegou e Bernardo entrou. Léo não se moveu e apenas falou que encontraria com Bernardo lá embaixo. O elevador se fechou e ele me beijou de surpresa.

– Não foi dessa vez – colocou meu cabelo para trás da orelha.

– Haverá outras oportunidades.

Ele assentiu e voltou a me beijar calorosamente. Arrepiei-me por inteiro. O elevador retornou e dessa vez ele entrou, encorando-se no espelho e piscando para mim.

– Tchau – a porta começou a fechar e acrescentei: – E eu ainda serei sua – fechou – e você será meu...

Toquei a porta de metal frio imaginado Léo descendo e se afastando de mim. O que ele estaria pensando? O que sentia por mim de verdade? E eu, o que queria com ele? Seria só mais uma transa? Só curiosidade? Só desejo?

Ele me trata tão bem e gostaria de retribuir toda a atenção destinada a mim, e o único modo que conheço para fazer isso é através do sexo. Isso não é algo ruim, não é?

Quando adentrei o apartamento, Raquel andava de um lado para o outro e tinha o rosto avermelhado. Ameacei consolá-la, mas não houve oportunidade, pois ela perguntou se ainda estava de pé o presente do Bernardo. Confirmei e ela me abraçou muito contente dizendo que, além de ser um presente, aquilo também seria um pedido de desculpa pelo o que Pedro aprontara. Confirmei e me retirei.

Em meu quarto não havia mais flores, todas já haviam morrido, o que sobrara foram apenas as cartas, cartões e os bilhetes das últimas semanas. Reli tudo em ordem cronológica e disse para mim mesma que a partir daquele dia tentaria assumir meus sentimentos, não sendo mais insensível e fria com os homens, e daria sim uma chance para o cara das flores, independentemente de quem ele fosse. Contudo, ele precisava aparecer logo.

Respirei fundo, deitei-me na cama e repassei o pouco tempo que eu passara com Léo naquela noite. Ele realmente gostava de mim. Sorri para o teto. E o Cláudio? Acho que também gosta de mim, caso contrário não teria me ligado todos os dias e se preocupado tanto. Confesso que estou balançada tanto pelo Léo quanto por Cláudio e até pelo cara das flores que ainda não tem um rosto, mas conheço muito bem seus sentimentos.

Na verdade não sei muito bem o que fazer, minha única certeza no momento é a de que desejo muito sair com o Léo, e amanhã transarei com a Raquel e o Bernardo.

16

Ménage

Conversamos e acertamos os detalhes. Finalmente estávamos prontas!

Logo que entramos no elevador e a porta se fechou, começamos a tirar a roupa. Nós duas estávamos vestidas com blusinhas e saias justamente pensando na agilidade para tirar. Enfiamos as peças em uma sacola e nos olhamos no espelho. Rimos que nem duas malucas. Eu vestia uma lingerie preta toda rendada e cinta liga; Raquel usava uma branca. Ela ainda mexeu no cabelo loiro, passou o batom vermelho e beijou o espelho. Fiz o mesmo que ela. Em seguida mirei sua imagem e depois a minha. Meus olhos verdes tinham aquele brilho de quando eu aprontava algo e dessa vez aprontaria junto de minha amiga. Apesar de todas as minhas confusões sentimentais, eu estava empolgada pela nova experiência.

Raquel passou a mão pelo meu ombro, acariciando-o, e logo após enrolou as pontas do meu cabelo em seu dedo.

– Acha que ele vai gostar? – perguntou insegura.

– Esse é o desejo de todo homem – sorri e lhe dei um tapinha na bunda. – E você está gostosa.

– Você também – gargalhamos e nos abraçamos.

O andar desejado chegou e descemos loucamente, correndo em direção ao apartamento. No entanto, antes de chegarmos, um sujeito saiu por uma das várias portas e nos encarou espantado. Passamos por ele, acenamos e mandamos beijinhos.

Paramos diante da porta e batemos. Tudo fora planejado premeditadamente e sabíamos que Léo não estaria lá, deixando Bernardo sozinho.

A porta se abriu e na mesma hora levantamos os braços e gritamos em uníssono:

– Surpresa!

Bernardo ficou boquiaberto e nos percorreu com seus olhos escuros. Percebi que ele não entendia nada e por isso pulei em seu pescoço, abraçando-o e o beijando na boca. Empurrei-o para dentro e Raquel veio atrás de mim, fechou a porta e parou ao nosso lado. Como ele hesitava, soltei-me de seus lábios e foi a vez da minha amiga beijá-lo.

Enquanto ele se soltava aos poucos, postei-me por detrás dele e o acariciei nas costas, subindo a camiseta e descobrindo sua pele gostosa. Tirei sua camiseta e na mesma hora Raquel agachou-se e puxou a bermuda para baixo. O pênis ereto apareceu e nós duas sorrimos. Tão lindo e prontinho para as nossas brincadeiras. Mordi a boca para me conter, mas já me senti molhada lá embaixo. Raquel o beijou, arrastou a língua pela extensão do membro e o enfiou na boca.

Bernardo revirou os olhos e agarrou Raquel pelos cabelos. Depois me fitou e comentou, todo sorridente:

– Vocês são loucas!

– Você ainda não viu nada – pisquei e o beijei, introduzindo a língua profundamente em sua boca.

Chupei sua língua e mordi o lábio inferior. Ele retribuía meu carinho por mais que arfasse por causa do oral que recebia de Raquel.

– Vocês vão me matar de tesão – gargalhou. – Duas doidas. Ainda não acredito nisso!

Foi minha vez de rir e me afastei dele pegando Raquel pelo braço, fazendo-a pôr-se em pé. Levei-a para o sofá e ali nos sentamos. Sorrimos uma para a outra, olhamos sapecamente para Bernardo nu no meio da sala e nos beijamos. Eu nunca beijara outra mulher antes e a única diferença era de que a boca dela era mais macia do que a de um homem. Nossos corpos se colaram e nos esfregamos. Arrisquei uma olhadela para Bernardo e vi sua boca aberta, precisando que ele umedecesse os lábios. Indiquei a cena para Raquel e ela sorriu lindamente. Virou-se novamente para mim e seus lábios vermelhos vieram parar entre os meus seios, lambendo-os e mordiscando.

Bernardo se aproximou e ajoelhou ao lado do sofá, porém não nos tocou. Apalpei os seios de Raquel e os apertei, não tirando os olhos de Bernardo, fazendo questão de provocá-lo. As mãos dela escorregaram pela minha cintura e chegaram à calcinha, puxando-a lentamente e se livrando da cinta liga juntamente com a meia fina.

Não preciso falar que minha calcinha já estava mais do que molhada e um pulsar prazeroso fazia-se presente dentro de mim. Não era para menos, né? Fazia mais de um mês que não transava e estava sedenta por aquilo.

Raquel me beijou em partes íntimas e estremeci totalmente, gemendo baixinho. Bernardo mordia o próprio lábio. Uma única lambida foi o suficiente para eu gemer ainda mais alto e ouvir Bernardo também gemendo. Raquel prosseguiu chupando-me impetuosamente e eu encarava meu primo toda vez que expressava vocalmente meu prazer. Contudo, não deixei que Raquel continuasse por muito mais tempo. Sentei-me e inclinei o corpo para cima de Raquel, abrindo seu sutiã e mordendo levemente o bico de seu seio eriçado.

Bernardo passou as mãos pelo rosto para afastar o suor. Ele já não estava se aguentando mais. Coloquei as mãos na bunda da Raquel e a levantei para retirar sua calcinha, a liga e a meia. Ela também tirou meu sutiã. Agora sim, nós duas nuas e se esfregando.

O que mais me excitava não era estar em contato tão íntimo com Raquel e sim o olhar de Bernardo sobre nós, aquilo fazia meu corpo clamar pelo sexo.

Abocanhei um dos seios dela e suguei. O dedo indicador foi parar dentro dela, que gemeu excitantemente. Meu latejar interno estava insuportável, por isso estiquei a mão para Bernardo e ele a segurou. Ficou em pé e agarrei firmemente seu pênis. Passei a língua por ele e Raquel pôs a boca ali também. Dividimos o oral e ele foi à loucura. Enquanto eu colocava o pênis dentro da boca, Raquel lambia as bolas. Suguei com vontade e seu membro ficava cada vez mais rígido. Trocamos as atividades e Bernardo soltou um palavrão para expressar a excitação.

Afaguei seu corpo gostoso e arranhei o abdômen. Raquel lhe deu um tapa na bunda e caiu sentada no sofá rindo estridentemente. Ri com ela. Bernardo não entendeu o motivo das gargalhadas e não havia tempo para explicar. Olhei para Raquel e ela piscou para mim, dando permissão para o próximo passo. Afastamo-nos uma da outra e indicamos o local do meio para Bernardo. Ele não demorou a se sentar e eu logo subi em seu colo. Raquel chegou mais perto e o beijou calorosamente. Observei o beijo e passei a língua pela boca deles, que sorriram mas não cessaram.

Segurei seu pênis e o introduzi em mim, pois já não aguentava mais, queria me sentir preenchida e iniciar o tão desejado sexo. Senti-lo todinho ali causou um arrepio na espinha e precisei me acalmar para não gozar imediatamente. Quanto mais prolongasse aquela sensação, melhor. Bernardo arfou quando o coloquei dentro de mim e mordeu a boca de Raquel. Apoiei-me em seus ombros e me mexi para cima e para baixo, gemendo alto.

Bernardo me fitou com os olhos semicerrados e puxou muito ar para dentro dos pulmões. Depois virou-se para Raquel, beijando-a e a masturbando, penetrando-a com o dedo médio e estimulando o clitóris com o dedão. Lógico que ela não segurou a voz e também mandou ver.

Minha bunda foi apertada por Bernardo que dividia seu olhar entre nós duas. Não parei em momento algum com os movimentos, aumentando a velocidade gradativamente.

Praticamente gritei de prazer quando o orgasmo veio e meu corpo estremeceu por inteiro. Respirei profundamente e caí para o lado ainda tentando estabilizar a respiração. Mal saí de cima de Bernardo e Raquel tomou meu lugar, porém de costas para ele, que a segurou pelos seios e mexeu o próprio quadril para cima, penetrando-a mais intensamente.

Admirei o sexo deles e me excitei ainda mais. Ela pulava ensandecida sobre ele e seus seios balançavam. Bernardo soltou um dos seios da minha amiga e tocou luxuriosamente meu sexo. Estiquei-me melhor no sofá e apenas curti o carinho prazeroso. No entanto, Raquel encolheu-se toda quando o orgasmo a pegou de jeito e minha atenção foi desviada para ela, que levantou a cabeça para me olhar e sorriu largamente. Entendi o recado e me preparei.

Raquel saiu de cima de Bernardo e voltou a ser a minha vez. Puxei-o pelos braços e o fiz se deitar sobre mim.

– Mete com força, lindinho – falei, lambendo seu rosto.

Ele sorriu com a minha fala e veio sem dó, afundando-me no sofá e me fazendo cravar as unhas em suas costas. Raquel parou em pé ao lado e Bernardo virou a cabeça para ela, lambendo sua região íntima sem parar de estocar em mim. Nós duas gememos. Incrível como ele conseguia dar conta de nós.

Como eu já estava bem sensível, não demorou para o formigamento nos pés surgir e o ápice do prazer atingir violentamente meu corpo. Contorci-me e Bernardo prosseguiu incessantemente. Raquel chegou mais perto de mim e me beijou delicadamente nos lábios. Bernardo se levantou e minha amiga apoiou as mãos no sofá, não parando o beijo, e empinou a bunda. Ele parou atrás dela e a penetrou. A respiração dela oscilou ainda mais e mesmo assim continuamos com o carinho gostoso.

Sentei-me encostada no sofá e com o rosto de Raquel diante do meu. Ela vinha para a frente e para trás por causa do sexo e eu sorria com a cena. Contornei seus seios com os dedos e apertei os bicos enquanto ela gemia sem parar.

Mirei os olhos de Bernardo, porém ele não conseguia mantê-los abertos. Sua expressão facial era linda, transbordava volúpia. O suor escorria e ele não parava. Que homem gostoso! Mas disso eu sempre soube, né? Antes mesmo de ter transado com ele sem querer. E ele ainda por cima tinha um vigor invejável.

Raquel gritou ainda mais alto e nessa hora toda a face de Bernardo se contraiu. Ele a segurou fortemente pelos quadris e gozou. Não pude deixar de admirar. Sua fisionomia suavizou e ele arquejou, encostando a testa nas costas de Raquel. Minha amiga soltou um profundo suspiro e caiu sobre mim. Beijei-a suavemente nos lábios e a abracei.

– Fantasia realizada? – sorri e ela também. – Sabia que seria maravilhoso.

Bernardo sentou-se ao meu lado e olhava para o nada com a respiração ainda descompassada. Depois de longos segundos, ele se virou para nós e perguntou:

– Posso saber o que foi isso?

Piscamos uma para a outra e voltamos a levantar os braços e falar juntamente:

– Feliz aniversário!

Ele riu e nós também.

– Malucas – balançava em negativa a cabeça, mas um lindo sorriso não saía de seus lábios. – Duas malucas gostosas.

Raquel colocou a mão em partes íntimas e saiu correndo da sala direto para o banheiro. O gozo tinha que sair uma hora.

– Ainda não acredito que vocês fizeram isso – comentou, encarando-me.

– Foi ideia dela – levantei as mãos. – Posso ser tarada, mas não tenho nada a ver com isso. Foi seu presente de aniversário e a prova de que ela te perdoou por ter transado com a Helena daquela vez. Só não fale que te contei.

Ele confirmou e suspirou. Raquel não demorou a voltar e foi minha vez de dar um pulinho no banheiro. Vi minhas bochechas mais coradas e o cabelo levemente desarrumado, o típico penteado pós-foda. Lavei as mãos e o rosto para me livrar do suor, e quando saí do banheiro e entrei na sala, Bernardo e Raquel estavam se beijando. Eu que não atrapalharia o momento. Recolhi a calcinha e o sutiã do chão, vestindo-os rapidamente. Colocava a roupa quando eles me olharam.

– Não parem por minha causa, estou indo embora. Aproveitem a noite, dessa vez sozinhos.

Dei tchau para ambos e me retirei dali. Eu fechava a porta vagarosamente quando percebi alguém andando em minha direção, e ao virar espantei-me ao ver Leonardo.

– O que você está fazendo aqui? – perguntei.

– Eu moro aqui.

– Esqueceu do que eu te disse ontem?

– Não, mas pensei que já tivessem terminado – olhou para o relógio no pulso. – Já são mais de dez horas.

– Na verdade sim, mas nesse exato momento a Raquel e o Bernardo estão nus no sofá e se pegando, e você não entrará lá por nada desse mundo.

– Então dormirei na rua hoje?

– Não – segurei-o pela mão e o levei comigo. – Você vai ficar lá em casa.

– Você quem manda.

Fomos de ônibus mesmo e por causa da minha pouca roupa e do vento frio da noite, arrepiei precisando esfregar os braços. Léo sorriu e me abraçou para espantar o frio. Chegamos minutos depois e, assim que passamos pelo portão, o porteiro me encarou com aquele olhar desconfiado. Parei na mesma hora e falei:

– Léo, diga para ele que você não é meu namorado.

– Não sou o namorado dela.

– Viu? – desafiei-o. – Agora para de xeretar na minha vida.

– Sim, senhora.

Subimos para o apartamento e eu reclamei de fome, até porque nem comera algo depois que voltara do trabalho. Eu estava exausta e faminta. Léo se ofereceu para pedir pizza e eu fui tomar banho, tirando do corpo todo o resíduo do sexo, escovando o dente e tudo. Não queria ter nada do sexo em mim, até porque o Léo passaria a noite em casa e eu não me sentia à vontade de ficar perto dele depois de ter transado.

Vesti um short cinza de pijama e uma blusinha branca. Penteei o cabelo, tarefa nada fácil, e encontrei Léo sentado no sofá assistindo televisão. Ao lado dele havia sua mochila e perguntei onde ele estava.

– Na casa dos meus pais. Eu ia ficar lá essa noite, mas aquela casa está um inferno. Minha irmã mais velha vai casar daqui um mês e pouco e está uma bagunça a casa de tantas coisas que ela comprou e presentes que recebeu. E ela também está insuportável de tão nervosa. Não dá para ficar perto. Por isso resolvi voltar.

– Sua família é de onde?

– De São Bernardo.

Nessa hora o interfone tocou e Léo desceu para pegar a pizza, enquanto arrumei a mesa da cozinha para comermos. Ao retornar, sentamo-nos e ele retirou uma caixa de suco de maracujá da sacola.

– Eu sei que é seu preferido e como não tinha aqui resolvi pedir.

Agradeci e comemos em silêncio a pizza de calabresa. Na verdade eu estava constrangida por ele saber sobre o ménage, porém Léo não demonstrava incômodo com tal assunto e comia como se nada de mais tivesse acontecido.

– Você está quieta – comentou. – Está bem?

– Estou sim, só pensando – mirei-o atentamente, vi-o sorrindo de canto de boca e lembrei-me de seus beijos maravilhosos.

– Pensando em quê?

– Em como você beija bem – respondi na lata mesmo e ele riu.

– Sempre direta, né, Mari?

– Sempre – sorri e ele estendeu a mão para me tocar no rosto, acariciando minha bochecha.

– Gosto desse seu jeito, tem atitude.

– Ah é? – levantei-me e dei a volta na mesa. Léo se virou para mim e me sentei em seu colo de frente para ele. – É bom saber que você gosta da minha atitude – sussurrei em seu ouvido e o senti me segurando pela cintura.

– E como gosto... – suas mãos desceram para as minhas coxas e me apertaram deliciosamente.

Encostei o nariz ao dele e notei como nossas respirações estavam alteradas. Ele me tocou na lombar e foi subindo pelas costas me levando para mais junto de si. Foi impossível evitar o beijo. Lambi sua boca e senti o gosto da pizza, mas em seguida a única coisa que me importou foi em como beijava, introduzindo a língua profundamente e não deixando de me apertar. Mordeu meu lábio inferior e eu gemi baixinho segurando-o pelos cabelos negros e lisos. Já era possível perceber sua ereção e eu precisei me esfregar ali, ajeitando-me melhor sobre seu membro rígido. Foi a vez de Léo gemer.

– Mari... – falou com a boca na minha não parando o beijo. – Você não tem ideia de como te desejo...

– Posso imaginar, eu também te quero...

Mais um beijo ardente. No entanto, Léo me segurou pelos braços e me afastou de seus lábios. Respirava fundo.

– Eu te quero muito, mas não podemos fazer nada agora.

– O quê? – elevei o tom de voz. – Por quê?

– Porque você não está preparada e...

Não quis mais ouvir e saí de cima dele andando para longe.

– Você só pode estar de brincadeira comigo – passei as mãos no rosto. – Diz que me quer mas na hora do vamos ver foge. Eu não te entendo! Me deixa assim e... – ele me puxou pelo braço e me beijou.

– Que garota nervosa – riu e me deu um selinho. – Nem esperou eu terminar de falar e já foi supondo as coisas.

Suspirei e minha vontade era rir de mim mesma.

– Então me explique.

– Você está cansada, trabalhou o dia todo e ainda teve aquele negócio lá da Raquel e do Bernardo... – pigarreou. – Enfim, quero que você esteja com todas as energias quando for ficar comigo. Será inesquecível.

– Então você está me dizendo que eu não irei aguentar, é? – ele balançou a cabeça e eu ri. – Leonardo, nunca na minha vida um cara fez isso comigo, e espero realmente que seja tudo isso que você está falando.

– Será, Mari, prometo – beijou-me novamente. – Quando você estiver descansada, verá que estou falando muito sério.

Não discuti mais e voltei a comer. Quando terminamos, sentamo-nos no sofá para assistir alguma coisa e eu apoiei a cabeça no ombro de Léo. Não vi mais nada, só acordei com Léo beijando minha testa e pedindo que eu fosse dormir na cama. Bocejei e ele me acompanhou até o quarto. Eu ficaria no de Raquel. Assim que parei na porta, virei-me para ele e o beijei, grudando nossos corpos.

– Não faz isso, Mari. Você me deixa louco.

– Foi você mesmo que me recusou esta noite – mostrei-lhe a língua. – Mas realmente estou cansada.

– Então vai dormir. Conversamos amanhã – beijou-me carinhosamente e eu entrei no quarto.

Deitei-me na cama e simplesmente apaguei, não houve tempo nem para sonhos e pensamento eróticos por saber que Léo estava no quarto ao lado.

17

Diferente de Tudo que Já Fiz

Revirei-me na cama e resmunguei por causa da luz que entrava pela janela, por uma fresta na cortina e vinha direto no meu rosto. Coloquei o travesseiro sobre a cabeça e suspirei, eu queria tanto dormir mais, porém meu corpo não queria e se agitara, tornando impossível a permanência ali. Rendi-me e levantei. Lavei o rosto na pia do banheiro, escovei os dentes e amarrei o cabelo em um coque. Depois fui até o meu quarto e abri a porta lentamente, Léo não estava mais lá e só se via a cama arrumada. Será que tinha ido embora? Irritei-me com esse fato, mas logo me acalmei quando o encontrei escorado na mesa da cozinha com os braços cruzados e fitando o horizonte pela janela. Ao notar minha presença, ele sorriu e me cumprimentou com um bom-dia.

– Dormiu bem? – perguntei, sentando-me à mesa.

– Não. Foi a pior noite da minha vida, quase não preguei os olhos.

– Por quê? – espantei-me com o que dissera.

– Porque seu cheiro está em tudo. Simplesmente não consegui dormir e passei a noite toda pensando em você, desejando mais do que tudo estar deitado ao seu lado.

Fiquei sem saber o que dizer e desviei a vista dele. Confesso que foi uma das coisas mais lindas que alguém já me disse nessa vida. Léo sentou na minha frente e indicou as coisas sobre a mesa: pão, bolo e suco.

– Tomei a liberdade de comprar umas coisas – contou, e mais uma vez agradeci.

Ficamos em silêncio e ele me olhava descaradamente sem disfarçar.

– O que foi, Léo? – perguntei, jogando nele uma casquinha de pão.

– Qual a cor da sua escova de dente?

– Transparente, por quê?

– Então usei a certa, imaginei que a rosa fosse mesmo da Raquel. E mais uma coisa, você é linda – pegou minha mão e a beijou.

– Você me deixa constrangida com isso, sabia?

– Por que anda tão constrangida ultimamente, Mari? Percebi você assim ontem também.

– Ontem foi mais pelo fato de você saber o que eu tinha feito antes lá no seu apartamento.

– E foi bom?

Meu rosto esquentou.

– Foi sim – engoli a vergonha e falei sorridente: – Se você quiser convido a Raquel e nós três podemos fazer também.

– Obrigado, mas não quero – bebeu um gole de suco.

– Por que não? – estranhei. – Esse é o desejo de qualquer homem. Todos querem transar com duas mulheres.

– Não é meu desejo. Gosto de ter apenas uma mulher para que eu possa me dedicar inteiramente a ela, tornando tudo perfeito. E o importante é a qualidade e não a quantidade.

– Isso foi uma indireta para mim, é?

– Claro que não, estou falando de mim.

– E com quantas garotas você já transou? – perguntei na lata mesmo.

– Quatro.

– Só quatro? Não acredito! – ri sem querer.

– Como disse, o importante é a qualidade e não a quantidade. E namorei muitos anos também.

– É verdade, você tem uma ex-namorada – deixei a voz mais suave e indaguei manhosa. – Me conta dela? Sei que você não gosta muito desse assunto, mas quero saber como era o relacionamento de vocês.

– Lílian – suspirou olhando para baixo encarando as mãos e depois a mim. – O nome dela é Lílian. Namoramos durante seis anos.

– Nossa! É muito tempo – surpreendi-me. – E o que aconteceu?

– Nós nos conhecemos no Ensino Médio quando eu consegui uma bolsa de estudos para uma boa escola particular lá em São Bernardo. Estudamos na mesma sala e logo um se interessou pelo outro. Sempre marcávamos de estudar juntos e não demorou para o clima rolar. Ela foi a minha primeira namorada. Os pais dela não gostavam muito de mim porque eram bem ricos e minha família não, mas nunca dei importância para isso, o que eu queria mesmo era ficar com ela. Assim que terminamos a escola, os pais dela queriam que fosse estudar na França, só que ela não queria ir de imediato, e como desculpa, fomos para o Japão passar alguns meses na casa dos meus avós. Acho que ficamos uns seis meses lá, isso porque de início ficaríamos só um. Os pais dela ficaram loucos com a gente e ameaçaram me acusar de sequestro se não voltássemos – sorriu com ternura e confesso que senti ciúmes de suas lembranças. – Não tivemos outra escolha. No ano seguinte, comecei o cursinho, mas foi horrível, pois sabíamos que Lílian teria que ir para a França no meio do ano, quando começava o ano letivo lá. E bem, em agosto ela embarcou jurando que voltaria no outro ano para me ver. Foi terrível ficar longe dela por tanto tempo. Conversávamos via internet, mas não é a mesma coisa, eu a amava e queria estar perto, poder beijar e tocar – umedeceu os lábios e tive certeza de que não estava sendo fácil para ele contar tudo aquilo. – No começo do ano, entrei na faculdade e Lílian não voltou para me ver como prometera. No ano seguinte, conheci o Bernardo e resolvemos dividir um apartamento. Naquele ano ela veio me ver e você não tem ideia de como sentíamos saudades um do outro. Passamos praticamente o mês todo de julho trancados no quarto – sorriu carinhosamente e eu fui contagiada e sorri também. – Contudo, Lílian me contara assim que chegara que não retornaria mais ao Brasil, ficando difícil manter o nosso relacionamento, e que não queria me prender a ela. Choramos porque a distância seria muita e realmente eu não sabia se aguentaria ficar mais dois, três, quatro ou sabe-se lá quantos anos longe dela. Nós nos amávamos muito, mas mesmo assim decidimos acabar tudo por ali. Foi difícil, nunca senti tanta dor na minha vida e sabia que ela também. Eu a estava perdendo para sempre. E ela se foi... E nunca mais a vi. Já faz três anos.

– Que linda e ao mesmo tempo triste a sua história com ela – acariciei sua mão. – Você nunca mais conversou com ela?

– Não. Achamos melhor não mantermos contato para que a dor da despedida não fosse eterna. Praticamente apagamos um da vida do outro. Minha irmã mais velha ainda fala com ela às vezes, mas não sei sobre o que conversam nem como ela está. É melhor assim.

– Você ainda a ama?

– Não – sequer hesitou e eu fiquei feliz. – Tenho um carinho muito grande por ela. Lílian foi minha primeira namorada, primeira experiência sexual, primeira em muitas coisas. E aprendemos muito sobre a vida juntos. Mas não, não a amo mais. Foi difícil deixar de amá-la, só que consegui e hoje estou aqui olhando para os seus olhos verdes e te desejando mais do que tudo nessa vida.

– Mas é difícil competir com a lembrança dessa sua ex, hein? Foi perfeito o relacionamento de vocês.

– Realmente foi mesmo, mas já passou – tomou minha mão e a beijou. – E meu maior desejo agora é oferecer a você uma transa perfeita, como nunca teve.

– Convencido você, hein? Já tive muitas transas perfeitas, sabia?

– Duvido.

– Duvida?

– Sim. Você pode ter transado com inúmeros caras, não quero nem saber a quantidade exata, mas tenho certeza de que nunca teve uma transa perfeita.

– Você não sabe disso – mostrei-lhe a língua.

– Sei sim, pois se você tivesse tido a transa perfeita, nunca mais iria se separar desse cara. Quando temos uma transa perfeita não conseguimos pensar em mais nada, em mais ninguém, só queremos de novo e de novo. Nada mais importa a não ser a outra pessoa, o desejo de lhe proporcionar prazer e receber de forma igualitária. Sexo não é apenas sexo, apenas fluidos corporais, é algo muito mais profundo, algo até espiritual. É quando duas pessoas estão o mais próximo possível podendo até parecer o mesmo ser. São dois corpos unidos capazes de sentir exatamente o outro. Não há maior intimidade do que a relação sexual.

– Isso foi profundo. Você já teve uma transa perfeita?

– Já, por isso fiquei seis anos com ela.

– E as outras garotas com quem você transou, quem são?

– Uma veterana que me embebedou na festa dos calouros, uma menina nos Estados Unidos e a Raquel.

– Mas então você traiu sua namorada com a veterana?

– Sim. Só que não foi por intenção, e a Lílian me perdoou, até porque eu estava muito bêbado e nem lembro direito. E você sabe como são essas veteranas que pegam os calouros, né? – riu e eu também.

– E como foi com as outras?

– Com a menina dos Estados Unidos foi só uma vez porque eu não estava mais aguentando ficar sem sexo e como ela dava mole pra mim resolvi convidá-la para sair. Não foi nada especial. E com a Raquel você sabe. Foi bom, mas também comum e sem o envolvimento que tanto busco nessas horas.

– E como será comigo?

– Perfeito – levantou-se e me estendeu a mão, segurei-a e fiquei em pé. – Você nunca mais será capaz de esquecer.

Tocou delicadamente meu lábio inferior, contornando-o, e me beijou em seguida, primeiramente de forma suave e depois com mais intensidade. Ele era capaz de me excitar com apenas um beijo, deixar-me queimando por dentro de vontade de tê-lo.

– Só quero te pedir uma coisa – acariciou meu rosto. – Não tenha pressa, tudo bem?

– Por que diz isso?

– Porque tenho certeza de que nunca fez isso antes e você pode achar estranho o tempo que vai demorar, por isso tenha paciência, eu sei o que estarei fazendo. Confie em mim.

– Confio.

Léo sorriu e pediu que eu fosse ao quarto enquanto ele pegava umas coisas. Umas coisas? O que será que tinha em mente? Aprontaria algo. Entrei em meu quarto e como o lençol da cama fora esticado, sentei-me ali e aguardei. Léo logo chegou carregando uma rosa branca e um pote com alguns morangos. Eu já gostava daquilo. Perguntou onde estava meu celular e falei que na sala, ele saiu voltando minutos depois, avisou que o desligara assim como o interfone, pois não queria que nada nos interrompesse. Eu não disse nada e apenas o observei fechar o vidro da janela permitindo que o sol entrasse, mas não o som, e fechando mais ou menos a cortina. O quarto ganhara uma iluminação aconchegante, um pouco escura mas não o suficiente para atrapalhar minha visão de tudo ao redor e principalmente de Léo.

– Por que toda essa preparação? – indaguei curiosa.

– Para ser perfeito – sentou-se ao meu lado. – Irei bem devagar no começo e peço que me acompanhe, tudo bem?

– Sim, senhor – brinquei e ele sorriu.

Retirou os sapatos e cruzou as pernas em cima da cama, fiz o mesmo que ele. Apanhou a rosa sobre o criado-mudo, cheirou-a e levou-a até o meu nariz, inalei calmamente sentindo o odor suave.

– Uma rosa branca como pedido de desculpa – falou suavemente e percorreu meu rosto com ela.

Eu sorria por causa da sensação gostosa do momento. O cheiro da flor e o seu toque em minha pele foi algo que nunca fizera e gostei muito. Léo pediu que eu fechasse os olhos e o fiz, sentindo com mais concentração a rosa e o seu aroma. Quando ele a afastou de mim, após longos minutos, encostou-a no próprio nariz e inalou profundamente. Colocou-a novamente em mim e eu também inalei. Deixou a rosa sobre a cama e segurou minha mão a posicionando sobre seu peito.

– Sinta as batidas do meu coração e a velocidade da minha respiração. Tente acompanhá-la com a sua até estarmos na mesma sintonia.

Achei estranho, mas obedeci, até porque eu prometera confiar nele. Seu coração não batia tão acelerado como eu imaginara e me impressionei, a respiração era longa e profunda, como se estivesse em meditação ou algo do tipo. Meu coração batia freneticamente e me concentrei para tentar acalmá-lo. Fui respirando cada vez mais fundo e prestando atenção no pulsar de Léo. E finalmente, depois de muitos minutos, consegui equiparar nossas respirações e batimentos cardíacos. Léo sorriu mirando meus olhos e me beijou carinhosamente.

– Estamos na mesma sintonia agora – estendeu-se para o lado e pegou o pote com os morangos.

Cheirou uma das frutas e eu fiz o mesmo. Ele a mordeu e a passou sobre meus lábios sem introduzi-la na boca, o gosto doce já invadia meu paladar. Ele a colocou na minha boca e me beijou sugando todo o sabor do morango. Eu o beijava e ao mesmo tempo mastigava a fruta, seu gosto me dominou e os lábios de Léo tornaram o momento muito mais prazeroso. Foi minha vez de pegar um morango e repetir o que fizera comigo. Literalmente trocamos beijos deliciosos.

Léo puxou minha blusinha, retirando-a de mim, e se desfez do sutiã. Analisou-me atentamente com o olhar e tocou com as pontas dos dedos meus seios, porém não foi além e me deitou para terminar de me despir. Comigo nua, fez-me sentar e eu lhe retirei a roupa. Primeiro a camiseta e com isso avistei sua tatuagem ao lado direito da costela que se estendia até a cintura. Um tigre. Suas presas estavam expostas assim como as garras prontas para um ataque. A cor preta se fazia presente, não havendo outra ali. Uma linda tatuagem que toquei lentamente, circulando todos os contornos. Léo deitou-se e tirei sua bermuda junto da cueca. O pênis ereto se mostrou e tive certeza de que não passava de um boato bobo o que diziam sobre os orientais.

Ele se sentou, segurou-me pelas mãos e me puxou para que me acomodasse em seu colo. Não houve a penetração, apenas o toque de nossos corpos nus. Léo soltou meu cabelo do elástico e introduziu os dedos nele pela nuca, o que me causou muito arrepio. Beijou-me no pescoço e me senti toda mole. A outra mão apoiava-se em minhas costas, não me deixando afastar. Entrelacei seu pescoço com os braços e escorei a cabeça em seu ombro, virada com o nariz para ele e inalando seu maravilhoso cheiro. Léo fez o mesmo e me cheirou como nunca fizera, descendo do queixo até as clavículas.

– Adoro seu cheiro – sussurrou.

– Também adoro o seu – minha voz quase não saiu de tão baixa.

Endireitei a cabeça e seus braços foram passados por debaixo dos meus, abraçando-me gostosamente. Nossas testas se encostaram e depois de muitos minutos nessa posição, apenas sentindo o corpo um do outro, abrimos os olhos e nos fitamos por um tempo incerto. Seus olhos negros não saíam dos meus e percebi ali tudo o que sentia por mim, o desejo, a alegria e até, quem sabe, amor. Ao pensar nisso, meu coração acelerou e Léo me tocou entre os seios, pedindo que me acalmasse. Beijou-me gostosamente e entramos novamente em sintonia.

Inclinou-se para cima de mim e me deitou delicadamente sobre o lençol. Voltou a pegar um morango e o passou pelos meus lábios, queixo, pescoço, seios até chegar ao umbigo. Depositou a fruta ali e a mordeu sem tocá-la, só com o meu corpo como apoio. Sensação gostosa. Outro morango foi parar entre seus dentes e depois ele o levou até a minha boca, mordi e o comemos juntos. A fruta se foi e no lugar ficaram nossas línguas com o gosto doce e seu corpo sobre o meu, pressionando-me.

Talvez o beijo mais longo da minha vida? Acho que sim. Perdi completamente a noção do tempo e o beijo interminável prosseguiu até o ponto de se tornar febril. Por mim nunca mais sairíamos dali e não cessaríamos o carinho. Contudo, Léo se afastou e distribuiu beijos pelo meu pescoço, passando as mãos pelo meu corpo. Enquanto sua boca ia descendo, as mãos circundavam os seios e em seguida foram para as coxas e bunda. Sua língua arrastou-se pelo meu mamilo e o sugou, movendo-a circularmente durante a ação de sucção. Gemi baixo.

Leonardo me apertava e esfregava as mãos, e a boca não se distanciava da minha pele. Mais uma vez no umbigo e descendo sem parar. Alcançou minha região íntima e foi direto para o clitóris, chupando-o e movendo a língua circularmente, abarcando-o por inteiro e me causando delírios. As mãos dele não interrompiam os movimentos e espalhavam o prazer por todo o corpo, eu não só o sentia na parte íntima como também em cada pedacinho de pele tocado por ele de um jeito que mostrava experiência, ele sabia exatamente o que fazia. O formigamento apareceu e eu me contorci gemendo alto, sentindo o orgasmo não apenas no meu sexo, mas como se ele tivesse se irradiado por todos os lugares possíveis do meu corpo.

Eu tivera um orgasmo sem que houvesse qualquer tipo de penetração, e fora arrebatador, pois eu respirava fundo tentando estabilizar a entrada de ar e ainda sentia a sensação me percorrendo.

Léo tirou a boca de mim e sentou-se de pernas cruzadas, observava-me sem nada dizer. Parecia calmo e sereno e achei estranho, qualquer cara que me via gozar tão intensamente já queria se fazer presente dentro de mim, mas ele não, só me olhava como se estivesse esperando por algo. Sentei-me também ainda com pequenas treme-deiras o beijei. Na verdade eu desejava o ato sexual em si, com ele dentro de mim, porém lembrei-me dele me pedindo calma, para não ter pressa. Sim, tenha calma, Mariana.

Decidi fazer o mesmo que ele fizera comigo e inclinei-me para frente forçando-o a se deitar. Beijei-o longamente e arrastei as mãos por seu corpo de músculos firmes e definidos por causa da arte marcial que praticava. Percorri desde os pulsos, indo para os braços, peito, abdômen e seguindo esse caminho. Cheguei em seu pênis e massageei as bolas. Ele apertou os olhos e gemeu baixo. Prossegui com o carinho e minha boca foi para a cabeça do pênis. Suguei com vontade e o intro-duzi até o fundo da garganta. Léo apoiou-se nos cotovelos para me ver e várias vezes fechava os olhos e jogava a cabeça para trás. Permaneci ali longos minutos deliciosos nos quais proporcionei muito prazer a ele, e quando seu membro pulsou, perguntei se ele gozaria.

– Não – garantiu-me. – Não preciso ejacular para ter um orgasmo.

– Como não? – aquilo era novo para mim.

Ele sorriu e veio até mim para me beijar, afundando os dedos em meus cabelos. Encostou o nariz ao meu e disse baixo:

– A ejaculação não precisa estar ligada ao orgasmo. É difícil aprender a fazer isso, precisa de muita prática e autocontrole.

– Realmente incrível. Então isso quer dizer que podemos ficar transando por horas... – fiquei boba.

Ele sorriu confirmando com a cabeça e voltou a me beijar. Há quanto tempo já estávamos lá? Não faço ideia, mas sei que só tudo o que fizemos até agora foi o tempo de uma transa convencional. As preliminares mais longas da minha vida, nunca fiquei tanto tempo excitada sem interrupção. Às vezes transava mais de uma vez durante a noite, porém sempre havia interrupção após o gozo do meu par-ceiro. Contudo, não houve pausas até o momento e nem tínhamos efetivamente praticado o sexo. Eu queimava por dentro e todo aquele calor se espalhava, como se o meu corpo fosse capaz de ter um orgas-mo por si só. Isso sem contar os intermináveis beijos, a todo segundo ele me beijava.

Meu seio esquerdo foi abocanhado e eu arrepiei na mesma hora. Léo chupou o bico eriçado e apertou o seio inchado de tanto prazer. Eu arfava e amoleci, deixando-me cair de costas com ele sobre mim.

– Pelo jeito já estou tirando todas as suas energias – comentou sorridente. Aposto que orgulhoso de si mesmo.

– Não sei o que você está fazendo comigo, mas não pare.

Ele confirmou e se esticou para fora da cama, pegando uma camisinha dentro do criado-mudo. Como ele sabia que estariam ali? Deve ter mexido durante a noite. Colocou o preservativo e o ajeitou na minha entrada. Quando me penetrou lentamente, abraçou-me e ficou ali parado me beijando. Sussurrou em meu ouvido para senti-lo dentro de mim, cada pedacinho seu em mim. Fechei os olhos e o pulsar de seu membro ali causou tanto prazer que até as pernas tremiam. Gemi mordendo o lábio inferior e Léo apertou-me ainda mais. Encarei-o e seu rosto estava contorcido de prazer, como se estivesse gozando. Será que chegara lá? Ele respirava profundamente e arfou, soltando um gemido rouco antes de me olhar. Sorriu e me beijou.

– Você gozou?

– Se você quer saber se eu ejaculei, não. Mas tive sim um orgasmo.

– Isso é fantástico.

– Pode ter certeza de que sim.

Iniciou os movimentos de vaivém primeiro vagarosamente, quase uma tortura para mim, sempre indo bem fundo e voltando. Agarrei-me em seus ombros quando meus dedos dos pés formigaram. Gemi a plenos pulmões e sentia a energia deixando-me cada vez mais. O que ele fizera comigo? Estava praticamente esgotada e adorando tudo aquilo.

O sexo se intensificou e Léo também gemia. Entrelacei as pernas em sua cintura, permitindo-o ir mais fundo, e ele se ajoelhou e me puxou pela bunda penetrando-me mais vigorosamente. Gritei de prazer. Não só eu, nós! Léo soltou-me e embolou o lençol enquanto mordia a boca e fechava os olhos. Pus as mãos em seus braços e o senti estremecer, os músculos estavam mais rígidos e sua temperatura muito elevada. Era incrível o fato de ele gozar sem gozar literalmente. Nunca conheci um cara que fizesse isso.

Empurrei-o para trás e fiquei por cima. Peguei um morango levando-o à boca e depois à de Léo. Ele segurou a fruta e introduziu o pequeno pedaço que sobrara na minha boca. O dedo veio junto e o chupei não tirando a vista de seus olhos negros. Suas mãos não paravam de me alisar, tanto no cabelo quanto nos seios e na bunda. Eu tinha toda a sua atenção e dedicação.

Comecei a me mover para cima e para baixo, mas ele me segurou firmemente pelos quadris, fazendo-me parar. Não entendi, porém mexeu-me circularmente e compreendi o que queria. Fiz movimentos circulares e sentia seu pênis completamente dentro de mim, tocando-me em cada centímetro interno. Aumentei a velocidade e Léo me estendeu as mãos como apoio. Rebolei freneticamente e suava pelo rosto e costas, arquejando, mas não cessando em momento algum, só desejando mais e mais a cada minuto passado. Tive mais um orgasmo e forcei-me a não parar por mais que tremesse por inteiro. No entanto, meu corpo estava mole, não aguentava, era como se tivesse perdido as forças em cada músculo, e assim desabei sobre Léo.

Ele rolou para cima de mim e prosseguiu com o sexo enquanto eu gemia e até perdia a noção do ambiente após mais um ápice do prazer. Eu ainda não acreditava que Léo não gozava, tornando-se aquela a relação sexual mais longa da minha vida. Ele teve mais um orgasmo e seu corpo extremamente quente envolveu o meu.

– Você está acabando comigo – sussurrei quase sem voz.

– Eu disse que precisava de você com todas as energias – beijou-me calorosamente e me abraçou com mais força.

Sentou-se e me levou junto para que me ajeitasse sobre seu colo, dessa vez com a penetração. Suas mãos alisaram minhas costas, cabeça, cabelos e todo o resto. Beijou-me carinhosamente e pediu que eu me mexesse pelo menos um pouco. Obedeci.

– Só mais um – disse, beijando a ponta do meu nariz. – Quero ver você tendo mais um orgasmo.

– Quero ver você também.

– Se você tiver eu terei.

– Então goze de verdade, com ejaculação e tudo – pedi sorrindo e ele riu gostosamente.

– Como você quiser, minha linda.

Sua língua saiu dos meus seios e foi subindo até a boca. Eu voltei a me balançar intensamente, buscando energias de não sei onde, dizendo a mim mesma que precisava dar tudo de mim. Os quadris de Léo também se mexeram, fazendo com que eu praticamente pulasse. Ri e gemi alto, jogando a cabeça para trás e curtindo todas as sensações do momento. Dessa vez, meu formigar não se limitou apenas aos pés, e veio subindo pelas pernas, coluna e juro que o senti até no pescoço. Todo o meu corpo tremeu e gritei, definitivamente perdendo as forças. Léo me segurou e notei que atingira o clímax, pois sua voz também se propagou.

Caímos para trás, ele de um lado e eu de outro. Nossas pernas se tocavam, esse era o único contato. Eu mirava o teto não acreditando em tudo o que acontecera e um sorriso não me abandonava por mais exausta que eu me encontrasse. Realmente fora uma transa perfeita!

Comecei a rir e Léo veio para cima de mim. Beijou-me suavemente nos lábios e perguntou o motivo da minha alegria.

– Você é o motivo da minha alegria – tentei me sentar, mas todos os músculos tremeram reclamando do excesso.

– Não se mexa, está muito cansada.

– E você não?

– Um pouco, mas eu já aprendi a controlar a minha energia e por isso não me esgoto.

– Então se eu também soubesse fazer isso poderíamos ainda estar fazendo sexo?

– Com certeza – sorriu e me beijou.

Saiu da cama retirando a camisinha e me deixou sozinha no quarto com os meus pensamentos acerca do sexo perfeito. Realmente nunca provara de tal sensação, e os orgasmos foram os mais intensos que eu já tivera. Léo logo retornou e se deitou ao meu lado ainda nu. Ficamos um de frente para o outro e apenas sorrimos.

– Descansa – acariciou minha bochecha.

– Não, primeiro quero saber o que foi isso que você fez comigo – eu sequer conseguia fechar os punhos sem que tremessem.

– Sexo tântrico, mas depois te explico – beijou-me deliciosamente. – Agora venha aqui – indicou seu peito para eu me deitar. Aconcheguei-me ali e ele passou os dedos pelos meus cabelos. – Vamos curtir essa sensação que ainda corre por nossos corpos.

Concordei e fechei os olhos. Ouvia seu coração, a respiração e o sentia me alisar. Logo caí no sono.

18

Só Eu Preciso Saber que Foi Perfeito

Despertei com o susto causado pelo barulho das batidas incessantes na porta. Léo resmungou e eu me levantei. Raquel não parava de me chamar e bater.

– Já vou! – precisei dizer e só assim ela parou.

Recolhi as roupas do chão e me vesti. Prendia o cabelo enquanto Léo não tirava os olhos de mim com um meio sorriso no canto da boca. Não sei o que me deu, mas voltei à cama e o beijei longamente. Ele me puxou e caí sobre seu peito.

– O que você está fazendo, Mari? – perguntou Raquel, batendo novamente na porta.

– Que menina chata – falei baixo e Léo riu.

Destranquei a porta e a abri pouco para ver minha amiga.

– O que foi?

– Você estava dormindo? Está com a cara amassada.

– Sim, estava. O que quer?

– Te contar tudo! – bateu palmas e sorriu largamente.

– Isso será longo – olhei para Léo e ele piscou para mim. Abri mais a porta para eu poder passar e a fechei em seguida.

– O que você está escondendo aí no quarto, hein? – não respondi de imediato e ela arregalou os olhos. – Tem alguém aí? – confirmei revirando os olhos. – Quem é?

– Por que toda essa curiosidade?

– Qual é, Mari? Me conta. É o Cláudio?

– Não – afastei-a da porta e sussurrei: – É o Léo.

Dessa vez ela gritou e pulou para me abraçar.

– Eu sabia que isso ia acontecer um dia. E aí? Foi bom?

– Perfeito, ele é perfeito – sorri e ela também. – E não vai me contar sobre o Bernardo?

– Conto depois, volta lá pra ele, vai. Ah! O Bernardo está lá na cozinha e vamos preparar o almoço. Venha comer daqui a pouco.

– Tudo bem, mas fale para ele ficar de olho em você, não queremos que o apartamento pegue fogo – ri e ela me mostrou a língua.

Voltei ao quarto e Léo continuava deitado na cama. Ajeitei-me do seu lado e recebi um beijo maravilhoso.

– Agora me conta sobre esse tal de sexo tântrico. Onde aprendeu? – pedi, encarando-o.

– Foi uma brincadeira de adolescente entre a Lílian e eu. Decidimos que aprenderíamos isso juntos, e bem, vimos que era bom e não paramos mais. Gostou?

– Muito. Foi diferente de tudo que já fiz.

– Eu sei – beijou-me. – Foi perfeito, não é?

– Convencido, – saí da cama e procurei roupas na gaveta sem saber bem o que queria. – Vou tomar banho – disse, mudando de assunto, eu não assumiria para ele que realmente foi perfeito.

Deixei-o sozinho e me dirigi ao banheiro. Enfiei-me debaixo da água recordando de tudo o que fizemos. Meu Deus! Uma transa perfeita! Ri de mim mesma. Ainda sentia o cansaço físico e uma dor nas coxas. Filho da puta, olha só o que fez comigo!

Demorei mais tempo do que o normal no banheiro, na verdade achei melhor não ficar muito grudada no Léo, já me envolvi demais com ele e, apesar de tudo, ainda tenho medo de relacionamentos. Ao retornar ao quarto, Léo já tinha arrumado a cama e estava sentado na beirada tocando as pétalas da rosa branca. Assim que entrei, fitou-me e sorriu.

– A Raquel veio avisar que o almoço está pronto – informou.

Assenti e o esperei vir até mim. Ainda com a flor em mãos, colocou-a em cima da minha orelha entre os cabelos úmidos, afagou meu rosto e saiu na frente. Segui-o e encontramos Bernardo e Raquel acomodados à mesa se olhando apaixonadamente. Formavam um belo casal. Raquel pegou o celular da bolsa e tirou uma foto minha ao lado de Léo.

– O Cauã vai adorar saber o que aconteceu entre vocês. Vou até enviar essa foto para ele. Sabia que ele é seu fã, Léo? Torce por você desde o começo.

Léo riu e eu reclamei, porém Raquel não deu a mínima importância e enviou a foto. Servimo-nos da comida e ficamos em silêncio à mesa. Confesso que o constrangimento voltou, mas dessa vez foi pelo fato de estar entre pessoas que haviam transado umas com as outras. Não me senti confortável.

– Eu tentei ligar para você mais cedo – comentou Raquel, olhando-me. – Mas caía direto na caixa-postal.

– Ele está desligado. Falando nisso, vou ligá-lo – fui buscar o celular e na hora que liguei, recebi inúmeras mensagens de Cauã. Ele já estava surtando por causa da foto.

Conversamos sobre banalidades ao decorrer do almoço e o clima melhorou. Eu evitava mirar Léo, pois era como se a qualquer momento ele pudesse tocar no assunto do sexo e eu não assumiria que fora realmente perfeito. Ofereci-me para lavar a louça após todos comerem e Léo me ajudou. Mais uma vez fiquei tensa, mas ele não tocou no assunto nem deu a entender que conversaríamos sobre isso. Bem, já passou e o melhor mesmo é esquecer.

Leonardo avisou que precisava ir embora e recolheu suas coisas, acompanhei-o até a saída e ele se despediu de Raquel e Bernardo, que estavam sentados no sofá da sala. Saímos para o corredor e eu apertei o botão para chamar o elevador. O silêncio pairou sobre nós e eu fitava o chão. Contudo, Léo me tocou no queixo e eu o olhei.

– Gosto muito de te beijar... – a frase morreu e seu dedão deslizou suavemente pelo meu lábio inferior.

– Pode me beijar quando quiser...

Arrumou a mochila nas costas e me puxou para si, beijando-me intensamente. Eu me entreguei completamente aos seus lábios e me agarrei em sua camiseta para não deixá-lo se afastar de mim. Não quero que pare! No entanto, o elevador chegou e a porta se abriu, uma senhora nos analisou de cima e baixo. Não permiti que ele saísse de junto de mim.

– Não vou descer – Léo falou sorrindo para a mulher, que não demorou para fechar a porta. Virou-se para mim. – Eu sei fazer do seu jeito também – referiu-se ao sexo.

– Então me mostra – não acredito que falei aquilo, mas depois que já tinha saído, beijei-o ardentemente e o puxei pela camiseta para dentro do apartamento.

Entramos nos pegando e ouvi uma exclamação de Raquel. Léo tirou a mochila das costas e a jogou em cima de Bernardo. Ri e ele me pegou no colo, cruzei as pernas em suas costas e fui levada apressadamente para o quarto. Colocou-me na cama e arrancamos velozmente a roupa um do outro como se nossas vidas dependessem daquilo. Eu o queria novamente! Não houve preliminares, nossa ânsia um pelo outro não permitiu que fizéssemos nada do tipo. Desenrolei a camisinha sobre seu membro ereto e pedi que o introduzisse em mim o mais rápido possível, eu não aguentava mais o meu pulsar interno implorando pelo preenchimento.

Léo veio com tudo e gritei quando se fez presente dentro de mim. Estocou impetuosamente e eu não conseguia, em hipótese alguma, segurar a voz, simplesmente gemia alto.

– Por favor, não pare de gemer. É muito bom ouvir – falou para mim e foi aí que permiti que a voz saísse mais intensamente.

A cama batia na parede e sequer nos importamos com isso, só o sexo merecia nossa dedicação e preocupação. O rosto de Léo se contorceu e na mesma hora o formigamento surgiu. Gozamos juntos e nos abraçamos e beijamos. Respirei profundamente e virei-me de lado e depois de costas, ficando de quatro. Léo alisava minha bunda e seios e investia incessantemente. Eu só pedia por mais, muito mais!

Despenquei na cama por causa de mais um orgasmo surpreendente, e Léo distribuiu beijos pelas minhas costas, não parando com o vaivém. Apertei-me mais por dentro e o atrito foi maior, gememos juntos.

– Apertado – falou com dificuldade.

– Você pode saber sobre sexo tântrico, mas eu conheço um pouco de pompoarismo.

Lambeu-me na nuca e sussurrou ao meu ouvido:

– Você é muito gostosa.

Segurei-o pelo cabelo, puxando-o, quando Léo meteu com mais força. Permaneci deitada de barriga para baixo com ele sobre mim. Eu tinha sob controle a pressão sobre seu membro e ele gemia a cada nova investida, porém não diminuía o ritmo em momento algum. Gozei de novo e de novo. Ele ia me matar de tanto tesão. Léo também chegou lá, mas não ejaculou e eu começava a gostar muito daquilo. Não precisávamos parar porque seu membro amolecia, dando continuidade ao ato. Agora entendo por que Raquel continuou transando com ele mesmo após estar consciente.

Forcei-me para trás e Léo se sentou comigo sobre ele, porém de costas. Ajeitei-me com as pernas dobradas e com as suas entre elas. Ele permaneceu sentado. Apoie-me no colchão e movi-me loucamente. Léo expressou-se vocalmente e caiu para trás, apertando-me durante o seu orgasmo. O meu veio logo em seguida e me encolhi inteira, curtindo o prazer. Ele me abraçou e assim ficamos por longos minutos. Sei que Léo não ejaculara, mas eu não conseguia mais, abusei muito da minha capacidade física, até o respirar se tornara difícil.

Saí de cima dele e me deitei, ele veio para o meu lado, retirou a camisinha e notei não ter nada dentro.

– Você não sente falta de ejacular? – indaguei, curiosa.

– Não, ela não está ligada ao prazer, mas se você quiser posso fazer isso quando bem entender, várias vezes durante o sexo e sem amolecer – sorriu e me beijou.

– Você é realmente incrível. Agora entendo por que a sua ex ficou seis anos com você.

– Não sou incrível, você que é.

Pensei que fosse receber mais um delicioso beijo, só que isso não aconteceu, pois Léo se levantou e começou a se vestir. Iria embora... Não comentei nada e também coloquei a roupa.

– Agora realmente preciso ir, me acompanha? – estendeu-me a mão, anuí.

Caminhamos em silêncio até a sala e encontramos Raquel e Bernardo ainda no sofá.

– Ouvimos tudo, tá? – Raquel tinha a famosa coloração vermelha e eu lhe mostrei a língua.

Bernardo entregou a mochila de Léo e o provocou perguntando se agora iria embora mesmo, caso contrário seguraria a mochila por mais algumas horas sem problema. Acompanhei-o até o elevador e ele apertou o botão, a porta logo se abriu e Léo me beijou na testa em despedida. Entrou e ficou me olhando. O elevador começou a se fechar e fiz a coisa mais ridícula desse mundo, algo nunca feito por mim. Coloquei a mão na porta e ela se abriu, pulei nos braços dele e o beijei desejosamente. O elevador desceu com nós dois dentro trocando beijos luxuriosos. Ao atingir o térreo, afastamo-nos, as respirações descompassadas e a excitação presente. Ganhei um selinho e dessa vez ele soltou-se de mim; contudo, parou após sair e olhou para trás, diretamente para mim.

– Eu sei que foi perfeito pra você também... – foi a última coisa que disse antes de a porta se fechar.

Cauã nos esperava do lado de fora do hospital com um largo sorriso, e eu sabia muito bem o motivo daquela felicidade. Sequer me cumprimentou e já foi perguntando como foi minha transa com o Léo. Eu disse que não era da conta dele, mas como ficou me enchendo, contei que gostara muito e ponto.

– Ele mexeu com você, não é? Está estampado no seu rosto – seu sorriso vitorioso me irritava.

– Lógico que não! Foi apenas sexo! E pare de me olhar assim.

– Sei...

Revirei os olhos e nessa hora Adriano chegou, cumprimentando alguns alunos e a nós. Sorri largamente para ele, que retribuiu. Preciso voltar à minha tarefa de deixar aquele homem louco por mim.

Naquele dia, dediquei-me mais às tarefas que podíamos desenvolver dentro do hospital e nem fiquei atrás do professor. Contudo, quando deu o nosso horário de ir embora, fui procurá-lo. Dessa vez até Cauã tentou me impedir, mas fugi dos meus amigos e andei apressadamente pelos corredores em busca do meu homem gostoso. Devo ter demorado uns dez minutos para encontrá-lo conversando com uma enfermeira dentro de uma sala. Fiquei do lado de fora esperando e, assim que ela saiu, entrei sorrateiramente. Ele estava de costas para a porta, separando medicamentos em uma bancada. Cheguei perto silenciosamente e cobri seus olhos com as mãos.

– Adivinha quem é, professor – sussurrei sensualmente, encostando os lábios em sua orelha.

Adriano tocou minhas mãos e falou meu nome, soltando-se de mim e virando de frente.

– O que você quer comigo agora, Mariana?

– Quero você todinho para mim – passei o dedo indicador pela gola de sua camiseta.

– Você não disse que desistiria de mim? – arqueou uma das sobrancelhas.

– Eu disse que estava pensando sobre isso porque inúmeras coisas aconteciam na minha vida, mas agora eu sei que te quero – fui para beijá-lo, porém ele não permitiu e me segurou.

– Quando eu penso que a minha vida está voltando aos eixos, você aparece de novo para me atormentar – sorria de canto de boca.

– Eu sei que você gosta dessa tormenta – rocei meu corpo ao dele, que mordeu o lábio inferior. – Quando vai se render aos meus encantos?

– Se isso acontecer você me deixará em paz depois? – assenti. – Promete?

– Tenha minha palavra, não saio mais de uma vez com o mesmo homem, só gosto de experimentá-lo e depois jogar fora – ri e o peguei de surpresa, beijando-o.

Adriano me apertou na cintura e intensificou o beijo, todavia, meu celular tocou e eu me afastei dele. Não vi a mensagem de imediato e sim encarei meu lindo professor, falando sensualmente:

– Depois... – deixei a frase morrer e mandei um beijo.

Ele sorriu e confirmou com a cabeça. Saí da sala e peguei o celular vendo uma mensagem de Bernardo na qual pedia que eu levasse a Raquel até o campus com a desculpa de almoçarmos, pois ele faria uma surpresa para ela. Não pensei muito sobre o que seria e arrastei Raquel e Cauã para o campus. Eles não contestaram a minha sugestão de comermos lá porque estavam mais bravos pelo fato de eu ter ido atrás de Adriano.

Bernardo nos esperava sentado em um banco próximo à entrada do restaurante universitário e tinha uma das mãos para trás. Assim que nos aproximamos, dei um empurrãozinho em Raquel para que ela fosse à frente. Bernardo se levantou, não tirando os olhos da minha amiga, e tanto eu quanto Cauã mantivemo-nos alguns passos atrás. Raquel parou na frente dele e, quando Bernardo se ajoelhou, ela levou as mãos à boca para abafar o gritinho de surpresa. Ele lhe estendeu uma rosa vermelha e fez o pedido de namoro.

– Sim, sim, sim – respondeu Raquel, com lágrimas nos olhos.

Bernardo sorriu e a abraçou, levantando-a do chão e a rodando.

– Que lindo – comentou Cauã e eu confirmei. – Você não sente falta disso, Mari? É tão bom ter alguém a quem amar.

Não respondi e apenas fiquei admirando o beijo apaixonado deles. Será que eu queria aquilo? Alguém para amar? Na verdade não sei. Se fosse alguns meses antes eu diria convicta que não, mas agora eu realmente não sei e também não quero pensar sobre tal assunto.

Raquel me encarou sorrindo entre as lágrimas e eu fui parabenizá-la pelo namoro. Em seguida abracei meu primo e disse que ele fizera tudo certinho.

– Já a conquistei, agora só falta você cumprir ou não a sua parte. Não esqueci do que apostamos.

Se eu não conquistasse o Léo, teria de contar a Bernardo o porquê dos meus pesadelos. Suspirei.

– Não sei mais se quero continuar com isso, estou envolvida demais com o Léo, prefiro perder essa aposta.

– Não consegue conquistá-lo?

– Não é isso... – puxei-o mais para o lado. – Tenho medo de que ele me conquiste – falei baixo.

– Não vejo mal algum nisso. Não seja dura com você mesma, Mari. Vi como vocês se pegaram ontem e ouvi suas vozes durante o sexo. Arrisco dizer que vocês foram feitos um para o outro.

– Não – neguei. – Não quero isso, tá? É melhor esquecer esse assunto.

– Você quem sabe – deu de ombros. – Mas não vai conseguir evitar contato com o japa – apontou para longe e, ao me virar, vi Léo vindo em nossa direção.

Meu coração acelerou, as pernas amoleceram e percebi todos os olhares sobre mim. Léo se aproximou me encarando e não desviei a vista dele. Quando parou de andar, bem perto de mim, esticou o braço para o lado entregando um livro para Bernardo, porém não desgrudou os olhos negros de mim. Eu tentava manter a respiração normal, mas estava cada vez mais difícil. Assim que Bernardo apanhou o livro, Léo me tocou no rosto e contornou minha boca suavemente com o dedão. De repente um desejo latente de beijá-lo surgiu.

– Quando você quiser... – falei e ele sorriu.

Puxou-me para si pela nuca e me beijou calorosamente. Arrepiei com o seu contato e juro que me excitei. Como ele conseguia fazer aquilo? Eu já o desejava como nunca. Léo diminuiu o ritmo do beijo e, quando terminou, colocou meu cabelo para trás da orelha e sorriu.

– Oi, Mari. Tchau, Mari.

Saiu da minha frente abruptamente e apenas acenou para os demais enquanto andava para longe. Fiquei ali estarrecida e boquiaberta: como ousa chegar, me beijar dessa forma e depois ir embora do nada?

– Fecha a boca, Mari – Cauã tocou no meu queixo e riu.

– Filho da puta! – falei em voz alta. – Como tem coragem de fazer isso e... e... – bufei e me encaminhei para o outro lado, em direção ao restaurante.

Se ele está achando que poderá ficar me beijando assim e depois se retirar sem mais nem menos, está muito enganado. Pensa que é quem para me provocar assim? Mas as coisas terão volta, ainda me vingarei de Léo por me fazer desejá-lo tanto. Sou uma mulher que usa os homens, leva-os à loucura e depois larga. E eles sempre voltam correndo até mim e, quando isso acontecer com Leonardo, terei minha vingança. Ah, se terei...

19

A Melhor Massagem desse Mundo

Falta um mês para o fim do semestre e eu estou surtando! Odeio essa época. São trabalhos para entregar, seminários, provas e tudo acarreta em uma imensa tensão nos meus ombros.

Fiquei tão atarefada com as coisas da faculdade que precisei faltar à aula de segunda-feira, para o meu desgosto. Eu não queria, porém não tive outra opção, já que Cauã e Raquel também não assistiriam para podermos terminar um trabalho em grupo. Viramos a madrugada de domingo para segunda o redigindo e não houve força para ir à aula do professor gostoso. Pelo menos ele se perguntaria onde eu estava e, quando aparecesse na outra semana, nós pegaríamos fogo, com certeza.

Encontrei com Cláudio e ele foi todo carinhoso comigo, porém eu não estava com saco para essa palhaçada e logo o dispensei. Confesso que fiquei com peninha ao ver seu olhar desapontado, mas não dava mais, precisei ser fria e direta e colocar um ponto final naquela história. E caso ele seja o cara das flores irá me dizer, pelo menos assim espero.

Também encontrei com Leonardo, só que ele não tentou me beijar e me tratava como se nada tivesse acontecido entre nós, isso me incomodou. Geralmente os caras com quem saio tentam me agradar e me chamam para sair novamente, no entanto, Léo não expressou vontade disso. Será que nosso sexo não foi bom o suficiente para que ele quisesse sair comigo de novo? Pela primeira vez me questionei sobre como estava transando. Para mim foi perfeito, mas, e para ele? Léo estava acostumado a praticar sexo tântrico com a ex-namorada e deve ter sentido muita diferença ao ficar comigo. Ele estava me deixando confusa e não gosto dessa sensação.

Pétalas de rosas continuavam a aparecer nas minhas coisas com a mesma frase de sempre, "*Give me love*". Entretanto, tal gesto não me proporcionava a mesma emoção de ter um buquê e uma carta. O que será que o cara das flores está pensando? Será que estava esperando o momento certo para se revelar? Pensar nele cria uma ansiedade enorme em mim, não vejo a hora de saber quem é.

Os trabalhos da faculdade deram uma trégua e meus ombros pareciam duas rochas. Eu reclamava de dor e não queria me mover para nada. Minha única atividade fora da faculdade era o trabalho e até lá evitei movimentos bruscos.

No sábado à noite, joguei-me no sofá após voltar da escola e não quis sair de lá por nada desse mundo. Contudo, Raquel praticamente implorou para que fôssemos até o apartamento de Bernardo jantar. Relutei o máximo que pude, só que a fome falava mais alto. Rendi-me e, depois de um banho, encaminhamo-nos para o nosso destino.

Subimos até o andar desejado e Bernardo abriu a porta. Ele e Raquel se beijaram apaixonadamente e entramos. Tudo já estava pronto e apenas nos sentamos à mesa.

– Ei, japa! – gritou Bernardo. – Vem comer!

Eu não sabia que Léo estaria lá e não me senti confortável. Leonardo apareceu, cumprimentou-nos e acomodou-se à mesa sem falar mais nada. Jantamos sem muita conversa, pois o casal de apaixonados não parava de acariciar um ao outro. Que saco! Eu não deveria ter vindo. Comi mais depressa e, ao terminar e fazer careta por causa da minha dor nas costas, Bernardo perguntou:

– Você não me parece bem, Mari, o que tem?

– Só um pouco de dor, bem que você podia fazer uma massagem em mim, né, primo?

– De jeito nenhum.

– Raquel, manda o seu namorado fazer uma massagem em mim.

Ela riu e respondeu balançando o dedo indicador:

– Nem pensar – olhou de mim para Léo e depois para mim. – Por que você não pede para o Léo? Não foi você quem disse que ele é perfeito?

Engasguei com a saliva e precisei beber um pouco de suco. Não olhei para Léo, mas meu rosto esquentou. Raquel e Bernardo riam e eu quis bater nos dois. Léo se levantou e veio até mim, tocando-me nos ombros. Apertou-os e eu mordi a boca para não gemer em uma mistura de dor e alívio.

– Você está muito tensa, Mari – comentou Léo, puxando minha blusa de frio para trás. – É melhor tirar para eu poder fazer a massagem.

– Não, não, não – segurei a blusa e a ajeitei em mim. – Não precisa.

– Vai ficar toda dolorida aí por puro orgulho? – não respondi. – Você quem sabe.

Saiu de perto de mim e eu me odiei por segurá-lo pelo braço.

– Tá, pode fazer – retirei a blusa de frio.

Parou novamente atrás de mim e massageou meus ombros. Eu tentei segurar, porém chegou uma hora que o gemido saiu. Não era de prazer, mas pareceu, e tanto Bernardo quanto Raquel sorriram.

– Sem gemidos na mesa, prima. Acho melhor irem para o quarto.

– Não é nada disso que você está pensando – mostrei-lhe a língua. – É alívio e... – gemi mais uma vez quando me apertou.

Dessa vez até Leonardo riu.

– Tenho um óleo de massagem lá no quarto – disse Léo. – Vai aliviar mais a sua tensão.

– Nem pensar que irei para o quarto com você.

– Por quê? – arqueou uma sobrancelha.

– Você sabe muito bem o porquê, Leonardo – cruzei os braços diante do peito.

– Só quero te ajudar, Mari, mas já que você não quer, não posso fazer nada. E não pensei em fazer nada com você, ou foi você quem pensou em fazer coisas comigo? – riu.

– Não seja idiota – zanguei-me.

– Acho que a Mari não ia resistir a você se ficassem no mesmo quarto – Raquel fez questão de me zoar.

– Dá pra parar com isso? – levantei-me da cadeira e joguei a blusa de frio em cima de Raquel. – Vamos logo acabar com isso.

Saí andando em direção ao quarto e Léo me seguiu. Parei diante da porta esperando que ele a abrisse. Léo entrou e acendeu a luz, andei hesitante para dentro, pois nunca entrara no quarto dele antes. Observei no teto a decoração de estrelas e planetas e algumas miniaturas em um canto representando o sistema solar. Fora isso havia livros em prateleiras, um notebook sobre a mesa e um violão em cima da cama.

– Eu não sabia que você tocava – indiquei o instrumento.

– Toco só um pouco – pegou o violão e o colocou na cadeira de frente à mesa.

Indicou a cama para eu me sentar enquanto procurava algo em uma gaveta da escrivaninha. Acomodei-me e aguardei. Quando Léo encontrou o que procurava, avisou que eu precisaria retirar a camiseta.

– Você quer me ver sem roupa, é? Isso está muito estranho.

– Não tem como eu passar o óleo em cima da sua roupa, Mari. E eu já te vi nua, não será nenhuma novidade.

– Não precisa falar assim também, como se tivesse sido horrível transar comigo, como se o fato de eu ficar nua na sua frente não fosse te abalar – sim, fiquei sentida.

Retirei a camiseta e a joguei no chão com certa raiva. Léo sentou-se ao meu lado.

– Eu não falei nada disso, Mari. E foi maravilhoso ficar com você naquele dia – colocou o gel nas mãos, esfregando-as. – Fique de costas para mim.

Obedeci, puxando o cabelo para a frente, e ele aplicou o produto nos meus ombros, movendo os dedos. Eu sentia exatamente onde estavam os nódulos que me causavam tanta dor e desconforto.

– O que andou fazendo para estar tão tensa assim?

– A faculdade me estressa – minha voz saiu fraca por causa do gemido.

Léo continuou com a massagem e apertava nos pontos certos, causando dor e alívio. Não sei por quê, mas os gemidos escapavam do meu controle e preenchiam o ambiente. As mãos dele desceram dos ombros para as costas e continuaram até encontrarem com o fecho do sutiã.

– Vou precisar tirar. Posso? – esperou por uma resposta minha, confirmei com a cabeça.

As alças do sutiã folgaram-se em meus ombros e logo caíram pelos braços quando Léo as empurrou. Suas mãos percorreram as minhas costas desde a lombar até a nuca e eu ia amolecendo aos poucos. Quando me tocou na barriga, assustei, porém só buscava por apoio, forçando-me para trás e ao mesmo tempo para a frente com a outra mão. Fechei os olhos e apenas curti a sensação.

Léo chegou mais perto de mim e cruzou as pernas sobre a cama, fiz o mesmo que ele. Pegava-me com força arrastando as mãos pelo meu corpo como da vez que fizemos sexo, e ao lembrar-me daquilo, a excitação me dominou, assim como o calor, mesmo o tempo estando frio.

– Léo, o que você está fazendo comigo? – indaguei num suspiro.

– Massagem – sussurrou ao pé do meu ouvido.

As pontas de seus dedos subiram até meus ombros e um arrepio gostoso me percorreu. Gemi mais alto. A respiração quente de Léo estava muito perto, muito perto... Senti seus lábios no meu pescoço e estremeci. Subiu até a orelha distribuindo beijos lentos e depois desceu até o ombro. A massagem não cessou e suas mãos me abarcavam completamente, deixando-me cada vez mais entregue. Tirou o cabelo de um lado, colocando-o do outro, e beijou-me mais uma vez no pescoço.

– O que você está fazendo comigo? – quase não se ouvia minha voz.

– Massagem... – sua boca roçou na minha bochecha e virei-me na hora para beijá-lo.

Nossas línguas buscavam uma à outra com avidez, como se nunca tivessem se tocado, como se nada mais fosse importante além do fato de se tocarem. Agarrei-me à camiseta dele e com isso Léo caiu sobre mim, não paramos de nos beijar um minuto sequer. Minha mente repetia que eu não deveria estar fazendo aquilo, uma das regras era não sair mais de uma vez com o mesmo cara, lembra? Evitar envolvimento, Mariana! Ela gritava e gritava comigo, mas eu não a queria ouvir, apenas desejava ardentemente os beijos e toques de Leonardo.

Arranquei-lhe a camiseta e nosso beijo só cessou por esses segundos, pois logo voltamos a nos grudar como se um fosse a fonte de oxigênio do outro. Ele desabotoou minha calça e fiz o mesmo com a dele, rolamos na cama tentando retirar a peça um do outro sem que parássemos de nos beijar, e para isso precisamos nos sentar e fazer algum esforço. Contudo, quando estávamos só com as roupas íntimas, eu de calcinha e ele de cueca – cueca preta! Minha predileta! –, Léo se afastou de mim abruptamente, mantendo uma boa distância entre nós. Respirávamos rapidamente e nos fitávamos.

– Eu te odeio, sabia? – falei e vi a surpresa em seu rosto.

– Por quê? Eu gosto tanto de você.

– Porque me fez ficar pensando em você e agora está fazendo isso comigo.

– Se quiser eu paro...

– Não! Se parar aí sim que vou te odiar ainda mais.

Aproximou-se mais de mim e me deu um selinho.

– O ódio e o amor são bem próximos... – não comentei nada e ele sorriu. – Posso terminar a sua massagem ou não quer mais?

– Quero sim.

Deitei-me de barriga para baixo e Léo voltou à massagem. Explorou todo o meu corpo passando pelos braços, costas, bunda, coxas, pernas e pés. Eu mal conseguia me mexer, tamanho o relaxamento, nunca senti algo parecido antes e desejei que ele não parasse. O atrito causado pelo seu toque era capaz de me excitar e ao mesmo tempo me relaxar.

Ao me virar para cima e se sentar entre as minhas pernas, puxando-me para o seu colo, percebi ter chegado ao fim a minha sessão de uma hora de massagem. Sim, ele ficou uma hora me proporcionando prazer. Abraçou-me e mexeu em meus cabelos enquanto nossas testas se colaram.

– Já disse que você é linda? – perguntou baixo.

– Já sim, mas eu não me importaria em ouvir de novo.

– Você é linda – beijou-me na boca e foi descendo para o pescoço.

Inclinei-me para trás e me deitei com ele sobre mim, distribuindo carinhos por todo o meu corpo. No entanto, puxei-o para cima.

– Essa massagem já serviu como uma preliminar e estou muito excitada – na verdade queimando de desejo.

Ele sorriu de canto de boca e não perdeu mais tempo em tirar a minha calcinha, aproveitei e o livrei da cueca. Léo pegou uma camisinha de uma gaveta do guarda-roupa e entregou para que eu a colocasse. Fiz isso com o maior prazer. Sentou-se na beirada da cama e indicou seu colo, engatinhei até ele e introduzi seu pênis em mim ao me ajeitar sobre ele. Gememos juntos.

– Quente e apertado – disse, beijando-me.

Sorri e comecei a me mover. Suas mãos percorriam minhas curvas e eu adorava aquilo. O ritmo aumentou e as nossas vozes também. Inclinei o corpo para trás e Léo me segurou pelos quadris. Fiquei praticamente de ponta-cabeça e ele beijava os seios e barriga. Voltei à posição sentada e ri pela minha ousadia em ter feito o que fiz. Mais beijos luxuriosos. Apoiei-me em seus ombros e pulei, sentindo-o ir bem fundo dentro de mim. Soltou-se da minha bunda e agarrou os seios que balançavam. Gritei na mesma hora porque estavam inchados de prazer, e assim que chupou o bico eriçado, o formigamento se fez presente. Gritei, ri, gemi, tudo ao mesmo tempo, sensações embaralhadas e arrebatadoras.

Léo se levantou comigo em seus braços e, antes que me pusesse na cama, enlacei sua cintura com as pernas e me movi ali mesmo. Apertava-me na bunda e não desgrudava os olhos dos meus. Beijou-me intensamente e, ao me colocar na cama, atingiu seu orgasmo embolando o lençol e pressionando os olhos. Arfou e voltou a estocar vigorosamente. No entanto, puxou-me para a beirada da cama, fiquei sentada ali e ele se ajoelhou no chão, abraçou-me pela cintura e deu continuidade ao sexo.

Metia com tanta vontade que eu me segurava no lençol do jeito que dava para não ser arrastada de lá e terminarmos de transar no chão. O pulsar de seu membro aumentou e ele chegou ao ápice do prazer gemendo e me apertando sem dó. Como era gostoso vê-lo gozando sem gozar e prestar atenção nos músculos do seu rosto se contraindo. Sempre fechava os olhos e só os abria após um longo suspiro, encarava-me e voltava a estocar.

Atingi o orgasmo e tremi por inteiro, precisando que meus pulmões me lembrassem de respirar, pois eu mesma já havia me esquecido disso e de tudo ao meu redor, menos de Léo e de como me proporcionava prazer.

Coloquei as pernas em seus ombros e ele investiu como se buscasse pelo seu prazer, como se não o tivesse atingido em momento algum daquela noite. Cada vez fico mais impressionada com a sua capacidade de autocontrole. Ele me empurrou mais para o meio da cama e subiu também. Segurou minhas pernas e as flexionou, encostando-as em meu peito. Resolvi me comprimir mais e na mesma hora em que fiz isso, ele gemeu e senti suas mãos tremerem sobre mim.

Rolei e fiquei por cima. Sei que ele chegara lá e mesmo assim cavalguei arduamente, conseguindo tirar de si um gemido mais alto do que o normal. Sorri e ao ajeitar-me melhor sobre seu pênis, fazendo-o me tocar onde queria, fui presenteada pela volúpia e gozei como se todo o meu útero estivesse se contraindo da mesma forma que o corpo. Todavia, tomei mais ar e prossegui com o sexo. Eu queria mais um orgasmo. Mexi-me lateralmente como Léo gostava e ele me segurou pelos quadris. Elevei os braços e rebolei. Ele sorriu e eu também.

– Gostosa – sentou-se para me beijar.

– Gostoso – mordi-o na boca e lambi seu rosto.

Nós dois tremíamos e no momento em que o formigamento surgiu, ele me apertou com mais força e gozamos juntos, com Léo caindo de costas e eu sobre ele.

Permanecemos naquela posição por um tempo incerto, trocando beijos intermináveis.

Quando ele sorriu para mim e me olhou com ternura, meu coração acelerou e saí de cima. O que estava acontecendo? Até o ar estava me faltando e tudo por causa de um gesto diferente. Léo se levantou e retirou a camisinha vazia, jogando-a no lixo. Ainda é estranho para mim saber que ele não precisa da ejaculação para ter prazer. Deitou-se na cama com os braços atrás da cabeça e fechou os olhos. Eu respirei fundo para me esquecer do seu olhar e recolhi a roupa do chão, vestindo-me.

– Melhorou a dor? – perguntou e confirmei. – Se precisar de outra massagem é só pedir – sorriu pela primeira vez maliciosamente e eu ri.

– Depois sou eu que tenho segundas intenções.

Sentei-me para calçar os sapatos no mesmo instante em que ouvi som de gemidos, tive certeza de que Bernardo e Raquel se divertiam. Olhei para Léo e ele ainda estava nu e mirando o teto.

– Você vai ter que me levar embora. O Bernardo está muito ocupado agora.

– Não vou – respondeu secamente, sem me olhar.

– O quê? – franzi o cenho.

– Se quiser vai de ônibus – deu de ombros.

– Léo, não tem mais ônibus esse horário – fiquei indignada.

– Então chama um táxi.

– Ei! Por que você está falando assim comigo?

– Só estou dizendo que não te levarei embora, mas se quiser pode dormir aqui, o sofá é bem confortável.

– Não vou dormir no sofá! – levantei-me e joguei nele uma peça de sua roupa que estava no chão. – Seu grosso!

Ele riu.

– Então durma aqui comigo – deu palmadinhas na cama e eu bufei. – Ou é isso ou terá de dormir no sofá, mas se preferir pode chamar um táxi ou até ir andando. Você quem sabe.

– Seu... seu... – o xingamento ficou preso na minha garganta.

– Vai ficar a noite toda aí em pé? Se for, pelo menos apague a luz que quero dormir.

– Eu te odeio!

– Eu sei, você já me falou isso. E eu gosto muito de você. E então, vai ou fica?

– Vou ficar, né! – falei, irritada, e ele apenas sorria de canto de boca. – Qual é a cor da sua escova de dente?

– Verde.

Saí do quarto pisando duro e me tranquei no banheiro. Filho de uma puta! Estava fazendo aquilo de propósito, tenho certeza. Apanhei a escova de dente verde e a usei, empregando toda a raiva na escovação. Depois lavei o rosto retirando a maquiagem e retornei ao quarto. Léo estava vestido com uma bermuda preta e uma camiseta branca, sobre a cama havia outra camiseta, esta cinza.

– Pra você dormir – indicou-a. – Mas se não quiser também não tem problema, pode ficar de calça jeans.

– Não seja ridículo – segurei a camiseta dele e a coloquei ao me despir da minha roupa.

Léo me deixou sozinha e eu me deitei apenas usando a calcinha e a sua camiseta. Enrolei-me no edredom e suspirei, ainda contrariada. Ele voltou todo sorridente, apagou a luz e veio para a cama.

– Não se atreva a chegar perto de mim – avisei.

– O que vai acontecer se eu chegar?

– Será um sujeito capado.

Ele riu e até eu esbocei um sorriso.

– Tudo bem.

Silêncio. Ouvia a sua respiração e sentia sua presença ao meu lado, mas nenhum toque sequer. Arrependi-me de ter falado aquilo. Os minutos se arrastaram e, ao perceber sua respiração mais profunda, virei-me para ele e o chamei bem baixinho. Como não respondeu, deduzi já ter adormecido. Lutei contra as minhas vontades e acabei perdendo. Por isso aproximei-me dele lentamente e assim que o toquei, apoiei a cabeça em seu ombro. Poucos segundos depois, Léo abraçou-me fortemente e me beijou na boca.

– Você que chegou perto de mim – sussurrou.

– Não comente sobre isso, tá? Me deixa dormir – senti vergonha e agradeci estarmos no escuro para ele não me ver.

– Como você quiser. Boa noite, minha linda.

Envolveu-me nos braços e seu cheiro inebriante me invadiu, ajudando no aconchego. Não demorou para eu dormir.

Contudo, mãozinhas vermelhas pintaram o meu sonho.

Mais uma vez a camisola, as lágrimas, os choros, os gritos.

Mamãe, mamãe, mamãe...

Eu não queria ouvir. Um pequeno menino de olhos verdes ajoelhou se diante de mim e retirou as minhas mãos que cobriam as orelhas. Olhou-me com carinho, mas sua expressão facial foi se transformando até lágrimas de sangue escorrerem e ele agonizar de dor. Gritei junto. Outras crianças apareceram e puseram suas mãos vermelhas sobre mim.

Tire a mão de mim, tire a mão de mim...

– Tire a mão de mim! – gritei e acordei com Léo me segurando pelos ombros.

Eu chorava e meus olhos arderam quando a luz do quarto foi acesa por Raquel.

– Você está bem? – perguntou Léo, com ar de preocupação.

Eu não conseguia pensar em outra coisa senão no pesadelo tão real, e olhar para Léo me fazia recordar do sexo, a origem daquela criança, a criança que matei.

Tapei a boca assim que o enjoo veio com tudo e corri para o banheiro. Vomitei na privada e chorei ainda mais, totalmente apavorada.

20

A Realização de um Desejo

Raquel me ajudou a ficar em pé e me levou até a pia para que eu pudesse larvar o rosto e escovar os dentes. Enquanto fazia isso, ouvia Bernardo e Léo conversando do lado de fora, meu primo explicava para ele que eu sempre tinha pesadelos e me comportava daquela forma, chorava e gritava.

– Está melhor? – perguntou Raquel me abraçando.

– Não muito – respirei fundo e mais lágrimas apareceram. – Odeio esses pesadelos – minha voz saiu chorosa.

– Como sei que você não vai dormir mais, vem que vou te preparar um chá.

Segui-a até a cozinha e me sentei à mesa. Bernardo acomodou-se ao meu lado esquerdo e Léo ao direito.

– Você não vai me contar sobre esses seus pesadelos, Mari? – indagou Bernardo, mas eu não o encarei. – Faz anos que te vejo sofrer por causa deles.

Balancei a cabeça em negativa e afundei o rosto nas mãos, o choro voltou e eu até solucei. Léo me abraçou e apoiei a cabeça em seu ombro.

– Me deixem sozinho com ela – Léo pediu, porém fiz um gesto para ficarem, acho que deveria contar tudo. Léo afagou meus cabelos e comentou: – Você grita de dor, é agoniante ouvir, chora e pede desculpas e mais desculpas. O que te traumatizou, Mari? – continuei

quieta e ele segurou-me pelo rosto para que o olhasse. – Nunca imaginei te ver tão fragilizada assim. Por favor, me conta o que aconteceu
com você, estou aqui para te ouvir e ajudar.

– Não tem como me ajudar... Sou culpada por esses pesadelos e
nada vai mudar isso.

– Já contou sobre isso para alguém? – assenti. – Quem?

Engoli em seco, mirando meus amigos.

– Para o meu ex-namorado, foi sobre esse assunto que conversamos naquele dia em que você nos viu.

– Então ele tem a ver com o seu sofrimento – fechou o punho.
– O que ele te fez?

– A culpa não foi só dele... – enxuguei as lágrimas e, depois de
respirar profundamente, resolvi contar a verdade. – Há dez anos eu
engravidei dele e fiz um aborto.

A surpresa estampou-se no rosto de Léo e de Bernardo, Raquel
arregalou os olhos e cobriu a boca. Tive certeza de que eles não sabiam o que dizer e por isso continuei a falar, eu precisava botar toda
a minha angústia para fora.

– Eu tinha apenas 14 anos, como criaria uma criança? Quando
descobri da gravidez, liguei para o meu pai e pedi ajuda, eu não poderia ter a criança. Ele sequer me questionou e só disse que daria um
jeito. Não contei para mais ninguém, nem mesmo para Wellington, e
assim que entrei de férias da escola, fui passar um tempo com o meu
pai. Mas em vez de viajarmos como eu contara para a minha mãe, ele
me levou até a clínica de um amigo médico e fizemos o aborto.

– Eu não sabia disso, deve ter sido horrível – Léo segurava firmemente minha mão.

– Mari, por que nunca me contou? – Bernardo me tocou no
ombro. – Podíamos ter dado um jeito nesse seu trauma muito antes.

– Eu simplesmente não podia, Bernardo. Mas sabe o que foi pior?
Saber que eu tirei a vida dessa criança. Eu estava assustada demais para
cogitar a hipótese de ficar com ela. Contudo, quando me encaminhava
para a casa do meu pai, passei em frente a uma lojinha e vi na vitri-
ne um par de sapatinhos brancos de tricô. Não sei por quê, mas os
comprei. Eu os tenho guardado até hoje, como se fossem uma lembrança do filho que nunca tive. Pensei que depois da conversa com
Wellington os pesadelos sumiriam, mas não foi isso que aconteceu.

Conforme os anos vão passando, as crianças que aparecem em meus sonhos vão envelhecendo, agora elas aparentam em torno de 9 anos, a idade do meu filho se ele estivesse vivo – voltei a chorar compulsivamente e Léo me abraçou.

– Sinto muito, Mari, mas não sei o que dizer. Não consigo imaginar a sua dor e culpa.

– Eu vivo em conflito, pois me culpo por essa criança, mas por um lado não me arrependo, porque se ela tivesse nascido eu não estaria aqui hoje.

Léo beijou-me na testa e, depois que eu me acalmei um pouco, Raquel preparou o chá para mim. Os três ficaram o tempo todo ao meu lado me fazendo companhia, por mais que não falassem nada. Agradeci por me deixarem quieta.

Eu geralmente não dormia depois de um pesadelo, porém Léo me convenceu a pelo menos deitar. Não me opus e me ajeitei ao seu lado na cama, abraçando-o sem sentir vergonha. No entanto, quando fechava os olhos, mãozinhas vermelhas apareciam e eu estremecia de medo.

– Tente pensar em outra coisa – falou baixo, beijando minha testa.

– Não consigo...

– Vou te ajudar.

Pediu que eu lhe desse as costas e obedeci. Suas mãos acariciaram minha cabeça entre os cabelos e na hora comecei a relaxar. Percorreram-me passando lentamente pelo pescoço e descendo para as costas. Minha atenção desviou-se completamente para o seu ato e as lembranças do pesadelo foram me deixando, dando lugar ao relaxamento e ao sono que voltava timidamente.

Não me recordo de ter dormido, mas assim que acordei procurei por Leonardo ao meu lado e não encontrei. Abri lentamente os olhos e o vi de pé com as mãos nos cabelos e andando pelo quarto. Parecia preocupado com algo. Quando se virou para mim, fechei os olhos e fingi ainda dormir. Senti-o se aproximar, sentar na cama e me tocar suavemente na bochecha. No entanto, logo se afastou e voltou a andar pelo cômodo. O que será que pensava?

Parou de caminhar e apanhou o violão sobre a cadeira. Acomodou-se ali e alisou as cordas. Observei-o de cabeça baixa e decidi realmente acordar. Espreguicei-me e ele me olhou, esfreguei o rosto e sentei-me abraçando as pernas. Encaramo-nos.

– Dormiu bem? – perguntou.

– Sim, por incrível que pareça consegui dormir depois daquele pesadelo.

– Que bom – desviou o olhar para o violão.

– Toca alguma coisa pra mim – pedi.

Leonardo suspirou e veio até mim, sentando-se de frente. Arrumou o violão no colo e começou a tocar. Mirou-me nos olhos na hora em que a canção foi proferida por ele:

– *Você é assim, um sonho pra mim.*[1] *E quando eu não te vejo. Eu penso em você desde o amanhecer até quando eu me deito. Eu gosto de você. E gosto de ficar com você. Meu riso é tão feliz contigo. O meu melhor amigo é o meu amor. E a gente canta. E a gente dança. E a gente não se cansa. De ser criança. A gente brinca. Na nossa velha infância* – parou de tocar e me acariciou no rosto, continuou a cantar muito mais lentamente. – *Seus olhos, meu clarão. Me guiam dentro da escuridão. Seus pés me abrem o caminho. Eu sigo e nunca me sinto só. Você é assim, um sonho pra mim...* – sua voz sumiu e fitou-me sem nada dizer.

Meu coração estava a mil e eu não sabia como agir. O que ele acabou de fazer foi uma declaração? Estou extremamente confusa. Léo diminuiu o espaço entre nós, pensei que fosse me beijar, mas parou no meio do caminho e se afastou subitamente, levantou-se da cama e colocou o violão sobre a cadeira.

– Se quiser pode tomar café aqui antes de ir embora – e dizendo isso saiu do quarto me deixando ali sem entender nada e com os sentimentos embaralhados.

---

1. Tribalistas – "Velha Infância".

Leonardo ficou frio comigo e por isso fui embora. Sequer conversamos e ele apenas abriu a porta para mim. Durante o caminho até meu apartamento, lembrei-me de suas atitudes comigo desde que voltara do intercâmbio. Sempre distante e quieto, mas às vezes conversava e dava a entender que estaria a fim de mim. Defendeu-me de Nero, agradou-me com sua presença e quase levou um tiro de Wellington por puro ciúme. E para fechar com chave de ouro, cantara para mim, o que me pareceu uma declaração, porém em seguida se afastou e não comentou mais nada. Eu não sei o que se passa na cabeça dele e isso me irrita. Odeio me sentir balançada dessa forma.

Parei diante do portão do prédio e o porteiro o abriu para mim. Eu só o cumprimentei com um aceno de cabeça, pois queria subir logo, mas ele me chamou e precisei interromper o caminhar.

– Acabou de chegar flores para você – agachou-se sumindo da minha visão e retornou com um buquê de flores que eu conhecia: copo-de-leite.

Segurei o buquê nos braços e agradeci. Minhas mãos tremiam e o que eu mais queria era ler o que estava dentro do envelope. Praticamente corri para o apartamento e me joguei no sofá, respirando rapidamente e ansiosa. Abri o envelope e agradeci mentalmente por haver uma carta. Li.

Olá, Mari.

Faz tempo que não te escrevo, não é? Quer saber o motivo? Eu não sabia o que escrever. Passei noites em claro com um papel em branco e uma caneta na mão, e nada saía. Dessa forma, a única maneira de fazer com que você não se esquecesse de mim foi usar as pétalas de rosa. A frase que ia junto é o meu maior desejo. Quero muito o seu amor, quero que você me ame da mesma forma louca que te amo.

Você deve estar se perguntando como poderia amar alguém que não conhece, mas eu estou aqui, o mais perto possível de você. Mesmo que não me veja todos os dias, eu te vejo todos os dias. Apenas um olhar seu é capaz de melhorar e muito o meu dia, às vezes só de vê-la de longe já é o suficiente.

Não quero me alongar muito aqui porque talvez essa seja a última carta que irei te mandar. Se tudo der certo, você saberá em breve quem sou; se não der certo, pois sei que você está balançada por outros caras, receberá algo meu como despedida. Mesmo que não fique comigo, quero que seja feliz com quem for, acho que na verdade esse é o meu maior desejo, te ver feliz.

A flor de hoje é copo-de-leite e representa paz, pureza, tranquilidade e calma. Seu fim de semestre está agitado, não é?

Até breve, Mari.

Te amo mais do que tudo nesse mundo.

Beijos
A. S.
Give me love

Meus olhos encheram-se de lágrimas e chorei em silêncio com a vista pregada naquelas letras. Suas palavras me tocaram como nunca e desejei conhecê-lo. Todavia, pus-me em pé e sequei as lágrimas. Sei que estou totalmente balançada emocionalmente, mas até agora não defini o que farei da minha vida. Preciso de um tempo para pensar e colocar as ideias em ordem, só após isso poderei fazer as minhas escolhas. Eu saíra mais de uma vez com Leonardo e não me arrependo, o que sinto por ele é tão confuso quanto o resto das coisas. Acho melhor não encontrá-lo por enquanto, não quero cometer nenhuma loucura.

Depois de pensar, prometi a mim mesma que não ficaria com ninguém pelo menos até o fim daquele semestre. Iria me focar na faculdade e esquecer do resto.

Os efeitos colaterais do pesadelo foram menores daquela vez, só que meu humor não estava lá aquelas coisas. Raquel comentou com Cauã que eu ficara de novo com Léo e ambos me encheram, porém eu sequer retruquei algo e continuei a fazer as minhas coisas dentro do hospital. Sei que estranharam a atitude e por isso logo pararam com a zoação. Adriano me procurava com o olhar e eu não retribuía; como disse, não quero ficar com ninguém.

Finalmente chegou o horário de ir embora e eu recolhi alguns materiais, como caixas de luvas e pacotes com gazes, para guardar. Entrei em uma salinha repleta de prateleiras e acendi a luz. Colocava a caixa em um lugar alto quando senti alguém me tocar na cintura. Gritei de susto e as luvas caíram sobre Adriano.

– Calma – falou ele. – Sou eu.

– Por que chegou assim do nada? Quase me matou de susto – o coração batia fortemente contra o peito e meu corpo esquentara.

– Desculpa, não queria te assustar. Dessa vez foi a minha vez de vir atrás de você, Mariana.

– O que quer comigo, professor? – eu sabia o que ele queria, mas mesmo assim fiz joguinho.

– Tirar você da minha vida para sempre e só vou conseguir isso te dando o que quer, não é?

– É bem possível – sorri e não acreditei que aquilo realmente aconteceria. Passei meses atrás desse homem e agora que sou a mulher mais confusa sentimentalmente desse mundo ele decidi vir atrás de mim.

Adriano caminhou até a porta e a trancou. Só por estar ali em pleno hospital, infringindo regras e correndo o risco, excitei-me. Pensando bem, e esquecendo do que falei antes sobre não ficar com ninguém, acho que seria até bom ter outro homem, quem sabe isso não me ajudaria a pôr os pensamentos em ordem.

Adriano voltou até mim e dessa vez iniciou o beijo ardente, tirando-me o fôlego, o jaleco, a blusa e desabotoando a calça. Meu corpo vibrava de tesão e ansiedade por aquele homem. Toquei seu peitoral maravilhoso e o abdômen definido, alisava sua pele morena e passava a língua luxuriosamente. No entanto, meu celular tocou, eu não queria atender, mas fui obrigada ao perceber que ele não pararia de tocar tão cedo.

– Onde você está, Mari? – perguntou Raquel. – Estamos esperando você aqui fora.

– Vou demorar – olhei para Adriano e sorri. – Pode ir sem mim, te encontro em casa.

– Você está aprontando algo, eu sei disso.

– Então pode imaginar o que estou fazendo – ri e desliguei o celular sem me despedir. – Onde estávamos? – encostei os lábios em seu peito e fui subindo lentamente até a boca.

Beijamo-nos longamente e sua barba roçava deliciosamente em meu rosto, causando arrepio e um desejo ainda maior de tê-lo completamente para mim. Puxei-o pelo cinto da calça e abri vagarosamente, não deixando de apalpar o membro rígido, já imaginando como seria meu orgasmo quando entrasse em mim. Abaixei sua calça junto da cueca e o pênis ereto preencheu meu campo de visão, na mesma hora caí de joelhos e o coloquei na boca, chupando impetuosamente. Adriano soltou um gemido rouco e me agarrou pelos cabelos. Enfiei-o mais fundo na garganta e o meu latejar interno se intensificou.

Terminei de tirar sua calça, deixando-o nu na minha frente, e me levantei. Ele me pegou com força e me virou de costas, encostei-me em uma prateleira e sua boca percorreu meu pescoço enquanto abria o sutiã. Ao soltá-lo, apertou meus seios com as duas mãos e gemi. Alisou-me na cintura e barriga, parando sobre o botão da calça. Tirou-a de mim e foi descendo junto com ela. Agachou-se e me mordeu na bunda, dando também uns apertos deliciosos. A calcinha já molhada foi retirada com a boca e assim minhas nádegas foram lambidas por inteiro. Eu arfava de tanto prazer e, ao ser virada novamente, sua língua passeou pelo meu sexo. Contraí-me por inteiro. Porém sua língua não ficou tanto tempo como eu queria no clitóris e se fez presente dentro de mim. Ele não sabia estimular o clitóris como o Léo...

Repreendi-me na hora por pensar aquilo e balancei a cabeça para me livrar de tais pensamentos. Respirei fundo e vi uma cadeira ao canto da sala. Perfeito! Puxei Adriano pelos braços e o beijei antes de indicar a cadeira. Ele entendeu o recado e pegou uma camisinha de dentro da carteira, que se encontrava na calça, e colocou em si. Ao sentar-se na cadeira de madeira, segurei seu pênis e o enfiei em mim todo de uma vez, teria gritado se ele não tivesse tapado minha boca. Tomei ar e comecei a me mexer para cima e para baixo com ele me apertando na bunda.

Movi-me loucamente, precisando segurar a voz e para isso o beijava. Mas não era o beijo perfeito que eu buscava, não me transmitia todo o seu desejo por mim e... Droga! Levantei-me e virei-me de costas enfiando mais uma vez seu pênis em mim. Não quero beijá-lo se for para ficar lembrando do Leonardo.

Inclinei-me mais para a frente e não cessei o sexo. Adriano roçava os lábios nas minhas costas e me apalpava deliciosamente, só que quanto mais fazia isso, mais eu recordava das mãos de Léo no meu corpo e me odiei por isso. Por que justo agora? Preciso me concentrar nesse sexo, no homem que tanto desejei, que tanto provoquei.

Felizmente saí do ar por breves instantes quando o orgasmo subiu pelos meus pés e apoiei a cabeça no ombro de Adriano. Mirei o teto com a respiração descompassada tentando me convencer de que o orgasmo foi maravilhoso, mesmo que no fundo eu soubesse que já tivera mais intensos, principalmente nas últimas transas...

Ele me empurrou para a frente e eu fiquei em pé, virou a cadeira e pediu que eu me apoiasse no encosto. Segurei-me na cadeira e ele parou atrás de mim, penetrou-me vagarosamente e gememos juntos. Iniciou as estocadas fortes e apertei a cadeira para me conter. Deu-me um tapa na bunda e não consegui segurar o gemido.

Transpirávamos e a volúpia do momento estava quase palpável no ar denso que se formara ao nosso redor. O tempo frio lá fora não era sentido dentro daquele quartinho onde cometíamos o pecado da luxúria, entregando-nos um ao outro sem se importar com mais nada, almejando apenas o prazer carnal, nada além disso.

Eu ainda tinha muita energia em mim quando Adriano apertou-me com ainda mais força pelos quadris e parou de se mexer. Ele gozara e isso significava o fim do sexo. Dessa vez não teve como evitar esse pensamento, pois Léo era o único homem que conheci capaz de chegar ao ápice do prazer e não gozar, dando continuidade ao sexo o tempo que fosse preciso ou até os corpos de ambos aguentarem. E sim, fiquei frustrada com o fim da transa. Não que tenha sido rápida, mas eu já me acostumara a ser muito longa a ponto de me esgotar completamente.

Adriano saiu de dentro de mim e eu me sentei na cadeira, respirando profundamente para desacelerar a entrada de ar. Depois que retirou o preservativo, beijou-me, só que eu já me convencera de que não gostava mais de seus beijos. Sorri ao fim do carinho e ele recolheu as roupas do chão, fiz o mesmo e me vesti. Prendi o cabelo em um coque e ajeitei da melhor maneira possível a roupa, tentando disfarçar o amassado.

– Você é maravilhosa – sussurrou Adriano ao meu ouvido e, quando foi me beijar, virei o rosto.

– Eu sei – sorri para disfarçar. – E agora te deixo livre de mim, tudo bem? Já consegui o que queria de você – pisquei e ele riu. – Tenha um bom casamento, professor.

Acabei dando um selinho nele em despedida e caminhei para fora dali. Abri a porta, olhei para o corredor e, como não havia ninguém, fui embora. Ao passar pela recepção do hospital vi nuvens negras, não dei importância e tomei o caminho de casa. Durante o trajeto, eu pensava o tempo todo no sexo que acabara de acontecer e ao mesmo tempo em Leonardo. O sexo foi ótimo, mas não perfeito... Tive vontade de me bater e acabar com a raça de Léo por estar fazendo aquilo comigo. Eu não desejava aquele sentimento, não o queria em mim. Por quê?!

A chuva começou e eu não apertei o passo ou me protegi debaixo de algum lugar, apenas continuei andando totalmente desolada com o que eu começava a descobrir sobre mim mesma. Lutava com a minha mente para não pensar em Leonardo, e a conclusão foi de que era impossível, a todo o momento sua imagem me vinha à mente, seus beijos, sorrisos, a forma como me alisava e do sexo perfeito.

Cheguei pingando ao apartamento e não me importando que a blusa branca ganhara uma certa transparência. O porteiro abriu o portão para mim e não o cumprimentei, na verdade nada mais importava. Entrei na sala, fechei a porta e ali me escorei, deslizando até me sentar no chão. Não! Não quero sentir isso, não quero!

– Mari? – Raquel apareceu e correu até mim. – O que aconteceu? Você está toda molhada.

– Você não tem aula à tarde? – mudei de assunto.

– Hoje não... – ajoelhou-se diante de mim. – Que cara é essa? O que aconteceu? Você está me deixando preocupada.

– Eu transei com o professor Adriano.

Raquel arregalou os olhos e abriu a boca.

– Não acredito! – segurou-me pelos braços. – E aí? Como foi?

– Bom... – falei desanimada.

– Bom? Só isso?

– É, foi bom... – olhei para cima e suspirei. – Foi apenas bom, não perfeito...

– Perfeito? O que você... – de repente parou e sorriu. – Mas com o Léo foi perfeito, não é?

Levantei-me na hora.

– Vou tomar banho – saí da sala sem dar tempo de Raquel comentar mais alguma coisa.

Permaneci embaixo da água quente por muito tempo, só saindo ao notar os dedos enrugados. Vesti-me com uma calça de pijama toda listrada e a blusa do conjunto, enrolei uma toalha no cabelo e me joguei no sofá. Raquel me ofereceu chá e peguei uma caneca na cozinha e me servi. Sentei-me à mesa e envolvi a caneca quente com as mãos, desejando que meus sentimentos voltassem ao normal. Raquel me deixou sozinha e voltou minutos depois com o celular, acomodou-se diante de mim e falou:

– Você pode traduzir uma música para mim?

– Mas você sabe inglês...

– Não consigo entender esse começo. Por favor – fez carinha manhosa e eu concordei.

Ela procurou no celular a música e o colocou sobre a mesa. A voz do cantor preencheu o ambiente e prestei atenção.

Loving you like I never have before.[2]

A tradução do primeiro verso me veio: "*Amando você como eu nunca amei ninguém antes*", na mesma hora me levantei.

– Desliga essa música, Raquel! – falei irritada e indo para o meu quarto.

– Não vou desligar – ela veio atrás de mim com o celular e com a música ainda tocando.

Entrei no quarto e bati a porta, porém Raquel entrou atrás de mim.

– Já mandei desligar a música! – gritei.

---

2. Hanson – "Save me".

– Tudo bem, então vou pôr outra.

Mexeu no celular e a música cessou, contudo outra tomou o seu lugar.

For all those times you stood by me.[3] *For all the truth that you made me see...*

– Porra, Raquel! Pare com isso! – tapei as orelhas com as mãos.

Ela deixou o celular tocando sobre a mesa e se aproximou de mim.

– Mari, por que você não assume o que está sentindo?

– Não estou sentindo nada!

– Está sim, você está apaixonada pelo Léo.

– Eu não estou apaixonada por ele!

– Está sim! Para de ser cabeça-dura. Você acabou de transar com o Adriano e disse que foi simplesmente bom, e sabe por quê? Porque com o Léo foi mil vezes melhor. Você não consegue tirá-lo da sua cabeça, ele mexeu com você – não falei nada e ela continuou. – Não fica assim, Mari. Se apaixonar é normal.

– Normal? – explodi e praticamente gritei. – Nada disso é normal! Normal é tomar chá quando está frio, normal é se molhar na chuva, normal é rir, chorar, beber até cair, isso sim é normal. Se apaixonar é loucura! Não é normal meu coração acelerar quando ele chega perto... – a voz ficou mais fraca e comecei a chorar. – Não é normal toda vez que eu fecho os olhos vê-lo em minha mente, não é normal as pernas amolecerem, não é normal eu querer apenas os seus beijos... – Raquel me abraçou e chorei em seu ombro. – Nada disso é normal...

– O pior é que é normal sim.

– Eu o odeio com todas as minhas forças...

– Não, você o ama com todas as suas forças.

Sentei-me na cama e afundei o rosto nas mãos. Eu não queria estar apaixonada, mas eu sabia que já estava. Sempre evitei isso e agora aconteceu e não sei o que fazer. Raquel ainda tentou me convencer de que tudo aquilo era normal, porém eu não quis mais saber e pedi que me deixasse sozinha. Permaneci na cama até o horário de

---

3 Celine Dion – "Because you loved me". Por todas aquelas vezes que você me apoiou. Por toda a verdade que você me fez enxergar...

ir trabalhar e até os alunos perguntaram se eu me sentia bem porque era como se a vida tivesse me deixado, não era a mesma de sempre. Tentei voltar ao normal, não conseguindo.

Cheguei em casa mais esgotada do que de costume e não encontrei Raquel, apenas um bilhete dela avisando que passaria a noite com Bernardo e um *pen drive* em cima de um pequeno pedaço de papel com a palavra "Escute".

Suspirei pesadamente e coloquei o *pen drive* no notebook. Havia ali apenas duas músicas, ambas da cantora Corinne Bailey Rae. Cliquei na primeira, "Trouble Sleeping", e recostei-me na cadeira para ouvir. A canção começou e a voz suave da cantora tomou o ambiente. Não achei nada de mais a letra, até a hora em que uma frase me chamou atenção: *Won't say that I'm falling in love.*[4] Não acredito que a Raquel está fazendo isso comigo! Mandou-me escutar músicas sobre amor e essa em específico falava sobre o fato de não querer se apaixonar, a negação desse sentimento, exatamente o que eu estava fazendo no presente momento. Mesmo assim, ouvi a canção até o final e ri por descrever como eu me sentia.

Cliquei na próxima, *Like a Star*. Ao passar de poucos versos, cobri a boca, pois o choro já se acumulava. Mais uma vez Raquel acertara na escolha da canção, ela conseguia descrever o que eu sentia em relação ao Leonardo. Terminei de ouvir com lágrimas escorrendo pelas bochechas e praticamente soluçando.

Tudo bem, mundo! Eu desisto! Estou sim completamente apaixonada pelo Leonardo!

---

4. Não diga que eu estou me apaixonando.

21

Dar ou Não uma Chance?

– Você precisa contar pra ele – dizia Raquel andando atrás de mim pelo corredor da faculdade.

– Não – respondi secamente.

– Por que não, Mariana? – perguntou Cauã.

– Porque não. E parem de me encher com isso.

– Então você vai ficar aí sem fazer nada? – Cauã parou de andar e me pegou pelo braço. – Você está apaixonada pelo cara e não tem coragem de contar isso a ele?

– Não quero que ele saiba – puxei o braço. – Só quero esquecer isso, tá legal?

– Não vou deixar você fazer isso, Mari – falou Raquel. – Estou há duas semanas me segurando para não comentar nada nem com o Bernardo, agora imagina a minha situação quando o Léo está por perto? Sabia que ele perguntou de você? Queria saber por que você o está evitando. Eu até gaguejei para responder.

– Eu não quero, é tão difícil assim de vocês entenderem?

– Então você vai continuar enfiada dentro de casa até quando? – Cauã colocou as mãos na cintura em sua pose inquisitória. – Faz duas semanas que você não sai para nada além de vir para a faculdade e ir trabalhar, e fica se entupindo de chocolate. Você está sofrendo porque quer, podia muito bem se resolver com ele, tenho certeza de que o Léo sente algo por você.

– Como pode ter tanta certeza assim?

– Meu sexto sentido – piscou e eu revirei os olhos. Segurou-me pelas mãos. – Mas agora é sério, Mari. Não faça isso com você, se permita amar pelo menos dessa vez.

Contorci os lábios em desagrado, mas no fundo era exatamente aquilo que eu queria, eu passava as noites pensando em como seria me envolver efetivamente com Léo e sentia vergonha dos meus próprios desejos ridículos e bobos. Estar apaixonada é uma droga!

Não comentei nada e fui para a aula, mesmo que não conseguisse pensar em outra coisa a não ser em Leonardo e no que eu sentia. Depois de muito cogitar, decidi que tentaria algo, pela primeira vez eu daria uma chance ao amor, vamos ver no que vai dar. Raquel me abraçou fortemente quando contei a ela e a Cauã que daria uma chance aos meus sentimentos.

– O Léo vai participar de um campeonato de kung-fu sábado agora – contou Raquel. – Ele nos convidou para ir assistir e pediu que eu te chamasse, e só não falei nada antes porque queria que você se resolvesse primeiro.

Concordei em ir.

No sábado, trabalhei o tempo todo olhando para o relógio, torcendo para que o tempo passasse o mais rápido possível, e assim que a última aula terminou, saí praticamente correndo da escola. Cauã e Tadeu me esperavam do lado de fora e entrei no carro com o coração acelerado.

– Ele já lutou? – perguntei, respirando pesadamente.

– Ainda não, mas está perto.

O campeonato começara à tarde, mas como eu trabalharia só poderia ir naquele horário. Bernardo e Raquel estavam sentados na arquibancada quando cheguei. Meu primo apontou para a quadra onde as lutas estavam sendo realizadas e disse:

– Na hora, ele vai entrar agora.

Olhei para onde apontava e vi Leonardo vestido com uma calça preta, uma blusa branca sem mangas de um tecido que me pareceu bem leve e a faixa preta amarrada na cintura. Ele estava sentado em um banco com os olhos fechados e com as mãos unidas. Quando um senhor parou ao seu lado e o tocou no ombro, ele abriu os olhos, levantou-se e fez uma reverência para ele. O sujeito lhe falava alguma coisa e Léo apenas concordava. Depois de um tapinha no ombro o homem se afastou e Léo virou-se em nossa direção. Meu coração só faltou sair pela boca. Ele sorriu para mim e acenou, sorri de volta e acomodei-me ao lado de Raquel, pois perdi momentaneamente a força nas pernas.

Leonardo se dirigiu até o tatame na hora em que foi chamado. Colocaram nele luvas azuis e uma proteção para a cabeça da mesma cor. Ficou de frente para o seu oponente de faixa marrom e, ao sinal do juiz, começaram a luta. Ambos permaneceram segundos andando pelo local sem tirar a vista um do outro, e assim que o rapaz investiu, Léo puxou o braço para trás e desferiu um soco no peito dele, seguido de um grito. O cara caiu para trás se contorcendo de dor e com dificuldades para respirar, resfolegava e precisou que pessoas viessem tirá-lo de lá. Leonardo ganhou a luta com um único golpe.

– Meu Deus! – exclamei espantada. – Que força!

– Ele treina desde criança, Mari – contou Bernardo. – Por isso nunca irrito o japa, ele pode até me matar – riu e eu também.

Outras lutas ocorreram e Léo voltou ao tatame mais umas duas vezes, ganhando, porém na última teve mais trabalho. Cada vez que levava um golpe eu apertava a mão de Raquel, era como se eu fosse capaz de sentir também.

Ele chegou à luta final e eu via como estava cansado, respirava fundo e os cabelos tinham aquele aspecto molhado mesmo que esfregasse a toalha. Seu oponente da vez era um homem mais alto e com mais massa muscular do que Léo. Fiquei muito preocupada, mas Bernardo tentava me acalmar dizendo que o sujeito deveria ser mais lento do que Léo por causa do peso. Nada do que ele falou me acalmou e, quando subiram no tatame, minhas mãos suaram frio.

A luta começou e logo de início Léo levou um soco no rosto que o fez dar passos para trás, eu gritei e me escondi atrás de Raquel. Ela me tocou no ombro e assim voltei a olhar. O combate estava acirrado e durou muito tempo para o meu gosto. Eu não me importava com quem ganharia, só queria que acabasse logo para não presenciar mais aquilo. E na hora em que tudo terminou por causa do tempo, respirei aliviada. Os dois lutadores ficaram de frente um para o outro e o juiz foi até a mesa de jurados para saber quem ganhara. Ao retornar, apontou para Léo, que sorriu largamente. Cumprimentou seu oponente com uma reverência e apertou-lhe a mão, e ao sair do tatame, foi abraçado pelo mesmo senhor de antes e por outros caras que cogitei serem seus companheiros. Retirou a proteção da cabeça e a ergueu em minha direção. Levantei-me e bati palmas, meus amigos fizeram o mesmo.

Na premiação, Leonardo subiu no pódio e recebeu a medalha de ouro, sendo ovacionado pelo público e pelos demais atletas. Senti-me orgulhosa dele e pela primeira vez feliz por estar apaixonada.

– Seus olhinhos estão brilhando – sussurrou Raquel ao meu ouvido e eu sorri, abraçando-a.

Depois de receber a medalha, Léo foi para o vestiário e só voltou minutos depois vestido com outra roupa, calça, camiseta e moletom, e com cheiro de quem acabara de tomar banho. Bernardo o abraçou e o parabenizou pelo primeiro lugar. Ele cumprimentou a todos e eu fiquei por último; meu coração não sossegara desde a hora em que cheguei naquele lugar e muito menos agora que Léo parava na minha frente.

– Oi – falou baixo. – Faz tempo que não te vejo.

– É mesmo – respirei fundo para conter o nervosismo. – Parabéns pela luta.

– Obrigado – tocou meu rosto e me beijou na bochecha. Prendi a respiração.

Eu não consegui dizer mais nada e, ao tirar a mão de mim, eu ainda sentia seu toque e o beijo.

Raquel me encarava como se perguntando "E aí? Não vai contar?". Balancei negativamente a cabeça e fiz um movimento com a mão querendo dizer que depois faria isso. Cauã e Tadeu se despediram e foram embora, enquanto nós nos encaminhávamos para o carro de Bernardo. Como não havia nada para comer no apartamento dos meninos, Bernardo sugeriu que passássemos no mercado. Todos concordaram. Durante o trajeto, eu olhava pela janela e sentia o olhar de Léo em mim, porém não o encarava. Na verdade eu não sabia como agir. Chegando ao mercado, Raquel apanhou uma cestinha e Bernardo outra, e já foram escolhendo as coisas. Eu mirava os pés e andava lentamente atrás dos dois, pensando em como puxaria o assunto tão temido com Leonardo. Saí dos meus devaneios ao ser tocada no ombro por ele.

– Você está pensativa hoje.

– Não é nada – fitei-o mais atentamente e notei uma marca começando a ficar roxa ao lado do seu olho esquerdo. Toquei o local e ele fez careta. – Você machucou aqui.

– Não é nada, só um arranhão – segurou minha mão e a beijou. – Está preocupada comigo, é?

– Estou sim, quase não consegui assistir à última luta.

– Não se preocupe, Mari – colocou meu cabelo para trás da orelha e sorriu lindamente. – Estou bem.

– Léo – tirei sua mão de mim –, não faz isso, por favor.

– Isso o quê?

– Me tratar dessa forma.

– Quer que eu te trate diferente?

– Sim... Não! – meu rosto esquentou. – Você me deixa confusa – afastei-me.

– Essa sua confusão tem a ver com o que quer me dizer?

– Como você sabe? – arregalei os olhos e gelei por dentro.

– A Raquel me disse que você quer me contar algo, mas não falou o quê. Estou esperando por isso o dia todo.

O ar me faltou e fiquei sem reação. Encaramo-nos sem nada dizer e eu só ouvia meu coração.

– Ei, vocês! – chamou Bernardo. – Vão ficar aí parados?

Saí andando rapidamente e os alcancei, passei o braço pelo de Raquel e ali fiquei tomando coragem para contar a Léo o que eu queria.

Enquanto Bernardo e Léo levavam as sacolas com as compras para a cozinha do seu apartamento, afundei-me no sofá da sala e passei as mãos pelos cabelos, a tensão me dominava.

– Não vai falar com ele? – Raquel acomodou-se ao meu lado.

– Não consigo...

– Consegue sim – puxou-me em direção à cozinha. – Não aguento mais te ver assim, se não falar eu falo!

Praticamente empurrou-me para dentro da cozinha e isso chamou a atenção dos rapazes. Raquel foi até Bernardo e disse que precisava mostrar uma coisa, e assim o levou de lá e ficamos apenas Léo e eu. Ele me olhou, sorriu e voltou a tirar as coisas da sacola. Peguei um copo e enchi de água, mesmo não estando com sede. Bebi lentamente, dizendo para mim mesma que precisava tomar coragem. Vamos, Mariana! Você nunca ficou sem jeito na frente de um homem!

– Léo... – comecei, não concluindo.

– Pode falar – continuou mexendo nas sacolas sem me olhar.

– Quero te dizer uma coisa...

– Estou ouvindo.

– Eu... Eu... – engoli em seco. – É que você...

Ele riu e me encarou.

– Calma, Mari. Pode dizer sem medo o que quer dizer.

Pousei o copo na mesa e falei de uma vez:

– Você é um filho da puta!

Ele arqueou as sobrancelhas largando a sacola e vindo até mim.

– Por quê?

– Eu te odeio com todas as minhas forças, sabia? Ainda não acredito que você fez isso comigo!

– O que eu fiz com você? – umedeci os lábios e as palavras não saíram. Léo me tocou carinhosamente no rosto e voltou a perguntar: – O que eu fiz com você, Mari?

– Me fez ficar assim, sem saber o que fazer ou dizer na sua frente.

Ele sorriu e acariciou meus cabelos.

– O que você está sentindo? – indagou baixo e cada vez mais perto de mim.

– Vontade de bater em você! – ameacei sair de perto, mas ele me pegou pelo pulso.

– Menina difícil – beijou a ponta do meu nariz. – Então eu vou dizer o que você está sentindo. Está apaixonada por mim, não é? Isso está estampado no seu rosto.

– Convencido! – tirei meu braço dele e comecei a me distanciar mais uma vez, contudo, ele voltou a me puxar e me beijou.

Tentei sair de seu abraço, porém não consegui e aceitei seu beijo, entregando-me completamente a ele. Como eu sentia falta de tais lábios. O ritmo foi diminuindo e nossas bocas não mais se tocaram. Léo abraçou-me apertado e sussurrou ao meu ouvido:

– Se você não assume, então eu faço. Estou apaixonado por você, Mari. Sou apaixonado por você há tanto tempo que você não faz ideia. E o meu maior desejo era ter você aqui desse jeitinho, toda apaixonada por mim – fitou meus olhos e sorriu. – Acho que ganhei a disputa contra o Cláudio e o cara das flores, não é?

– Seu idiota! – bati em seu ombro, mas sorri e uma lágrima escorreu. – E sim, estou apaixonada por você, e não se ache por causa disso, tá?

– Lógico que vou me achar – levantou-me do chão e rodou.

Ao me pôr em pé, beijamo-nos apaixonadamente e tive certeza de que não queria beijar outros lábios que não fossem aqueles. Eu estava abandonando minha vida desregrada de muitos homens para me entregar a apenas um e, apesar de tudo, eu me sentia feliz.

– Você vai namorar comigo, não é? – perguntou, não se desgrudando de mim.

– Tenho outra alternativa?

– Podemos nos casar, se preferir.

– Não, fico com o namoro mesmo.

– Minha namorada... – falou, acariciando meu rosto e sorrindo. – Nem acredito que isso é real.

Beijei-o delicadamente, apreciando o gosto maravilhoso de seus lábios, matando toda a minha saudade. O beijou tornou-se mais intenso e ele pressionou meu corpo com o seu. Eu o desejava como nunca e queria ser amada daquele jeito perfeito.

– Olha só – ouvi a voz de Raquel e interrompemos o beijo. Ela e Bernardo estavam escorados na entrada da cozinha. – Pelo jeito alguém finalmente contou algo.

– Eu praticamente arranquei dela – Léo falou todo sorridente. – Mas agora ela é minha namorada – fitou-me. – E eu nunca, nunca mesmo, te farei sofrer.

Assenti e nos beijamos pela milésima vez, eu não me cansava daqueles lábios.

Bernardo e Raquel nos enxotaram da cozinha para que pudessem preparar o jantar e Léo me levou para o seu quarto. Parei no meio dele e vi o violão. Léo abraçou-me por trás, beijando-me na nuca.

– Naquele dia que você tocou para mim foi uma declaração? – questionei, ficando de frente para ele.

– Não era para ser, mas acabou sendo. Quando vi já estava cantando uma música romântica e que dizia o que eu sentia.

– E por que foi tão frio comigo depois?

– Porque eu mostrei sem querer que estava apaixonado e, ao perceber o que fazia, fiquei daquele jeito. Eu queria ter certeza do que você sentia antes de dizer algo, antes de dizer que estou completamente apaixonado por você.

– Você é lindo.

– É uma honra ouvir isso da garota que nunca me deu bola, da garota mais inalcançável desse mundo.

– Mas estou aqui agora, Léo, totalmente alcançável, prontinha para receber o seu toque.

Ele me pegou no colo e me colocou na cama, ficando por cima e me beijando ardentemente. Trocamos carícias intermináveis e eu já queimava por dentro de desejo e sequer tínhamos tirado a roupa. Ele me levava à loucura!

Arranquei sua camiseta sem mais aguentar o clima que se instaurara e alisei todo o seu peito e abdômen definido. Contudo, alarmei-me ao notar marcas avermelhadas e roxas por toda a sua pele. Ele percebeu meu olhar preocupado e falou para eu não dar importância para os hematomas, pois já estava acostumado. Mesmo assim, rolei para cima dele sentando-me sobre seu colo e tocando e beijando delicadamente cada marca. Léo apenas sorria, não tirando os olhos negros de mim.

Troquei os beijos pela língua e a arrastei pelo seu corpo gostoso, contornando cada músculo e a tatuagem de tigre. Desci para o umbigo me dirigindo para o caminho da felicidade. Mordi sua calça e a desabotoei com os dentes, puxei-a para baixo deixando a cueca preta à mostra. Seu pênis ereto criava um maravilhoso volume e precisei mordê-lo. Descobri-o vagarosamente e não consegui disfarçar o sorriso ao vê-lo. Senti tanta falta dele, o único capaz de me proporcionar prazeres tão intensos. Abocanhei a cabeça e suguei com vontade, introduzindo-o pouco a pouco na boca. Léo respirava mais profundamente e soltava gemidos vez ou outra, chamando-me pelo nome e dizendo como eu era gostosa.

Foi o oral mais longo que já fiz e teria continuado se Léo não tivesse se sentado, fazendo-me parar, e me beijado calorosamente, inclinando-me para trás e vindo por cima. No entanto, parou tudo que o fazia para me fitar nos olhos e acariciar meus cabelos. Eu conseguia captar todos os seus sentimentos por mim e uma insegurança se fez presente, medo de relacionamento, medo de me machucar novamente e um medo novo, o de não ser boa o suficiente para ele, de não ser merecedora de todo o seu carinho.

– Quer saber o que pensei naquele dia quando ficamos pela segunda vez? – perguntou e eu assenti. – Que você estava voltando para mim, pois me permitiu tê-la pela segunda vez, e prometi para mim mesmo que faria de tudo para que você ficasse comigo naquela noite.

– Até ser um grosso, né?

– Só quis te provocar para que ficasse, e deu certo – beijou-me no pescoço. – Não quero nunca mais ficar longe de você, Mari. Você quase me matou nessas semanas que me evitou.

– Me desculpa, eu estava confusa, mas prometo não sair mais do seu lado, tudo bem?

– Então vai passar essa noite comigo?

– Humm... – hesitei, fazendo charme, e ele me encarou. Sorri e o beijei. – Sim, sim e sim! É tudo o que mais quero.

– Tudo mesmo? Até mais do que o sexo?

– Isso não, desejei esse sexo como nunca – puxei-o pelos cabelos. – O melhor sexo da minha vida, o sexo perfeito.

– O nosso sexo perfeito... – murmurou no meu ouvido e o mordeu, provocando arrepio por todo o meu corpo.

Esfregamo-nos deliciosamente e gememos juntos por causa do atrito gostoso, ainda mais quando ele retirou minha blusa e o sutiã, percorrendo-me com as mãos fortes que me tocavam perfeitamente, esquentando ainda mais a nossa relação e me fazendo pulsar com mais intensidade, não vendo a hora de ele se fazer presente dentro de mim. Porém, uma coisa que aprendi com ele era a não ter pressa, nosso sexo seria perfeito dentro de seu tempo, com preliminares longas e múltiplos orgasmos.

Chupou e lambeu meus seios e gemi alto, estavam tão sensíveis que eu até arqueava as costas da cama e cheguei a sentir um leve formigar nos dedos dos pés. Léo ajoelhou-se para retirar minha calça junto da calcinha e voltamos à tarefa de nos esfregarmos, gemendo um no ouvido do outro, causando arrepio e excitação extrema. Beijávamos como nunca, mordendo os lábios, chupando as línguas, percorrendo o interior da boca um do outro, desejando que esse momento nunca mais acabasse, que se tornasse eterno.

– Ei, vocês dois! – Raquel bateu na porta e paramos de nos beijar. – O jantar está pronto. Vão comer agora ou depois?

– Depois! – falamos em uníssono e rimos.

– Pelo jeito o negócio está bom aí. Até mais tarde, casal.

Léo segurou-me pelos braços e os colocou acima da minha cabeça, beijou-me na boca e foi descendo pela barriga até alcançar as partes íntimas. Lambeu-me maravilhosamente e abocanhou o clitóris, chupando e o circundando com a língua, abarcando-o completamente, o oral perfeito, causador do meu alto gemido e dos espasmos por todo o corpo. Um orgasmo que me pegava em cheio, irradiando o meu formigar por todas as partes, tirando-me o ar e os sentidos.

– Não canso de te ver tendo um orgasmo – comentou Léo, beijando-me na barriga e subindo até os lábios.

– Poderá me ver assim muitas vezes ainda, começando por hoje.

Pressionou meu corpo com o seu e eu enlacei sua cintura com as pernas, sentindo-o em minha entrada, mais do que pronto para o sexo. Léo parou de se mover e aposto que pensou o mesmo que eu: usar ou não o preservativo?

– Mari, eu sempre me cuidei e...

– Eu também... – interrompi-o e ficamos em silêncio até ele rir afundando o rosto entre os meus seios.

– Não vamos falar de transas do passado, não é um bom momento.

– Não mesmo, eu só quero você.

Beijamo-nos lentamente enquanto Léo me penetrava e eu arfava, desejando-o cada vez mais fundo e amando o nosso contato sem a camisinha. Ele se fez presente em mim e parou, respirei fundo e o senti ali pulsando gostosamente. Permanecemos curtindo o momento e nos beijando. Léo iniciou vagarosos movimentos e eu gemi e tive outro orgasmo, contraindo-me tanto por fora quanto por dentro. Meu namorado gemeu junto comigo e também teve o seu primeiro orgasmo. O primeiro de muitos.

Os movimentos aumentaram de velocidade e eu cravei as unhas nos ombros de Léo enquanto ele estocava repetitivamente e com muito vigor, fazendo-me fechar os olhos e implorar por mais, muito mais. Estiquei os braços e Léo se ajoelhou, puxando-me para cima de suas coxas, segurando-me pela bunda e me afastando do colchão. Inclinou-se sobre mim e mordiscou meu seio esquerdo. Continuamos com o sexo e fizemos muito barulho, tanto que Bernardo até bateu na porta pedindo silêncio porque os vizinhos estavam reclamando. Rimos e tentamos diminuir o som.

Forcei-me para cima e me sentei no colo de Léo, apoiando-me nele e balançando lateralmente, do jeitinho que ele gostava e eu também. Segurei-me em sua nuca e encostei nossas testas, não cessando o sexo, ele me apertava luxuriosamente e beijava-me entre a respiração rápida e quente. Troquei o rebolar pelo pulo e gritei de prazer, só não caí para trás porque Léo me segurou firmemente, mordendo-me no pescoço, ombros e orelha. Ao me soltar, desabei para trás com ele vindo junto. Abraçamo-nos e, depois de me recuperar da perda de força momentânea, rolei e fiquei por cima.

A energia começava a me deixar e eu adorei a sensação de esgotamento se aproximando, um sinal de que nosso sexo era perfeito, capaz de durar muito e tirar todas as nossas energias.

Virei-me de costas para Léo e fiz uma cavalgada invertida com ele me apertando na bunda e permitindo que sua voz rouca de prazer preenchesse o ambiente junto da minha. Léo sentou-se, chupou-me no pescoço e pressionou meus seios.

– Você é maravilhosa – falou baixo, puxando meu cabelo e o enrolando em sua mão.

Léo voltou a se deitar levando-me com ele, encostei-me em seu peito quente e suado e demos continuidade ao nosso ato de prazer. Tê-lo todinho ali em mim, além da excitação, provocava um conforto interno maravilhoso. Se não fosse o cansaço físico, não gostaria nunca que parássemos com o sexo. Devo ser a maior tarada mesmo.

Fiz com que Léo se sentasse e enquanto eu me ajoelhava para ficar de quatro, ele me acompanhou e não saiu de dentro de mim. Voltou a me puxar pelo cabelo e meteu com fervor. Mais um orgasmo correu pelo meu corpo e eu definitivamente apaguei, saí completamente do ar. Caí na cama com Léo sobre mim apertando-me e tendo o seu último orgasmo, esse com ejaculação. Sua respiração quente era sentida entre os meus cabelos e suas mãos não paravam de me percorrer. Eu me sentia totalmente realizada estando ali, com o cara que me satisfazia, o meu namorado. Pensei que nunca mais fosse dar esse título a alguém, mas eu me enganara, ainda bem.

Léo saiu de cima de mim e apanhou lenços de papel de dentro de uma gaveta para me entregar. Limpei-me do gozo e logo me afundei na cama, ainda cansada, com Léo ao lado. Permanecemos em silêncio até o estômago dele roncar. Caímos na gargalhada.

– Acho melhor irmos jantar – falei, beijando-o carinhosamente.

– Concordo.

Léo levantou-se e fez careta tocando o lado direito do abdômen.

– Ainda com dor da luta?

– Não sei, já faz alguns dias que está doendo, mas não deve ser nada – sorriu e me beijou.

– Você lutou com essa dor?

– Na verdade não, tomei remédio para passar e acho que agora o efeito está passando, mas não se preocupe, não é nada. Aposto que vai passar depois que eu comer, dessa vez o jantar – riu e eu lhe belisquei na cintura.

Vestimo-nos e saímos do quarto, encontrando Bernardo e Raquel deitados no sofá assistindo alguma coisa.

– Por que estão aqui? – perguntei. – Pensei que fossem estar no quarto.

– Alguns dias por mês isso não é possível – disse Raquel, dando de ombros. – E vocês, hein? Os vizinhos ficaram loucos.

– É a saudade – Léo me abraçou, beijando-me no rosto.

Fomos para a cozinha e tivemos que esquentar a comida. Jantamos sem muita demora, pois o que mais queríamos era dormir, eu estava cansada do dia de trabalho e Léo do campeonato, isso sem contar o sexo. Ele se ofereceu para lavar a louça dizendo que eu poderia ir tomar banho, não me opus e assim o fiz. Ao tirar a roupa, notei uma marca de chupada no pescoço. Não acredito que fiquei marcada! Isso vai ter troco! Após o banho, vesti uma camiseta de Léo e tive de pôr uma cueca boxer que ficou como um short. Entrei em seu quarto pensando em como fingir estar brava com a chupada e o encontrei sentado na cama com cara de dor e com a mão no mesmo lugar de antes. Preocupei-me com sua feição e ajoelhei diante de si colocando a mão sobre a dele.

– Você não está bem, Léo. O que tem? Está até pálido – toquei sua testa e o senti mais quente do que o normal.

– Não é nada, minha linda – beijou minha mão. – Tenho certeza de que amanhã vou acordar bem melhor, dormir com você pode me curar de tudo.

– Tem certeza?

– Claro, agora vem, deita aqui comigo.

Mesmo achando estranho aquilo tudo, apaguei a luz e deitei ao lado dele. Sua temperatura estava elevada, mas ele não quis conversar sobre isso e pediu que eu dormisse, e me acariciou para isso. Logo adormeci no aconchego do corpo dele. Contudo, acordei com o som de sua respiração forte e com ele ardendo em febre. Acendi a luz e vi Léo suando muito, sem abrir os olhos.

– Léo – balancei-o, ele não respondeu. – Léo! – nada. – Pelo amor de Deus, fala comigo!

Ele só respirava pesadamente e o suor escorria da testa. Desesperei-me. O que faço agora?

22

Diabinha

Comecei a chorar de desespero e gritei por Bernardo, não saindo do lado do meu namorado. Meu primo apareceu esbaforido com Raquel atrás e, assim que viu Léo daquele jeito, pediu que eu o ajudasse a tirá-lo da cama. Bernardo passou um dos braços dele pelo ombro e o outro ficou em mim. Sequer me lembrei de vestir uma calça e apenas corremos com Léo para o carro, colocamo-nos lá dentro e Bernardo dirigiu até o hospital mais próximo. Durante o caminho, Léo chamou por mim, porém ainda delirava de febre.

– Estou aqui, Léo – até seus lábios queimavam.

Ele gritou de dor e tocou o lado direito da barriga. De repente um *flash* me veio em mente e repassei os seus sintomas. Toquei mais uma vez em seu abdômen e perguntei se estava doendo muito. Ele só balançou a cabeça e voltou a reclamar.

– Calma – beijei sua testa. – Tenho quase certeza de que é apendicite.

– Faz dias que ele está reclamando de dor – falou Bernardo.

– Devia ter ido ao hospital antes, para doer desse jeito já deve estar muito inflamado.

Segurei suas mãos quando ele me procurou e percebi como tremiam. Abracei-o mais forte e repeti diversas vezes que tudo ficaria bem. Chegamos ao hospital e logo os funcionários de plantão o colocaram na maca. Avisei das minhas suspeitas do que pudesse ser e Léo foi levado para dentro. Não nos deixaram entrar e, assim que me sentei nas cadeiras, notei que eu também tremia. Respirei fundo e passei as mãos no rosto.

Bernardo pegou os documentos de Léo – ainda bem que Raquel lembrara deles – e foi até a recepção, falou também que ligaria para os pais de Léo. Minha amiga ficou comigo. Logo Bernardo retornou e se acomodou ali conosco. Muito tempo depois um médico veio até nós e confirmou as minhas suspeitas.

– O apêndice não se rompeu e ele entrará agora para a cirurgia – informou, e agradeci pela notícia.

Desabei na cadeira me sentindo um pouco melhor, mas ainda preocupada, só me tranquilizaria totalmente depois de vê-lo realmente bem. Que belo primeiro dia de namoro. Ri de nervoso e olhei para cima. No entanto, pessoas caminhando pelo corredor chamaram minha atenção e gelei de cima a baixo ao me virar. Encolhi-me toda não acreditando que aquilo estava acontecendo, não era um bom momento para conhecer a família do meu namorado.

Um homem japonês, magro e de cabelos negros com poucos fios brancos andava ao lado de uma mulher mais baixa do que ele, cabelo castanho-claro e olhos da mesma cor. Atrás vinham duas moças que cogitei serem as irmãs de Léo. Bernardo se levantou para cumprimentá-los.

– Como o Leonardo está? – perguntou a mãe.

– Entrou agora para a cirurgia, dona Vitória, vão retirar o apêndice.

– O Leonardo é teimoso, eu falei para ele ir ao médico quando me disse que estava com dores, mas ele foi? Não. É teimoso que nem o pai – encarou o marido, que encolheu os ombros.

– E quem são essas moças? – indagou sorridente o pai de Léo.

– Essa é a minha namorada Raquel – Bernardo apontou para Raquel, que se levantou e os cumprimentou. Olhou para mim. – E essa é... humm... Não sei como te apresentar.

Pus-me em pé e me apresentei.

– Sou Mariana, a namorada do Léo.

Olhos se arregalaram e eu tentei disfarçar como eu estava vestida, lógico que não deu certo e a mãe dele me mirou atentamente, aposto que reconhecendo as roupas do filho. Puxei mais o cabelo para cima da marca no meu pescoço.

– Desde quando o Leonardo tem uma namorada? – questionou a mãe dele olhando para as filhas, que também deram de ombros.

– Bem – falei –, a gente começou a namorar justamente hoje...

– E você estava dormindo lá no apartamento dele? – uma pergunta inquisitória vinda da mãe. Engoli em seco.

– Estava.

O silêncio tomou o ambiente e não me senti confortável estando na mira daquela mulher que não tinha ido com a minha cara.

– Para de ser assim, mãe – uma das moças falou, tocando-a no braço. – Você tem que estar feliz pelo Leonardo estar namorando, pensei que ele não fosse arranjar ninguém depois da Lílian – ela veio até mim e me cumprimentou com um beijo no rosto. – Prazer, meu nome é Priscila e aquela é nossa irmã caçula, Bianca – a outra sorriu para mim e retribuí.

– Então é você quem vai se casar? O Léo comentou.

– Sou sim, o casamento será daqui duas semanas e você está convidada.

– O traje é formal – disse a mãe dela, ainda me analisando de cima a baixo.

– Tenho certeza de que ela sabe – falou o pai, tocando o ombro da esposa e vindo até mim também. Sorriu de forma amigável e falou baixo: – Não liga para ela, é mal-humorada mesmo e morre de ciúmes do Leonardo.

– Tudo bem – falei sem jeito.

– Pode me chamar de Kenzo – cumprimentou-me com um beijo no rosto.

Pelo visto eu teria problemas com a minha sogra.

Todos se acomodaram nas cadeiras e Priscila e Bianca vieram conversar comigo. Elas eram muito parecidas, ambas com cabelos compridos, lisos e negros como os de Léo e traços orientais bem fortes. A única diferença era a de que Bianca era mais alta do que a irmã e com um porte mais atlético, devia praticar algum esporte.

Vitória não se conformava com o fato de eu estar usando roupas de Léo e me olhava com certa indignação, até Raquel ficou incomodada e pediu que fôssemos embora trocar de roupa. No fundo eu não queria sair de lá, mas graças aos olhares da minha sogra decidi ir. E quando saíamos, nos informaram que a cirurgia já terminara e que em breve poderíamos vê-lo.

– Viu a cara dela? – perguntei assim que entramos no carro. – Ela já me odeia!

– A primeira impressão é a que fica – Bernardo ria.

– Quem sabe ela não melhora quando você aparecer mais coberta e não com roupas que revelam que vocês fizeram sexo.

Nós três rimos. O dia já amanhecia e passamos primeiro no meu apartamento, assim pude tomar um rápido banho e me vestir decentemente para que minha sogra não mais me julgasse. Tomamos café da manhã e depois de conferir mais uma vez meu visual, fomos até o apartamento de Bernardo para que ele se arrumasse, e logo após voltamos ao hospital.

Leonardo estava no quarto e, ao me aproximar, ouvi:

– Tire isso daqui – era a voz dele. – Não preciso de nada do tipo, estou bem.

– Por que está agindo assim? São apenas flores, e irão te ajudar a se recuperar – falou seu pai.

Resolvi entrar dando leves batidas na porta para avisar da minha chegada. Léo estava na cama e sua família ao redor. Ele sorriu para mim e me estendeu a mão, caminhei hesitante com sua mãe me analisando com o olhar. Não tem como ela reclamar da minha roupa agora! Cheguei perto dele e o beijei suavemente em cumprimento.

– Vejo que já está bem melhor – comentei.

– Estou sim, desculpe pelo susto.

– Tudo bem – sorri e voltei e lhe beijar. – Está bem mesmo?

– Sim, só ganhei uma cicatriz *sexy* – mostrou-me o local da cirurgia ainda vermelho e com os pontos.

Sua mãe fez cara feia por causa do comentário e fingi não ver. Contudo, avistei nos braços de seu pai um pequeno vaso com flores vermelhas, um tipo que eu nunca tinha visto.

– Que flores são? – perguntei, indicando o vaso.

– Sálvia – respondeu ele todo contente. – Trouxe para ajudar na recuperação do Leonardo, mas ele não quer que elas fiquem.

– E elas têm algum significado?

Kenzo tomou ar para responder, porém Léo não permitiu.

– Não têm significado algum – parecia nervoso. – Tira isso daqui, não gosto de flores.

Seu pai deu de ombros e, ao passar por mim, sussurrou:

– Boa saúde e vida longa – saiu do quarto em seguida.

Acho que o ódio de Léo pelas flores tem a ver com o fato de eu ter recebido muitas nos últimos meses. Sua família nos deixou sozinhos, alegando que comeriam algo e depois voltavam. Sentei-me em uma cadeira ao lado do leito e falei:

– Sua mãe já me odeia, você precisava ver a cara dela quando me viu vestida com as suas roupas.

– Não liga pra ela, é sempre assim, depois ela vai te tratar bem, você vai ver – respirou profundamente e fez careta, tinha uma expressão cansada.

– Está doendo ainda?

– Não, estou bem.

– Não minta pra mim, sua cota já esgotou essa noite.

Ele sorriu e acariciou o dorso da minha mão.

– Está doendo sim, mas nada insuportável. E estou me sentindo meio grogue, deve ser por causa da anestesia. Ainda bem que tenho uma enfermeira aqui comigo.

– Só que essa enfermeira ainda não está formada e não pode fazer muita coisa.

– Mas tenho certeza de que se a enfermeira me beijar a dor irá sumir.

– Seu bobo – levantei-me e o beijei apaixonadamente.

– Agora sim... A dor desapareceu.

– Mentiroso – sorri e lhe afaguei os cabelos. Como eu podia gostar tanto dele daquela forma?

Bernardo e Raquel entraram para cumprimentá-lo, porém não ficaram muito, pois uma funcionária veio nos avisar de que ele precisava descansar. Despedi-me de Léo e voltei para casa avisando que o esperaria no dia seguinte quando tivesse alta. Não queria ficar ali perto da minha sogra.

Não fui visitar minha mãe no domingo justamente para poder ficar com o Léo. Ela achou estranho o fato de eu não ir e quis saber o motivo. Ainda enrolei tentando mudar de assunto, mas ninguém engana dona Graça, principalmente os filhos. Sendo assim, contei que estava namorando. Ela ficou tão feliz que deu gritinhos ao telefone. Perguntou tantas coisas sobre Leonardo que algumas eu nem sabia responder, e ao final da conversa me fez prometer que o levaria lá para que ela o conhecesse.

Um pouco antes do horário do almoço, eu já estava no apartamento de Bernardo esperando por Léo, que seria levado lá pelos pais. Mais uma vez conferi minha roupa: calça jeans e blusa de manga comprida, a mãe dele não tinha por que reclamar, eu estava bem decente. Bom, pelo menos na frente dela, espera só ela ir embora...

Eles não demoraram a chegar e Léo andava lentamente, sendo apoiado pelo pai. Sorriu lindamente para mim antes de fazer careta e ser colocado no sofá. Pensei em me sentar ao lado dele, mas sua mãe tomou o lugar, precisei respirar fundo para não dizer algo.

– Por que você não fica em casa, Leonardo? – perguntava ela. – Posso cuidar de você estando lá.

– Minha casa é aqui – respondeu emburrado e me fitou. – E eu tenho uma enfermeira para cuidar de mim – piscou e eu fiquei sem graça por causa do olhar que a mãe dele me lançou.

– Mas eu sou sua mãe e ninguém melhor do que eu para fazer isso.

Que mulher ciumenta! Estou me corroendo por dentro de vontade de falar umas coisas.

– Para com isso, Vitória! – disse Kenzo vindo até mim. – Tenho certeza de que a Mariana cuidará muito bem do Leonardo, não é? – assenti. – Viu? – ela tomou ar para reclamar e ele não deixou. – E não quero ouvir mais nada sobre esse assunto, Leonardo já é adulto e sabe muito bem o que faz da vida.

Minha vontade era de dar pulinhos de alegria. Ela contorceu os lábios contrariada e eu tive vontade de rir, porém me segurei quando ela me olhou. Resolvi ser um pouco simpática.

– Não se preocupe, Vitória, vou cuidar muito bem do Léo.

Sua expressão não suavizou com a minha frase e ela ainda bufou quando Kenzo falou para irem embora. Deu inúmeras recomendações a Léo antes de realmente irem. Respirei aliviada assim que a porta se fechou e finalmente me sentei ao lado do meu namorado, acariciando seu rosto e o beijando lentamente.

– Viu só como sua mãe me odeia?

– Ela é chata mesmo, até hoje dá umas patadas no noivo da minha irmã, mas ele leva na brincadeira – ajeitou-se e fez cara de dor.

– Acho melhor você se deitar.

Caminhamos juntos para o quarto e me acomodei ao lado dele. Como Léo não poderia fazer nenhum movimento brusco, isso quer dizer que ficaríamos alguns dias sem sexo, apenas permanecemos ali curtindo a presença um do outro, e só para nos sentirmos melhor, tiramos as roupas. Agora sim, nada melhor do que sentir o corpo dele grudado ao meu.

Tomei conta da alimentação de Léo todos os dias após a cirurgia, dizendo o que poderia comer e quantidades. Deixava tudo pronto e praticamente morei lá durante sua recuperação. Uma semana depois da cirurgia foram retirados os pontos e sua cicatrização estava ótima, tanto que eu já maquinava coisinhas em minha mente.

O semestre letivo acabara na faculdade e na escola, por isso não trabalharia mais de sábado. Contudo, precisei assumir uma turma de intensivo e passei a trabalhar todos os dias à noite, mas pelo menos eu conseguiria ficar durante o dia com Leonardo por todo o mês de julho.

No sábado de manhã, dia do casamento de sua irmã, ele acordou muito bem. Olhei sua cicatriz, conferindo se estava bem fechada e se não acontecera nenhuma tragédia durante a noite, já que nos agarramos sem chegarmos aos finalmentes. Cicatriz ok, completamente curada. Fiquei extremamente feliz, pois eu poderia colocar meu plano em prática.

Bernardo e Raquel foram na quinta-feira para o interior visitar os pais dela e só voltariam na tarde no sábado para também irem ao casamento, dessa forma o apartamento ficaria todo para nós. Tomei café da manhã junto de Léo e ele vinha o tempo todo se esfregar em mim, não dava trégua. Eu lavava a louça e ele grudava atrás de mim, beijando-me no pescoço e deslizando as mãos pela minha cintura subindo sem parar. Apertava-me gostosamente e pressionava a ereção em mim. Eu respirava pesadamente, tentando controlar a excitação. Se consegui? Lógico que não!

De repente ele me puxou com tudo, virou-me, beijou-me lascivamente e me colocou sobre a mesa, postando-se entre as minhas pernas e me levando à loucura. Que homem gostoso! Mas eu não podia, precisava dar uma de difícil para a surpresa que eu preparara. Empurrei Léo com as mãos afastando-o de mim e me forcei para não parecer prontinha para o sexo, inventei até uma dor de cabeça.

– Eu posso curar essa sua dor – sussurrou ao pé do meu ouvido e eu estremeci por inteiro.

Ele voltou a me agarrar e me inclinou sobre a mesa, mordendo o contorno do meu seio. Meu Deus! Dê-me forças para resistir!

Contudo, não cedi.

Pulei para fora da mesa por mais que não desejasse e consegui fugir de suas garras com a desculpa de que precisava buscar meu vestido do casamento, e assim fui para o meu apartamento mesmo com os lamentos de Leonardo. Lá me arrumei lindamente para o meu namorado, do jeitinho que eu planejara, vesti uma lingerie vermelha com direito a cinta-liga e até o salto da mesma cor. Por cima coloquei um vestido vibrante também vermelho, curto, justo e decotado. Para não sair na rua assim me cobri com uma saia comprida até os pés e blusa de frio. Na bolsa guardei tudo o que usaria para a minha surpresa.

Retornei ao seu apartamento e o encontrei sentado no sofá passando os canais. Ele me olhou com o cenho franzido.

– Está tão frio assim lá fora?

– Mais ou menos – parei diante dele e levantei a saia até a coxa para mostrar a cinta-liga. Os olhinhos dele brilharam. – A coisa aqui dentro vai esquentar.

– Então você estava fazendo jogo duro para isso, é?

– Sim – beijei-o. – Vamos comemorar a sua recuperação em grande estilo.

Léo sorria maliciosamente e até se ajeitou no sofá. Levei as coisas para o banheiro e lá tirei a roupa de cima do vestido. Maquiei-me abusando do vermelho nos lábios e por último coloquei uma tiara de chifrinhos. Ri da minha imagem, uma verdadeira diabinha. Depois de pronta, ainda apanhei uma garrafinha de calda de chocolate. Nossa transa seria saborosa. E para que tudo ficasse perfeito, precisava de uma música. Saí do banheiro escondendo a calda de chocolate e encontrei Léo no sofá um tanto ansioso. Logo que entrei ele já se levantou, mas pedi que se sentasse. Ele obedeceu e apertou o tecido da bermuda para conter suas vontades.

Com o celular, que estava sobre a estante, coloquei uma música que considerava perfeita para o momento, e assim que a guitarra começou a tocar, caminhei de forma insinuante até Léo. Pus o pé sobre o sofá e ele já veio apalpando minha perna, subindo até a coxa e a bunda. Suas mãos tinham o poder de produzir excitação momentânea em mim, eu até já me sentia molhada lá embaixo. Apesar do carinho gostoso, afastei-me dele voltando a prestar atenção à canção. Cantei um trechinho indo para beijá-lo, mas não encostei nossos lábios, só provoquei.

– *Way down inside, honey, you need it. I'm gonna give you my love. I'm gonna give you my love*[5] – lambi seus lábios e ele gemeu baixinho.

– Você me deixa louco, sabia? – pegou-me firmemente pela nuca e me beijou calorosamente.

– Você ainda não viu nada, *honey* – mostrei a calda de chocolate e ele sorriu.

– Humm, vai ficar ainda mais deliciosa pra mim. Só você mesmo, Mari. Esses chifrinhos combinaram perfeitamente.

– Então vamos cometer o pecado da luxúria.

– Que diabinha mais gostosa eu fui arranjar! – agarrou-me pela bunda e me levou até ele.

---

5. Led Zeppelin – "Whole Lotta Love". Lá no fundo, querido, você precisa disso. Eu vou te dar o meu amor. Eu vou te dar o meu amor.

Acomodei-me em seu colo e Léo foi subindo lentamente o meu vestido, não desgrudando os olhos da lingerie conforme ia aparecendo. Retirou-o de mim e o deixou de lado, alisou meu corpo minuciosamente e eu vibrei por dentro, desejando-o ardentemente. Seus dedos percorreram vagorosamente a calcinha fio dental desde a parte da frente até a de trás, sempre apertando minha bunda. Enquanto fazia isso, encostou a língua no meu umbigo e foi subindo distribuindo lambidas, beijos e mordidas. Ao alcançar os seios, introduziu a língua entre eles e eu gemi, inclinando o corpo para trás.

– Deliciosa – falou com a boca ainda em mim.

Puxei-o pelo cabelo e o fiz me fitar. Abri a calda de chocolate colocando um pouco no dedo e o passando em meus lábios. Léo não perdeu tempo e me beijou lascivamente, sugando toda a cobertura e introduzindo bem fundo a língua, tirando-me o ar. Segurou-me pela cintura e me deitou no sofá, vindo por cima sem parar de me beijar. Pegou a cobertura, espalhando uma boa quantidade sobre a minha barriga, eu já gemia de prazer. Começou a me lamber tão deliciosamente que não era possível segurar a voz, eu só queria expressar vocalmente, gritar ao mundo que eu tinha um homem perfeito comigo e que me levava à loucura.

Ele me mordeu com força e eu gritei num misto de dor e prazer, Léo sorriu e me beijou na boca. Aproveitei para despi-lo da camiseta e o empurrei para trás, podendo assim me sentar. Passei a calda pela sua boca e permiti que escorresse para o peito. Lambi-o sensualmente, também me esfregando em seu corpo. Puxei-o pelo cabelo e, ao inclinar a cabeça para trás, percorri todo o seu pescoço e desci para o peito onde ainda havia coisas para eu lamber.

Léo abriu meu sutiã enquanto eu enfiava as mãos dentro de sua cueca, buscando apertar o pênis ereto. Ele gemia e fechava os olhinhos, eu adorava presenciar tal cena. No entanto, distanciei-me e eu mesma deixei que gotas de calda caíssem sobre meus seios. Léo ficou boquiaberto. Esparramei com o indicador e o chupei, mirando meu namorado nos olhos.

– Gostosa – foi a única coisa que ele me disse antes de vir para cima e abocanhar o bico eriçado, lambendo toda a volta dos seios inchados e sensíveis ao toque.

Mais uma vez gemi alto e curti a sensação gostosa de tê-lo ali, lambendo-me completamente, isso sem contar que sentia seu membro rígido entre as minhas pernas. Essa constatação acabou comigo.

Léo segurou-me pelas mãos e me fez sentar, depois pediu que eu ficasse de quatro e obedeci, gostando muito daquilo. Ele me mordeu na bunda e retirou a calcinha, desprendendo-a da cinta-liga, porém deixou-me com a meia fina. Alisou-a demoradamente e aplicou sobre a minha pele a cobertura de chocolate. Arrepiei-me na hora e ele voltou a me lamber e morder na bunda. Eu já estava mais do que molhada e pulsava intensamente, quase implorando por tê-lo ali dentro de mim. Ele me deu um tapa e gritei, ouvi-o rindo, virei-me de frente.

– Você gosta de fazer isso, né? – indaguei, já com a voz entrecortada.

– Gosto de te ouvir gritar de prazer.

– E eu gosto de provocar prazer em você – dizendo isso, abaixei sua bermuda junto da cueca e admirei o pênis prontinho para mim.

Terminei de retirar sua roupa e dessa vez a calda foi esparramada pelo pênis. Um sorriso bobo não saía do rosto de Léo e eu o beijei, mas logo voltando à minha tarefa de provocar delírios nele. Chupei vigorosamente a cabeça do pênis e arrastei a língua por toda a sua extensão. Se puro já era bom, imagina coberto de doce. Lógico que me lambuzei, porém não cessei o que fazia e, quando não havia mais calda, enfiei-o fundo na garganta, sugando e mordendo levemente. Léo respirava fundo e vez ou outra soltava um gemido rouco. Ergui a vista e o vi com a boca entreaberta e de olhos fechados, também contorcia a face e umedecia os lábios. Que gostoso!

– Porra, Mari, você é muito boa nisso. Caralho! – exclamou e senti todo o seu corpo tremer.

O pênis pulsou dentro da minha boca e Léo se contorceu inteiro. Um orgasmo. Não parei e prossegui. Ele arfou e soltou um palavrão. Eu já me encontrava muito molhada e, quando Léo se sentou, beijou-me e penetrou-me com o dedo médio, o formigar surgiu e foi minha vez de gemer ainda mais alto. Trocou o dedo pela língua e depois pelo pênis, estocando com força. Estávamos tão ávidos pelo ato em si que nem paramos para sentir um ao outro e só demos continuidade ao sexo sem pensar em mais nada, apenas no prazer, no sentimento recíproco e nos beijos maravilhosos.

Parecia que eu explodiria a qualquer momento tamanha a minha ebulição interna, era como se eu estivesse queimando. Desejava cada vez mais investidas fortes, mais apertos, mais chupadas, mais beijos...

Gritei novamente e não havia forças nas pernas sequer para pressionar o corpo de Léo, que também teve um orgasmo arrebatador, fazendo-o morder-me na boca e meter ainda mais fundo (se isso for possível). O sexo foi interrompido para que pudéssemos respirar e nos beijar com mais calma, no entanto, não durou por muito tempo, lógico. Ainda necessitávamos do nosso sexo perfeito.

Léo sentou-se no sofá e eu fiquei por cima, introduzindo-o lentamente em mim, ofegando a cada centímetro percorrido. Tirei a tiara de chifrinhos de mim e coloquei em Léo, sorrindo com a cena.

– Você acabou de ser convertido ao mais puro pecado – falei e ele me beijou.

– Adoro viver no pecado.

Balancei os quadris e Léo encostou-se para me admirar dando continuidade ao sexo. Não me tocou e apenas cruzou os braços atrás da cabeça com seus olhos percorrendo-me inteiramente. Gostei daquilo e dei tudo de mim, mexendo-me a ponto de transpirar pelo rosto e inspirar uma grande quantidade de ar. Percebi que ele se esforçava para não fechar os olhos, mas não conseguia, estava delirando de prazer. Segurei suas mãos e as pus sobre meus seios, ele os apertou e gememos juntos.

– Goza de novo, Mari – pediu.

– Só se você também gozar.

Ele anuiu e eu levantei, puxando-o comigo. Ajoelhei-me no sofá apoiando-me no encosto e Léo veio por trás, mordendo-me no pescoço e me penetrando. Investiu vigorosamente segurando-me pelos quadris e os levando para a frente e para trás. Eu empinava a bunda, facilitando seu acesso e implorando para que não parasse, para que prosseguisse metendo com cada vez mais força. Ele me ouviu e aumentou o ritmo. Gritei e me segurei ao sofá para não desabar de cansaço e satisfação, isso porque o orgasmo nem tinha chegado.

Um dos meus braços foi levado para trás e Léo o segurou enquanto estocava. O formigamento apareceu subindo pelas pernas e se irradiando por todo o corpo. Voltei a gritar e dessa vez Léo precisou me segurar. Logo foi sua vez e ele me apertou durante seu gemido rouco.

Caímos os dois no sofá inspirando fundo, tentando estabilizar a respiração. Sorrimos um para o outro e nos abraçamos. Não precisei me limpar porque dessa vez não houve ejaculação, e eu ainda não me conformava que meu namorado conseguia atingir o clímax sem ela. Deitei sobre Léo e o beijei apaixonadamente.

– Vou tomar banho antes que o Bernardo e a Raquel cheguem – avisei e o beijei em cima da cicatriz no abdômen.

– Posso ir junto?

– Eu adoraria... – chupei sua boca.

– Vai indo que irei recolher essas roupas, vou daqui a pouco.

Concordei e me direcionei para o banheiro. Não me preocupei em pegar roupas para vestir, já que estávamos sozinhos. Liguei o chuveiro e só entrei quando a água estava bem quente. O grude provocado pela calda de chocolate foi saindo aos poucos e recordei-me com carinho da nossa brincadeira gostosa. O vapor já embaçava o vidro do box quando Léo entrou. Passei a mão pelo vidro e chamei meu namorado com o dedo, ele sorriu e decidi provocar ainda mais, encostei os seios ali e os balancei de um lado para o outro.

– Mariana – falou ele vindo mais perto. – Não me provoca.

– O que vai acontecer se eu te provocar? – continuei com os seios ali.

Léo abriu o box.

– O lobo mau vai te comer – sorriu e eu o puxei para dentro.

– Pode comer, gosto muito disso.

Ele entrou embaixo da água e soltou uma reclamação.

– Nossa! Que água mais quente! – ameaçou abrir mais o chuveiro, mas eu não permiti.

– Não faz isso, eu gosto da água nessa temperatura.

– Temperatura bola de fogo, né? Não sei como você consegue.

– Se diminuir eu fico com frio.

– Estou aqui para te esquentar, minha linda – abraçou-me colando nossos corpos molhadas, beijamo-nos deliciosamente.

Peguei o sabonete e passei por toda a pele gostosa de Léo, claro que de forma luxuriosa. Ele o tomou de mim e foi sua vez de me tentar sexualmente. Percorreu os seios demoradamente e foi para a cintura e bunda. Seu pênis já estava ereto.

– Não sei como consegui ficar tanto tempo só te admirando – comentou ele ao meu ouvido. – Devia ter investido antes.

– Tudo tem o seu tempo e talvez eu não tivesse dado bola pra você. Mas agora sou toda sua.

– Você não sabe como me deixa feliz ao dizer isso – afagou meu rosto. – Você é toda minha...

Voltamos a nos beijar e Léo me encostou ao box. Não aguentei mais e segurei o pênis, levantando a perna até a altura de sua cintura e o introduzindo em mim. Eu queria mais sexo.

Iniciamos o vaivém frenético, contudo, paramos na hora em que ouvimos batidas na porta do banheiro. Encaramo-nos com vincos na testa e não houve tempo para reagirmos, pois a porta foi aberta abruptamente e a mãe de Léo entrou chamando por ele, que me desencostou do vidro e virou-se de costas, escondendo-me da vista dela e também sua ereção.

– Mãe! – gritou. – Saia daqui agora!

– Leonardo... – ficou espantada com a cena que presenciou.

– Agora! – esbravejou e ela saiu.

Léo respirava rápido e coloquei a mão em seu peito.

– Calma...

– Calma? Ela passou dos limites agora! E desde quando ela tem a chave da minha casa?

Não comentei nada, até porque ele tinha razão, e só desliguei o chuveiro. Enxugamo-nos e logo Léo saiu com uma toalha enrolada na cintura. Ainda permaneci mais alguns segundos ali dentro e pude ouvir o começo da discussão.

– Como você entra assim na minha casa? E ainda não satisfeita entra no banheiro! – ele estava muito alterado, nunca o vi falar daquele jeito.

– Fiz uma cópia para mim quando você se mudou, nunca tinha usado e só usei hoje porque você não atendeu o celular. Fiquei preocupada que tivesse acontecido alguma coisa com você e por isso subi.

– Eu estava tomando banho!

– Não te vi tomando banho, Leonardo! – também elevou o tom de voz. – Como você tem coragem de fazer essas coisas assim? Não estava com proteção.

– É a minha vida e eu faço dela o que bem entender! E você vai pedir desculpa para a Mari por ter entrado do nada e invadido a nossa privacidade.

Entrei no assunto e por causa disso fui saindo de fininho do banheiro, os dois discutiam no corredor e assim me viram. Vitória me fitou de cima a baixo com ar de desgosto e virou-se emburrada para o lado.

– Mãe, peça desculpa para a Mari, você está errada e sabe disso.

Como ela não disse nada, aproximei-me de Léo e o toquei no braço.

– Tudo bem, não precisa – falei baixo.

– Precisa sim – ainda estava nervoso. – Vamos, mãe, diga algo.

Ela suspirou pesadamente e se virou para me encarar, contorceu os lábios antes de dizer:

– Desculpa, não deveria ter entrado assim.

– Ótimo – Léo estendeu a mão para ela. – Agora me devolva a chave que você tem – ela hesitou. – Estou esperando – insistiu.

Vitória apertou algo na mão e depois entregou a chave para Léo, ainda contrariada.

– Agora me diga o que veio fazer aqui.

– Trazer a gravata – mexeu dentro da bolsa e pegou uma caixa preta, estendeu-a para Léo.

– Você se deslocou até aqui por uma gravata? – Léo riu. – Aposto que não foi só por isso. Você quer é xeretar na minha vida.

– O que você quer que eu faça, Leonardo?! – vi lágrimas em seus olhos. – Você não me atende e quando fala comigo é curto e grosso, parece que não gosta da sua própria mãe. Eu fico preocupada com você.

– Você me sufoca, mãe, por isso faço essas coisas – suspirou e achei melhor não ficar ali, aquele assunto não me dizia respeito.

Como eu estava no quarto de Léo, não ouvia o que conversavam e agradeci por isso. Troquei-me e fiquei ali sentada na cama penteando o cabelo. Ao terminar, permaneci no cômodo, não queria participar da discussão e nem ter os olhos inquisitórios da minha sogra sobre mim.

Léo entrou minutos depois e me avisou que a sua mãe gostaria de conversar comigo. Mesmo não querendo, lá fui eu enquanto ele se vestia. Vitória se encontrava no sofá com os olhos vermelhos e eu me acomodei ao seu lado.

– Me desculpa – foi a primeira coisa que ela disse. – Eu não te tratei bem desde a primeira vez.

– Tudo bem – não estava tudo bem, mas eu não era capaz de dizer o contrário.

– Prometo que daqui para a frente tentarei ser mais agradável – fitou-me e sorriu sem jeito. – Eu não deveria ter ciúmes de uma moça que faz meu filho tão feliz, não é?

– É – sorri de volta e a segurei pela mão. – Eu gosto muito do Léo, Vitória.

– Eu sei, e ainda presenciei o trabalho que ele teve para te conquistar. Acho que o ciúme começou aí.

– Trabalho para me conquistar? – estranhei. – O que ele fez?

Vitória tomou ar, mas Léo entrou na sala e não deixou que ela falasse.

– Não fiz nada de mais além de ficar com você naquele dia da cólica – veio até mim. – Mas fiquei sentido naquelas semanas que me evitou.

– Bem – a mãe dele se levantou –, vou indo porque ainda tenho que ir ao salão me preparar para o casamento.

Nós a acompanhamos até o elevador e assim ela se foi. Léo e eu caímos na gargalhada no minuto seguinte.

Bernardo e Raquel chegaram logo após o almoço e ela e eu também fomos fazer as unhas. No cabelo fiz um penteado simples, deixando os cachos caírem pelas costas, só prendendo a parte da frente para trás com uma presilha. Raquel optou por uma escova para deixar o cabelo um pouco enrolado nas pontas. Retornamos ao apartamento dos meninos por volta das 18 horas e Léo já vestia o terno impecável. Seria um padrinho belíssimo. O cabelo fora penteado para trás e a única cor ali era a da gravata vermelha e da rosa da mesma cor no bolso do paletó, até a camisa era preta.

– Que gato – comentei ao vê-lo. – Por isso que sou apaixonada por esse homem.

– Só por isso? – indagou, arqueando as sobrancelhas.

– Não, mas isso ajuda muito. Que mulher não se derrete toda por um oriental gato?

Todos riram, até mesmo Léo. Deixei minha sem-vergonhice de lado e fui me arrumar. Meu vestido também era preto e longo, porém com discretos pontinhos brilhantes pelo tecido. Como as costas ficavam à mostra, usei uma echarpe sobre os ombros. Raquel colocou um vestido rosa ficando ainda mais bonequinha, e Bernardo vestiu-se com uma calça social preta e uma camisa manga longa azul-marinho.

O casamento seria realizado em uma pequena igreja de São Bernardo do Campo e, ao chegarmos, Léo foi me apresentando aos parentes, que foram muitos. Conheci também o noivo, um moço alto, negro e de cabelo *black power* não muito volumoso. Léo me contou que Priscila o fez cortar para o casamento.

– Pelo jeito a sua família gosta da cor do pecado – indiquei a minha própria cor e rimos juntos.

– Não sei os outros, mas eu gosto mesmo – beijou-me suavemente para não borrar o batom.

A fila dos padrinhos se formou e Léo foi para ela com Bianca como sua acompanhante. Todos os homens estavam vestidos iguais: roupa preta e gravata vermelha. As mulheres usavam também o mesmo vestido vermelho exatamente da cor da gravata. Achei muito bonita a ideia de Priscila.

Bernardo, Raquel e eu entramos na igreja para procurar um lugar, e ao colocar meus pés ali dentro, estarreci. A decoração era a coisa mais linda desse mundo! Só se viam rosas vermelhas e brancas em arranjos muito bem-feitos, com as flores mescladas entre si. Meu coração disparou ao me lembrar do cara das flores. Sentamo-nos em um banco no meio da igreja e logo a música para que os padrinhos entrassem começou a tocar. Todos eles se organizaram no altar e depois minha sogra veio na companhia do que supus ser o pai do noivo. Em seguida este também entrou de braço dado com sua mãe.

Um minuto de agonia.

Outra música começou e todos se levantaram para ver a noiva. Priscila veio na companhia do pai, seu vestido branco tomara que caia ficou perfeito nela, mas o que me chamou a atenção foram rosas brancas presas em seu cabelo trançado caído sobre o ombro esquerdo em um maravilhoso penteado. Na mão ia o buquê de rosas vermelhas. E o que também não deixei passar foi a linda noivinha que vinha à frente jogando pétalas vermelhas. Ela sorria lindamente e os cabelos enroladinhos balançavam para lá e para cá por causa do caminhar.

Kenzo entregou Priscila ao noivo e a cerimônia se iniciou. Quando foram entregar as alianças, ambos tremiam e Priscila chorou durante as palavras do noivo. Em sua vez, a voz quase não saía e lágrimas silenciosas escorriam pelo rosto dele. Até eu tive vontade de chorar de emoção.

Com o fim da cerimônia, todos cumprimentaram os noivos e se dirigiram para o local da festa. Bernardo nos levaria até lá em seu carro e, no momento em que nos acomodamos, Léo e eu no banco de trás, puxei meu namorado para cima de mim pela gravata.

– Você está muito *sexy* com essa roupa, quase não estou me aguentando aqui.

– Se você a tirar terá uma surpresa ainda mais *sexy* por baixo – beijamo-nos lascivamente e nos esfregamos.

– Ei! – reclamou Raquel. – Sem putaria aqui! Vocês não se controlam, não?

– Não! – respondemos em uníssono e voltamos a nos agarrar.

– Faz alguma coisa, Bernardo – pediu Raquel e ele apenas riu.

– O que você quer que eu faça? Podemos deixá-los em um motel pelo caminho, mas acho que o pessoal vai estranhar o sumiço de um dos padrinhos.

– Não iremos fazer nada ousado aqui, Raquel – falei, tentando tranquilizá-la.

– O que me preocupa é o que seria ousado para vocês – balançava a cabeça em negativa.

Léo e eu continuamos nos beijando e sua mão percorreu da minha coxa até a bunda, e a minha dentro de sua calça. Isso não era muito ousado, era? Só cessamos as carícias ao chegarmos ao local da festa. Tanto ele quanto eu arrumamos a roupa no corpo e eu retoquei o batom e tirei o que ficara dele dos lábios do meu namorado.

Flores se estendiam por todo o salão, dessa vez não só rosas, e muitas daquelas eu conhecia porque recebera. Havia arranjos nas mesas e principalmente ao redor do bolo. Meus sogros já ocupavam uma grande mesa e nos chamaram para lá. Vitória fez questão de que me sentasse ao lado dela.

Música alta, muita bebida e comida, todos se divertiam, principalmente os noivos que puxavam os amigos e familiares para a pista de dança. Priscila pegou Léo e eu pela mão e também nos levou até lá. Meu namorado não usava mais o terno, ficando só com a camisa e a gravata, que enrolei em minha mão para trazê-lo para um beijo apaixonado. Dançamos juntos e Léo até pôs no pescoço a minha echarpe. Alguns acessórios foram distribuídos para os convidados, desde colares coloridos, pulseiras e coisas espalhafatosas. De longe vi tiaras de chifrinhos e corri para pegar. Coloquei uma em mim e a outra em Léo.

– Somos dois diabinhos – rimos juntos e voltamos a nos beijar.

Eu já estava cansada da pista e precisava beber algo, assim caminhamos para a mesa. Contudo, Léo parou de andar e me segurou pelo braço.

– Essa noite só está perfeita porque você está aqui comigo – falou sério e me acariciou no rosto. – Eu gosto muito de você, Mari.

– Eu também gosto de você.

– Mas o que eu sinto por você é algo muito maior – engoliu em seco e eu prendi a respiração. – Eu... Eu...

– Leonardo?

Uma voz feminina o interrompeu e nós dois nos viramos ao mesmo tempo para uma moça bonita de cabelos castanhos acima dos ombros. Seu vestido azul assemelhava-se muito com a cor de seus olhos. Léo tirou a mão de mim e a encarou com a testa enrugada. Ela sorria largamente.

– Lílian? – falou ele e eu não senti mais o chão sob meus pés.

23

A Sombra de Uma Ex

Não era para essa garota estar na França?

Léo continuou sem reação e Lílian praticamente pulou em seu pescoço, abraçando-o fortemente. A raiva já me consumia.

– Como você está diferente – comentou ela muito feliz para o meu gosto. – Está mais bonito.

Ele não respondia nada e eu o olhei irritada. Nessa hora Lílian também me encarou e estreitou os olhos. Soltou-se de Léo e se dirigiu a mim.

– Oi – cumprimentou. – E você é?

Tomei ar para responder, mas Priscila chegou antes e pegou Lílian pelo braço.

– Não acredito que você veio – abraçou-a e mirou Léo com as sobrancelhas unidas e balançando discretamente a cabeça.

– Eu disse que tentaria vir ao seu casamento.

– Vem – Priscila a puxou. – Preciso conversar com você.

Lílian ainda olhou para Léo sorrindo e se deixou ser levada por Priscila. Bufei e me afastei, pisando duro e tirando a tiara de chifrinho.

– Ei, Mari! – Léo veio atrás de mim. – Espera!

– Esperar o quê? – parei e o encarei. – Esperar você se recuperar do encontro com a sua ex? Esperar você conseguir falar algo ou quem sabe dizer que está namorando comigo?! – minha voz se elevou e estremeceu.

– Calma, não é isso. Eu não esperava vê-la aqui.

– Mas viu e ficou completamente sem reação!

Voltei a andar e lágrimas se acumularam em meus olhos, eu precisava de ar. Saí do salão e só consegui respirar mais calmamente ao caminhar pela grama do lado de fora. Não acredito que essa menina voltou! Depois de tudo o que aconteceu entre ela e o Léo, como posso competir com um relacionamento perfeito? O choro se acumulou na minha garganta e uma lágrima escorreu, mas não por causa do que acabara de acontecer e sim pela frase que ouvi:

– Eu te amo.

Virei-me e Léo estava a alguns passos atrás de mim. Foi minha vez de ficar sem reação. Ele chegou mais perto e segurou minha mão.

– Eu te amo mais do que tudo nesse mundo e a presença da Lílian não irá mudar isso. O que eu vivi com ela teve o seu momento e já passou, agora seremos apenas eu e você.

– Não é fácil competir com o que vocês tiveram – confessei.

– Por que é tão difícil assim?

– Porque vocês não terminaram por causa de brigas ou falta de amor. Você entende? Vocês se amavam muito e não puderam ficar juntos. É muito mais difícil pra mim saber disso.

– Mas eu te amo agora, Mari. Esqueça a Lílian e pense só em nós.

Suspirei e o beijei, abraçando-o em seguida.

– Nunca senti tanto ciúmes na minha vida.

– Não precisa ter ciúmes. Eu sou todo seu.

Beijou-me na testa, no nariz e depois na boca. Acalmei-me e assim retornamos para o salão. Raquel e Bernardo conversavam alegremente à mesa e nos acomodamos ali.

– Que cara é essa, Mari? Parece que viu um fantasma – disse Bernardo.

– E vi mesmo.

Ele franziu o cenho e pensei em contar o que acontecera, porém ele olhou para além de mim e seu queixo caiu. Virei-me no mesmo instante e vi Lílian se aproximando. Não acredito! Ela vai cercar meu namorado mesmo?

– Posso me sentar? – perguntou, indicando a cadeira vazia ao lado de Léo. Eu precisei respirar muito profundamente para não dizer alguma besteira.

– Pode – Léo levantou-se e puxou a cadeira para ela. Eu quis morrer com isso!

Lílian se sentou e sorriu para Bernardo em cumprimento e depois para Raquel, a única ali que parecia não entender nada. Fitou Léo e a mim.

– A Priscila me contou que vocês estão namorando – ela mordeu levemente o lábio inferior ao dizer isso e não gostei nada da sua feição. – Mariana, não é?

– É sim – a irritação escapou um pouco do meu controle e saiu na voz.

– E vocês estão juntos há quanto tempo? – parecia amigável, mas no fundo eu sabia que fazia apenas um joguinho.

– Duas semanas – Léo respondeu e senti o rosto esquentar de vergonha. O que eram duas semanas perto de seis anos?

– É bem recente – comentou ela com um meio sorriso nos lábios.

Se eu não saísse de lá pularia no pescoço dela já já. Pedi licença e perguntei se Raquel não gostaria de ir ao banheiro comigo. Ela logo aceitou e eu fingi inclinar um pouco o corpo para arrumar o sapato, mas na verdade sussurrei ao ouvido de Bernardo:

– Fica de olho nela pra mim.

Ele concordou discretamente e Raquel e eu nos dirigimos ao banheiro.

– Quem é essa garota? – foi a primeira pergunta dela assim que entramos.

– A ex-namorado do Léo, você acredita?

– Aquela que ele namorou por seis anos? – perguntei. – Mas ela não estava na França?

– Pois é – fitei-me no grande espelho percebendo o nervosismo nos meus olhos. – Eu te contei como foi o relacionamento deles, não é?

– Contou e até eu ficaria com muito ciúme dessa história toda.

– Eu não sei o que faço, Raquel. Agora mesmo ela está lá fora grudada no meu namorado e aposto que ele está relembrando de todos os momentos que passaram juntos. Isso está me matando por dentro! – apertei os olhos e rangi os dentes.

– Relaxa, Mari. Ele é seu namorado agora, não há nada que ela possa fazer para mudar isso.

– Será mesmo? A história deles é muito longa, tenho medo de perdê-lo pra ela.

– Se eu fosse você ficava ao lado do Léo, não a deixe sozinha com ele, ela pode achar que está conseguindo te abalar.

– Você está certa – mexi dentro da pequena bolsa e peguei o batom. – Vou mostrar pra ela quem realmente sou – apliquei o batom, sentindo-me confiante.

Saí do banheiro toda sorridente e não me deixei abalar quando cheguei à mesa e vi Lílian e Léo rindo juntos. Ambos me olharam quando sentei e decidi marcar território puxando Léo para um beijo demorado. Ao terminar, ainda entrelacei minha mão à dele trazendo-a para cima do meu colo e juntei mais as nossas cadeiras.

– E então, Lílian – resolvi mostrar que a presença dela não era nada para mim. – Por que voltou ao Brasil?

– Já estudei demais lá e por isso resolvi voltar, dessa vez definitivamente. Senti muita saudade das coisas daqui e das pessoas – olhou rapidamente para Léo e meu sangue ferveu.

Não está vendo que agora ele é meu, vadia!

– Que legal – não havia empolgação alguma em minha voz.

– E o que você fez para ficar ainda mais bonito? – indagou para o meu namorado e dessa vez não segurei a língua.

– O Léo mudou muito para conseguir me conquistar, não é?

Ele abriu a boca para dizer algo, porém Lílian falou antes.

– Não acredito que ele tenha feito isso por uma mulher – olhou-me com desdém. – Se você não olhava para ele antes e sim só depois que mudou, não sei se é digna do amor dele.

– Sou mais digna do amor dele do que alguém que não consegue se impor para os próprios pais e o abandona por causa disso.

– Você não me conhece para falar algo assim.

– E você me conhece?

– Chega, as duas! – Léo falou mais alto que nós. – Não acredito que estão discutindo esse assunto! – bufou. – Vou ali pegar uma bebida – as duas ameaçaram se levantar. – E não quero ninguém comigo! – saiu sem mais nada dizer.

Cruzei os braços e virei-me para o outro lado. Bernardo nos encarava com a feição de surpresa e comentou:

– O japa deve ser muito bom mesmo... – olhou para Raquel. – Ainda bem que você não caiu nesse encanto também.

Ela enrubesceu.

– Eu te amo, seu bobo. E agora fique quietinho, tá? – beijou-o suavemente.

Um silêncio tomou a nossa mesa e eu sequer olhava para Lílian. No entanto, ela começou a falar:

– Você não vai ficar com ele.

Fechei os olhos e contei até dez mentalmente, porém parei a contagem e joguei um foda-se quando ela completou:

– Ele pertence a mim e voltará a ser o meu namorado.

– Olha aqui, garota – apontei o dedo em seu rosto. – Vocês podem ter convivido muito tempo juntos, mas já acabou. É a mim que ele ama.

– Ah é? E a tatuagem com o meu nome que ele tem no corpo?

– Não tem tatuagem alguma com o seu nome no corpo dele, e eu olhei em cada cantinho – lembrei-me do tigre. – Mas pensando bem ele deve ter coberto, já que tem um tigre na lateral da cintura.

– Bem, isso não importa. Você não o conhece como eu conheço e posso muito bem tê-lo novamente – chegou mais perto de mim e disse baixo: – Eu o marquei muito e tenho certeza de que toda vez que fica com você é de mim que ele lembra, pois aprendemos tudo juntos, tudinho... – alongou a última palavra e tive vontade de socar a cara dela.

Ele realmente me contara que aprendera o sexo tântrico com ela e, mesmo sabendo que era impossível ele pensar na ex durante o nosso sexo perfeito, zanguei-me e só não me levantei para meter a mão na cara dela porque Léo voltou.

– O que está acontecendo aqui? – quis saber.

– Elas estão quase saindo no tapa – contou Bernardo.

– Vem comigo – levei o Léo de lá para o meio da pista de dança.

– O que está acontecendo entre vocês?

– Ela está me provocando, disse que fará você voltar pra ela – abracei-o fortemente com o coração acelerado, só de pensar na possibilidade de perdê-lo meu peito doía.

– Não acredito que ela falou isso...

– Está duvidando de mim agora?! – quase gritei e lágrimas se acumularam.

– Eu não disse isso, Mari – deu-me um selinho. – Só acho estranho a Lílian fazer isso, sempre foi tão sensata e educada.

– Para de falar dela, por favor – choraminguei.

– Tudo bem – sorriu e acariciou meu rosto. – Não se esqueça de que te amo, tá?

– Eu sei... – umedeci os lábios. – Eu... Bem, eu também te amo.

Léo abriu um largo sorriso, abraçou-me e levantou-me do chão, rodando. Ao me pôr de pé, beijou-me apaixonadamente. Abracei-o me sentindo bem melhor e avistei Lílian nos analisando nada feliz. Sorri para ela e pisquei. *Ele é meu*, só mexi os lábios para que ela entendesse.

Não saí do lado de Leonardo durante toda a noite e quando a vadiazinha chegava perto eu o tirava de lá. Léo apenas ria, até porque já tinha muito álcool no sangue, e me beijava. Felizmente ela desistiu de investir para cima do meu namorado. Porém, minha estimada sogra grudou em Lílian e conversavam como se fossem duas amigas, e em uma hora que passei perto das duas ouvi a mãe de Léo se lamentar pelo fim do envolvimento dos dois. Não quero dizer isso da minha sogra, mas como não aguento mais vou dizer: ela é uma vaca! Odeio essa mulher e tenho certeza de que ainda aprontará algo. Preciso ficar esperta com ela.

No domingo de manhã, Leonardo acordou de ressaca, reclamando de dor de cabeça e um mal-estar no estômago.

– Quem manda querer beber o mundo – mostrei-lhe a língua e ele fez careta.

Dei-lhe um remédio para a dor e, assim que tomou, levantei sua camiseta, descobrindo a tatuagem e comentei:

– A sua ex disse que você tinha o nome dela tatuado no corpo... – fiz bico.

– Na verdade tinha mesmo... – pigarreou. – Ela também tem o meu nome...

– Não acredito nisso! – andei pelo quarto muito indignada.

– Foi coisa de momento e não pensada. Fizemos quando estávamos lá no Japão, mas foi uma tatuagem pequena e quando terminamos a cobri com o tigre.

– Não estou nada feliz com isso, Leonardo. Principalmente por ela ter declarado guerra ao nosso namoro. Tenho certeza de que ela ainda tentará nos atrapalhar. E sua mãe, hein? Eu a ouvi dizer coisas para a Lílian.

– Não fica assim, minha linda – veio até mim e me beijou. – Você sabe que te amo e nada vai mudar isso.

– Assim espero.

No fim de semana seguinte, os pais de Léo nos convidaram para almoçar e assim foi feito. Kenzo veio nos buscar e depois de algum tempo chegamos à casa de sua família. As flores logo na entrada chamaram minha atenção e comecei a pensar sobre isso, havia muitas flores ligadas àquela família, primeiro no hospital, depois no casamento e agora na casa. Parei para analisar o jardim e Léo me puxou de lá, fazendo-me voltar a andar. Achei graça e mesmo assim soltei-me dele e continuei a analisar as lindas plantas.

Léo ficou imóvel ao meu lado e o notei respirar fundo, aposto que ficara nervoso à menor menção ao cara das flores. Agachei-me e peguei do chão uma pétala de rosa vermelha e entreguei para ele, colocando delicadamente na palma de sua mão. Léo sorriu, fechando a mão com a minha em cima, e a beijou.

– Eu te amo – declarei, querendo na verdade dizer que o cara das flores não importava mais e sim todo o meu sentimento por ele.

– Eu também te amo, minha linda. Agora vamos para dentro, deixa essas flores aí.

Concordei e o segui para dentro da residência. Priscila sorria lindamente e estava ainda mais radiante por causa do casamento, não desgrudava do marido e ambos exalavam felicidade. Bianca colocava a mesa para o almoço e Vitória não saía do telefone, conversando animadamente com alguém.

– Claro, querida – dizia Vitória. – Pode vir sim, estamos esperando por você – desligou o telefone e nos fitou. – Olá, Mariana, tudo bem?

Assenti e a cumprimentei. Léo beijou o rosto da mãe e perguntou:

– Com quem você estava falando, mãe? Alguém virá aqui?

– Sim, convidei a Lílian para almoçar conosco, não é legal ela ter voltado depois de tanto tempo?

Engoli em seco e afastei-me alguns passos com o coração apertado.

– Mãe! – Léo exclamou. – Por que você chamou a Lílian? – passava a mão no rosto e me olhou.

– O que é que tem, Leonardo?

– Ela é minha ex e a Mari está aqui – falou baixo e irritado, bufando.

Ainda conversaram mais coisas, mas eu não escutei, estava cega e surda de raiva. Léo me tocou no braço e me levou de lá para um dos quartos. Quando entrei, andei de um lado para o outro sem saber como agir e o que dizer. Não disse que ela faria algo?

– Não fica assim, Mari – veio até mim e me parou.

– Sua mãe me odeia – engoli em seco, tentando segurar o nervoso que transparecia na voz. – Ela fez isso de propósito...

– Calma – abraçou-me. – Se você quiser a gente pode ir embora.

– Não – afastei-me e neguei com a cabeça. – Não vou deixar aquela garota sair por cima e nem a sua mãe.

– Não quero que tenha intriga entre vocês.

– Não terá, eu prometo – beijei-o suavemente e respirei fundo. Esfreguei o rosto. – Vou mostrar que nada pode me afastar de você.

Enchi o peito, segurei na mão de Léo e saímos do quarto. Por fora eu mostrava a minha autoconfiança, segurança, mas por dentro estava acabada e torcendo para não me encontrar com a ex do meu namorado, quem sabe ela não tropeça no caminho e quebra o pescoço?

Priscila veio até mim e pediu para conversarmos, paramos do lado de fora perto do jardim e ela parecia sem graça.

– Desculpa pela minha mãe, Mari. Ela não deveria ter convidado a Lílian. Não sei o que se passa na cabeça dela.

– Eu também não sei e gostaria de entender.

Priscila sorriu e voltou a se desculpar pelas atitudes da mãe, pelo menos havia pessoas sensatas naquela família. Abraçou-me e, ao nos soltarmos para retornarmos à casa, ouvimos a campainha. Deve ser a vadiazinha. Priscila foi abrir o portão e Lílian entrou toda sorridente e cumprimentou minha cunhada. Quando me viu, seu sorriso desapareceu e fitou-me de cima a baixo. Não desviei a vista e a encarei de cabeça erguida. Eu não poderia mais ter medo da simples presença dela.

Priscila ficou constrangida por estar naquela situação e pigarreou dizendo para nós entrarmos. Fiz questão de ir à frente e sequer dirigi a palavra para Lílian. Assim que entrei, praticamente corri na direção de Léo e me grudei nele, beijando-o e o abraçando, envolvendo sua cintura com os braços e não me afastando dali. Ele sorriu e afagou meus cabelos, mas na hora em que a Lílian entrou, seus movimentos cessaram. Odeio o que ela provoca nele.

Pelo menos ela não se atreveu a chegar perto de Léo e apenas o cumprimentou de longe com um sorriso e um aceno de cabeça. Eu me esforcei para não surtar ao vê-lo sorrir de volta. Respira, Mariana!

Kenzo percebeu meu incômodo e mudou o foco de tudo o que acontecia ali ao nos chamar para comer. Sentamo-nos todos à mesa e ele fez questão de ficar do outro lado de Léo, não permitindo que Lílian ocupasse o lugar. Agradeci a ele com o olhar e Kenzo piscou discretamente para mim. Servimo-nos e começamos a comer; contudo, a refeição não me descia e o clima ali tornara-se tenso, ninguém falava nada. Quer dizer, isso até minha sogra começar da pior maneira possível.

– Então, Lílian, eu estava mexendo nas coisas lá no fundo e encontrei o álbum de formatura do Leonardo do Ensino Médio – eu fechei os olhos, mirei meu prato e pedi que aquilo não estivesse acontecendo. Ela continuou: – Vocês estão tão lindos naquelas fotos.

– Mãe... – Bianca chamou a atenção dela e, assim que Vitória olhou, ela balançou negativamente a cabeça.

– O que foi? – perguntou minha sogra.

– Você sabe o que foi – disse Léo, segurando firmemente minha mão por debaixo da mesa.

– A Lílian fez parte do seu passado, Leonardo, não tem como apagá-la. Ela está na maioria das fotos da família – virou-se para Lílian, que parecia adorar tudo aquilo. – Como eu ia dizendo, achei o álbum e outras inúmeras fotos, algumas até de quando o Leonardo tinha muitas espinhas no rosto.

– Ele encheu de espinhas no segundo colegial, né? – Lílian riu e fitou Léo. – Eu passava horas tentando tirá-las e ele só reclamava.

– E quando você cortou o cabelo dele? – minha sogra ria. – Ficou horrível, mas ele teimava que estava ótimo, tudo para não te magoar.

Eu não consegui mais, não dava! Era impossível ouvi-las conversarem do passado de Léo com a ex e ficar neutra. Dessa forma, levantei-me e saí da mesa sem nada dizer. Léo veio atrás de mim e me alcançou já na saída da sala.

– Espera, Mari – parou diante de mim. – Não faz isso.

– O que você quer que eu faça, Leonardo? – forcei-me para segurar a raiva que se mostrava em lágrimas. – É só me dizer que juro que faço. Vamos, me diga. Porque não aguento mais ouvir sua mãe incentivar a aproximação dessa garota e praticamente jogar na minha cara que vocês ficaram muitos anos juntos e têm uma história, coisa que nós não temos.

– Eu também não sei o que fazer...

– Se imponha! Faça alguma coisa! Você não diz que me ama? Mostre isso para a sua mãe e dê um basta nessa atitude dela.

– Mas minha mãe é assim mesmo, não mede o que faz.

– Então as coisas ficarão assim por que a sua mãe não sabe se portar adequadamente em uma situação como esta? – a indignação transparecia em minha voz e o fato de ele não me responder só fez a raiva me consumir. Eu disse que não permitiria que nada nos afastasse, mas naquele momento eu não pude ter outra atitude e por isso o intimei, dizendo: – Então quando você virar homem e se impuser perante a sua mãe, me procure, mas até lá não quero olhar na sua cara!

24

O Amor Só Causa Sofrimento

Passei por ele e Léo me pegou firmemente pelo braço.

– Você não pode falar assim comigo, eu te amo, Mariana.

– Não parece me amar – as lágrimas escorreram. – Você não vê como estou na desvantagem aqui? A sua mãe prefere ela do que a mim, vocês têm uma longa história, combinam fisicamente, ela é o tipo de garota que eu sempre imaginei ao seu lado, toda educadinha e bonitinha. Até o nome de vocês tem a ver... Eu não consigo, Léo... – fiz força para ele me soltar, sendo inútil.

– Você combina comigo, entendeu? – falou sério. – Você é a minha namorada e não ela. E não importa o que a minha mãe faça, nada vai mudar o que eu sinto por você.

Ficamos em silêncio e eu só chorava, sentindo-me completamente quebrada por dentro e lembrando por que eu não queria me envolver com ninguém, justamente por causa daquilo: o sofrimento, a dor. Cogitei até pôr um fim naquilo tudo, não sei se estou realmente pronta para um relacionamento. Quando tomei ar para dizer algo, Léo falou antes de mim:

– Você quer uma prova de tudo o que estou falando, Mari? – não respondi e ele me segurou pela mão. – Vou te mostrar – levou-me de volta para a sala de jantar.

No momento em que entramos, todos nos olharam e Léo já foi dizendo:

– Quero deixar uma coisa bem clara aqui, a minha namorada é a Mariana, e não adianta você, mãe, tentar mudar isso. Eu não aguento mais as suas atitudes, você precisa medir o que faz para não magoar as pessoas – virou-se para a ex. – E Lílian, peço que não faça mais essas coisas, não há nada que me fará voltar pra você.

E falando isso me levou para fora dali. Eu não acreditei no que ele fizera e segurei o riso até chegarmos à rua. Quando ri, Léo parou de andar e eu pulei em seu pescoço.

– Eu te amo, te amo, te amo... – beijei-o diversas vezes.

Durante a semana, eu trabalhava das 19 às 22 horas e sempre chegava cansada, pois o intensivo exigia muito de mim, manter a atenção dos alunos por três horas não era nada fácil. Naquele dia não fui para casa depois do trabalho, e sim para o apartamento de Léo fazer uma surpresinha, já que ele enfrentou a mãe por mim e porque ficamos alguns dias sem sexo por causa do meu ciclo menstrual. Precisei implorar ao porteiro que me deixasse subir sem que avisasse. Bati na porta do apartamento e Léo veio abrir, encarando-me surpreso. Pulei em seus braços beijando-o lascivamente, empurrando-o para dentro e puxando sua camiseta.

– Com essas atitudes você só me faz te amar ainda mais – disse com a boca grudada na minha e me apalpando maravilhosamente.

Encostou-me à porta e mordeu minha boca enquanto pressionava meus seios. Alisei seu peito e o abdômen definido, descendo em seguida para a bermuda, constatando a ereção. Que delícia. Coloquei a mão dentro da cueca e apertei o pênis, arrancando um gemido contido do meu namorado. Beijou-me no pescoço e subia minha blusa para me despir quando ouvimos um barulho vindo da cozinha. Léo saiu correndo porque deixara o macarrão instantâneo no fogo. Ri e caí no sofá para esperá-lo dizendo em voz alta que eu também sentia fome.

Prestei atenção na TV ligada e, ao me ajeitar melhor, coloquei a mão sobre o celular de Léo, e como sou xereta, apanhei-o para dar uma fuçada. Entrei nas mensagens esperando encontrar inúmeras minhas, mas o que vi fez meu coração acelerar.

Lílian, Lílian, Lílian, Lílian, Lílian, Lílian...

Só havia mensagens dela. Apertei o aparelho na mão e abri uma para ler.

Já disse que sinto sua falta, Léo. Volta pra mim. Ainda te amo.

Li outra.

Lembra da vez que nos amamos no banheiro do baile de formatura da escola? Nunca me esqueço. Me liga, sinto sua falta.

Passei a mão pelo rosto e li a mensagem mais recente recebida naquele dia.

Fiquei extremamente feliz ao ver sua mensagem e não vejo a hora de te encontrar pessoalmente. Até amanhã.

Não acreditei em tudo aquilo e fiz a única coisa possível: arremessei o aparelho na parede do outro lado da sala. Leonardo apareceu, não entendendo nada e perguntando por que eu fizera aquilo.

– Por quê?! – esbravejei e o empurrei. – Eu vi as mensagens da Lílian no seu celular! Você marcou de se encontrar com ela, Leonardo? – meus olhos marejavam, mas me forcei para não chorar. Minha raiva era maior.

– Calma, Mari. Não é nada disso que você está pensando, – acariciou meu rosto e eu bati em sua mão, tirando-a de mim.

– Eu li a mensagem! Não acredito que você está fazendo isso comigo!

– Não estou fazendo nada! – elevou o tom de voz.

– Então por que vai se encontrar com ela?

– Ela só queria conversar comigo e achei que não teria nada de mais nisso.

Gargalhei para não chorar.

– Seu idiota! – apanhei minhas coisas e me direcionei para a porta. – Então vá se encontrar com ela!

– Espera, Mari – segurou-me pelo braço. – Não faz isso, fica aqui comigo. Eu te amo.

– Foda-se! – afastei-me dele. – Se me amasse, não ficava conversando com a sua ex por mensagem nem aceitaria se encontrar com ela depois do que aconteceu no casamento e na casa dos seus pais!

– Não seja exagerada, não vai acontecer nada entre nós, eu só desejo você.

– Eu... Eu... – não conseguia pensar em mais nada que não fosse naquelas mensagens. – Não dá! Não consigo achar isso normal!

– Ela é só uma amiga.

– Ela não é sua amiga, Leonardo! É sua ex-namorada! E fará de tudo para ter você de volta! Você não vê isso?

– Vejo, mas você deveria confiar em mim e nos meus sentimentos por você.

As lágrimas finalmente escorreram e eu as sequei com ódio. Eu sei que ele estava certo, porém eu não pensava mais racionalmente.

– Tchau, não vou conseguir ficar aqui – dei-lhe as costas e abri a porta.

– Você precisa confiar em mim, não tem como levar um relacionamento sem confiança mútua – disse enquanto eu esperava o elevador.

Não comentei nada e ele fechou a porta, ficara zangado comigo. Encostei a cabeça na parede e respirei fundo. O que ele queria? Que eu tivesse achado lindo o fato de ele ir se encontrar com a Lílian? Claro que não gostei! Que namorada suportaria o fato do seu namorado ir se encontrar com a ex? E olha que nem comentei sobre os conteúdos das mensagens que ele não apagara. Lílian o estava cercando e conseguindo abalar o nosso relacionamento. Maldita!

Entrei no meu apartamento e me joguei na cama. Raquel passaria as férias na casa dos pais e assim eu ficaria o mês todo sozinha. Abracei o travesseiro e me permiti chorar. Como o Leonardo pode fazer isso comigo? Droga!

O celular tocou várias vezes sem que eu atendesse, e por não cessar resolvi ver quem era. Imaginei ser Leonardo querendo falar comigo, mas me surpreendi ao ler o nome de Cláudio. O que ele queria comigo? Atendi, disfarçando a voz chorosa.

– Você está bem, Mari? – perguntou e eu confirmei. – Não parece.

– Estou bem sim – suspirei. – O que quer comigo?

– Quero te ver.

Eu não soube o que dizer e ele voltou a indagar se eu estava bem.

– Cláudio, não é uma boa ideia.

– Por que não? Você me deu um fora, me fez ficar mal por dias, e não pode nem me encontrar para conversar?

– Eu estou namorando.

Foi a vez dele de ficar em silêncio, aposto que não esperava por aquilo. Pigarreou e o ouvi bater incessantemente a mão em algo, tamborilando os dedos.

– Quem é ele?

– O Leonardo... – respondi um pouco envergonhada.

– Me diz só uma coisa, Mari. Por que ele? Fiz de tudo para você gostar de mim e consegui apenas um talvez e depois um fora definitivo. O que ele tem de tão especial para ser o seu namorado? Para conseguir sair mais de uma vez com você?

– Cláudio... Não sei se é uma boa...

– Por favor... Só me responda... – parecia triste.

– Nós só não escolhemos por quem nos apaixonamos. E ele foi perfeito pra mim, me completou, me fisgou de forma arrebatadora e me fez amá-lo de um jeito que nunca amei. Sinto muito, Cláudio, eu não queria te magoar.

– Tudo bem, agora nada mais importa.

– Posso te perguntar uma coisa? – ele permitiu. – Você é o cara das flores?

– Como eu disse, Mari, nada mais importa – e assim desligou sem se despedir.

Permaneci ali com o celular na orelha, culpando-me por tê-lo feito sofrer. Eu não presto mesmo, já fiz inúmeros homens sofrerem e agora estou pagando por tudo isso. Porém, percebi como amo o Leonardo ao falar dele para Cláudio. Ele me completa...

Ainda me odeio por amá-lo tanto assim, sinto-me fraca perante esse sentimento, totalmente vulnerável. E a cada minuto que passa a dor me corrói cada vez mais, como se fosse dilacerando meu peito aos poucos. Não estou aguentando o fato de Lílian cercar o meu namorado, principalmente por ela ter sim uma influência sobre ele e pela longa história que compartilham. E acho que, tirando os meus pesadelos, nunca chorei tanto na vida. Viu o que o amor faz? Transformou uma mulher forte em uma chorosa.

Adormeci com as lágrimas molhando o rosto e ao acordar cedo no domingo, depois de muito pensar sobre o que acontecera, resolvi me desculpar com ele. Léo estava certo, eu precisava confiar nos seus sentimentos por mim e não deixar que sua ex atrapalhasse nossa relação. Saí sem nem tomar café da manhã e corri para o apartamento dele.

No caminho, eu só pensava em como me desculparia e assim que virei a esquina, tendo em meu campo de visão a entrada de seu prédio, estarreci com a cena que presenciei. Lílian estava ali conversando com o meu namorado. Minhas pernas amoleceram e o ar pareceu sumir, tive de encostar em uma árvore. Respirei profundamente e andei alguns passos para chegar mais perto. Eles não me notaram e vi Lílian tocar Léo carinhosamente no rosto. No entanto, ele deu um passo para trás, afastando-se dela. Eu ouvia a tudo bem baixo.

– Para com isso, Lili – falou, e a única coisa que permaneceu em meus ouvidos foi o apelido um tanto carinhoso.

– Não tem de ser assim, Léo. Vivemos tantas coisas juntos, como você pode ter esquecido de tudo assim?

– Eu não esqueci, nem se quisesse conseguiria – aquilo doeu em mim. – Você foi muito especial para mim e gosto muito de você, muito mesmo, mas não te amo mais. Entenda isso.

– Não, eu não entendo! – aproximou-se mais dele. – Eu sei que prometemos esquecer um do outro, mas não consegui, Léo. Pensei em você todos os dias desses três anos. Até tentei um outro relacionamento, só que não foi para a frente. Volta pra mim – choramingou e Léo uniu as sobrancelhas e mordeu levemente o lábio inferior numa expressão angustiante.

Ficaram em silêncio por longos segundos.

– Me desculpa, mas não posso – disse por fim. – Eu amo a Mariana – sorri com sua fala.

Lílian contraiu os punhos e secou lágrimas. Suspirou.

– Vou fazer você se lembrar do quanto me amava – e dizendo isso pulou em seu pescoço e o beijou.

Pensei que ele fosse empurrá-la, afastar-se, correr, gritar, qualquer coisa! Contudo, Léo retribuiu o beijo. Suas bocas se colaram e passaram a se mover, vi até as línguas. Eu não sabia o que fazer e só tomei uma atitude quando Léo a segurou pela nuca levando-a para mais junto de seu corpo. Andei lentamente até eles prestando atenção em cada movimento, no beijo repleto de saudade que estava diante de mim. Não segurei as lágrimas. Ao chegar perto o suficiente, Léo abriu os olhos e na mesma hora soltou-se de Lílian. Encaramo-nos sem nada mencionar e meu coração batia acelerado.

– Mari... – começou ele, não terminando a frase.

– Você precisa confiar em mim... – repeti sua fala do dia anterior.

Não falei mais nada e apenas corri dali sem olhar para trás, por mais que ele gritasse meu nome. Eu chorava copiosamente e não tive mais forças para correr ao entrar em uma rua qualquer. Escorei-me em um muro e liguei para Cauã, o único que poderia me ajudar naquela hora. Ele logo atendeu e eu quase não consegui falar por causa do choro. Lógico que ele se desesperou e perguntou onde eu me encontrava. Expliquei e ele avisou que já ia me buscar. Entrei em uma lanchonete, sentei-me em uma mesa e apoiei o rosto nas mãos para chorar ainda mais. Um garçom receoso até veio me atender, mas implorei para que ele me deixasse ali só por mais alguns minutos. Ele assentiu com piedade nos olhos e se foi.

A imagem do beijo de Léo com Lílian teimava em não sair da minha mente, retornando a cada segundo. Por que ele retribuiu o beijo? Por que não a mandou embora? Por quê? Eu soluçava quando senti mãos em meus ombros. Levantei o rosto, vendo Cauã.

– Vem, Mari, vamos embora.

Assim que me levantei, abracei-o e chorei em seu ombro. Ele acariciou meus cabelos e disse que tudo ficaria bem mesmo que não soubesse o que tinha acontecido. Levou-me para seu carro e percorremos todo o caminho até meu apartamento em silêncio. Meu celular ainda tocou diversas vezes e, ao ver que era Leonardo, eu não atendia. Passamos pelo portão de entrada e eu pedi ao porteiro que não deixasse Leonardo subir em hipótese alguma.

Joguei-me no sofá e Cauã ficou ao meu lado.

– E então? – perguntou e eu contei tudo nos mínimos detalhes.

– Ele prometeu que nunca me faria sofrer... – disse ao final, não adiantando secar o rosto. – Só que estou sofrendo como nunca, dói aqui dentro – toquei o peito. – Por isso eu não queria me envolver...

– Calma, Mari. Você mesma disse que ele falou para a ex que te amava.

– Mas ele retribuiu o beijo!

– Realmente não sei o que se passou na cabeça dele – ficou pensativo por alguns segundos. – Acho que vocês deveriam conversar.

– Não quero nunca mais olhar na cara dele!

– Você está sendo precipitada. Converse com ele antes de tomar qualquer decisão.

Fiquei emburrada e não comentei nada, mas eu sabia que não queria conversar com Leonardo, não agora. Cauã fez companhia para mim e almoçamos juntos, mesmo que eu não sentisse fome. Todo aquele sofrimento doía muito e foi o que tentei evitar por tantos anos, porém ele era mais forte do que quando Wellington me largara. Talvez seja pelo fato de eu realmente amar Leonardo como nunca amei Wellington. Odiei-me por estar sofrendo daquela forma!

Leonardo ainda mandou diversas mensagens para mim, só que eu sequer as lia e as apagava, não me interessava o conteúdo, e o fato de receber um recado dele só me deixava com ainda mais raiva, pois me lembrava das mensagens de Lílian em seu celular.

Cauã e eu assistíamos a um filme de suspense na TV quando o interfone tocou. O porteiro me avisou que havia flores para mim. Meu coração disparou e dessa vez desci para ir buscar. O porteiro me entregou um enorme buquê de rosas brancas e eu desconfiei de que fossem de Leonardo. Não toquei no envelope preso ao lado até entrar no apartamento e entregar as flores para Cauã. Abri o envelope e peguei uma folha de sulfite escrita com caneta preta. Respirei profundamente e li.

Olá, Mari.

Deu errado.

Eu disse da última vez que se desse errado você receberia algo de despedida e aí estão as suas rosas brancas, que significam inexperiência no amor. Na verdade fiquei feliz ao saber que começara um relacionamento e espero que você ganhe cada vez mais experiência nesse negócio complicado chamado amor.

Minha ideia inicial era não me mostrar para você caso não pudéssemos ficar juntos, mas decidi que você merece saber quem sou. Por isso, me encontre nesse endereço ao final da carta amanhã às 14h.

Até breve.
Beijos

Nem a carta nem as flores eram de Leonardo, o que me deixou confusa. Eu deveria ou não ir me encontrar com o cara das flores? Pensei por longos minutos enquanto Cauã lia a carta e cheguei à conclusão de que deveria sim me encontrar com ele. Se Léo tinha o direito de se encontrar com a ex, eu poderia muito bem fazer isso. Não sei se Cauã gostou muito da ideia, mas não me repreendeu em momento algum e agradeci pela sua atitude.

Leonardo continuou me ligando e eu não atendi. No entanto, quando voltava do trabalho, ele estava me esperando sentado na entrada do meu prédio. Cogitei em não ir para lá ao vê-lo, mas para onde iria naquele horário? Não tinha outro jeito. Ele se levantou com a minha aproximação e eu só ouvia meu coração batendo violentamente dentro do peito.

– A gente precisa conversar – disse assim que parei em sua frente.

– Não quero conversar com você – andei em direção ao portão e ele me segurou pelo braço.

– Você não pode fazer isso.

– Não posso? Do mesmo jeito que você não podia ter beijado a Lílian? – falei com desdém e ele me soltou.

– Eu posso explicar...

– Não quero ouvir suas explicações, Leonardo, eu vi tudo. Você a beijou porque quis e nada do que você disser vai mudar isso. Eu não quero mais te ver, não deveria nem ter aceitado namorar com você.

Ele abaixou a cabeça fitando o chão e eu passei por ele entrando e fechando o portão logo em seguida. Contudo, conforme eu andava, ouvi-o gritar meu nome e virei-me, vendo-o com as mãos no portão.

– Eu te amo, Mariana.

Mordi o lábio para não chorar e voltei a andar para longe dele. *O pior é que eu também te amo.*

Não comi nada no dia seguinte por causa do nervosismo e da culpa de ir me encontrar com outro cara. Não conversei mais com Leonardo e nem sei se um dia o faria, minha mágoa dele era muito grande, por mais que ainda o amasse. Apesar de tudo, em minha mente só havia espaço para o cara das flores e um sentimento estranho me percorria. Não sei explicar, era como se ele fosse o provocador de tudo aquilo que me acontecia, se não fosse pelas malditas flores eu não teria amolecido e me apaixonado. Todavia, eu gostara de partilhar daquele sentimento com Leonardo, só não sabia mais o que fazer e nada melhor do que conversar com o cara que me conhecia tão bem.

Exatamente às 14 horas eu estava sentada à mesa de um pequeno café não muito distante de casa, olhando pela janela e esperando reconhecer alguém que passasse por ali. Não vi ninguém conhecido e a aflição começava a me dominar. Passaram-se dez minutos e nada, continuei sozinha. Resolvi tomar algo e pedi um suco, já que não tomo nada com café. Assim que o garçom se afastou com o meu pedido, voltei a olhar pela janela respirando pesadamente.

Meu coração quase saiu pela garganta quando senti uma mão no meu ombro e ouvi aquela voz:

– Olá, Mari.

Virei-me na direção dele pensando inúmeras coisas e, ao sorrir para mim, não acreditei, só podia ser brincadeira.

– Você? – indignação e surpresa me resumiam no momento.

25

O Cara das Flores

– Pensou que fosse quem? – Cauã sentou-se diante de mim, sorrindo largamente.

– Eu vou bater em você, Cauã. O que veio fazer aqui? Sabe muito bem que estou esperando o cara das flores.

– E aqui estou.

– Você? Está brincando comigo?

– Não. Quem mais você acha que conseguiria colocar aquelas pétalas de rosa nas suas coisas?

Tomei ar para responder, mas nada saiu. Não podia ser verdade.

– Não acredito nisso. Você me enganou todo esse tempo. Por que se fez passar por outra pessoa? Um cara que gostava de mim?

– Não me fiz passar por outra pessoa, Mari – suspirou e se ajeitou na cadeira. – Vou te explicar tudo – estralou os dedos e isso só me deixou ainda mais estressada. – Na verdade não sou o cara das flores e sim alguém que o estava ajudando a te conquistar. Ele precisava de alguém próximo a você para te monitorar e saber o que estava sentindo. Raquel foi logo descartada porque não aguenta guardar segredo por muito tempo. Ele entrou em contato comigo antes do início das aulas e me convenceu a ajudá-lo.

– Por que você fez isso?

– Porque só pelo jeito que ele te olhava eu sabia existir ali um sentimento verdadeiro, e quando veio falar comigo não hesitei em momento algum. Você precisava de um amor, um cara que gostasse de você de verdade a ponto de fazer essa loucura de flores. Achei arriscado demais, mas ele insistiu dizendo que seria a melhor maneira de te conquistar. Muitas daquelas flores eu fui comprar. Lógico que era sempre ele quem as escolhia.

– E quem é ele? Virá aqui?

– Não, pediu que eu viesse no lugar e te levasse até onde ele está com uma condição.

– Qual?

– De que você ouvirá tudo o que ele tem para falar. O que acha?

Concordei e bebi em um único gole o meu suco. Saímos de lá e caminhamos durante uns cinco minutos até o apartamento de Cauã. Assim que entramos, direcionamo-nos para o seu quarto e ele deu duas batidas na porta.

– Ela está aqui – foi a única coisa que disse antes de sorrir para mim e se afastar.

Meu coração estava a mil e as mãos suavam. Finalmente conheceria aquele cara. Girei a maçaneta vagarosamente e abri a porta, sentindo o pulsar do coração em cada centímetro de pele. A primeira coisa que vi foi a rosa vermelha e depois meu campo de visão foi se estendendo e prestei atenção naquele que a segurava. Os olhos negros que eu conhecia tão bem, o cabelo liso da mesma cor e o cheiro inebriante. Léo me estendeu a rosa vermelha e eu peguei com as mãos trêmulas.

– Você só receberá uma flor vermelha quando estiver diante de mim – disse ele, recitando a frase de uma das cartas.

Fiquei sem reação e sem saber o que pensar ou fazer. Percebendo minha atitude, Léo continuou:

– Como disse, eu sempre te amei. Desde a primeira vez que te vi você chamou a minha atenção, mesmo que eu estivesse em um relacionamento à distância. Sempre alegre, sorridente e não se importando com o que as pessoas falavam ou pensavam de você. Uma mulher livre, totalmente independente. Meu relacionamento terminou e por mais que eu estivesse sofrendo, era só te ver que tudo parecia desaparecer como num passe de mágica. Acho que já estava apaixonado sem saber. No entanto, não tive coragem de tentar algo, por mais que você me olhasse querendo dizer que era só eu chegar para tê-la. Eu não queria uma noite, eu te queria para sempre – suspirou. – Fui para o intercâmbio com a ideia de colocar meus sentimentos no lugar e decidir o que eu faria da vida. Lá abandonei o meu visual *nerd* e percebi como chamava a atenção das garotas. Mas o que eu só pensava era se chamaria a sua atenção quando voltasse. Antes de retornar, entrei em contato com o Cauã pedindo ajuda, pois eu tentaria te conquistar, eu faria você se apaixonar por mim, e para isso usaria as flores que conheço tão bem desde criança. Meu pai tem um jardim onde cultiva inúmeras espécies de flores e as vende, e minha família é muito ligada a isso. Percebeu a quantidade de flores no casamento da minha irmã? E o vaso que meu pai queria deixar no meu quarto lá no hospital? Eu não queria que você descobrisse, por isso pedi que não deixasse a flor ali com a desculpa de que não gostava. E quando você foi até a casa da minha família e prestou tanta atenção ao jardim? Tive medo de que você pudesse ligar uma coisa a outra, mas felizmente sequer desconfiou de mim – colocou meu cabelo para trás da orelha. – Minha família sempre soube que eu estava tentando conquistar uma garota com as flores, mas naquele dia no hospital não sabiam que era você, e depois disso tive que implorar para não comentarem nada sobre flores na sua frente.

Lágrimas começaram a escorrer silenciosamente pelo meu rosto e Léo as secou delicadamente.

– Depois de um ano inteiro longe de você, te encontrei na festa dos calouros e fiquei muito contente quando você me viu e comentou de como eu estava gato – sorriu e eu também. – Cauã ficou responsável pelas pétalas e algumas das encomendas de flores enquanto eu escrevia as cartas. Ele me mantinha informado da sua reação e do seu estado de espírito, e quase desisti de tudo quando você se irritou com o primeiro buquê. Mas Cauã me convenceu a não te abandonar, alegando que você precisava de um amor mais do que tudo. Brinquei com você em relação às flores, te confundindo ao pedir que os caras com quem você já tinha saído te entregassem. Claro que não cheguei neles e sim o Cauã. Contudo, algo saiu do nosso controle e Cláudio entrou na disputa ao ouvir Cauã contando para alguém sobre as flores. Cláudio resolveu usar a mesma tática e pesquisou sobre as plantas. Cauã ainda tentou impedi-lo de fazer isso, mas ele não quis saber e foi atrás de você. Sorte que Cauã mentiu para ele dizendo que você não gostava de flores vermelhas e assim ele não te entregou nenhuma. Foi aí que decidi mostrar a você que eu estava efetivamente a fim. Foi tão difícil te beijar daquela vez e ter de parar, e ainda te deixei irritada. E das vezes que você se insinuava para mim? Eu praticamente entrava em guerra comigo mesmo.

Abraçou-me e permiti seu carinho. Encostei em seu peito, ouvindo o coração também acelerado como o meu. Não parei de chorar. Léo beijou-me na testa e prosseguiu com o seu discurso:

– O mais importante nessa história toda é que consegui te amolecer e você passou a sentir algo, a esperar pelas flores, muitas pude entregar pessoalmente e ver os seus olhinhos brilharem – abraçou-me com mais força. – Eu te amo mais do que tudo nesse mundo, Mari. Não quero te perder.

– Por que você a beijou? – perguntei baixo e com dor no peito ao me lembrar da cena.

– Porque queria mostrar para ela que nosso beijo não era mais perfeito como antes, que agora eu pertenço inteiramente a você – afastou-se para me fitar nos olhos. – Nós somos perfeitos juntos, Mari. Depois do que aconteceu ontem tive tanto medo de te perder que só com isso a Lílian entendeu que eu realmente te amava. Pediu desculpas e prometeu não mais ficar atrás de mim – sequei minhas lágrimas e ele me beijou na ponta do nariz. – Sei que não devia ter beijado ela. Eu errei, me desculpa. Você me perdoa?

– Como posso não perdoar o cara mais perfeito que conheci nessa vida, o cara que me fez ver o amor de outra forma e me fez amar as flores? – cheirei a rosa vermelha e a beijei. – A rosa vermelha que significa amor – estendi-lhe a flor e a seguramos juntos. – O meu amor por você.

Nossos narizes se encostaram e nos beijamos apaixonadamente. Cheguei à conclusão de que não seria mais possível viver sem tais lábios maravilhosos e todo o seu amor por mim. Leonardo sempre foi o cara das flores e eu adorei saber disso. O homem que mudou a minha vida para melhor e quem mais amei.

Léo pegou-me no colo e eu sorri de alegria. Colocou-me na cama e me beijou deliciosamente, vindo para cima de mim. Seu corpo pressionou o meu e nossos lábios não se soltaram, continuando com o carinho e o beijo mais longo da minha vida. Larguei a rosa ao lado para tocar meu namorado, tirando-lhe a camiseta e percorrendo todo o seu abdômen definido. Ele ajoelhou-se e me fez sentar. Acariciou meu rosto, analisando-me detalhadamente, e contornou todos os meus traços, passando pelo queixo, lábios, nariz, olhos e sobrancelhas. Retirou minha blusa de frio e em seguida a camiseta. Deitei novamente e, com a rosa, Léo traçou o caminho do meu pescoço até o umbigo, demorando-se nos seios.

Arrepiei-me e por mais que o desejo de tê-lo o mais intimamente possível ardesse dentro de mim, não implorei pelo sexo. Eu curtiria cada segundo do seu toque em mim, da sua presença, dos seus beijos maravilhosos.

Desabotoou minha calça e a desceu lentamente, distribuindo beijos conforme a pele ia aparecendo. Eu já gemia baixinho e prestava atenção em cada movimento seu, só desejando que não parasse. Os sapatos foram jogados no chão e Léo beijou meus pés carinhosamente. Seus olhos não desgrudavam dos meus. Voltou a usar a rosa, transitando com suas pétalas por todo o meu corpo e também beijando.

Eu já estava mais do que quente quando o beijei lascivamente e fiquei por cima. Léo me apertava e eu lambia sua pele gostosa, não me esquecendo de ir em cada cantinho. Abri sua calça mordendo o pênis sob a cueca e a tirei de si. Esfregamo-nos luxuriosamente e arrancamos gemidos um do outro. O atrito de nossas peles poderia ser considerado uma das melhores coisas desse mundo, perdendo só para o beijo e nosso sexo perfeito.

Ficamos nus e continuamos a nos beijar, acariciar e transmitir todo o amor que um sentia pelo outro sem palavras, apenas com gestos, olhares e a respiração acelerada, e ao nos abraçarmos sentíamos o coração um do outro batendo no mesmo ritmo como se fôssemos um único ser.

Segurei seu pênis e o pus dentro de mim vagarosamente, cravando as unhas em seus ombros conforme ia cada vez mais fundo e me tirava o ar. Ele se fez presente em meu interior e ajeitei-me melhor no colo de Léo, enlaçando-o na cintura com as pernas e o tendo o mais próximo de mim possível. Suas mãos alisaram minhas costas e nossas testas se uniram, a respiração dele tocava suavemente meus lábios e vice-versa. Abracei-o firmemente, nunca me sentindo tão amada nessa vida e muito feliz por saber que ele também me amava.

– Prometa que nunca vai me deixar – sussurrei em seu ouvido.

– Eu prometo que nunca vou te deixar, Mari – afagou meus cabelos. – Eu te amo demais para isso. E você tem de me prometer que nunca mais vai sair correndo.

– Prometo. Eu te amo mais do que tudo.

Beijamo-nos calorosamente e dei início ao sexo, movendo-me lateralmente e gemendo ao senti-lo todinho ali, preenchendo-me e provocando prazer. Aumentei a intensidade e as mãos de Léo não largaram meus quadris até eu me contrair toda por causa do orgasmo. Arfei e ele mordeu meu lábio inferior. Respirei profundamente e mudei de movimento, indo agora para cima e para baixo e fazendo com que os seios balançassem. Léo apertou um e abocanhou o outro, chupando e mordiscando o bico. Inclinei-me para trás, gemendo e o puxando pelos cabelos.

Mais um orgasmo foi o suficiente para eu cair de costas com Léo sobre mim não parando de me amar. Não demorou para o seu orgasmo vir e ele gemer roucamente, pressionando-me ainda mais no colchão. Eu adorava ver sua feição de prazer.

Ele saiu de cima de mim depois de um beijo arrebatador e me levou junto dele para fora da cama. Segurou-me pela mão e me fez rodar diante de si mais de uma vez, meus cabelos moviam-se e um sorriso não saía do meu rosto e nem do dele.

– Você é a mulher mais linda desse mundo.

– Mentiroso.

– Não, isso não é uma mentira, minha linda – puxou-me para si e me encostou à parede, beijando-me no pescoço.

Apertou-me na bunda e levantou minha perna para voltar a me penetrar vigorosamente. Investiu rapidamente e eu gritei de prazer, implorando para que não parasse. O formigar retornou aos dedos dos pés e veio subindo lentamente até eu tremer tanto por fora quanto por dentro, chamando pelo meu namorado. Léo segurou a minha outra perna e me pegou no colo, recostando-me ainda mais na parede, estocando com avidez. Ele me levava à loucura máxima durante o sexo.

Léo teve outro orgasmo e me pôs em pé para poder me apalpar luxuriosamente. Foi minha vez de pegá-lo pela mão e levá-lo de volta para a cama. Eu o queria por cima. Deitou-se sobre mim e mais uma vez me fez gritar, expressando vocalmente os efeitos do nosso sexo perfeito. Agarrei-me nele de forma a unir nossos corpos do jeito mais próximo possível, eu amava o nosso contato, amava seu cheiro, amava seus beijos e o amava acima de tudo.

Gememos juntos no nosso último orgasmo delirante, atingindo o ápice sexual.

Léo deixou seu corpo relaxar sobre o meu, e eu o abracei, inserindo os dedos em seus cabelos negros como a noite e inalando o seu cheiro perfeito, como tudo nele. Ficamos ali por um tempo incerto alisando carinhosamente um ao outro e em nenhum momento o pênis de Léo amoleceu, por causa disso comecei a rir.

– Você vai me matar de tanto fazer sexo – comentei e ele sorriu.

– Posso aguentar até duas horas direto.

– Então só me deixe respirar um pouco que voltamos à ativa.

– Posso te ajudar nisso – moveu-se pausadamente, indo um pouquinho por vez, e isso só me fez desejá-lo ainda mais.

– Literalmente você é o cara perfeito e eu te amo.

– Só sou perfeito porque tenho a mulher perfeita.

Beijou-me amorosamente e fixou meus olhos, porém não havia em seu rosto aquele sorriso sem vergonha por estar dentro de mim e pronto para o sexo, em vez disso sorria com ternura, demonstrando todo o amor. Suspirei me sentindo amada e quase não me aguentei em mim quando Léo colocou meu cabelo atrás da orelha e começou a cantar lentamente e bem baixinho:

– *I could stay awake just to hear you breathing...*[6]

Eu não consegui segurar e uma lágrima escorreu, mas essa era de felicidade. Léo a secou carinhosamente e, sorrindo, continuou a cantar. Ao final, beijou-me e eu o abracei com força.

– Eu nunca mais quero ficar longe de você, meu homem perfeito.

– Não ficará, não deixarei.

Beijamo-nos e voltamos ao melhor sexo do mundo.

---

6. Aeromith – "I Don't Wanna Miss I Thing". Eu poderia ficar acordado só para ouvir você respirar...

Epílogo

Mar e Ana

A tortura finalmente terminou e lá estávamos nós em nossa formatura em fevereiro do ano seguinte, poucas semanas após meu aniversário de 25 anos. Digo tortura não só pelo fim da faculdade, mas também pela extinção dos meus pesadelos. Frequentei o psicólogo por pedido de Léo, que não me aguentava gritando durante a noite, e depois disso, meus pesadelos nunca mais voltaram. Ainda continuo com as sessões, porém agora eu me sentia bem melhor com relação ao aborto e sempre conversava com as pessoas, principalmente com Léo, quando algo me incomodava ou a culpa aparecia. Aprendi a lidar com isso e estou vivendo bem melhor.

Raquel, Cauã e eu posávamos para uma foto que estava sendo tirada por Bernardo, e depois do *flash*, chamei Leonardo e nós dois fomos fotografados juntos. Eu vestia um lindo vestido vermelho e Léo um terno preto que caía perfeitamente nele. Agarrei-o pela gravata da cor do meu vestido puxando-o para mim e sussurrando em seu ouvido de como estava gato. Ele ria e me beijava.

Toda a minha família estava presente, e quando falo toda a família é porque os dois lados se encontravam no mesmo lugar. Minha mãe, meu padrasto, Nayara e Roberto dividiam a mesa com meu pai, minha madrasta e meus dois irmãos, uma cena rara.

Meu pai tinha uma saúde de ferro e sequer teve algum tipo de complicação por causa do câncer. Minha madrasta passara a me tratar um pouquinho melhor depois daquela conversa que tivemos e não deu mais moleza para o meu pai, ameaçando-o de que se a traísse de novo ela pediria o divórcio e tiraria tudo que ele tinha na justiça. Só assim para o velho sossegar o facho.

Minha mãe sorria o tempo todo de orgulho de ver a filha finalmente formada e namorando. Ela adora o Leonardo, mima-o mais
do que a própria mãe dele, só falta dar comida na boca. Falando da
minha sogra, eu ainda a odeio, mas a evito o máximo possível e com
isso Léo frequenta ainda menos sua casa. E só agora ela está melhorando seus modos comigo, pois percebeu que só assim para ver o
filho, caso contrário eu o pegarei para mim definitivamente.

Felizmente Roberto não se envolveu mais com coisa errada e
naquela noite, quando chegara ao salão para a festa, ele me entregou
um cartão escrito por Wellington. Escondi-o e só o fui ler no banheiro, longe do olhar de todos.

*Parabéns pela formatura, Mariana. Desejo a você toda a felici-
dade do mundo e todo o amor que não fui capaz de te dar. Você será a
minha eterna gatinha.*

Beijos do cara mais barra pesada que você já conheceu.

Wellington.

*Ps: se um dia eu chegar baleado no hospital que você trabalha
cuide bem de mim, por favor.*

Ri com as suas palavras e guardei com carinho o cartão na pequena bolsa. Quando saí do banheiro, dei de cara com o professor
mais gostoso desse mundo, Adriano. Ele sorriu para mim e eu para
ele.

– Gostando da festa? – perguntou educadamente.

– Muito, e você?

– Está ótima – olhou para os lados e se aproximou mais de mim.
Falou extremamente baixo: – Você está linda.

– Obrigada, só espero não estar te seduzindo, professor – tentei
me segurar, mas não consegui e a última palavra saiu carregada de
sensualidade.

Adriano gargalhou.

– Já fui vacinado contra você, Mariana – mostrou-me a aliança
dourada em seu dedo anelar da mão esquerda.

– Que bom, Adriano, fico feliz com o seu casamento. Você não
a traiu mais, não é?

– Não. Você foi a primeira e a única, e com isso percebi como amo a minha mulher. O que havia entre nós era algo só carnal, uma curiosidade de um pelo corpo do outro.

– Concordo plenamente. Ficar com você me fez ver o quanto eu era apaixonada por outro cara.

– Então fizemos bem um para o outro, certo?

Assenti e sorrimos. No segundo seguinte, uma mulher um pouco mais baixa do que eu e de vestido verde saiu do banheiro e parou ao lado de Adriano. Ele a apresentou como sua esposa e eu a cumprimentei. Ele a abraçou e caminharam para longe de mim. *Sou muito mais bonita do que ela*, pensei e achei graça daquele sentimento, o amor. É, realmente não escolhemos por quem nos apaixonamos.

Assustei-me quando Léo surgiu do nada e me abraçou fortemente. Beijamo-nos e logo aquele calor começou a subir, forçando-me a agarrá-lo pelo cinto enquanto ele me apertava luxuriosamente.

– Ei, vocês! – Raquel chamou nossa atenção. – Nem aqui vocês sossegam? São dois tarados mesmo.

Rimos e eu lhe mostrei a língua. Retornei à festa e Léo me levou para a pista de dança. Bernardo e Raquel dançavam grudadinhos e Cauã e Tadeu também. Vi ao longe Helena e Nero juntos, um estava de cara feia para o outro. Bem, não tenho nada a ver com isso, só que eles se merecem, os dois não prestam. Fico feliz por ele nunca mais ter me enchido o saco depois da lição que levou de Léo, e quando descobriu que estávamos namorando, até evitou trocar alguma palavra comigo. É o máximo ser namorada de um faixa preta de kung-fu. Já a Helena é uma vaca que ainda tentou dar em cima de Bernardo após saber do namoro dele. E foi esse o dia em que mais me assustei, pois Raquel desceu a mão na cara dela. Sim, a Raquel, a garota mais doce e boazinha que conheço, estava defendendo o que era seu por direito. E ainda falou um monte para Helena e ameaçou dar-lhe mais tapas caso se aproximasse novamente de Bernardo. Após o ocorrido, Helena e Nero voltaram a ficar e não sei como está o relacionamento deles, mas também não me interessa.

Léo me abraçou e dançamos lentamente conforme o ritmo da canção. No entanto, a música foi interrompida do nada e Léo me soltou, sorriu, beijou-me suavemente no dorso da mão e se afastou.

Não compreendi absolutamente nada e fiquei ali sem reação. Meus amigos logo me cercaram e pareciam saber de algo que eu não tinha conhecimento. Leonardo caminhou calmamente até o palco e, assim que subiu, um sujeito da banda lhe entregou um violão e indicou um banco diante do microfone. Nessa hora minhas pernas amoleceram e eu me apoiei em Cauã.

– Você o ajudou dessa vez? – perguntei a ele.

– Dessa vez não, ele fez tudo sozinho.

O burburinho de vozes cessou quando Léo ajeitou o violão no colo e puxou o microfone para si.

– Boa noite – cumprimentou e me encarou. – Estou aqui em cima interrompendo a formatura do pessoal da Enfermagem para expressar todo o meu amor pela mulher mais linda e perfeita desse mundo. Pode parecer ridículo o que estou fazendo, mas como já dizia Fernando Pessoa, toda carta de amor é ridícula, se não for ridícula não é uma carta de amor. E aqui estou eu, fazendo a coisa mais ridícula desse mundo.

As pessoas riram e até eu, mesmo que as lágrimas já inundassem meus olhos.

Léo começou a tocar o violão e cantou calmamente uma canção que eu não conhecia, mas que falava sobre o amor do mar por uma menina. Uma linda canção. Contudo, quando chegou ao refrão, eu entendi por que Léo escolhera aquela música. Cantou não tirando os olhos de mim.

– *Ana e o mar... mar e Ana.[7] Histórias que nos contam na cama. Antes da gente dormir. Ana e o mar... mar e Ana. Todo sopro que apaga uma chama. Reacende o que for pra ficar.*

Tapei a boca para conter o choro. Por mais que eu soubesse que a letra fosse "mar e Ana", não deixava de ser a pronúncia do meu nome e tenho certeza de que Léo pensou nisso ao optar por aquela canção. Depois de cantar pela terceira vez o refrão, ele entregou o violão para o mesmo cara da banda e eles deram continuidade ao som, enquanto Léo descia correndo do palco. As pessoas abriram passagem até que ele chegasse a mim. Sorriu respirando fundo e olhou para Cauã, que lhe entregou uma rosa vermelha. Léo agradeceu e mirou dessa vez Raquel,

---

7. O Teatro Mágico - "Ana e o Mar".

que tirou de dentro da bolsa uma caixinha preta e lhe estendeu. Eu tremia já sabendo o que aconteceria.

Léo ajoelhou-se diante de mim e abriu a caixinha, mostrando-me um par de alianças douradas.

– Quer casar comigo, Mariana?

Minha respiração se extinguiu e não consegui falar, permanecendo em silêncio por um tempo longo para a situação. Praticamente o salão todo olhava para mim esperando pela minha resposta e os olhos negros de Léo não se desgrudaram dos meus. Notei certo medo neles, que desapareceu quando sorri.

– Aceito.

Léo respirou aliviado e sorriu largamente, tirou o anel da caixa e o colocou em mim. Fiz o mesmo com ele. Depois de beijar a aliança no meu dedo, deu-me a rosa vermelha e me abraçou.

– Eu te amo, mesmo tudo isso sendo a coisa mais ridícula que você já fez.

– O amor é ridículo.

Beijou-me, demonstrando todo o seu amor por mim, e fomos praticamente ovacionados por palmas sem fim.

Bem, para quem tinha medo de relacionamento, um casamento é a prova de que eu me curei, não é? E agradeço até hoje por ele ter me curado desse mal com as suas flores, toda a sua dedicação e, claro, o seu sexo perfeito.

Agradecimentos

À Vanessa de Cássia, que me inspirou com sua obra Batom Vermelho. A Mariana tem um pouco da Mel e do seu jeito livre de ser.
À Victoria Isabela, pelo conhecimento compartilhado.
À minha revisora Janaína Ogawa, que sempre surta comigo quando está lendo algo que escrevi.
À Thamiris Dotta (Mizu), por sempre ler o que escrevo e por chorar em todos os livros (risos).
À Ana Carolina Lyoko, por viver me ajudando com os títulos das obras.

Ao Arthur Rampini, por ter sido o motivo da Mariana ter esse nome.

E ao meu marido Lucas Marzullo Teraoka, o meu Léo.

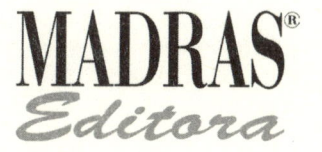

CADASTRO/MALA DIRETA

Envie este cadastro preenchido e passará a receber informações dos nossos lançamentos, nas áreas que determinar.

Nome _____

RG _____ CPF _____

Endereço Residencial _____

Bairro _____ Cidade _____ Estado _____

CEP _____ Fone _____

E-mail _____

Sexo ❑ Fem. ❑ Masc.   Nascimento _____

Profissão _____ Escolaridade (Nível/Curso) _____

Você compra livros:

❑ livrarias   ❑ feiras   ❑ telefone   ❑ Sedex livro (reembolso postal mais rápido)

❑ outros: _____

Quais os tipos de literatura que você lê:

❑ Jurídicos   ❑ Pedagogia   ❑ Business   ❑ Romances/espíritas

❑ Esoterismo   ❑ Psicologia   ❑ Saúde   ❑ Espíritas/doutrinas

❑ Bruxaria   ❑ Autoajuda   ❑ Maçonaria   ❑ Outros:

Qual a sua opinião a respeito desta obra? _____

_____

Indique amigos que gostariam de receber MALA DIRETA:

Nome _____

Endereço Residencial _____

Bairro _____ Cidade _____ CEP _____

Nome do livro adquirido: O Aroma da Sedução

Para receber catálogos, lista de preços e outras informações, escreva para:

MADRAS EDITORA LTDA.
Rua Paulo Gonçalves, 88 – Santana – 02403-020 – São Paulo/SP
Caixa Postal 12183 – CEP 02013-970 – SP
Tel.: (11) 2281-5555 – Fax.:(11) 2959-3090
www.madras.com.br

Este livro foi composto em Minion Pro, corpo 12/14,4
Papel Lux Cream 70g
Impressão e Acabamento
Orgráfic Gráfica e Editora — Rua Freguesia de Poiares, 133 —
Vila Carmozina — São Paulo/SP — CEP 08290-440 —
Tel.: (011) 2522-6368 — orcamento@orgrafic.com.br